소설과 디지털콘텐츠의 창작방법
— 공간을 활용한 스토리텔링

소설과 디지털콘텐츠의 창작방법
— 공간을 활용한 스토리텔링

문화콘텐츠 총서 03

소설과 디지털콘텐츠의 창작방법

2005년 11월 20일 1판 1쇄 인쇄 / 2005년 11월 25일 1판 1쇄 발행

지은이 최수웅 / 펴낸이 임은주 / 펴낸곳 도서출판 청동거울 / 출판등록 1998년 5월 14일 제13-532호
주소 (137-070) 서울 서초구 서초동 1359-4 동영빌딩 / 전화 02)584-9886~7
팩스 02)584-9882 / 전자우편 cheong21@freechal.com

값 16,000원

ISBN 89-5749-056-6

문화콘텐츠총서 03

소설과 디지털콘텐츠의 창작방법

공간을 활용한 스토리텔링

최수웅 지음

청동거울

몇 해 전부터 '인문학의 위기'라는 말이 유령처럼 떠돌았다. 맞다. 그 말은 유령과 같았다. 풍문은 무성했으나 실체는 어디서도 찾아볼 수 없었다. 위기의식은 팽배해졌으나 위기를 극복할 대안은 제시되지 못했다.

연구와 글쓰기를 직업으로 삼겠다고 결심했던 무렵, 나는 그 유령과 마주쳤다. 원했던 것은 아니지만 피해갈 수도 없었다. 유령은 내가 그동안 학습했던 것들을 와해시켜 버렸다. 문학의 본질적 가치, 실천과 운동으로의 소설, 분단극복의 의지…… 어제까지도 찬란하게 빛났던 말들이 한순간에 낡은 것으로 변해 버렸다. 빈 강의실에 둘러앉아 그런 말들을 우리에게 전달했던 선배들은 하나둘 자리를 떠났다. 골목 안 학사주점에서 밤늦도록 이야기했던 친구들은 아예 이 땅을 떠나버렸다. 누군가는 다른 공부를 시작했고, 누군가는 태평양 너머의 낯선 땅으로, 또 누군가는 현해탄을 건넜다.

나는 남았다. 떠나버린 사람들의 자리를 지키기 위해서라고 말했지만, 아니었다. 사실, 나는 두려웠다. 지금껏 배웠던 것들을 부정하고 가면을 바꿔 쓸 만한 넉살도 없었고, 자리를 박차고 떠나버릴 용기도 없었다. 눈앞에는 유령이 도사리고 있는데, 내가 가진 무기는 하나밖에 없었다. 숨을 고르고 기다리는 것, 기다리고 또 기다리면서 암중모색하는 것.

　이 책은 그러한 암중모색의 결과이다. 그러나 부끄럽게도 내가 만든 무기는 그리 날카롭지 못하다. 현상을 날카롭게 벼리지도 못했고, 획기적인 대안을 제시하지도 못했다. 부정할 여지가 없다. 공부가 부족한 탓이다. 다만 위안으로 삼고자 하는 것은, 이 책에 수록된 내용이 내가 익혀 왔던 지식에서 크게 벗어나지 않지만, 또한 예전의 지식에만 안주하지 않으려고 노력했다는 사실이다.

　사실, 인문학의 위기는 외부에서 닥쳐 왔다기보다 내부에서 자초한 일이라는 진단이 더 타당할 것이다. 아무리 변명하려 해도, 숨 가쁘게 변해 가는 시대의 속도에 보폭을 맞추지 못하고 허둥거리기만 했다는 사실을 부인할 수 없다. 그러면서도 전통을 비판적으로 계승하려는 노력을 진중하게 전개하지 못했고, 우리의 고유한 문화적 토양을 구축하려는 노력도 치열하게 전개하지 못했다. 특히 우리의 인문학 분야는 외국이론을 수입하는 데 급급했다는 혐의에서 자유롭지 못하다. 서구의 이론을 그대로 적용하여 우리의 문학작품과 시대를 무리하게 재단하려는 시도가 얼마나 많은가. 이제 겨우 걸음마를 뗀 주제에 함부로 뱉을 수 있는 말은 아니지만, 이것만은 단언할 수 있다. 인문학은 오퍼상이 아니다. 중요한 것은 이론을 수입하는 것이 아니라, 그런 이론이 적용될 수 있는 토대를 만든 작가의 창작의도와 그 반영물인 작품을 꼼꼼하게 검토하는 일이다.

여기에 내가 창작방법론을 연구의 테마로 삼은 이유가 있다. 창작
방법론은 우리의 학문적 풍토에서 다소 낯선 분야이다. 그동안의 연
구에서 창작방법론은 학문의 범주를 뛰어넘는 작가의 개인적 체험으
로 치부되어 왔다. 그러나 교육 현장에서 예술작품 창작에 관련된
각종 강의가 이루어지고 있다는 사실은 창작활동의 이론화 작업이
필요하다는 것을 증명한다. 특히 문학예술의 경우, 전국 각 대학에
문예창작과가 개설되어 졸업생을 배출하고 있는데도 불구하고, 아직
커리큘럼이나 연구 방향에 대한 논의는 만족스러울 만한 성과를 이
끌어내지 못했다. 이 연구가 그러한 논의가 활성화되는 데 기여할
수 있기를 기대한다.

다양한 창작방법론 중에서도 공간과 관련되는 부분은 창작활동의
근간을 이루는 것이다. 이는 창작의 단계를 검토해 보면 명료해진
다. 작가가 전개하는 창작활동을 거칠게 정리하면 발상(發想), 구상
(構想), 집필(執筆), 퇴고(推敲)의 네 단계로 구분할 수 있다. 공간은
이 중에서도 발상과 구상의 단계에 영향력을 행사한다. 작가는 공간
을 경험하면서 생각을 떠올리고, 그 생각을 정리하여 얼개를 만들어
내며, 집필을 통해 얼개에 살을 붙인 이후에, 퇴고를 거쳐 작품을 완
성한다. 많은 수의 작가들이 유년기에 체험했던 고향에 대한 작품을
남기는 이유도 여기에 있다. 고향이야말로 인간이 경험하는 최초의

공간이며, 그렇기 때문에 가장 강렬한 기억으로 남는다. 그러므로 공간을 활용한 창작방법론에 대한 검토야말로, 작품을 통해 표현되는 작가의식을 탐구하는 효과적인 연구방법이라고 하겠다.

또한 공간은 문학과 함께 현대 서사예술의 창작방법론을 구성하는 근간이 된다. 20세기 후반부터 주목받았던 영상예술을 비롯하여, 21세기의 새로운 서사예술 장르로 각광받는 디지털문학과 컴퓨터게임 등은 모두 공간을 근본적인 구성원리로 활용하고 있다. 영상예술의 창작은 시나리오에서 출발하지만, 그 속에 담긴 이야기를 공간 순서에 따라 배열한 콘티에서부터 본격화된다. 디지털문학 역시 하이퍼텍스트를 통해 이루어지는 공간의 전환이 주요한 구성원리가 된다. 컴퓨터게임에서 공간의 중요성은 더욱 강조된다. 컴퓨터게임은 다른 디지털콘텐츠에 비해 게이머의 능동적 참여가 강조된다는 특성을 가지는데, 이는 게이머의 공간체험을 통하지 않고는 이루어질 수 없다.

이처럼 공간은 서사예술의 전통적인 형태인 소설과 새롭게 대두되고 있는 영상 및 디지털콘텐츠를 아우를 수 있는 창작방법론이다. 공간을 활용한 창작방법론을 통해 소설의 영역확장, 즉 스토리텔링으로의 소설의 가치를 확인할 수 있다. 또한 영상 및 디지털콘텐츠는 소설의 공간 창작방법을 적극적으로 수용함으로써 독자적인 미학을 구축하는 데 도움을 받을 수 있을 것이다.

바로 이러한 점에 이 연구의 가치를 두고자 한다. 무분별하게 시대의 변화를 추종하는 것은 자칫 기존의 연구들이 이룩했던 성과들을 도외시하는 결과를 초래할 수 있다. 반대로 전통적인 성과에만 집중하면 시대의 변화에 능동적으로 대응하지 못하는 결과를 초래할 수도 있다. 전통에 기반을 두고 시대의 변화를 수용하는 것, 이것이 이 땅에 남았던 내가 유령과 대적하는 방식이다.

아직 많이 부족하고, 훨씬 더 견고해져야 하겠지만, 이만큼이나마 결과를 이룰 수 있었던 것은 많은 분들의 도움이 있었기에 가능했다. 우선, 내가 사랑하는 작가들에게 감사드린다. 내 거친 시선이 이들의 작품에 흠집 내지 않았기를 바란다. 내가 질투했던 작가들에게도 감사드린다. 이들의 작품을 통해 애정과 질투는 다른 모습이 아니라는 것을 배웠다. 세상일에 서툴기만 한 제자의 느린 발걸음을 기다려 주신 송하섭, 김수복 두 분 선생님께 감사드린다. 이 분들은 내가 눈을 떠 길을 바라볼 수 있게 도와주셨다. 이 연구가 이루어질 수 있도록 지도해 주신 송백헌, 정문권 선생님께도 감사드린다. 많은 가르침을 주시고 그보다 큰 격려를 주셨던 박덕규, 강상대, 양은창 선생님께도 감사드린다. 이 분들은 자꾸만 주저앉는 나를 다독여 길을 걸을 수 있는 힘을 주셨다. 책을 꾸며 주신 청동거울 식구들께도 고마움을 전한다. 이 땅을 떠났다가 다시 돌아온 사람들에게, 비

8

록 여기에 없지만 누구보다 열심히 또 다른 길을 걷고 있는 모든 사
람들에게 감사드린다. 마지막으로 가족과 소중한 사람들에게 이 책
이 작은 위안이 될 수 있기를, 그동안 돌보지 못한 미안함을 대신할
수 있기를 소망한다.

2005년 가을의 끝

최수웅

차례

1
연구 목적

공간은 시간과 함께 인간의 삶을 구성하는 가장 기본적인 요소이다. 그러므로 인간의 삶을 대상으로 하는 문학에 있어서 공간의 문제는 중요한 의미를 가진다. 특히 소설은 삶의 양상을 구체화시켜 제시하는 문학 장르이기 때문에, 공간은 소설 미학에 있어 주요한 영역이 된다. 소설은 공간에서 이루어지는 삶의 양태와 공간이동을 통해 인간의 다양한 모습을 제시한다. 그러므로 소설에서 공간은 작품의 중심 요소이자 소설 미학의 중요한 영역이고, 또한 공간 분석을 통해 공간에 대한 인간의 의식을 구체적으로 확인할 수 있다.

그동안의 문학연구에서 작품에 나타난 시간의 문제는 상당한 연구가 진행되었지만, 공간의 문제는 상대적으로 활성화되지 못했다. 이러한 연구 경향은 근대 문예비평의 전통적인 관점에서 비롯된 것이다. 독일의 비평가 레싱(Gotthold E. Lessing)이 『라오콘(*Laokoon*)』에서, 조형예술은 공간적이고 동시적인 속성을 가지는데 비해 문학은 시간적이고 연속적인 속성을 가지고 있다고 설명한 이후로, 문학은 시간의 지배를 받는 예술이라는 분류가 일반화되었다.[1]

　이러한 전통적인 논리는 특히 소설 장르에서 큰 영향력을 발휘했다. 소설은 신화·설화·민담 등에 기원을 두고 있기에, 본질적으로 시간의 흐름에 따라 이야기가 구성되는 서사성이라는 특성에서 벗어날 수 없기 때문이다. 그러나 문학연구방법론의 관점에서 파악하자면, 그러한 논리는 어디까지나 작품 분석을 주로 다루는 연구 분야에 한정된다. 작가론 분야에서 작가가 체험한 공간은 중요하게 다루어질 수밖에 없는 문제이고, 수용미학 분야에서도 독자가 경험하는 작품의 의미 장(場)이 주요 문제로 다루어진다. 또한 연구 관점을 문학 작품의 창작방법론과 관련된 분야로 전환하면 공간이 가진 의미는 더욱 강조된다.

　창작론(創作論)은 지금까지 도외시되었던, 작가와 창작 행위의 관계, 그리고 문학작품의 창작 과정에 나타나는 실제적인 문제들에 대한 논의이다. 창작은 실체를 가진 사물이나 존재가 아니다. 창작의 결과인 작품은 사물(事物)이지만, 창작 그 자체는 나타나서 진행되다가 사라져버리는 과정을 가진 일종의 사건(事件)이다. 그런 측면에서 창작론은 사건과 그 사건의 진행과정에 대한 검토라고 정의할 수 있다. 또한 창작론은 "어떻게 하면 소설을 잘 쓸 수 있는가 하는 미래지향적인 방법론"[2]이라는 측면에서 기법에 대한 연구, 일종의 방법론이라고 할 수 있다. 바로 이러한 점이 창작론을 문학연구의 다른 분야들과 변별하게

---

1) 그러나 현대의 예술비평은 전통적 논리와는 다른 방향에서 예술작품의 시간과 공간 개념을 설명하고 있다. 즉, 공간예술인 회화에서 공간적 매체에 내재한 한계를 극복하는 방법으로 시간성이 도입되는 것처럼, 여타 예술 분야에서도 시간과 공간이 역사적으로나 절대적으로 구분되지 않고 함께 공존하고 있다는 주장이 제기되고 있다. : Jeoraldean McClain, "Time in the visual arts : Lessing and Modern Criticism", *The Journal of Aesthetics*, fall 1985, vol.XLIV. no.1, p.42.
2) 정한숙, 『현대소설창작법』, 웅동, 2000, p.14.

만드는 부분이다.

창작방법론 연구에 있어서 공간의 문제는 기법에 대한 검토가 된다. 쇼러(Mark Schorer)의 견해에 따르면 기법이란 "작가의 주제인 그의 경험이 작가로 하여금 그것에 도달하도록 강요하는 수단이고, 그의 주제를 발견하고 탐험하며 발전시키는 수단이며, 그것의 의미를 전달하고 평가하는 유일한 수단"이다.[3] 그러므로 소설 창작방법론에 있어서 공간 문제도 역시 일종의 기법적인 기능을 수행하게 된다. 적어도 창작 과정에 있어서 공간은 작가의 주제를 발전시켜 나가는 역할을 담당한다. 창작의 시작 단계에서 작가가 인식하는 요소는 시간이 아니라, 공간이다. 그는 공간을 경험함으로써 발상(發想)하고, 이를 체계화하고 구성하는 과정을 통해 구상(構想)하며, 시간적인 조건을 고려하여 집필을 시작한다. 이처럼 작가에게 있어서 공간은 최초의 창작단계에 해당한다.

이 연구는 이와 같은 공간의 소설 창작기법적인 측면에 주목하여, 그에 대한 이론적인 검토를 시도한다. 또한 검토 과정에서 도출된 이론을 분석 작업에 적용하여, 소설 작품에 내포되어 있는 공간 창작방법론을 파악하고자 한다. 아울러 이러한 창작방법론을, 소설과 활발한 상호교류 관계를 유지하고 있는 영상예술과 디지털문학, 그리고 컴퓨터게임 장르에까지 적용시킬 수 있는지 여부를 확인해보고자 한다.

---

3) 김진기, 『현대소설을 찾아서』, 보고사, 2004, p.113. 재인용.

2
선행연구 검토

최근의 서사이론에서는 공간에 대한 문제가 주요한 연구 주제로 인식되고 있는 추세이지만, 우리나라에서 공간 문제를 본격적으로 논급한 연구 사례는 아직 그리 많지 않다. 이는 시간에 대한 문제가 꽤 구체적으로 적용되어 연구되었고 그 성과가 축적되었다는 사실과도 비교되는 부분이다. 그동안 공간 문제는 시간 논의에 종속된 층위 정도로 전제되었는데, 소설 공간에 대한 연구라는 제목을 달고 있더라도 대부분은 시간을 함께 논급대상으로 상정하고 있으며, 공간 문제를 단독으로 다루고 있는 경우라도 실상은 배경 수준에 국한된 문제를 언급하는 정도가 많았다.

김치수의 『한국소설의 공간』이 이에 해당한다. 이 저술은 공간의 문제를 표제로 내세우고 있으나, 한국소설을 문학적 삶의 공간으로 보아, 소설작품들이 이 땅의 문화적·사회적 공간을 이루었고, 바로 이 공간 속에서 문학의 영토가 모든 억압으로부터 지켜져야 한다는 논리

18

를 펴고 있다.[4] 결국 제목만 공간을 다루고 있을 뿐, 내용에 있어서는 문학과 일반적인 사회상(社會相)의 관계를 다루었을 뿐이다.

박동규의 「한국소설의 시간성과 공간성 연구 서설(Ⅱ)」은 시간성과 공간성의 개념과 유형의 문제를 다루었다. 그는 한국의 소설연구사가 장르 분류에 있어 소설이 가지는 공동적 양상을 비교검토하기보다는 주제와 기법의 문제에 치중했다고 비판하면서, 소설의 시간성과 공간성의 작용과 기능에 대한 이론적인 고찰을 시도했다. 이 연구는 "보다 과학적인 방법론을 원용함으로써 지금까지 등한시한 소설의 내부적 질서의 근거를 명백하게 찾아낼 수 있을 것"[5]이라고 결론을 내리고 있어, 이후 공간 연구방법론의 방향을 제시했다. 그러나 작품에 대한 구체적인 분석이 이루어지지 않았으며, 공간의 문제를 시점에 관련된 것으로만 축소시켜 파악했다는 논리상의 한계를 가진다. 시점이 공간적 개념인 것은 분명하다. 그러나 이것만으로는 소설공간의 문제를 모두 설명할 수 없다. 소설의 공간은 보다 다각적인 고찰이 요구되기 때문이다.

김병욱의 「한국 현대소설의 시간과 공간 연구」는 현대소설을 서사물의 일종으로 파악하고, 서사학적인 관점에서 논의를 전개했다. 이에 따라 서사의 층위를 채트먼(Seymour Chatman)의 논의에 따라서 이야기 시간과 담화 시간, 이야기 공간과 담화 공간으로 구분했다.[6] 이 연구는 시간과 공간 논점을 균등하게 논급했다는 점에서 우선 주목된다. 이외에도 소설에서의 공간 문제가 배경의 수준에 국한되는 것이 아니라는 사실을 시사한 점, 서사이론의 관점에서 공간 문제를 다루는 여

---

4) 김치수, 『한국소설의 공간』, 열화당, 1976, p.2.
5) 박동규, 「한국소설의 시간성과 공간성 연구 서설(Ⅱ)」, 『한국 현대소설의 비평적 분석』, 문학예술사, 1984, p.47.
6) 김병욱, 「한국 현대소설의 시간과 공간 연구」, 서강대 국문과 박사학위논문, 1989.

러 가지 방법론을 총괄하여 제시한 점 등이 주요한 성과이다. 그렇지만 집중적인 텍스트 분석이 이루어지지 못했기 때문에 구체적인 논의를 전개하지 못했으며, 시간과 공간의 연결고리를 설득력 있게 제시하지 못했다는 한계를 가진다.

김현의 「현대소설의 결말연구」는 시간과 공간에 대한 논의를 서사문학의 결말 부분에 결부시켜 구체화시켰다는 점에서 주목된다. 그는 결말을 '이야기의 구조적 완결성'이 이루어지는 부분이자, '서술자의 세계관 및 주제 의식'이 드러나는 부분이라고 그 중요성을 강조했는데, 이를 시간적 담화와 공간적 담화로 구분했다. 이런 구분은 텍스트 전개 양식과 결말의 동기화가 어떠한 특성에 의거하여 이루어졌는지에 따른 구분으로, 시간적 담화는 순차성(계기성)—인과성·변형성(시간적 시차성)·분절성 등의 특징을 가지는 시간성에 의거하는 것이며, 공간적 담화는 동시성(병렬성)—등가성·대응성(공간적 시차성)·분할성 등의 특징을 가지는 공간성에 의거하는 것이다. 이런 논의를 바탕으로 그는 대부분의 작품은 "이 두 축을 기준으로 형성된 스펙트럼 연속체 위의 어느 한 지점에 놓이게 될 것"이라고 설명했다.[7]

그의 논의는 공간에 대한 논점으로 제시되는 개념들이 분명하지 않으며, 시간성과 공간성의 차이점을 분명히 언급하지 못했다는 한계를 가진다. 그러나 공간을 '텍스트 전개 양식' 즉 일종의 구성원리로 파악했다는 점은 주목되는 부분이다. 이와 같은 논리를 바탕으로 소설 창작방법론적인 측면에서 공간의 문제를 다룰 수 있는 여지가 만들어질 수 있기 때문이다.

장일구의 「한국 근대 소설의 공간성 연구」는 앞선 연구들과 다르게

---

7) 김현, 「현대소설의 결말연구」, 『현대소설의 담화론적 연구』, 계명문화사, 1995.

공간만을 대상으로 논의를 전개한 본격적인 문학공간론이다. 그는 우선 서술된 시간과 서술한 공간, 그리고 공간 구도를 구분했고, 이를 공간의 형상화 국면에 따라 외적 투시 공간, 내적 조망 공간, 상징적 기획 공간 등의 세 가지로 구분했다.[8] 이 논의는 소설공간이 가지는 의미를 상징체계 혹은 작품구조의 단계로까지 확대시켰다는 점에서 성과를 가진다. 그러나 분석 대상으로 선정된 작품들이 모두 근대 소설작품이라는 데 한계가 있다. 그가 논의의 이론적 근거 중 하나로 제시했던 프랭크(Joseph Frank)의 '공간성(spatiality)' 개념은 현대소설의 특징, 특히 모더니즘 소설의 특징을 제시하기 위한 방법으로 제시되었던 것이다. 이는 소설작품에서 공간의 문제가 본격적으로 반영되기 시작했던 이유를 산업사회의 발전, 특히 영상매체의 대중화와 함께 증가된 시각적 체험으로 파악했기 때문이다. 그러므로 이러한 개념을 이전 시대의 소설에 적용하는 것이 전혀 불가능하지는 않더라도, 아무래도 산업화 이후의 작품에서 공간의 특징이 보다 뚜렷하게 부각되리라고 판단된다.

지금까지 살펴본 내용을 통해서 공간이론 자체에 대한 논의는 그리 활발하게 이루어지지 못했다는 사실이 확인되었다. 하지만 이에 비해서 공간의 문제를 특정한 유파나 작가 혹은 작품에 한정시켜 적용시킨 논의는 비교적 활발하게 이루어져 왔다. 그 논의들은 주로 1930년대의 모더니즘 소설을 비롯하여, 박태원·이상과 같은 작가의 저작에 집중되어 나타났다.

명형대의 「1930년대 한국 모더니즘 소설의 공간구조 연구」는 모더

---

8) 장일구, 「한국 근대 소설의 공간성 연구」, 서강대 국문과 박사학위논문, 1998.

니즘 소설의 특징으로 '다원화된 주관성, 주관의 객관화, 현실과 이상의 괴리, 전통의 단절' 등을 제시하고, 이것이 1930년대 한국 사회가 가진 식민지적 근대의 특징과 부합된다고 설명하면서, 박태원·최명익·이상의 작품에 나타난 공간구조를 분석했다.[9] 그러나 논의의 진행이 주로 대상 작품들이 가진 모더니즘적 특성을 밝히는데 집중되었기 때문에, 공간구조에 대한 개념정립 및 적용이 분명하게 이루어지지 못했다는 한계를 가진다.

김종욱의 「1930년대 한국 장편소설의 시간·공간구조 연구」는 시간과 공간의 역할을 "인물들의 역동적인 행위를 개연성 있게 제시하기 위한 기능적 역할뿐만 아니라, 더 나아가 인물들이 성장하고 갈등하는 과정을 규정한다"라고 설명하면서, 1930년대 장편소설을 대상으로 하여 절대적인 시간·공간의 개념과 텍스트 속에서 구현된 시간적·공간적 경험 사이에서 발생하는 차이와 의미를 밝히고자 했다.[10] 이는 실재 공간과 창작공간의 차이에 주목한 것인데, 이를 통해 작품과 사회의 관계가 파악될 수 있을 것이다. 그러나 그의 논의는 장편소설을 대상으로 하고 있기 때문에, 시간성과 공간성을 구분하여 집중적으로 파악하지 못했다. 장편소설은 인생의 다각적인 측면을 다루므로, 아무래도 공간과 시간의 결합, 혹은 시간이 중시되는 서사구조를 가질 수밖에 없기 때문이다.

박태원의 작품에 나타난 공간의 문제는 주로 그의 소설 창작기법과 연결되어 논의되는 경우가 많았는데, 이는 주로 영화적 기법의 수용이라는 측면이 강조되었다. 대표적인 논의로 이윤진의 「박태원 소설의 서

---

9) 명형대, 「1930년대 한국 모더니즘 소설의 공간구조 연구」, 부산대 국문과 박사학위논문, 1991.
10) 김종욱, 「1930년대 한국 장편소설의 시간·공간구조 연구」, 서울대 국문과 박사학위논문, 1998.

술 기법 연구」를 들 수 있는데, 이 연구는 박태원의 전기적인 사실에 근거하여 그의 소설에 나타난 영화적 기법을 몽타주·카메라의 눈(camera eye)·시간과 공간 등의 세 가지 측면에서 살펴보았다.[11] 이 연구에서 지적한 것처럼 1920년대 이후 영화에 대한 관심이 문인들 사이에서 보편적으로 나타났던 것은 사실이지만, 그것은 어디까지나 낯선 근대문물에 대한 호기심의 수준에 머물렀다고 판단된다. 그러므로 당시 소설에서 이루어졌던 영상매체와의 상호교류 역시 몇몇 기법적인 실험에 그쳤다. 두 매체 간의 본격적인 교류는 영상매체가 보다 일상화된 문화체험으로 변모하는 산업화 시대 이후에야 가능해졌다고 판단된다.

이상의 작품에 나타난 공간의 문제를 다룬 대표적인 논의로는 황도경의 「이상의 소설 공간 연구」를 들 수 있다. 이는 맘그렌(Carl D. Malmgren)의 허구 공간의 구성 층위 도식을 바탕으로 로트만 식의 기호학적 공간 구조 논의를 더하여 이론적 근거로 삼았다. 특히 서술 공간(narrational space)을 설명하면서 문체와 슈탄젤의 서술 상황에 대한 논의를 적용하여, 텍스트에 대한 미시적 분석을 시도했다는 점에서 주목된다.[12] 또한 이 연구는 소설 공간에 대한 수용 이론적 측면에 대한 검토까지 시도했는데, 이는 프랭크가 서사적 공간형식에 대한 논의에서 주요 국면으로 파악했던 독자의 해석 문제를 적극적으로 고려한 부분이다. 그러나 이 연구는 소설 공간의 여러 국면들의 단편적인 양상을 분석하는데 그쳤으며, 용어 사용 및 텍스트 분석에서도 다소 간의 오류가 발견된다.

지금까지 살펴본 논의들은 모두 근대 작가를 대상으로 논의를 전개했다는 점에서 일정한 한계를 가진다. 물론 소설 공간의 문제는 특정

---

11) 이윤진, 「박태원 소설의 서술 기법 연구」, 우석대 국문과 박사학위논문, 2002.
12) 황도경, 「이상의 소설 공간 연구」, 이화여대 국문과 박사학위논문, 1993.

한 시기에 국한되는 문제가 아니며, 오히려 소설의 보편적인 구성요소에 해당하는 것이지만, 그 역할이 부각되었던 시기는 산업화 시대부터이다. 이후의 논의에서 보다 자세히 언급하겠지만, 이는 공간에 대한 인식이 주로 시각적인 체험을 통해서 이루어지기 때문이라고 할 수 있다. 이전 시기와 비교하자면 식민지 근대 상황에서도 다채로운 시각적 경험이 이루어지기는 했으나, 이는 생경한 문물에 대한 호기심에 불과했다. 이것이 작가의 온전한 체험으로 내면화된 뒤에야 창작활동에서 기능을 발휘하게 될 터이다. 그러므로 소설에 있어서 공간의 문제가 본격적으로 다루어진 것은, 영화와 텔레비전이 보편화되면서 각종 영상매체들을 일상적으로 접할 수 있게 되는 산업화 시기부터이며, 컴퓨터 및 인터넷 기술의 발달에 따라 보다 능동적인 시지각(視知覺) 활동이 이루어지는 정보화 시대에 이르러 그 논의와 적용이 활성화되고 있다고 하겠다.

창작방법론에 대한 본격적인 연구는 거의 이루어지지 않았다. 이는 작가의 창작행위가 이론화의 대상이 아닌 일종의 개인적 체험으로 파악되어왔기 때문이다. 물론 창작행위의 속성상 많은 부분이 개인적인 체험에 근거하는 것은 사실이다. 그러나 끊임없이 관련 저술이 발표되고 있고, 대학의 교육현장에서 소설 창작과 관련된 강의가 진행되고 있다는 사실을 고려하면, 소설의 창작과정에 대한 이론화 작업은 충분한 필요성을 가진다.[13]

한국 현대소설의 창작론은 해방 이전부터 부분적으로 제시되어 왔으며, 본격적인 저술이 이루어졌던 것은 정비석의 『소설작법』과 이무영

---

13) 우한용, 「소설창작의 이론화 가능성 탐색」, ≪현대소설연구≫ 제10호, 1999. 6, p.8.

의 『소설작법』이 출판된 1949년부터이다. 이후로 주로 작가들의 창작
경험을 살린 소설 창작방법론이 제시되었는데, 대표적인 것으로 1966
년에 발행된 김동리·박영준의 『소설작법』이 있으며, 1970년대 이후
저술로는 정한숙의 『소설기술론』, 전상국의 『당신도 소설을 쓸 수 있
다』, 송하춘의 『발견으로서의 소설기법』 등을 들 수 있다. 이외에도 많
은 저술들이 발표되었는데, 2001년에 집계된 것만도 53종의 단행본과
189종의 평론에 달하는 방대한 양이다.

　이와 같은 저술들을 체계적으로 정리한 것은 류철균의 「한국현대소
설 창작론 연구」가 유일하다. 그는 소설 창작론 관련 자료를 정리하여
한국 소설창작론의 변천사를 제시하고 있다.[14] 그러나 그의 논의는 창
작론 자체만을 분석 텍스트로 설정했기 때문에, 이러한 창작방법이 작
품에 적용되는 양상에 대한 논의를 다루지 못했다는 한계를 가진다.
창작론은 기법을 문제 삼는 방법론이다. 기법은 그 자체로 의미를 가
지는 것이 아니라, 작품을 통해서 형상화될 때 진정한 의미를 획득한
다. 그러므로 소설 창작방법론에 대한 논의가 구체적으로 진행되기 위
해서는 작품에 대한 분석이 필수적으로 동반되어야 하는데, 그의 논의
에서는 이 부분이 누락되어 있다.

　이외에도 소설 창작방법론에 대한 단편적인 논의들은 계속 이루어져
왔고, 또한 현재까지도 지속적으로 이루어지고 있다. 송욱은 창작을
'우리의 의식작용이 사물의 영역에서 언어의 영역으로 나아가는 사건'
으로 파악하면서 소설의 창작과정에 대한 논리화 작업을 시도했으
며,[15] 우한용은 소설창작론을 '소설창작을 가르치는 교육 절차 일반을
가리키는 용어'[16]라고 규정하면서 창작방법론에 대한 이론화 작업의

---

14) 류철균, 「한국현대소설 창작론 연구」, 서울대 국문과 박사학위논문, 2001.
15) 송욱, 「소설 창작의 논리」, ≪불어불문학연구≫ 제16호, 1981.

필요성을 강조했다. 또한 정영길은 소설 창작 교재의 현황을 검토하고 그 개선점을 제시하기도 했다.[17] 2001년 전국 대학 문예창작과 교·강사들로 구성된 한국문예창작학회가 결성되면서, 소설 창작방법론에 대한 보다 실용적 측면에서의 검토가 이루어지기 시작했다. 그 대표적인 예로 김탁환의 논의를 들 수 있는데, 그는 대학 교육현장에서 진행되는 소설 창작 관련교육의 문제점을 지적하고, 이를 극복하기 위한 구체적인 방법들을 다양하게 제기했다.[18]

지금까지 살펴보았던 소설 창작방법론과 관련된 논의들은 모두 일정한 성과를 거두고 있으나, 현상에 대한 고찰이거나 실용적 대안의 제시에 집중되어 있을 뿐, 본격적인 방법론의 문제에 접근하지는 못했다는 한계를 가진다.

소설과 밀접한 상호관계를 맺고 있는 영상예술, 디지털문학, 그리고 컴퓨터게임의 분야는 각 장르별로 독창성이 강조되는 이론이 전개되어 왔다. 그러므로 이와 관련된 이론을 정리하고, 이를 소설 창작방법론과 비교할 수 있는 준거를 마련하는데 중점을 두었다.

영상예술 분야를 제외한, 디지털문학이나 컴퓨터게임의 창작방법론 분야는 장르의 형성 자체가 비교적 최근에 이루어졌고, 그렇기 때문에 아직 활발한 연구가 이루어지지 않았다. 또한 장르 자체의 미학도 분명하게 성립되지 못했으며, 기술발전에 따라 새로운 특성이 지속적으로 추가되고 있는 실정이다.

그러므로 이러한 장르들의 창작방법론을 무리하게 설정하기 보다는,

---

16) 우한용, 앞의 글, p.19.
17) 정영길, 「소설 창작 교재의 현황과 개선점」, ≪현대소설연구≫ 제10호, 1999. 6.
18) 김탁환, 「소설창작교육방법 연구」, ≪한국문예창작≫ 제3호, 2003. 6.

장르별로 가지고 있는 특징을 정리하고, 소설의 창작방법론을 적용할
수 있는 여지를 찾아내는 연구 방법이 적합하리라고 판단된다. 이에
대해서는 해당 부분에서 본격적으로 살펴보도록 하겠다.

3
연구 방법 및 범위

공간은 문학작품을 구성하는 요소들 중에서도 가장 근본적이면서도 총체적인 부분이다. 또한 소설 작품에 제시된 공간은 일정한 질서와 형태를 갖추고 있다. 그러므로 공간에 대한 고찰은 결국 소설의 근본을 탐색하는 작업이자, 작품에 구현된 창작방법론을 확인하는 작업이 될 것이다. 특히 이 연구는 창작방법론의 관점에서 소설 작품에 나타난 공간의 의미를 분석하고 이를 통해 구현된 작가 의식을 규명하는 데 목적을 둔다.

그러므로 이 연구의 진행은 공간에 관련된 소설이론을 정립하는 작업, 작품 분석을 통해 앞서 마련된 공간에 관련된 이론을 확인하는 작업, 앞선 단계들을 통해 도출된 결과를 소설과 상호관련성을 가지는 인접 장르와의 비교하는 작업 등의 세 가지 단계로 이루어진다. 이를 보다 자세히 살펴보면 다음과 같다.

첫째, 소설 창작방법론에 적용되는 공간의 개념을 확정하는 단계이다. 이 단계의 연구는 해외의 문예이론을 검토하여 소설 창작방법론에 부합되는 이론적 토대를 형성하는 방법으로 진행된다. 이 단계는 다시 네 가지 측면으로 구분되는데, 인식으로의 공간·배경으로의 공간·상징으로의 배경·구조로서의 공간이 그것이다.

인식으로의 공간에서는 인식론의 대표적인 철학자인 칸트(Immanuel Kant)와 현상학자 하르트만(Nicolai Hartmann)의 견해를 중심으로 살펴볼 것이며, 이러한 공간인식을 표현하는 방안에 대해서는 콜리지(Samuel T. Coleridge)의 상상력 이론을 검토하도록 한다. 아울러 인문지리학자 투안(Yi-Fu Tuan)이 제시했던 '장소애(場所愛)'와 공간과 장소의 구분에 대해서도 살펴보도록 하겠다.

배경으로의 공간에서는 아리스토텔레스(Aristoteles)부터 비롯된 모방(mimesis)으로의 공간 개념을 살펴보고, 웰렉(René Wellek)과 워렌(Austin Warren)의 '환경으로의 공간' 개념에 대해서 살펴보도록 하겠다.

상징으로의 공간에서는 주로 정신분석학과의 상관관계에 주목하여, 프로이트(Sigmund Freud)의 성적(性的) 상징으로의 공간 이론과 작가의 창작심리의 문제를 살펴보고, 융(Carl G. Jung)의 집단무의식과 원형(原型)의 개념을 공간에 적용시켜 보겠다. 그러나 무엇보다 주목되는 것은 바슐라르(Gaston Bachelard)의 견해이다. 그는 『공간의 시학』을 통해서 상징과 공긴의 상관관계를 직접적으로 언급한 바 있는데, 이를 집중적으로 살펴보도록 하겠다.

구조로서의 공간에서는 프랭크(Joseph Frank)가 주창했던 '공간 형식'의 개념과 '반영적 언급의 원리' 등의 개념을 중점적으로 살펴보고, 소설 구조의 공간화를 플롯과 관련지어 논의했던 래브킨(Eric S. Rabkin)의 견해를 살펴보도록 하겠다.

둘째, 앞서 확정된 공간 창작방법론이 적용된 실제 작품을 분석하는 단계이다. 공간의 분석은 작품에 제시된 공간의 의미를 분석하는 것이면서, 동시에 공간에 담긴 작가의 창작의도를 파악하는 것이다. 작가의 의식은 구체적인 삶의 방식에 반영되고, 삶의 방식은 공간과 그 공간에서 이루어지는 행동을 통해 표현된다. 창작방법론적인 관점에서 보자면, 소설 작품 속에 구체화된 문학공간은 작가의 창작의도를 반영하는 하나의 그릇이라고 할 수 있다. 그러므로 작품에 나타난 공간구조를 분석함으로써 작자의 세계인식과 아울러 이를 표현하는 창작방법론적인 특징을 밝혀질 수 있을 것이다.

이 단계에서의 연구는 우선 실재공간과 작품에 내포된 공간의 관계를 밝히고, 각 작품에 적용된 공간 창작방법론을 살펴보며, 이러한 창작방법의 계승 관계를 살펴보는 순서로 진행하도록 하겠다. 논의의 진행은 앞선 단락에서 도출된 네 가지 공간 창작방법론에 따라 이루어진다.

우선, 조세희의 「난장이가 쏘아올린 작은 공」에 대한 분석을 통해서 공간을 활용하여 현실인식을 형상화하는 창작방법을 살펴보겠다. 구체적으로는 이미지를 활용해서 공간을 구체적으로 표현하는 방법과 여러 명의 화자를 등장시켜 공간인식을 다각화하고 심화시키는 방법 등을 고찰할 것이다. 이를 계승한 최근 작품으로는 백민석의 「목화밭 엽기전」을 살펴보도록 하겠다.

이문구의 「일락서산」에 대한 분석을 통해서 배경으로 활용된 공간의 기능과 의미에 대해 살펴보겠다. 구체적으로는 유년기 화자와 성인 화자의 가변적(可變的)으로 활용하여 공간의 의미층위를 구분하는 방법과 배경공간에 의미를 부여하여 인물을 형상화하는 방법, 그리고 공간을 구분하고 대립적으로 인식하여 창작의도를 표현하는 방법 등을 고찰할 것이다. 이를 계승한 최근 작품으로는 윤대녕의 「찔레꽃 기념관」
과 「빛의 걸음걸이」를 살펴보도록 하겠다.

김승옥의 「무진기행」에 대한 분석을 통해서는 공간을 상징화하여 인
물의 심리를 표현하는 창작방법을 살펴보겠다. 구체적으로는 '안개'와
'담배연기' 등의 미분화(未分化)된 상징물을 활용하는 방법과 공간 자
체를 하나의 상징으로 활용하는 방법, 그리고 여성상징을 통해서 작가
의 창작의도를 표현하는 방법 등을 고찰할 것이다. 이를 계승한 최근
작품으로는 신경숙의 「풍금이 있던 자리」를 살펴보도록 하겠다.

윤후명의 「둔황의 사랑」에 대한 분석을 통해서는 공간을 구조적으로
활용하는 창작방법을 살펴보겠다. 구체적으로는 병렬적 플롯과 이를
통해 리듬을 형성하는 방법과 공간의 병치를 통한 원심력의 작용이 이
루어지는 구조 등을 고찰할 것이다. 이를 계승한 최근 작품으로는 김
영하의 「거울에 대한 명상」과 「바람이 분다」를 살펴보도록 하겠다.

셋째, 소설의 공간 창작기법과 인접 예술의 공간 창작기법을 비교하
는 단계이다. 소설의 영역 확장이라고 설명될 수 있는 인접 예술 장르
는 영상예술, 디지털문학, 컴퓨터게임 등이 대상이 되는데, 논의의 진
행은 먼저 각 장르의 공간 창작기법을 살피고 이를 소설과 비교하는
방식으로 이루어진다.

영상예술의 공간 창작방법으로는 역동적 공간의 재현과 공간의 조직
에 의한 시간표현, 그리고 구조화된 공간에 의해 의미를 창출하는 방
법 등이 논의될 것이다. 디지털문학의 공간 창작방법으로는 비선형적
공간 구조와 멀티미디어를 활용한 공간 표현방법 등이 논의될 것인데,
특히 비선형적 공간 구조는 가지형 이야기구조와 뿌리줄기형 이야기
구조로 나누어 살펴볼 것이다. 컴퓨터게임의 공간 창작방법으로는 게
이머의 능동적 참여가 이루어지는 공간과 몰입을 활용한 서사공간의

구성, 그리고 화면구성을 통한 시간과 공간의 병치 방법 등이 논의될 것이다. 특히 몰입을 활용한 서사공간의 구성 방법은 과제 제시를 통한 성취욕의 자극, 완전해지고자 하는 욕망의 자극, 공동체 정서의 자극 등으로 나누어 살펴볼 것이다.

그리고 마지막으로 이러한 공간 창장방법론과 소설의 공간 창작방법론을 적용하여, 스토리텔링으로의 소설이 가지는 기능과 공간 창작방법에 대해 검토해 보도록 하겠다. 이를 통해 변화하는 시대환경에서 소설문학이 가지는 위상과 가치, 그리고 활용가능성이 확인될 수 있으리라 기대한다.

제2장 창작방법론으로서의 공간

창작방법론으로서의 공간

인간의 삶은 시간과 공간의 관계망 속에서 이루어진다. 그러므로 인간의 삶을 대상으로 하는 예술작품 역시 그러한 관계망에서 자유로울 수 없다. 더구나 소설을 창작하는 과정에서 공간의 문제는 매우 중요한 의미를 가진다. 소설 창작방법론에 있어서 주요하게 다루어져야 할 공간의 개념은, 공간 자체에 대한 인식, 배경으로 다루어지는 공간, 상징으로 활용되는 공간, 그리고 작품의 구조를 형성하는 요인으로의 공간 등으로 나누어볼 수 있다.

먼저 파악되어야 할 것은 공간 자체에 대한 인식의 문제로, 이는 실재공간과 창작공간으로 구분되어진다. 실재공간은 현실 세계에 존재하는 공간 자체를 의미하며, 창작공간은 작가에 의해서 창작된 소설 작품에 구현된 공간을 의미한다.

여기에서 문제가 되는 것은 '실재(實在, real)'와 '실제(實際, actual)'의 개념이다. 이는 흔히 혼용되어 사용하는 개념이긴 하지만, 이 연구에서는 구분하도록 한다. 실재는 철학에서 사용되는 것처럼 인간의 의식으로부터 독립하여 객관적으로 존재하는 물질세계라는 의미로 파악하고, 그에 비해서 실제는 사실 그 자체라는 의미로 파악하여 구분하고자 한다. 특히 작품에 표현된 '실제시간' 등의 용어가 사용되고 있는 만큼, '실재공간'이라는 용어는 작품에 구현되기 이전의 현실 공간과 관련된 것으로 사용하고, '실제공간'이라는 용어는 작품으로 표현된 공간에만 한정하여 사용한다.

1
인식으로서의 공간

문학의 여러 장르 중에서도 특히 소설은 인식론의 문제와 밀접하게 결부되어 있다. 허구적 세계에 대한 인식 주체로서 화자는 세계 인식의 내용뿐만 아니라, 그것을 포함하는 형식까지 문제 삼을 수 있을 수 있기 때문이다.

인식론의 차원에서 공간의 문제를 다뤘던 대표적인 연구자는 칸트(Immanuel Kant)가 있다. 그는 '공간'을 객관적이고 경험적인 실재가 아니라 선험적이고 관념적인 것으로 파악했는데, 이것이 그가 주장했던 인식론의 근간을 이루는 개념이다. 그는 인간의 인식작용을 '감성(感性, Sinnlichkeit)'과 '오성(悟性, Verstand)'이라는 두 가지 요소를 통해서 설명했다. 인간의 심성 속에는 먼저 대상이 주어지는 피촉발성(被觸發性)의 역할을 하는 '감성'이 있고, 뒤에 주어진 대상을 자발적으로 사유하고 판단하는 역할을 하는 '오성'이 있다. 감성에 의해서 직관이 성립하고, 오성에 의해서 개념이 발현한다. 이러한 두 가지 기능의 작

용에 의해서, 즉 직관과 개념이 결합되면서 경험적 인식이 발현되는 것이다.[1]

이처럼 칸트는 감성과 오성이 인식을 형성하는 요소이자 인간에게 선험적으로 구비된 '순수형식(reine Form)'이라고 파악했다. 이 중에서도 그는 직관의 문제에 천착한다. 직관이야말로 대상에 직접 관계하는 것이며, 모든 사고 작용에 관계되기 때문이다. 그는 직관을 후천적으로 주어지는 '경험적 직관'과 선험적으로 주어지는 '순수 직관'의 두 가지 종류로 세분했다. 칸트가 『순수이성비판(純粹理性批判, *Kritik der reinen Vernunft*)』의 서두에서 제시했던 '선험적 감성론(Aesthetik)'은 바로 순수 직관을 설명하기 위한 논리였다. 여기에서 순수 직관의 순수한 형식으로 공간과 시간이 제시되는데, 공간은 외감(外感)의 인식 원천이며, 시간은 내감(內感)의 인식 원천으로 파악했던 것이다.

공간은 모든 외적 직관작용의 근저에 있는 필연적인 선천적 표상이다. 공간 안에 대상이 없는 일은 넉넉히 생각될 수 있으나, 우리는 공간이 전혀 없다는 생각을 가질 수는 없다. 따라서 공간은 외적 현상에 의존하는 규정으로 보아지지 않고, 외적 현상을 가능하게 하는 조건으로 보아진다. 그것은 외적 현상의 근저에 반드시 있어야 하는 선천적 표상이다.[2]

칸트는 공간을 물자체(物自體, Ding an sich)가 아니라고 파악했다. 공간은 사물 그 자체의 성격을 의미하는 것이 아니라, 사물의 존재에 앞서는 선험적 직관이라는 것이다. 그는 또한 공간에 대한 논의의 결론에서 "공간은 단지 외감의 모든 현상의 형식에 지나지 않는다. 즉 감성

---

1) 김용정, 『칸트철학연구』, 유림사, 1978, p.15.
2) Immanuel Kant, 최재희 역, 『순수이성비판』, 박영사, 1983, p.76.

의 주관적 제약"[3]이라고 설명했다. 이는 공간의 실체성과 절대성을 부정하는 논리이다.

칸트의 이러한 공간 개념은 이후 베르그송(Henri Bergson)을 비롯하여 후대의 연구자들에 의해 비판의 대상이 되었지만,[4] 문예학의 연구방법론으로 적용될 수 있는 가능성은 여전히 남아 있다. 실재하는 공간과 이를 인지하고 작품으로 표현하는 작가의 공간의식을 설명하는 데 주요한 단서를 제공하기 때문이다.

칸트의 논리처럼, 외부로부터 수용된 감각이 모두 현상의 형식이고 감성의 주관적인 제약이라면, 동일한 공간을 경험하더라도 각자의 선험적인 공간의식에 의해서 다르게 인식하게 된다. 이러한 차이는 '공간의 상대성'[5]이라고 할 것인데, 그대로 문학작품의 연구방법론에 적용될 수 있다. 즉, 이를 통해 동일한 공간을 다룬 문학작품이라고 하더라도 작가의 공간 인식에 따라서 상이한 의미구조를 형성하게 되는 이유가 설명될 수 있는 것이다.

현상학자 하르트만(Nicolai Hartmann)은 칸트와는 다른 관점에서 공간 개념을 설명했다. 그는 공간과 시간을 "실재적 세계에 있어서 온갖 실체와 그 속성이 그 속에서 출현할 수 있도록 하는 일반적 범주적 제약에 불과한 것"[6]이라고 규정했는데, 이것이 칸트의 선험적·관념적

---

3) 위의 책, p.79.
4) 베르그송은 "칸트의 오류는 시간을 동질적 환경으로 오인하는 데 있었다. 그는 실재의 지속이 서로 내적인 여러 순간으로 구성된다는 것과, 그것이 완전히 동질적인 형태를 띠고 있을 때에는 공간으로 표현되어 있기 때문이라는 것을 주의하지 않은 듯하다"라고 하여, 칸트가 시간과 공간을 혼동했다고 보았다(박종홍, 『한국소설원론』, 중문출판사, 1993, p.94.). 이외에도 로바체프스키(Nikolay Lobachevsky)—보야이와 리만(Bernhard Riemann)의 비유클리트 기하학과 같은 새로운 패러다임이 발견됨에 따라, 유클리트 기하학에 기초를 둔 칸트의 선험적으로 파악되는 절대적인 공간 개념에 대한 근본적인 재검토 작업이 이루어지고 있다.
5) 신상성·유한근, 『한국문학의 공간구조』, 양문출판사, 1986, p.14.
6) 하기락, 『하르트만 연구』, 형설출판사, 1977, p.101.

공간 인식태도와 구분되는 부분이다. 그의 공간 개념은 현상학적 인식 논리에 근거를 두고 있으며, 이에 따라 그는 공간을 실재공간, 직관공간, 기하학적 이념공간의 세 가지로 구분했다.

그의 설명에 따르면 실재공간은 실재적 자연이 전개되는 차원으로서의 공간이고, 직관공간은 자연을 직관하는 의식 형식으로서의 공간이며, 이념공간은 연장적(延長的) 양(量)의 순수한 차원체계로의 공간이다. 앞의 두 공간은 간단하게 설명되어 있고, 그 구별도 쉽게 이루어지지만, 이념공간의 개념에 대한 설명과 구분은 보다 복잡하게 전개된다.

우선 그는 실재공간을 여러 종류의 이념공간 중의 일부분에 불과하다고 규정하면서, 동질성·연속성·무한계성·무척도성 등을 이념공간의 보편적 범주로 제시하고 있다. 이는 앞의 규정에 따라 실재공간에도 그대로 적용된다. 또한 그는 각 공간 차원들의 상호관계를 다음과 같이 규정했다. 첫째, 공간의 차원은 서로 동종적(同種的, gleichartg)이다. 따라서 서로 교환될 수 있다. 둘째, 공간은 그 자체 동단위적(同單位的, isometrisch)이다. 따라서 공간의 한 차원에 타당한 척도는 다른 차원에도 타당하다. 셋째, 공간의 차원은 서로 수직(垂直)이다. 자연스러운 기준각도는 직각이므로 이 관계가 차원 상호 간에 자연스럽게 적용된다. 넷째, 공간의 차원관계는 좌표계(座標系, Koordinatensystem)가 아니다. 공간 자체는 여하한 기준점도 기준방향도 없기 때문이다.[7]

이러한 세 가지 공간 계기에서 공간에 대한 일반적인 개념을 추출하면 다음과 같은 두 가지로 정리될 수 있다. 우선, 공간은 그 자체가 물(物)이 아니라, 물의 공간성의 기초를 이루는 범주적 제약이다. 다음으

---

7) 위의 책, pp.101~106. 참고.

로, 공간 내에 연장을 가진 물이 양·위치·방향·운동 등을 포함한 공간성의 본질계기이므로, 이들 계기에 있어서의 상대성은 공간의 상대성이 아니라 공간적인 것이 가지고 있는 공간성에 다름 아니다.[8]

이상과 같은 하르트만의 공간 개념에 따르면, 문학작품에 포함된 공간은 실재공간 그 자체가 아니라 작가의 상상력에 의해 변용된 직관공간과 이념공간에 해당하는 것이다. 하르트만의 공간 개념은 문예창작 방법론에도 적용될 수 있다. 즉 그가 차원을 규정하기 위해 사용한 동종적 공간, 동단위적 공간, 수직공간, 비좌표공간의 개념과 용어의 사용 등이 여기에 해당한다.

지금까지 살펴본 칸트와 하르트만의 공간 개념을 문예이론에 적용시키면, 문학작품 속에 표현된 공간은 실재하는 그대로의 공간이 아니라 작가의 상상력에 의해 새롭게 인식된 공간이라고 설명될 수 있을 것이다. 여기에서 상상력의 개념이 주목된다. 상상력이야 말로 작가의 세계인식과 문학작품을 긴밀하게 연결시켜 주는 역할을 담당하기 때문이다.

콜리지(Samuel T. Coleridge)는 『문학평전(*Biographie Literia*)』을 통해서 상상력에 대한 논의를 전개했다. 그는 우선 정신과 물질이라는 대립되는 양 극단이 불가피하게 한 지점으로 모이게 된다고 전제하고, 이러한 결합이 이루어지도록 작용하는 것이 바로 상상력이라고 설명했다.[9]

이와 함께 그는 상상력을 일차적 상상력과 이차적 상상력의 두 가지 종류로 구분했다. 일차적 상상력은 감각과 인식을 중개하는 것으로서,

---

8) 신상성·유한근, 앞의 책, p.16.
9) 김정근, 『콜리지의 문학과 사상』, 한신문화사, 1996, p.79.

인간 인식의 살아 있는 힘이며 으뜸가는 동인(動因)이다. 또한 이는 대상을 주관에 맞도록 조직화해서 현상 세계에 대한 인식을 가능하게 하는 보편적인 능력이자, '무한한 절대 자아의 영원한 창작행위가 유한한 인간의 정신 속에서 되풀이되는 것'이기도 하다. 그에 비해서 이차적 상상력은 일차적 상상력의 반향으로 기능 면에서는 유사하지만, 작용하는 정도와 양식에 있어서 차이가 있다. 일차적 상상력의 활동이 잠재의식적인 반면에, 이차적 상상력의 경우에는 '자각적인 의지'에 관계되기 때문이다.[10]

　이러한 논의를 바탕으로 그는 공상과 상상력을 구분했다. 그에 따르면 공상은 연상의 과정이며 상상은 창조의 과정이다. 공상은 유기적인 결합력을 갖고 있지 못하기 때문에, 고정된 것과 한정된 것들 이외에는 대응물을 갖지 못하고, 시간과 공간의 질서에서 해방되어 나온 기억의 한 형태에 불과하다. 공상은 "여러 가지 심상들을 늘어놓을 수는 있지만, 그것들을 하나의 전체 속에 융합시키지 못한다"[11]는 점에서 상상력과는 분명하게 구별된다. 이에 비해 상상력, 특히 이차적 상상력은 받아들인 이미지를 변용시켜 나름대로 이상화하거나 조화와 통일을 이루기 위해서 노력한다. 그러한 작업을 통해서 "진실로 진실한 그 무엇 또는 우주의 구조나 인간 경험의 기초적인 본질, 표면의 뒤에 숨어 있는 실재, 그 밖에 이러한 귀결들에 의해 암시되는 그 무언가"[12]를 보여주기 위해서이다. 상상력이 문학작품의 창작에 관여하는 것은 이러한 일련의 과정들을 통해서이며, 그런 점에서 이차적 상상력은 '시적 상상력'이라고 설명된다.

---

10) 윤준, 『코울리지의 시 연구』, 동인, 2001, pp.276~277, 참고.
11) 위의 책, p.278.
12) R. L. Brett, 심명호 역, 『공상과 상상력(*Fancy and Imagination*)』, 서울대학교출판부, 1979, p.63.

　이상과 같은 콜리지의 상상력 이론에 따르자면, 작가의 공간의식은 상상력에 의해 형성되고, 이러한 예술적 상상력을 통해서 문학작품이라는 새로운 세계로 창조되는 것이다. 다시 말해, 문학작품의 공간은 "비록 일상적인 인식의 세계와 같은 것이기는 하지만, 상상력에 의해 재구성되고 고도의 보편적 차원으로 승화된 세계"[13]라고 하겠다.

　인문지리학자 투안(Yi-Fu Tuan)은 이들과는 다른 관점에서 공간에 대한 논의를 전개한다. 인간 존재가 모든 물질적 환경과 맺는 정서적 유대관계에 대해 살펴보았던 『장소애(場所愛, Topophilia)』 이후, 그의 연구는 공간과 장소에 대한 논의로 집중되었는데, 1977년에 발표되었던 『공간과 장소(Space and place : the perspective of experience)』가 대표적인 저술이다.

　그는 장소와 공간을 구분하면서, "장소는 안전을 의미하며 공간은 자유를 의미한다. 즉 우리는 장소에 고착되어 있으면서 공간을 열망한다"[14]라고 설명했다. 그의 견해에 따르면, 장소(place)는 안전과 안정의 감각과 결합된 것으로, 식량·물·휴식·번식 등과 같은 '생물학적 필요가 충족되는 가치의 중심지'이다. 특히 이는 집처럼 편안함을 느낄 수 있는 정감의 연장성에 있는 것으로, 삶의 근거인 집 그리고 집이 있는 땅과 밀착된 정감 같은 특성이, 비록 강도(强度)의 기복은 있을지라도 계속적으로 이어진 곳을 통틀어 일컫는 말이라고 설명된다.[15] 이에 비해 공간(space)은 자유와 움직임의 감각과 결합된 것으로, '동적이고 목적적인 자아를 중심으로 하는 대략적인 좌표틀'이자 경험과 상징을

---

13) 위의 책, p.59.
14) Yi-Fu Tuan, 구동회·심승희 역, 『공간과 장소』, 대윤출판사, 1995, p.15.
15) 김형국, 「땅의 근대화 : 장소에서 공간으로」, 『땅과 한국인의 삶』, 나남출판, 1999, p.320.

통해 구조화된 세계이다. 이에 대한 동양적 해석도 유사한 의미를 가지는데, 공간이란 '비어 있음[空]'이자 '사이[間]'라는 의미로, 이는 역설적으로 가치를 채울 수 있는 터전이자 여지라고 해석된다.[16] 투안은 이러한 개념을 바탕으로 인간은 공간을 장소로 인지한다고 설명했다.

> '공간'은 '장소'보다 추상적이다. 무차별적인 공간에서 출발하여 우리가 공간을 더 잘 알게 되고 공간에 가치를 부여하게 됨에 따라 공간은 장소가 된다. (……) 우리는 장소의 안전(security), 안정(stability)과 구분되는 공간의 개방성, 자유, 위협을 알고 있으며 그 역 또한 알고 있다. 나아가 우리가 공간을 움직임이 일어나는 곳이라 생각한다면, 장소는 정지(멈춤)이다. 움직임 속에서 정지할 때마다 입지는 장소로 변할 수 있다.[17]

이처럼 투안은 공간과 장소를 경험을 통해 인식되는 대상으로 파악되는데, 이것이 칸트의 인식론이나 하르트만의 현상학적 관점과는 변별되는 부분이다. 투안의 견해에 따르면, 장소에 대한 애착은 기억과 학습에 의해 형성되고 획득된다. 즉, 인간은 생존하기 위해서 자신을 둘러싼 주변세계를 친숙한 장소로 만들고자 하는 본능적 성향을 가지는데, 낯설고 위협적인 공간을 익숙하고 안전한 장소로 만드는 과정에서 장소애가 발생한다.

이와 같은 개념은 문학 창작활동에도 그대로 적용될 수 있다. 작가에 의한 장소의 인식과 관념의 세계가 구조적인 형태를 이루면서 문학작품이 창작되기 때문인데, 그러므로 문학적 창조행위는 '미지의 공간 속에서 장소화를 통해 재현'[18]되는 것이라고 할 수 있다.

---

16) 위의 책, p.323.
17) YI-Fu Tuan, 앞의 책, pp.19~20.

이를 독자의 관점으로 확대시켜도 비슷한 논의가 이루어진다. 독자가 접하게 되는 소설작품은 평범한 일상을 낯설게 만든 이야기이다. 그러므로 작가는 장소를 공간화하여 독자에게 제공하는 것이며, 독서행위를 통해서 독자는 자신에게 제시된 낯선 공간을 이해하고 의미를 파악하여 장소로 변환시킨다. 결국, 소설 창작행위는 장소의 공간화 작용이라고 설명할 수 있으며, 소설작품에 대한 독서행위는 공간의 장소화 작용이라고 설명할 수 있겠다.

---

18) 김택중, 『현대소설의 문학지형과 공간성 연구』, 푸른사상, 2004, p.28.

2
배경으로서의 공간

문학에 있어서 시간과 공간의 검토는 삶을 설명하고 인간존재를 해명하는데 있어서 등가적인 가치를 획득한다. 특히 삶의 현장을 실재공간으로 설정하는 소설에 있어서 공간의 의미는 중요한 요인일 수밖에 없다. 공간은 작품의 전체적인 분위기를 조성해주는 한편, 등장인물의 활동영역을 제공해 주는 소설의 배경(setting)의 일부가 된다. 즉 장소적 의미로 축소된 공간 개념으로도 공간은 소설에 있어서 중요한 계기(契機)가 되는 것이다.[19] 그러므로 지금까지의 소설 창작방법론에 있어서 공간은 주로 배경의 개념으로 다루어져 왔다.

문학작품에 있어서 공간을 배경의 개념으로 파악하는 견해는 아리스토텔레스(Aristoteles)부터 비롯되었다. 그의 문학관은 『시학(詩學, *De*

---

19) 신상성 · 유한근, 앞의 책, p.29. 참고.

Arte Poetica)』을 통해서 제시되었다. 일반적으로 이 저술은 문학이론을 다룬 것으로 파악되고 있으나, 창작방법론의 측면에서도 중요한 의미를 가진다. 그가 문학을 '합리적으로 설명할 수 있고 따라서 배울 수 있는 기술'[20]로 다루었기 때문이다. 따라서 문학작품의 창작과정도 천재적인 개인이 발휘하는 '예술적인 영감'에 의해 구현되는 것이 아니라, '모방의 기술(techne)'[21]이 적용되어 이루어지는 것으로 파악되었다. 『시학』의 구성에 있어서도, 창작방법론적인 성격이 강하게 나타나는데, 특히 19장부터 22장에 해당하는 내용은 작품창작에 있어 활용되는 문장표현의 예를 구체적으로 제시하고 있다. 이러한 측면을 고려할 때, 『시학』은 문학이론서와 창작방법론의 두 가지 성격을 동시에 가지고 있다고 판단된다.

배경에 대한 논의도 그런 측면에서 파악되어야 한다. 『시학』에서 배경에 대한 언급은 주로 6장과 14장에서 제시되어 있다. 6장에서는 비극의 구성요소가 설명되어 있는데, 장경(場景)·성격·플롯·조사·노래·사상 등이 그것이다. 이 중에서 조사와 노래는 모방(mimesis)의 수단이고, 플롯·성격·사상은 모방의 대상이며, 장경은 모방의 양식에 속한다고 설명되었다. 그러나 그는 장경을 다른 요소들에 비해 예술성이 적으며, 시인의 영역에 속하지 않는 것이라고 부연하고 있다.

물론 여기에서 제시된 장경의 개념은, 오늘날 일반적으로 사용되는 의미에서의 배경이 아니라, 연극상연에 필요한 무대장치인 가면·의

---

20) 이상섭, 『아리스토텔레스의 ≪시학≫ 연구』, 문학과지성사, 2002, p.163.
21) 이상섭은 '테크네(techne)'라는 용어가 로마 사람들에 의해 '아르스(ars)'로 번역되었다고 설명하면서, 그러한 예로 호라티우스의 시론 『시의 기술(Ars Poetica)』을 들고 있다. 그러나 19세기 초반 유럽 사람들이 '아르스'를 '아트(art)' 즉 '예술'이라는 신비로운 천재의 능력을 뜻하는 말로 바꾸어 사용했으며, '아르스'의 동의어인 '테크네'는 '테크닉(technique)'·'테크놀로지(technology)'와 같은 '기교'·'기법'·'공학기술'을 뜻하는 말이 되었다. 이로써 기술과 예술은 서로 정반대의 의미를 가지는 두 용어로 정착되었다고 설명하고 있다. : 위의 책, pp.165~166. 참고.

상·소도구·그림판 등의 시각적인 효과를 주는 장치를 의미한다. 아리
스토텔레스가 다른 구성요소에 비해서 장경을 중요하게 다루지 않았
던 이유도 여기에 있다. 그는 장경을 작품 구성의 필수적인 요소가 아
니라, 부수적인 장치로 보았던 것이다. 그러나 이런 장치들을 통해 인
물성격 및 공간에 대해 설명이 제시되었다는 점을 고려한다면, 이것을
넓은 의미의 배경으로 이해해도 좋을 것이다.

공포와 연민의 감정은 장경에 의하여 환기될 수도 있고, 사건의 구성 그 자
체에 의하여 환기될 수도 있으나, 후자가 더 훌륭한 방법이며, 더 훌륭한 시
인만이 할 수 있는 일이다. 왜냐하면 플롯은 눈으로 보지 않고, 사건의 경과
를 듣기만 하여도 그 사건에 전율과 연민의 감정을 느낄 수 있게끔 구성되어
야 하기 때문이다. 바로 이것이 오이디푸스의 이야기를 단순히 듣기만 하여
도 느끼게 되는 감정인 것이다. 장경에 의하여 이와 같은 효과를 산출하는 것
은 비예술적이며, 많은 비용이 든다. 공포를 환기시키기 위해서가 아니라, 단
지 기괴한 것을 보여 줄 목적으로 장경을 이용하는 자들은 비극과는 아무런
상관도 없다. 왜냐하면 비극으로부터 모든 종류의 쾌감을 구할 것이 아니라,
비극에 고유한 쾌감만을 구해야 하기 때문이다.[22]

인용된 부분처럼, 『시학』의 14장에서는 비극에서 유발되는 공포와
연민의 감정을 환기시키는 요인으로 장경과 플롯의 두 가지가 제시되
어 있다. 그러나 아리스토텔레스는 이 중에서도 플롯을 활용하는 방법
이 더욱 훌륭하고, 장경을 활용하는 방법은 비예술적이라고 평가했다.
이는 그가 문학작품을 '완결되고 일정한 크기를 가진 전체적인 행동

---

22) Aristoteles, 천병희 역, 『시학』, 문예출판사, 1991, pp.79~80.

의 모방'으로 파악했기 때문이다. 이른바 '유기체론(有機體論)'이라고
불리는 이 견해는, 문학작품을 유기체처럼 하나의 독립된 전체로 보고
이것을 이루는 각 부분들이 필요한 위치에 배열되어 필요한 역할을 담
당한다고 파악하는 것이다. 이는 『시학』의 7장과 8장에 걸쳐 언급되어
있는데, 이 부분에 따르면 장경은 '배우가 스토리를 실연(實演)하기 때
문에 불가피하게 비극의 일부분'이 된 것에 불과할 뿐, 문학작품을 구
성하는 본질적인 요소가 아니라 부차적인 것으로 파악될 수밖에 없다.
이러한 견해는 아리스토텔레스 이후의 문학연구에도 많은 영향을 주
었는데, 특히 서사문학 장르에 대한 문학이론에서 전통적으로 받아들
여지고 있다.[23]

웰렉(René Wellek)과 워렌(Austin Warren)은 함께 집필한 『문학의
이론(*Theory of Literature*)』에서 "문학은 늘 구조와 미적 목적과 전체
적인 통일과 효과를 가지고 있지 않으면 안된다"[24]라고 주장하여 아
리스토텔레스의 주장을 계승했다. 그들은 성공한 한 편의 작품을 '유
기적 구성체'로 파악했는데, 작품의 구성요소들은 그저 되는 대로 얽
혀 있는 것이 아니라 긴장과 갈등이라는 배반적인 관계에 놓인다고
설명했다.[25]

---

23) '유기체론'은 낭만주의 시대에 반기계론적 미학과 창작심리의 역동성을 주장하기 위해서 재
　　발견되었다. 낭만주의자들은 문학이 창조적인 상상력 속에 '씨앗'처럼 배태되어 이질적인 요
　　소들을 흡수하고 동화하며 성장하여 완성된 형상에 이른다고 하였다. 이를 바탕으로 작품의
　　최종적인 형상은 작품 자체가 스스로 성장의 목표로 취한 모습이지 외부에서 강제로 주어진
　　형식이 아니라는 유기적 형식론이 주창되었던 것이다. 이는 현재까지도 많은 문학이론에 영
　　향을 주고 있다. 특히 문학작품의 다양성과 통일성을 강조하여, 문학작품을 '복잡다단한 부
　　분들의 통일된 전체'로 파악하는 형태심리학(Gestalt psychology)에 근거한 문예미학이 그
　　대표적인 예이다. : 이상섭, 『문학비평용어사전』, 민음사, 1976. pp.216~217. 참고.
24) René Wellek & Austin Warren, *Theory of Literature*, Penguin University Books,
　　1973, p.212. : "it(Literature) must always have a structure and an aesthetic
　　purpose, a total coherence and effect."

그러나 그들은 아리스토텔레스와는 다른 관점에서 공간의 문학적 기능에 접근하고 있다. 즉, 배경이 문학작품에서 수행하는 기능을 보다 가치 있는 것으로 파악하고, 나아가 공간을 작품 전체에 영향을 주는 환경의 개념으로까지 인식했던 것이다.

> 배경은 환경이다. 그리고 환경은 특히 가정 내부에 있어서는, 환유적 혹은 은유적인 성격의 표현으로 보여 질 수도 있다. 어떤 사람의 집은 그 자신의 연장이다. 그 사람의 집을 표현하는 것은 곧 그를 표현하는 것이 된다.[26]

이처럼 그들은 문학작품의 공간을, 세계를 온전히 모방하기 위해서 작품에 어쩔 수 없이 반영된 단순한 배경으로 파악하지 않았다. 그것은 등장인물의 성격을 반영하는 환경이고, 때로는 '인간 의지의 표현'이 되기도 한다. 그들은 아미엘(Amiel)의 견해를 받아들여 풍경은 마음의 상태를 나타낸다고 주장했다. 이에 따르면 소설에 등장하는 기후와 풍경은 등장인물의 심리상태를 표현하는 장치로 파악된다.[27] 이러한 논의를 바탕으로 그들은 소설작품의 공간을 '강대한 결정력을 가진 존재'[28]라고 언급하기까지 했다.

오늘날의 문학이론에서 일반적으로 소설을 구성하는 세 가지 요소를

---

25) 권택영, 「소설 창작의 세 요소 : 브룩스와 워렌의 ≪소설의 이해≫」, 『소설을 어떻게 볼 것인가』, 문예출판사, 1995, p.76.
26) René Wellek & Austin Warren, 앞의 책, p.221. : "Setting is environment ; and environment especially domestic interiors, may be viewed as metonymic, or metaphoric, expressions of character. A mans house is an extension of himself. Describe it and you have described him."
27) 위의 책, p.221. 참고. : "Setting may be the expression of the will. It may, if it a natural setting, be a projection of the will. Says the analyst Amiel, 'A landscape is a state of mind'. Between man and nature there are obvious correlatives, most intensely (but not exclusively) felt by the Romantics, A stormy, tempestuous hero rushes out into the storm. A sunny disposition likes sunlight."

인물과 사건, 그리고 배경으로 설정하는 것은 이들의 견해에 힘입은 바 크다. 그러나 이를 소설 창작방법론에 적용시킬 경우, 공간은 보다 포괄적인 의미를 포함하게 된다.

---

28) 위의 책, p.221. 참고. : "setting may be the massive determinant—environment viewed as physical or social causation, something over which the individual has little individual control."

3

상징으로서의 공간

문학이론에서 공간의 문제를 상징으로 파악하는 견해는, 앞서 살펴보았던 웰렉과 워렌의 『문학의 이론』에서 가능성이 언급되었다. 그들은 소설에 대한 분석적인 비평이 다루는 세 가지 요소로 플롯과 성격묘사, 그리고 배경을 언급했는데, 이 중에서도 배경은 상징적으로 되기 쉽다고 설명했다.[29]

또한 그들은 상징을 이미지 및 은유와 연관된 개념으로 파악하고 있는데, 은유를 통해서 이미지가 만들어지고, 이것이 표현과 표상의 작용을 반복하면 하나의 상징으로 형성된다고 설명했다.[30] 공간을 이러한 개념에 적용시켜 파악하면, 은유적으로 사용된 공간배경이 이미지

---

29) 위의 책, p.216. 참고. : "Analytical criticism of the novel has customarily distinguished three constituents, plot, characterization, and setting : the last, so readily symbolic, becomes, in some modern theories, 'atmosphere' or 'tone'."
30) 위의 책, p.189. 참고. : "An 'Image' may be invoked once as a metaphor, but if it persistently recurs, both as presentation and representation, it becomes a symbol, may even become part of a symbolic (or mythic) system."

를 형성하고, 형성된 이미지가 반복되면서 공간에 상징적인 기능이 부여된다고 하겠다.

일반적으로 '상징'은 가시(可視)의 세계와 불가시(不可視)의 세계, 즉 물질세계와 정신세계를 일치시키는 표현양식이라고 설명된다. 상징은 직접 대상을 지시하는 것이 아니고 다른 것을 매개로 해서 대상을 암시하며, 이를 통해서 대상뿐만이 아니라 추상적인 사상과 감정까지도 구체적인 이미지를 통해서 표현한다.[31] 그러므로 이러한 상징은 작가 혹은 작중인물의 심리상태와 밀접한 관계를 맺고 있으며, 이로 인해서 상징으로의 공간 개념은 정신분석학과 밀접한 연관을 맺고 있는 것으로 파악된다.

프로이트(Sigmund Freud)는 인간의 정신적 과정들은 "그 자체가 무의식적이며, 의식적인 것은 정신 활동 전체 중에서 단지 한 부분에 지나지 않는"[32]다고 설명하면서, 무의식의 중요성을 강조했다. 그의 논의는 '꿈'에 대한 해석 작업을 통해 구체화되었는데, 잠자는 상태에서는 '무의식적 충동이 위험한 행동으로 옮겨질 가능성이 없기 때문'[33]에 정신을 억압하는 힘이 느슨해지기 때문이다.

그는 꿈으로 표현되는 내용(외연적 꿈―내용, manifester Trauminhalt)과 그 속에 감춰져 있는 무의식적 사고(잠재적 꿈―사고, latenter Traumgedanke)를 구분하면서, 이들의 작용을 분석하는 과정을 통해서 꿈에 대한 해석이 가능하다고 설명했다. 꿈의 작용은 다음과 같은 세

---

31) 신상성·유한근, 앞의 책, p.20.
32) Sigmund Freud, 임홍빈·홍혜경 역, 『정신분석 강의(*Vorlesungen zur Einführung in die psychoanalyse*)』, 열린책들, 1997, p.25.
33) Elizabeth Wright, 권택영 역, 『정신분석 비평(*Psychoanalytic Criticism*)』, 문예출판사, 1989, p.28.

가지 단계를 통해서 이루어진다. 첫 번째는 압축(verdichtung)으로, 이는 외연적 꿈이 잠재적 꿈보다 적은 내용을 가지고 있다는 것, 즉 외연적 꿈은 잠재적 꿈에 대한 일종의 요약된 번역이라는 의미이다. 두 번째 단계는 자리바꿈(轉位, verschiebung)으로, 이는 일련의 연상과정을 통해서 잠재적 꿈을 관련이 없는 것으로 바꾸거나, 중요하지 않은 것으로 대체하는 일종의 위장행위를 의미한다. 마지막 세 번째는 재현(darstellung)으로, 잠재적인 꿈을 시각적인 그림으로 변환시키는 작업을 의미한다.[34]

이상과 같은 꿈의 작용 중에서 압축은 유사성에 기초를 두고 있기 때문에 은유(隱喩)와 동일시되고, 자리바꿈은 인접성에 기초를 두고 있기 때문에 환유(換喩)와 동일시된다.[35] 또한 이런 단계를 거쳐 이루어지는 재현은 다양한 문화적 원천에서 끌어온 상징들이 사용되기도 하는데, 특히 "각각의 꿈에서도 특별한 의미가 있는 요소들은 중복을 통한 표현, 즉 여러 번의 상징을 통해서"[36] 표현된다. 그는 이러한 상징적 의미를 꿈 이론에서 가장 핵심적인 부분이라고 주장하면서, 그것의 '거의 대다수는 성적 상징(性的 象徵)'[37]이라고 설명했다.

이처럼 프로이트의 상징 논의는 성적인 부분과 연관되어 있기 때문에, 그 표현은 남성 생식기에 대한 상징과 여성 생식기에 대한 상징으로 나누어진다. 남성 상징의 경우에는 지팡이·우산·나무·칼·총·뱀·물고기 등의 사물로 나타나며, 공간에 있어서는 지상에 우뚝 솟은 벽면이 매끈한 집이나 탑·산·바위 등의 형상으로 표현되기도 한다.

---

34) Sigmund Freud, 김인순 역, 『꿈의 해석(*Die Traumdeutung*)』, 열린책들, 1997, pp.365~447.(제6장 꿈―작업) 참고.
35) Elizabeth Wright, 앞의 책, p.35.
36) Sigmund Freud, 『정신분석 강의』, 앞의 책, p.251.
37) 위의 책, p.217.

여성 상징의 경우에는 이보다 훨씬 복잡한 표현양상을 보이는데, 구덩이·상자·아궁이·달팽이·조개 등의 사물을 비롯하여, 방·정원 등의 공간이 대상이 되기도 하고, 어머니와의 관계를 상징하는 물의 의미까지 포함한다.[38]

상징에 대한 프로이트의 이러한 견해를 그대로 받아들일지 여부에 대해서는 논란의 여지가 많다. 그러나 이러한 견해들이 문학작품에 내재된 상징요소를 분석하고, 작품의 창작과정을 이해하는데 상당한 기여를 했던 것은 사실이며, 나아가 작가의 창작활동 자체에도 일정 부분 영향을 미쳤다고 판단된다. 특히 그는 작가들이 자신의 '백일몽(白日夢, Tagtraum)을 적당히 변형하거나 변장시키고 혹은 삭제하여'[39] 자기 작품 속의 상황들을 만들어낸다고 규정하면서, 이를 통해 만들어진 문학작품이 독자들에게 즐거움을 주는 이유는 "현실 그대로라면 즐거움을 제공할 수 없는 많은 것들이 몽상의 세계 속으로 들어오면서부터 즐거움을 줄 수 있도록 변화되기 때문"[40]이라고 설명하고 있다.

융(Carl G. Jung)은 프로이트와는 다른 관점에서 상징의 개념을 파악했다. 프로이트가 무의식을 일종의 억압된 욕망, 주로 성적인 측면과 관련된 욕망으로 파악한데 비해, 융은 무의식을 보다 폭넓은 개념으로 상정했다. 그는 인간의 무의식을 '개인무의식'과 '집단무의식'으로 구분했다. 개인무의식은 자아(ego)에 인접하여, '의식적인 개성화나 기능과 조화되지 않은 모든 정신적 활동과 내용을 받아들이는 저장소' 역할을 담당하는 것으로, 콤플렉스 등의 정신활동이 이에 속한다. 그에 비

---

38) Sigmund Freud, 『꿈의 해석』, 앞의 책, pp.448~513. 참고.
39) Sigmund Freud, 『정신분석 강의』, 앞의 책, p.137.
40) Sigmund Freud, 정장진 역, 『창조적인 작가와 몽상(*Der Dichter und das Phantasieren*)』, 열린책들, 1996, p.83.

해서 집단무의식은 개인적인 경험에 의존하지 않으며, '인간의 조상 대대로부터 물려받은 의식(儀式), 관습, 문화 등 인간의 잠재적 기억의 저장소' 역할을 담당하는 것으로, 원형(原型, archetype) 등의 정신활동이 이에 속한다.[41]

상징 개념에 대한 설명에 있어서도 프로이트와의 인식 차이는 그대로 적용된다. 융이 상징을 '만족되지 않은 본능적인 충동을 만족시키려는 시도'[42]로 파악하고, 그것의 발현은 주로 꿈을 통해서 이루어진다고 설명한 것은 프로이트의 개념과 다르지 않다. 그러나 그는 꿈에 대한 분석을 실시하면서, 여기에는 성적인 비유 이외의 다른 정보도 포함되어 있으리라고 판단하게 되었고, 이에 따라 그는 상징을 "인간 심리의 집단적이고 구조적인 요소와 같은 것으로써, 사람이 부모로부터 닮아가듯이, 유전되어지는 것"[43]이라고 파악했다.

또한 융은 '자연적 상징'과 '문화적 상징'을 구별했다. 자연적 상징은 마음의 무의식적인 내용물에서 파생한 것이고, 그렇기 때문에 근원적인 원형심상의 다양한 모습으로 나타난다. 이에 비해 문화적 상징은 '영원한 진리'를 표명하기 위한 것으로, 여러 종교에서 사용되었거나 되고 있는 것이다. 이 문화적 상징은 수많은 변용의 과정과 어느 정도 의식적인 발전과정을 거쳐 문명사회에 수용되면서 집단적인 이미지가 되었다.[44]

---

41) 개인무의식과 집단무의식의 개념 및 역할 구분에 대해서는 다음의 저작들을 참고할 수 있다. : Carl G. Jung, 한국융연구원 역, 「집단적 무의식의 개념」, 『원형과 무의식(*Archetyp und Unbewußtes*)』 융 기본 저작집 2, 솔출판사, 2002, pp.156~164.; Calvin S. Hall & Vernon J. Nordby, 최현 역, 『융심리학입문(*A Primer of Jungian Psychology*)』, 범우사, 1985, pp.44~54.; 최순남, 「융의 분석심리학적 성격이론」, 『인간행동과 사회환경』, 법문사, 2002, pp.209~211.
42) Calvin S. Hall & Vernon J. Nordby, 앞의 책, p.146.
43) J. Jacobi, 「융 심리학 이론의 응용(*The Psychology of Jung*)」, Carl. G. Jung 외, 설영환 편역, 『융 심리학 해설』, 선영사, 1986, p.240.

이러한 융의 견해는, 상징을 개인 무의식의 병리적 발현으로 파악했던 프로이트의 개념을, 집단 무의식적인 차원으로 확장시켰다는데 의미를 가진다. 이를 통해 상징은 균형 잡힌 인격을 형성하고자 하는 자기실현(自己實現) 과정의 일부로 파악되었으며, 이는 그대로 상징작용에 대한 긍정적인 가치 평가로 이어졌던 것이다.

융의 견해에 따르면 상징은 "본능적인 리비도를 문화적인 또는 정신적인 가치로 보내"[45]려는 작용을 한다. 이는 이른바 '엔트로피(entropy)의 원리'라고 설명되는 것으로, 인간의 정신 에너지는 고정적인 것이 아니라 상호교류 된다는 주장이다. 즉, 서로 다른 에너지의 강도가 있을 경우, 균형이 회복될 때까지 강한 쪽에서 약한 쪽으로 에너지가 흐르게 되어, 균형 잡힌 인격이 만들어질수록 노력하게 된다는 것이다. 이러한 노력은 더디고 불완전하지만, 꾸준하게 계속 된다. 또한 이처럼 방향성을 가지게 된 정신 에너지는 '에너지의 수로(水路)'를 형성하여 새로운 에너지로 치환되는데, 이는 "발전소가 폭포를 모방하여 그 에너지를 장악하는 것처럼 정신 메커니즘도 본능을 모방하여 그 에너지를 특별한 목적에 사용"하게 되는 것이다.[46]

상징에 대한 융의 논의는 이러한 이론적 바탕에서 이루어진 것이다. 그렇기 때문에 그는 상징의 개념은 원형이론(原型理論)과도 연결된다. 그의 견해에 따르면 원형이란 '하나의 모티프를 어떤 표상으로 형성시키는 경향'[47]이다. 또한 그것은 '인간 정신의 보편적이며 근원적인 핵

---

44) Carl G. Jung, 「무의식에의 접근」, Carl G. Jung 외, 이윤기 역, 『인간과 상징(Man and His symbols)』, 열린책들, 1996, p.93.
45) Calvin S. Hall & Vernon J. Nordby, 앞의 책, p.147.
46) 이러한 '정신에너지'의 개념과 작용에 대해서는 다음과 같은 저술들을 참고할 수 있다. : Calvin S. Hall & Vernon J. Nordby, 위의 책, pp.86~88.(엔트로피의 법칙), pp.96~100.(에너지 수로의 형성); 최순남, 앞의 책, pp.216~218.; Andrew Samuels, Bani Shorter and Fred Plaut, 민혜숙 역, 『융분석비평사전(a Critical Dictionary of Jungian Analysis)』, 동문선, 2000, pp.89~91.(에너지), pp.168~169.(대극들)

(核)'이자, '에너지를 방출할 수 있는 능력'이다.[48] 그러므로 원형을 통해 구성되는 집단무의식은 '예술의 순수한 원천'[49]이 되며, 집단무의식의 표현작용인 상징 역시 같은 개념으로 이해될 수 있다. 이러한 논리에서 정신분석학의 상징 개념을 문학예술에 적용할 수 있는 근거가 마련되는 것이다. 그러나 융은 상징과 원형에 대한 다양한 고찰을 시도했지만, 그 것을 공간 개념으로까지 연결시키지 못했다. 상징과 공간의 상관관계에 대한 논의는 바슐라르(Gaston Bachelard)에 의해서 이루어진다.

문학작품의 '공간'을 본격적인 상징물로 파악한 것은 바슐라르부터 였다. 일반적으로 그의 사상체계는 다음과 같은 세 단계로 이루어진다 고 설명된다. 첫 단계는 과학철학적 인식론에 대한 연구이고, 두 번째 단계는 정신분석학의 영향을 받아 이루어진 물질적 상상력에 대한 연 구로 흔히 '사원소론(四元素論, les quatre éléments)'이라고 설명되는 것 이며, 마지막 세 번째는 이미지의 현상학에 대한 연구이다.[50]

---

47) Carl G. Jung, 「무의식에의 접근」, 앞의 글, p.67.
48) 이부영, 『분석심리학』, 일조각, 1979, pp.84~85.
49) Elizabeth Wright, 앞의 책, p.100.
50) 바슐라르 사상의 세 가지 단계에 대해 살펴보면 다음과 같다.
　　첫째, 과학철학적 인식론에 대한 연구이다. 여기에서는 "공리성에 의해 과학진보를 설명하는 것은 거짓이다"와 "실재(實在)와 진실이라는 개념은 불확실성의 철학에 의해 새로운 의미를 부여받아야 한다"라는 두 가지 주제가 천착되었는데, 이는 그의 초기 저작인 『근접인식시론(近接認識試論)』을 비롯하여, 『신과학정신(新科學精神)』, 『과학정신의 형성』 등에서 다루어졌다.
　　둘째, 정신분석학의 영향을 받아 이루어진 물질적 상상력에 대한 연구이다. 이것은 일반적으로 '사원소론'이라고 알려졌는데, 그의 사상적 핵심을 이룬다고 평가된다. 이 연구단계의 첫 번째 저작인 『불의 정신분석』을 비롯하여, 물질적 상상력을 다룬 『물과 꿈』, 상상력의 역동성을 다룬 『공기와 물』, 힘의 상상력을 다룬 『대지와 의지의 몽상』, 내면성의 이미지를 다룬 『대지와 휴식의 몽상』 등, 그의 대표적인 저작이 이에 해당한다.
　　셋째, 이미지의 현상학에 대한 연구이다. 여기에서 그는 이미지가 어떻게 형성되는가에 대한 문제를 천착했다. 이는 그의 후기 삼부작이라고 할 수 있는 『공간의 시학』, 『몽상의 시학』, 『촛불의 미학』 등에서 다루어졌다. (김현, 「행복의 상상력」, 곽광수 · 김현, 『바슐라르 연구』, 민음사, 1976, p.261.)

　이상과 같은 바슐라르의 사상체계 중에서 문학공간의 상징성에 대한 문제는 두 번째 단계부터 다루어지기 시작하여, 세 번째 단계의 대표적인 저술인 『공간의 시학(*La Poétique de L'espace*)』에서 본격적인 논의가 이루어졌다. 이러한 사상의 전개양상은 그의 주요 논점이었던 '물질적 이미지'가 구현되기 위해서는 '공간'이라는 기반이 마련되어야 한다는 데 원인이 있다. 그럼 점에서 바슐라르는 귀납적(歸納的) 연구방법을 택했다고 할 수 있겠다. 세계를 구성하는 기본적인 원소들이라는 사례를 관찰한 뒤에, 그것들의 구성논리에 해당하는 공간에 대한 논의를 시도했기 때문이다. 이러한 연구방법론은 문학연구자 이전에 과학철학자였던 그의 이력에 기인한다. 그는 과학사를 연구하는 가운데 "인간의 상상력이 인간의 정신활동에 차지하는 엄청난 비중을 깨닫고"[51] 연구방향을 전환했다.

　그러므로 바슐라르의 사상을 이해하기 위해서는 우선 상상력의 문제를 파악할 필요가 있다. 그에 따르면 상상력은 역동적 상상력, 물질적 상상력, 원형적 상상력의 세 가지로 구분된다. 그러나 이들은 서로 분리되는 것이 아니라, 전체로서의 상상현상이 가지는 세 측면을 각각 조명한 것에 불과하다.[52] 이와 같은 측면들을 포괄적으로 설명하면, 상상력이란 외부 대상들의 이미지를 어떠한 원형으로 역동적으로 변화시키는 힘이며, '비결정성이고 자유이며 창조력'[53]을 가지는 것이다. 상상력의 활동 중에서 가장 탁월한 것은 울림과 반향을 만들어 아름다움을 경험하게 하는 것인데, 그는 이를 문학에 적용시켜 다음과 같이 설명했다.

---

51) 곽광수, 『가스통 바슐라르』, 민음사, 1995, p.14.
52) 위의 책, p.161.
53) 위의 책, p.16.

울림이 있은 다음에야 우리들은 반향을, 감정적인 반응을, 우리들 자신의 과거가 회상됨을 느낄 수 있게 되는 것이다. 하지만 이미지는 표면을 흔들기에 앞서 깊은 내면을 건드린 것이다. 그리고 이것은 독자의 단순한 경험에서 진실이다. 시의 독서가 우리들에게 제공하는 그 이미지가, 다음 순간 정녕 바로 우리들 자신의 것이 되어 버리는 것이다. 그것은 우리들 자신의 내부에 뿌리를 내린다. 우리들은 그것을 받아들인 것인데, 그런데도 우리들 자신이 그것을 창조할 수 있었으리라는, 마치 우리들 자신이 그것을 창조해야 했으리라는 인상에 눈뜨게 된다. 그것은 우리들 자신의 언어의 새로운 존재가 되고, 우리들을 그것이 표현하는 것으로 만듦으로써 우리들 자신을 표현하는 것이다. 달리 말하자면, 그것은 표면의 생성인 동시에 우리들의 존재의 생성이기도 하다.[54]

위의 인용에서처럼 바슐라르는 이미지를 변화와 생성의 가능성을 내포하는 '역동적인 유도(l'induction dynamique)' 작용을 하는 것으로 파악했으며, 이를 통해서 작가의 상상력에 의한 독자 상상력의 예민화가 이루어지고, 이 과정에서 혼의 '울림(retentissement)'이 일어난다고 설명했다. 다시 말해서 '울림'이란 '이미지가 상상력의 전적인 움직임 속에서 원형의 이미지로 동적인 변화를 수행할 때, 우리들이 느끼는 정신적인 효과'[55]인 것이다.

바슐라르의 공간에 대한 관심은 이와 같은 이미지와 상상력에 대한 이론적 토대 위에서 이해된다. 그는 『공간의 시학』을 통해서 대상으로의 이미지가 아니라, 이미지를 산출시키는 의식의 행위에 대한 탐구를 시도하면서, 이를 '이미지의 현상학'이라고 정의한다.[56] 그는 여기에서

---

54) Gaston Bachelard, 곽광수 역, 『공간의 시학(La Poetique l'espace)』, 민음사, 1990, p.91.
55) 곽광수, 앞의 책, p.53.

행복한 공간의 이미지들을 검토했는데, 주로 '집'과 그의 변형이라 할 수 있는 서랍·상자·장롱·둥지·조개껍질·구석 등의 이미지가 대상이 되었다. '장소애호(topophilie)'라는 용어로 집약되는 이러한 검토의 목적은 "소유되는 공간, 적대적인 힘에서 방어되는 공간, 사랑받는 공간, 이러한 공간들의 인간적 가치를 규명"[57]하는 것이었다. 바슐라르가 파악하고자 했던 공간의 개념은 다음의 구절에 잘 나타나 있다.

> 상상력에 의해 파악된 공간은 기하학자의 측정과 숙고에 내맡겨지는 무한한 공간으로 머물러 있을 수 없다. 그 공간을 우리들이 사는[體驗] 것이다. 그리고 그 공간의 실제성에서 사는 게 아니라 우리들 상상력의 모든 편파성을 가지고 사는 것이다. 특히 그것은 거의 언제나 우리들을 매혹한다. 그것은 존재를 보호하는 그것의 경계선 안에, 존재를 응축한다. 밖의 적대로움과 안의 내밀함의 상호작용은 이미지의 영역에서는 균형된 것이 아니다.[58]

공간에 대한 탐구 과정에서 바슐라르가 강조했던 또 다른 개념은 '세미화(細微畵)'와 '내밀의 무한성'이다. 그는 '세미화'를 세계를 소유하는 방법이라고 설명했다. 사물의 세부는 '새로운 세계, 다른 모든 세계들과 마찬가지로 위대함의 속성들을 지니고 있는 그런 세계의 표징'이며, 이를 통해 이미지가 가진 가치는 응집되고 풍요로워지는 것이다.[59] '내밀의 무한성'은 문학적인 공간에 적용되는 개념이다. 그는

---

56) Gaston Bachelard, 앞의 책, p.85. : "오직 현상학만이—즉 개인적인 의식 속에서의 이미지의 시발에 대한 고찰—만이 이미지의 주관성을 복원하고 이미지의 통주관성의 크기와 힘과 의미를 가늠하는 데 우리를 도와줄 수 있는 것이다."
57) 위의 책, p.108.
58) 위의 책, p.108.
59) '세미화'의 개념과 기능에 대해서는 『공간의 시학』 제7장에 언급된 내용을 참고할 수 있다. : 위의 책, pp.300~306.(세미화) 참고.

작가는 '우리들이 우리들의 내부에, 너무나 큰 팽창력을 가진 관조하는 즐거움을 발견케 하는데 도움'을 주는 사람이라고 규정하면서, 하나의 공간에 문학적 공간을 부여한다는 것은, 그것이 가지고 있는 것보다 더 많은 공간을 준다는 의미라고 설명했다. 이러한 논리에 따르면, 우리가 문학작품을 읽는 것은 '내밀한 공간의 팽창을 따라가는 것'이 된다.[60]

이상과 같은 논의에 따르면 '공간'은 문학작품의 창작적 측면과 수용적 측면 모두에서 가치를 가지게 된다. 바슐라르가 제시한 공간 개념은, 앞서 이루어졌던 불·물·공기·대지 등의 물질상상력에 대한 그의 연구결과와 연결되는 것이다. 그의 견해에 따르면 물질 이미지는 언제나 '변질의 가능성 가운데서', 즉 '생성의 가운데서' 파악되어야 한다.[61] 이처럼 역동성을 가지는 물질 이미지들을 규합하고 고정시키며 통일성을 부여하고, 나아가 의미의 확장작용까지 일으키는 것이 바로 공간 상징이다. 이러한 바슐라르의 견해는 이후 연구자들에게 수용되었고, 그보다 창작자들에 의해서 보다 적극적으로 활용되었다.

---

60) '내밀의 무한성'에 개념에 대해서는 『공간의 시학』 제8장에 언급된 내용을 참고할 수 있다. : 위의 책, pp.361~364.(내밀의 무한) 참고.
61) 곽광수, 앞의 책, p.72.

4
구조로서의 공간

구조는 문학작품의 구성 요소들 중에서도 가장 근본적이면서도 총체적인 것이다. 그러므로 구조에 대한 고찰은 결국 작품의 근본적인 바탕을 탐색하는 작업이 된다. 문학에 있어서 구조란 치밀한 내부조직을 가지고 있는 하나의 완결된 형태인데, 이는 작품 구성 요소들이 서로 유기적으로 긴밀히 연결되어 있는 상태를 의미한다. 그러므로 문학작품의 구조를 분석한다는 것은, 작품 자체의 구성논리에 대한 고찰이 되며, 이는 곧 창작방법론에 대한 탐구가 될 것이다.

구조는 조직과 변별되는 개념으로 파악된다. 랜섬(John C. Ransom)의 견해에 따르면, 조직(texture)은 해석 불가능한 요소, 즉 시의 비상관적인 생명의 세계를 의미하는 것인데 비해, 구조(structure)는 해석이 가능한 논리적인 요소인 메시지이자 의미이다.[62]

---

62) 신상성·유한근, 앞의 책, p.29. 재인용.

공간이 구조로의 기능을 담당하기 위해서는, 작품의 구성요소들이 공간을 중심으로 조직되어야 하며, 이는 공간의 배열이 작품 형상화의 주요 요인으로 작용할 때 가능하게 된다. 이러한 구조화 작용은 특히 작가의식과는 불가분의 관계에 있기 때문에, 구조적 기능을 담당하는 문학공간은 작가의 창작의도를 반영하는 하나의 도구라고 할 수 있다. 앞서의 공간인식과 관련된 부분에서 설명했던 것처럼, 문학작품에서의 공간은 실재공간을 그대로 반영하는 것이 아니라, 작가에 의해 취사선택되고 변형된 공간이다. 즉, 작가의 세계 인식이 공간에 투영되어 표출되는 것이다. 그러므로 작품에 나타난 공간구조를 분석함으로써 작자의 의식세계와 아울러 작품세계의 근본적인 특징을 밝혀낼 수 있으며, 이를 통해서 작가가 견지하고 있는 창작방법론도 함께 해명될 수 있을 것으로 기대된다.

소설공간의 구조적 기능에 대한 논의는 프랭크(Joseph Frank)에 의해 본격적으로 논의되기 시작했다. 그는 현대문학의 본질을 구현방법에서 공간화를 지향하는 것이라고 파악하면서, 이를 '공간적 형식(spatial form)'이라는 용어로 설명했다. 이는 레싱(Gotthold E. Lessing)의 저서 『라오콘(*Laokoon*)』에서 제기된 공간예술과 시간예술에 대한 분류를 새롭게 해석한 것이다.

레싱은 공간예술과 시간예술의 변별적인 특징으로 병치(juxtaposition)와 연속성(consecutive)의 개념을 제시했다. 그의 견해에 따르자면 회화와 조각은 시각기호(visual symbol)를 매체로 사용하는 예술이다. 앞서 공간인식과 관련된 부분에서 언급했던 것처럼 시각(視覺)은 공간을 인지하도록 만드는 기능을 가진 감각이기 때문에[63] 시각기호 역시 공간성을 내포하게 된다. 그러므로 이러한 매체를 활용하는 예술들은 공간을 통해서 대상의 면모를 제시하게 되는데, 이는 '순차적 양상을 배열한 시각 형식(visual form)'이라고 설명된다. 이에 비해 문학은 언어기호를 매체로 활용하는 예술이다. 언어는 연속적으로 발생하는 사건을 전달하는 데 적합하기 때문에, 언어기호 역시 시간의 지속성을 내포하게 된다. 그러므로 이러한 매체를 활용하는 예술은 시간의 흐름을 통해서 대상의 면모를 제시하고, 이는 '행위에 토대를 둔 서사성(narrative)'이라고 설명된다.[64]

프랭크는 1945년에 발표했던 논문 「현대문학에서의 공간 형식(*Spatial Form in Modern Literature*)」에서 레싱의 견해를 새롭게 조명했다. 그는 문학이 시간적인 예술일 수밖에 없다는 것을 증명하려 했던 논의를, 오히려 현대문학이 시간의 제약을 어떻게 뛰어넘는지 보여주는 데 이용했던 것이다. 물론 이러한 인식 변화는 문학에만 국한되는 문제는 아니다. 전통적으로 공간예술로 평가되어왔던 회화에서도 공간적 매체에 내재한 한계를 극복하기 위한 방법으로 시간성의 도입이 적극적으로 이루어지고 있으며, 이외에도 여러 부문의 예술비평들도 시간과 공간이 역사적으로나 절대적으로 구분되지 않고 함께 공존해왔다는 주장이 제기하고 있다.[65] 프랭크의 논의 역시 이러한 연구경향에 속한다.

그의 견해를 요약하면, 현대 문학의 미적 형식은 언어에 대한 독자의

---

63) Yi-Fu Tuan, 구동회·심승희 역, 『공간과 장소(*Space and Place*)』, 대윤, 1995, pp.30~34. 참고. : 투안은 "미각, 후각, 피부감각, 그리고 청각 가운데 어느 하나만으로는 광활한 외부의 대상 세계를 알 수 없다(아마도 이것들을 총동원해도 알 수 없을 것이다). 하지만 시각과 촉각의 '공간화(spatializing)' 기능들이 결합되면, 본질적으로 비공간적인(nondistancing) 이러한 감각들을 통해 우리는 세계의 공간적이고 기하학적인 특성을 더욱 풍부하게 이해할 수 있다"고 설명하면서, 특히 인간의 공간조직력은 시각에 많이 의존한다고 설명하면서, 다른 감각은 "시각공간을 확장시키고 풍부하게" 할 뿐이라고 주장했다.

64) 오세영, 「문학과 공간」, 『문학과 그 이해』, 국학자료원, 2003, pp.209~211. 참고.

65) Jeoraldean McClain, "Time in the visual arts : Lessing and Modern Criticism", *The Journal of Aesthetics*, fall 1985, vol.XLIV. no.1, p.42.

태도를 완전히 바꿔놓기 위해 공간적 논리를 기반으로 하고 있기 때문에, 시간에 따라 연속적으로 읽어서는 이해할 수 없는 관계를 맺는 단어군들을 공간적으로 동시에 지각할 때 비로소 의미가 파악된다는 것이다. 이렇게 될 때, 시간은 더 이상 각 시간 토막 간의 차이를 명확하게 표시해주는 객관적이고 인과적인 진행과정으로 인식되지 않는데, 프랭크는 이를 '공간 형식'이라고 설명했다.[66]

그러므로 '공간 형식'이란 "인물의 행위와 플롯이 지닌 시간적 지속의 원칙을 파괴하고 이와 더불어 일상 어순이나 문법적 배열이 지닌 연속의 원리를 깨뜨리는"[67] 작용이며, "각 언어요소들을 시간적 연속과 인과관계보다는 동시성과 병치의 원리에 의해 결합·배열하는 것"[68]을 의미한다. 또한 이는 "언어에 내재하고 있는 시간적 원리를 부정하고 사물을 시간의 지속성에서가 아니라 한 순간에 그 총체성을 드러내는 것으로 파악하고자 하는 시도"이며, "연속성 혹은 시간성의 원리가 반영적 언급(reflexive reference)의 원리로 대체"된 것으로 평가되기도 한다.[69]

이러한 기법은 영상예술의 기법, 특히 몽타주 기법에서 영향을 받은 것인데, 프랭크도 이를 '영화기법(cinematographic)'이라고 표현했다. 그는 이 기법을 설명하기 위해서 플로베르(Gustave Flaubert)의 『보바리 부인(*Madame Bovary*)』에 나오는 읍내 장터 장면을 예로 들었다. 여기에는 속물적인 부르주아 계층의 허세, 경망스러운 늙은 하인과 시정

---

66) 위의 글, p.42.

67) 오세영, 앞의 글, p.211.

68) 이호, 「소설에 있어 공간 형식의 가능성과 한계」, 한국소설학회 편, 『공간의 시학』, 예림기획, 2002, p.40.

69) William Holtz, "Spatial Form in Modern Literature : A Reconsideration", *Critical Inquiry*, Vol.4, No.2, winter, 1977, pp.272~273. : cf. "Spatial Form is not, as we might guess, necessarily 'escriptive' writing aimed at the mind's eye but rather a form that grows out of the winter's attempt to negate the temporal principle inherent in language and to force apprehension of his work as a total 'thing' in a moment of time rather than as a sequence of things."

잡배들의 소란, 감상적인 엠마에게 얼치기 수사법을 동원하여 구혼하는 로돌프의 작태 등이 캐리커처 형식으로 묘사되고 있다.

프랭크는 이 장면을 동시적으로 일어나는 세 가지 행위가 같은 공간에 구현되면서 서로 다른 층을 형성하고 있다는 사실에 주목했다. 맨 아래층은 시장바닥으로, 매매하기 위해서 가축을 끌고 나온 농부와 장터에 모인 군중들 사이에 얼어나는 거래가 이루어진다. 중간층은 장터의 연단에 서서 농산물 경진대회를 주도하고 군중들에게 지루한 연설을 늘어놓는 관리들의 허세이다. 맨 위층은 이와 같이 떠들썩한 시장바닥을 내려다보며 창가에 서서 호색적인 말을 주고받는 로돌프와 엠마의 애정 행각이다.

프랭크는 작가인 플로베르가 이 대목에 대해서 "모든 것들은 동시적으로 소리치고 있다. 독자들은 가축의 울음소리를 듣는 같은 시간에 관리들의 신파조 웅변과 연인들의 속삭임을 듣는다"라고 설명했다는 사실을 지적했다. 그리고 이러한 행위의 동시성이야 말로 현대소설의 플롯에서 드러나는 공간적 형식의 한 기법, 즉 시간의 연속성을 해체하고 각 행위 층위의 전후를 커트, 병치시킴에 의해서 동시성과 공간성을 획득하는 영화기법이라고 평가했다. 그는 이 기법의 특징을 네 가지로 설명했는데, 이를 정리하면 다음과 같다.

첫째, 이야기의 시간적 지속성이 정지된다.

둘째, 작가의 초점은 한정된 시간영역 안에서 관계성의 상호작용에 맞춰진다.

셋째, 이런 관계성은 서사의 진전으로부터 독립하여 행위들의 병치를 이룬다.

넷째, 장면의 전체 의미는 이를 구성하는 각 층의 의미단위들 사이에

내포되는 것이 아니라, 서로 반영적인 관계(reflexive relation)를 맺는데
서 형성된다.[70]

　물론 『보바리 부인』은 프랭크가 주된 분석 대상으로 삼았던 모더니
즘 소설에 속하지는 않는다. 다만 그러한 경향의 소설들에서 일반적으
로 나타나는 기법을 확인할 수 있을 뿐이다. 이 장면을 제외하면 작품
의 다른 부분에서는 이와 유사한 기법을 발견할 수 없는 이유도 그 때
문이다. 그는 이러한 기법이 작품 전체에 걸쳐 구조적으로 작용하고
있는 예로 조이스(James Joyce)의 『율리시즈(*Ulysses*)』와 프루스트
(Marcel Proust)의 『잃어버린 시간을 찾아서(*A la recherche du temps
perdu*)』를 들었다.

　『율리시즈』는 『보바리 부인』의 경우처럼 다른 공간에서 벌어지는 동
시적인 행위들을 하나의 의미로 통합하고 있는데, 프랭크는 이를 '영
화기법'이 활용된 것으로 파악했다. 또한 그는 소설의 각 요소들이 인
과관계에 따라 구성된 것이 아니라, 일종의 공간적 패턴에 따라 구성
되고 있다는 사실을 지적했다. 이를 통해서 조이스는 더블린이란 도시
의 복잡한 삶을 시간적 계기성에 의해서가 아니라 공간적 동시성으로
제시했다는 것이다. 이처럼 프랭크는 『보바리 부인』의 공간형식이 한
장면에 국한된 기법으로 한정되는데 비해서, 『율리시즈』는 그 기법을
작품 전체적으로 구조화시켰다고 평가했다.

---

70) Joseph Frank, "Spatial Form in Modern Literature", *The Idea of Spatial Form*,
Rutgers Univ. Press, 1991, p.17. : This scene illustrates, on a small scale, what we
mean by the spatialization of form in a novel. For the duration of the scene, at
least, the time-flow of the narrative is halted; attention is fixed on the interplay of
relationship within the immobilized time-area. These relationship are juxtaposed
independently of the progress of the narrative, and the full significance of the scene
is given only by the reflexive relations among the units of meaning.

『잃어버린 시간을 찾아서』에서 프랭크가 주목한 것은 다음과 같은 두 가지 측면이다. 우선, 과거와 현재를 동시적으로 중복시키는 기법이 활용되었다는 점이다. 동시적으로 제시되는 시간은 '더 이상 시간의 개념이 아닌 공간 그 자체'[71]라고 할 수 있는데, 그는 이런 예를 작품의 마지막 부분에 제시되는 게르망트 공작부인의 리셉션 장면에서 찾고 있다. 공작부인은 오랜 기간 요양생활을 하고 이제 막 현실로 복귀했기 때문에, 과거에 알고 있었던 세계와 지금 눈앞에 전개되는 세계 사이의 괴리를 느끼며 혼란스러워한다. 프랭크는 이 장면에서 시간의 병치 기법이 확인된다고 설명하면서, 이것이야말로 작가의 창작의도가 드러나는 부분이라고 평가했다. 또 하나 주목되는 부분은 작중인물들이 비연속적으로 제시된다는 점이다. 이를 통해서 인물들은 시간의 흐름이라는 선형적인 진행이 아니라 시간이 정지된 상태의 순간적인 움직임을 찍은 스냅사진처럼 표현된다. 그리고 그들의 삶도 역시 서로 다른 여러 단계에서 찍혀진 스냅사진의 병치에 의해서 이야기줄기를 구성하고 있다.

소설 구조의 공간화는 병치의 기법을 통해서만 나타나는 것은 아니다. 그것은 플롯과 관련되어 논의되기도 했는데, '낯설게 하기(defamiliarization)' 개념에 주목해서 소설 플롯의 공간화 문제를 설명했던 래브킨(Eric S. Rabkin)의 논의가 대표적이다.

스토리의 시간을 자연적인 시간 순서로 인식하는 것은 보편적인 독자의 성향이자, 문학적 관습 가운데 하나이다.[72] 또한 스토리를 시간의

---

71) 오세영, 앞의 글, p.219.
72) Shlomith Rimmon-Kenan, 최상규 역, 『소설의 시학(*Narrative Fiction : Contemporary Poetics*)』, 문학과지성사, 1985, pp.34~35.

연속에 따라 정리된 사건의 서술로 보고, 플롯을 인과 관계를 강조하는 사건의 서술로 보았던 포스터(Edward M. Forster)의 설명도 일반적으로 통용되고 있다. 그의 논의에 따르면 플롯은 "시간의 연속을 유보하고 가능한 데까지 이야기를 떠나 멀리 이동"[73]시키는 기능을 수행하는데, 래브킨 역시 이러한 플롯의 기능에 주목하여 플롯을 시간의 지속적인 진행을 억제해서 공간화 시키는 본질을 가진다고 보았다. 여기서 공간화라는 것은 일상적인 시간을 낯설게 인식한다는 것과 동일한 의미를 가진다. 래브킨은 시간의 공간화를 진행시키는 플롯의 특징을 다음과 같은 두 가지로 설명했다.

　첫째, 독서시간과 실제시간의 조정이다. 소설은 일반적으로 서술(narration), 대화(dialogue), 묘사(description) 등의 세 가지 양식을 통해서 기술된다. 이들의 특징을 독서시간과 작품상의 실제시간 사이의 관계를 통해 살펴보면 다음과 같다. 대화는 실제시간과 독서시간이 일치하며, 서술은 실제시간이 독서시간보다 길고, 묘사는 독서시간이 실제시간보다 길다. 그러므로 이러한 세 가지의 혼합으로 구성되는 플롯에서의 '낯설게 하기'는 독서시간과 실제시간의 관계를 조정하면서 이루어질 수밖에 없게 되는데, 래브킨은 이를 '리듬(rhythms)'이라고 표현했으며, 이 리듬이 "우리의 의식 운동을 조정하고 그리하여 무의식적으로 최소한 공간화에 접근시킨다"고 설명했다.[74]

　둘째, 변형된 질서이다. 플롯이란 서술에 기초하는 사건들의 전기적

---

73) Edward M. Forster, 이성호 역, 『소설의 이해(*Aspects of the Novel*)』, 문예출판사, 1993, p.96. 참고. : "우리는 이야기를 시간의 연속에 따라 정리된 사건의 서술이라고 정의한 바 있다. 플롯 역시 사건의 서술이지만 인과 관계를 강조하는 서술이다. 〈왕이 죽자 왕비도 죽었다.〉 이것은 이야기이다. 〈왕이 죽자 슬픔에 못 이겨 왕비도 죽었다.〉 이것은 플롯이다. 시간의 연속은 보존되고 있지만 인과감(因果感)이 거기에 그림자를 드리우고 있다. 또 〈왕비가 죽었다. 사인(死因)을 아는 사람이 하나도 없더니 왕이 죽은 슬픔 때문이라는 것이 밝혀졌다.〉 이것은 신비를 안고 있는 플롯이며 고도의 발전이 가능한 형식이다. 이것은 시간의 연속을 유보하고 가능한 데까지 이야기를 떠나 멀리 이동한다."

70

이고 인과관계에 따른 이야기이지만, 동시에 다른 질서에 의해서 낯설게 변형된 이야기라고도 파악된다.[75] 그는 다양한 예를 들어 플롯을 통해 구현되는 시간의 공간화를 설명했는데, 그것은 시점을 전환하는 방법, 시간적 인과관계의 변경 없이 다만 장(章, chapter)의 교대를 통해서 다른 인물의 이야기를 교차·반복시키는 방법 등을 비롯한 여러 창조적인 기법들이 언급되었다. 가장 일반적인 플롯의 실현방법으로는 모티프의 시간순서를 뒤바꾸는 방법을 들고 있는데, 이를 설명하기 위해서 그는 다음과 같은 전형적인 로망스의 모티브를 제시했다.

    A. 봄에 소년이 소녀를 만나다.

      (Boy meets girl in the spring.)

    B. 여름에 소년과 소녀는 사랑에 빠지다.

      (Boy and girl are in love in the summer.)

    C. 가을에 그들의 사랑이 정점에 오르고, 장애물들의 방해를 받는다.

      (An obstacle prevents the consummation of this love in the fall.)

    D. 겨울에 소년은 시험/심판/고행을 당한다.

      (Boy undergoes tests/trials/penance in the winter.)

---

74) Eric S. Rabkin, "Spatial Form and Plot", *Critical Inquiry*, Vol.4, No.2, winter, 1977, p.255. : cf. "in the interweaving of narration, dialogue and description a narrative not only defamiliarizes what it reports but guides the reader's consciousness through rhythms of correspondence between reading time and actual time. As long as we do not stay entirely in one mode—and we never do—these rhythms adjust the movement of our consciousness so that unconsciously at least we more or less approach synchronicity, depending on the particular techniques—but we never achieve it."

75) 위의 글, p.255. 참고. : "Considering plot specifically, Shklovsky begins by postulating 'story' as the chronological/causal sequence of events that underlies a narration. 'Plot' is defamiliarized 'story'. He is here concerned with events per se and he notes quite cogently that plot in a given narrative may well present them in some order other than those of story."

E. 봄에 소년과 소녀는 그들의 사랑을 완성한다.

(Boy and girl consummate their love in the spring.)

래브킨은 이와 같은 소년과 소녀의 이야기에서 나타나는 공간화는 '계절의 순환(the cycle of the seasons)' 구조라고 할 수 있다고 설명하면서, 다음과 같은 도식을 제시했다.[76]

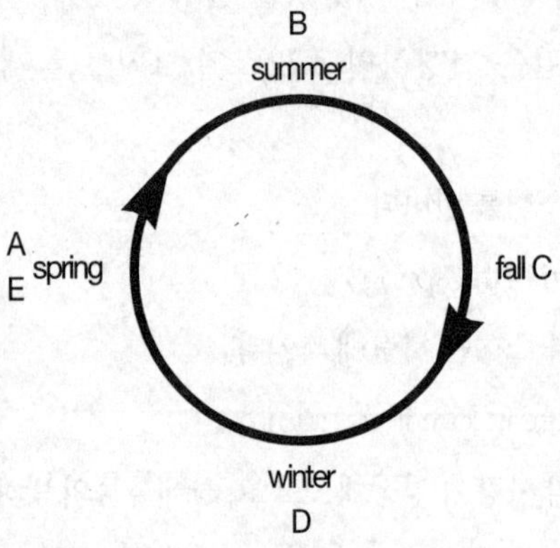

이는 여러 가지 다른 방식의 플롯으로 만들어질 수 있는데, 예를 들어 겨울을 시련(D1) 대목에서 시작해서 시련을 받게 된 동기(C)를 연상하고 이로써 첫 만남의 이야기로 되돌아가 회고적 조망을 하는 경우 플롯은 D1→C→A→B→D2→E로 진행될 것이다. 이때 이와 같이 해체된 시간의 뒤바꿈 역시 넓은 의미에서 공간화의 기법이다.[77] 이는 "연대기적 시퀀스의 전복'이라고도 설명되는데, 서사의 각 부분들을 '연대기적 순서와 상관없이 이미지의 패턴이나 라이트모티프(leitmotif), 유사성, 대조 같은 장지를 통해 연결"[78]시키는 기법의 사용을 의미한다.

---

76) 위의 글, p.261.
77) 오세영, 앞의 글, p.224.

또한 래브킨은 소설의 플롯을 '종속적 플롯(hypotactic plot)'과 '병렬적 플롯(paratactic plot)'으로 구분했다. 본래 종속과 병렬은 통사 구문을 가리키는 용어이다. 여기에서 종속이란 앞뒤의 문장이 인과관계로 연결된 것을 의미하고, 병렬은 인과에 의한 접속관계가 없이 절이나 문장이 대등하게 독립 배열되는 것을 의미한다. 그러므로 래브킨이 설명한 종속적 플롯이란 인과관계를 구성논리로 삼은 플롯을 의미하고, 병렬적 플롯이란 하나의 사건에 연속성이 없는 다른 사건이 병치되는 플롯을 의미하는 것이다.

그는 병렬적 플롯으로 공간 형식을 구현시킨 대표적인 소설작품으로 포크너(William C. Faulkner)의 『음향과 분노(*The Sound and Fury*)』와 「압살롬 압살롬(*Absalom, Absalom*)」 등을 들었다. 병렬적 플롯에 대한 보다 자세한 설명은 아래의 인용과 같다.

> 나는 종속적 플롯이 모든 인과관계가 분명히 형성되어 있는 데서 존재하는 것임을 말하고자 한다. (……) 단순한 플래시 백, 액자소설식 구성, 장(章)의 병렬, 작가의 개입 등 그 어느 것도 플롯에 있어 인과관계를 말살하지는 못하였다. 그러나 우리는 끌어들이는 연속이 없이 하나의 사건을 다른 사건에 병치시키는 병렬 플롯을 쉽게 상상할 수 있다. 이러한 플롯이야말로 〈공간적〉이라는 상표를 달게 된다.[79]

---

78) 이호, 앞의 글, p.39.
79) Eric S. Rabkin, 앞의 글, p.269. 참고. : "I would like to suggest that a hypotactic plot is one in which all the causal relations are made clear. (……) simple flashback, devices of framing or story-within-a-story, parallel chapters, authorial intrusion, none of these obliterates causal connection in plot. But we can easily imagine a paratactic plot in which one event is juxtaposed to another without connections being drawn. Such plots most invite the label 〈spatial〉."

제3장 **소설의 공간 창작방법**

소설의 공간 창작방법

한국 현대소설의 흐름을 고려하자면, 1990년을 전후해서 문학을 둘러싼 상황에는 주요한 변화가 이루어졌다는 사실을 확인할 수 있다. 7·80년대 문학의 주류가 노동·민중 문학과 분단 문학, 즉 거대담론으로서의 문학이었다면 80년대 후반부터 90년대 문학의 주된 흐름은 다원주의에 입각한 각 개인의 욕망의 구조를 다룬 미시담론으로서의 문학이다. 이러한 문학의 변동은 정치적으로는 문민정부의 수립과 지방자치 시대의 개막, 경제적으로는 우리 사회가 후기 산업사회의 징후를 보이기 시작했다는 사실과 관련되어 있다. 상당한 수준으로 달성된 개인의 자유 혹은 민주주의는 그동안 금기시되어왔던 제재에 대한 도전을 가능하게 했고, 한편으로 후기 산업사회의 특징인 대중 소비 현상은 각 개인의 물신적 욕망을 다각적으로 분출시키기에 이르렀다.[1]

---

1) 하응백, 「후기 산업 사회의 소설의 운명」, 『낮은 목소리의 비평』, 문학과지성사, 1999, pp.266~267.

후기 산업사회는 3차 산업이 중심이 되는 사회를 의미한다. 이는 지식과 정보를 중시하는 사회구조를 가지는데, 이러한 사회에서는 문화양식도 하나의 상품으로 간주하게 된다. 벨(Daniel Bell)은 그 이유를 "대량 소비를 자극하는 쾌락주의가 없다면 영리 기업의 구조 그 자체가 붕괴해버리기 때문"[2]이라고 설명했다. 또한 후기 산업사회에서는 주체와 상품의 가치전도 현상이 나타나는데, 여기에서 물질은 사용가치로 존재하는 것이 아니라 교환 가능한 기호이거나 사용가치의 이미지가 되기 때문이다. 이런 상황을 보드리야르(Jean Baudrillard)는 "사물의 본질이나 사물의 의미 작용이 더 이상 이미지보다 특별히 우월하지 않다"[3]고 판단했다. 따라서 주체 역시 하나의 상품으로 간주되는 것이다.

이러한 문학 환경의 변화는 소설의 창작방법론에도 적용되었다. 특히 이러한 변화는 1990년대 이후 급격하게 증가한 영상매체를 비롯한 디지털콘텐츠의 영향력에서 자유롭지 못하다. 이 연구의 분석 텍스트 선정 기준은 이와 같은 시대적 흐름을 해명하려는 의도를 내포하고 있다. 한국 사회에서 산업화가 진행되었던 시기는 1960년대 이후이다. 산업화는 1차 산업에서 2차 산업으로의 전환이라는 사회구조 변화를 의미하지만, 그에 수반하여 대중문화의 급속한 성장이 이루어지기도 했다. 특히 영상예술 분야의 발전과 확산은 이 시기를 거치면서 집중적으로 진행되었다고 해도 과언이 아니며, 이러한 기반이 조성되었기 때문에 1990년대 이후부터 이루어진 디지털콘텐츠의 급성장이 가능했던 것이다.

이 연구에서 다루어지는 작가와 작품들도 이러한 시대 환경의 변화

---

2) Daniel Bell, 서규환 역, 『정보화 사회와 문화의 미래』, 디자인하우스, 1996, p.179.
3) Jean Baudrillard, 이상률 역, 『소비의 사회(*La Socite de Consommation*)』, 문예출판사, 1999, p.164.

에서 자유로울 수 없었다. 조세희는 사진예술에 많은 관심을 보였으며, 자신이 직접 촬영한 사진 작품을 발표하기도 했는데, 1985년에 간행된 영상르포『침묵의 뿌리』가 그 결과이다.[4] 한편 김승옥은 자신의 관찰력과 문체는 문학이 아니라 회화(繪畵)적인 수련에서 비롯되었다고 회상하고 있으며,[5] 「무진기행」을 원작으로 한 영화 〈안개〉[6]의 시나리오를 직접 집필하기도 했다. 윤후명의 작품에서는 그림과 영화에 대한 이야기가 작품을 구성하는 매개물로 빈번하게 활용된다. 이문구의 경우는 다소 예외적으로 보인다. 그러나『관촌수필』연작 중 하나인 「공산토월」의 서두를 영화 〈대부(the Godfather)〉와 관련시켜 제시할 만큼, 농촌소설 작가로 알려진 그도 역시 영상예술의 영향력에서 자유롭지 못하다.

---

4) 사진에 대한 조세희의 관심은 다음과 같은 구절을 통해서 확인할 수 있다. : "최근에야 나는 사진이 갖는 기능 가운데서 내가 힘 빌어야 할 한 가지를 발견했는데, 그것은 기본 과제 해결에 그렇게 열등할 수 없는 민족인 우리가 돌보지 않는 것, 학대하는 것, 막 두드려버리는 것, 그리고 어쩌다 지난 시절의 불행이 떠올라 몸서리치며 생각도 하기 싫어하는 것들을 다시 우리 것으로 받아들이게 하는, 즉 재소유시키는 기능이었다." (조세희,『침묵의 뿌리』, 열화당, 1986, p.136.)

5) 특히 다음과 같은 구절을 통해서 그의 회화적 감각을 확인할 수 있다. : "내가 물감이 나타내는 색채의 세계로 들어간 것은 이 무렵부터였다. 현실의 모든 색채는 붓끝에서 물감에 의하여 발가벗겨지고 분해되고 재구성되었으며 그렇게 하여 이루어진 색채의 세계—그림은 이미 다른 현실, 현실보다 더 아름다운 경이(驚異)의 다른 세계였다. (……) 이상한 일이다. 부패와 무질서 속에서 색채들은 더 풍요하고, 색체가 펼치는 깊은 감동의 세계를 알아보는 눈을 가진 자에게 단조로운 질서가 오히려 추악해 보인다는 것은 참으로 이상한 일이다." (김승옥, 「색채와 나」,『내가 만난 하나님』, 작가, 2004, pp.139~140.)

6) 영화 〈안개〉는 김수용 감독, 신성일·윤정희 주연으로 1967년에 제작되었다. 이 영화는 인기 소설가가 시나리오를 쓰고, 작가적 역량을 인정받고 있던 감독이 연출을 맡았다는 이유로, 제작 당시부터 대중적 관심을 모았다(영화진흥공사 편,『한국영화 70년—대표작 200선』, 집문당, 1989, p.203). 비평적인 측면에서 호평을 받았는데, 이영일은 〈안개〉에 대해 "김수용의 모든 작품 가운데서 최고 수준의 작품이라고 해도 손색이 없으며 1960년대 후반기의 수확작품에서 빼놓을 수 없는 작품"이라고 평가했다(이영일,『한국영화전사』(개정증보판), 소도, 2004, p.413).

1
공간인식을 활용한 소설 창작방법
― 조세희의 「난장이가 쏘아올린 작은 공」을 중심으로

조세희에 대한 그동안의 연구는 주로 연작 『난장이가 쏘아올린 작은 공』을 중심으로 이루어졌는데, 이는 크게 두 가지 경향으로 나누어진다.[7]

첫 번째는 그의 작품에 내포되어 있는 사회의식의 성과와 한계에 대해 연구하려는 경향이다. 지금까지의 연구는 주로 이 부분에 집중되어 왔는데, 이러한 논의의 근거는 "작가는 사회라는 자장권(磁場圈) 내에서 자신의 입지를 만들어내고 문학적 혹은 사회적 견해를 편다"[8]는 사실이었다.

같은 연구 경향에 포함된다고 하더라도, 개별적인 논의에서 이루어

---

7) 조세희의 다른 작품인 「시간여행」이나 『침묵의 뿌리』, 그리고 『하얀 저고리』에 대해서는 간략한 서평이나, 작품 세계 전반에 대한 논의과정에서 언급되었을 뿐이다. 이는 다른 작품에 비해서 『난장이가 쏘아올린 작은 공』이 주제적·형식적 측면에서 작가의 인식을 구체적이고도 밀도 있게 형상화했기 때문이라고 파악된다.

8) 김진기, 『현대소설을 찾아서』, 보고사, 2004, p.107.

진 평가는 시기별로 사뭇 다른 양상을 보인다. 작품이 발표될 당시인 1970년대에 이루어졌던 논의들은 주로 그의 작품이 이룩한 성과에 대한 긍정적인 평가를 내리고 있다. 김병익은 조세희의 소설세계를 '대립적 세계관의 미학'이라고 규정하면서 "기법과 정신에서의 낭만주의적 성격과 주제의 사실주의적 관점"[9]이라고 설명했고, 김우창은 그의 작품이 산업화 속에 휩쓸리고 있는 우리 사회의 모습을 일정한 구조적 연관 속에 파악하고 있으며 계급의 대조와 갈등을 동태적으로 보여준다고 평가했으며,[10] 김치수도 역시 돈의 교환성이 지배하는 산업사회의 감추어진 문제를 예리하게 분석해 내고 있다고 평가했다.[11]

이에 비해 1980년대에 이루어진 논의들은 작품의 한계에 대한 언급이 이루어졌다. 김종철은 『난장이가 쏘아올린 작은 공』이 노동 현실과 관련하여 사회에 대응했으며 집단적 주인공을 등장시켰다는 점에서 의의를 찾을 수 있지만, 단결된 행동의 의의에 대한 충분한 관찰을 보여주지 않았고 극복 방안을 추상화·일반화시키고 있기 때문에 철저한 역사적인 인식이 미흡했다고 평가했다.[12] 성민엽은 조세희의 작품이 리얼리티를 상실하고 추상의 세계, 초월의 세계로 들어가고자 한 것은 은연중에 체제 옹호적 성격을 지니고 있기 때문이며, 이는 가진 자의 사랑 회복에만 기대를 걸고 있는 체제 내적 사고에 기인한 관념적 유미주의 때문이라고 지적했다.[13] 또한 황광수는 『난장이가 쏘아올린 작은 공』이 고통스러운 현실을 보여주기 위해 노력했으나, "단편적인 삶의 현상들이 기하학적 구성으로 제시됨으로써 현실 속에서 작용하고

---

9) 김병익, 「대립적 세계관과 미학」, ≪문학과 지성≫, 1978. 겨울, p.1240.
10) 김우창, 「산업시대의 문학」, ≪문학과 지성≫, 1979. 가을. p.840.
11) 김치수, 「산업사회에 있어서 소설의 변화」, ≪문학과 지성≫, 1979. 가을, pp.902~909.
12) 김종철, 「산업화와 문학」, ≪창작과 비평≫, 1980. 봄, pp.88~91.
13) 성민엽, 「이차원의 전망」, 『한국문학의 현단계Ⅱ』, 창작과비평사, 1983, pp.227~228.

있는 여러 힘들을 유기적인 관련 속에서 보여주고 있지 못하여, 그 단편적인 삶의 내용조차도 기하학적 표상에 맞도록 깔끔하게 정제됨으로써 구체적 다의성을 보여주지 못하여 노동자들의 실제 생활과 동떨어진 느낌을 준다"[14]라고 비판했다.

이상과 같은 논의들은 작품 평가에 있어서는 상반되지만, 작품에 내재된 사회의식의 측면을 다루었다는 점에서 공통된다. 그러나 이런 측면만을 강조하여 설명하기에는 작품이 가진 의미망은 단순하지 않은데, 여기에서 또 다른 연구 경향이 도출된다.

조세희의 문학세계에 대한 두 번째 연구 경향은 현실인식을 표현하는 형식과 기법에 대한 논의이다. 이는 『난장이가 쏘아올린 작은 공』이 발표된 시기부터 이루어졌지만, 1990년대 이후의 논의에서부터 본격적으로 이루어졌다. 이경호는 이 작품이 주목받은 이유를 "같은 사회현실을 다룬 다른 소설들과는 달리 독특한 문체와 표현기법을 사용"[15] 했기 때문이라고 지적하면서 그동안의 논의를 정리하여 논의가 본격적으로 이루어질 수 있는 기반을 마련했다.

연작소설이라는 형식적 특징에 주목한 견해도 있다. 황순재는 이 작품이 '중층적 구성'을 가진다고 파악하고, 이를 '다성적 형식'과 '단성적 세계'라는 측면에서 분석했는데, 다성적 형식을 보이는 요인을 액자구성 및 연작형식에서 찾았다.[16] 권영민은 문학사적 측면에서 산업화 시대를 표현하는 소설 형식으로 연작소설과 대하소설을 들었는데, 연작소설에 대한 예의 하나로 『난장이가 쏘아올린 작은 공』을 들면서, "난장이 가족을 둘러싸고 있는 삶의 외양과 사회적 분열을 이완된 형

---

14) 황광수, 「노동문제의 소설적 표현」, 『삶과 역사적 진실』, 창작과비평사, 1995, p.241.
15) 이경호, 「서정의 공간과 다성의 공간」, 《작가세계》, 1990. 겨울, p.102.
16) 황순재, 「조세희 소설 연구(1)」, 《한국문학논총》 18집, 1996. 7.

식으로서의 연작소설을 통해 정밀하게 묘사하고 있다"[17]고 평가했다.

『난장이가 쏘아올린 작은 공』에 사용된 문체의 효과에 대해서는 발표 직후부터 논의가 이루어졌다. 김병익은 이 작품에 사용된 문체를 '스타카토(staccato) 문체'라고 지칭하면서 '단어와 단어, 문장과 문장 사이의 순수한 공백이 독자의 연상과 감동을 촉발'[18]시키는 효과를 준다고 긍정적으로 평가한 반면, 김윤식은 작가의 계몽적인 목소리가 너무 압도적이기 때문에 이 작품의 문체는 '명령 문체가 낳은 리듬의 허사'[19]에 불과하다는 부정적인 평가를 내렸다. 또한 이득재는 문체가 가진 특성을 작가가 가진 시대정신의 표현으로 보아야 한다고 지적하면서, 언어의 공간화 과정을 근대성의 문제와 연결된 비극적 인식에서 비롯된 것이라고 설명했다.[20]

이외에도 최근에는 조세희를 다룬 학위논문이 발표되어 연구의 체계가 확립되고 있는데, 그 논문들은 기법과 주제의 상관관계를 다루거나,[21] 작품에 내재된 환상성에 대한 논의[22]가 주를 이루고 있다.

지금까지 살펴본 것처럼, 『난장이가 쏘아올린 작은 공』에 대한 연구 경향은 작가의 '사회 지향성과 문학 지향성의 양가적 사고'[23]라고 설명되는데, 이러한 연구 경향으로 인해 작품에 대한 수용 및 평가 작업도

---

17) 권영민, 『한국현대문학사』 2권, 민음사, 2002, p.292.
18) 김병익, 「난장이, 혹은 소외집단의 언어」, 《문학과 지성》, 1977. 봄, p.184.
19) 김윤식, 「문학사적 개입과 논리적 개입」, 《문학과 사회》, 1991. 겨울, p.1523.
20) 이득재, 「문체와 공간」, 《문학과 사회》, 1994. 여름, pp.804~806.
21) 이러한 문제의식을 가진 논문의 대표적인 예는 다음과 같다. : 김지영, 「조세희 소설의 서사 기법 연구」, 서울대 국문과 석사학위논문, 2003.: 권은경, 「조세희의 "난장이가 쏘아올린 작은 공" 연구—기법과 주제의 미학적 상관성을 중심으로」, 성균관대 국문과 석사학위논문, 2004.
22) 이러한 논의는 '환상성'을 현실을 극복하기 위한 방법으로 파악하고 있는데, 그 대표적인 논문은 다음과 같다. : 신명직, 「조세희의 "난장이가 쏘아올린 작은 공" 연구—환상성을 중심으로」, 연세대 국문과 석사학위논문, 1997.: 최지현, 「조세희의 "난장이가 쏘아올린 작은 공" 연구—환상적 표현기법을 통한 현실인식을 중심으로」, 단국대 국문과 석사학위논문, 2001.: 신은영, 「조세희 소설의 환상성 연구」, 전북대 국문과 석사학위논문, 2003.

내용과 형식의 두 부분에서 이루어지게 되었다.

　이러한 연구 경향과는 달리, 『난장이가 쏘아올린 작은 공』에 나타난 작가의 창작방법론에 대한 검토의 필요성을 제기한 논의도 있었다. 우선, 방민호는 기존의 논의에서 작품의 주관적 태도와 의지의 소산이 한계라고 지적했던 것은 작가의 창조성에 의의를 두지 않았기 때문이라고 비판했다.[24] 작품을 하나의 틀에 국한시키는 것은 문학의 가능성과 작가의 창조성을 차단한다는 그의 견해는, 문학연구에 있어서 창작방법론의 필요성을 제시했다고 하겠다. 정재원도 이와 유사한 견해를 보이는데, 그는 조세희의 작품을 기존의 소설 양식과 비교하거나 대조하여 평가하는 것은 무의미하다고 지적하면서, '작품의 형식을 구성해 나가는 근본적인 창작원리'에 대한 탐구에서 논의가 시작되어야 한다고 주장했다.[25]

　또한 공간적 측면에 중점을 둔 논의가 있어 주목된다. 이재선은 1970년대 이래의 현대문학과 예술에서 나타나는 특성을 '도시와 도시 공간에서의 삶에 대한 인식이 뚜렷해지고 있다는 현상'이라고 설명하면서, 조세희의 작품을 '소외 단지지역의 삶의 상황'을 다루고 있다고 파악했다. 그는 이 공간에서의 삶을 '근원적인 뿌리박음(fundamentale Verwurzelung)이 박탈되는 가난하고 소외된 계층의 현실과 꿈의 좌절'이라고 설명했는데, 이는 조세희의 작품에도 그대로 적용된다.[26] 한편

─────────────────

23) 이러한 구분은 하응백의 논의에서 찾아볼 수 있다. 그는 「난장이가 쏘아올린 작은 공」을 '80년대 문학의 판도라 상자'라고 비유하면서, 이 작품을 수용하고, 그 바탕에서 나아갈 길을 모색하는 문학적 입장은 두 갈래로 나누어진다고 설명했다. 하나는 작품의 문학적 형식을 문제 삼는 입장으로 주로 의식의 내면화나 언어 체계에 대한 관심을 가지고 있는 것이고, 다른 하나는 작품에 내재된 집단의식을 문제 삼는 입장으로 문학의 사회적 역할을 강조하는 것이다. : 하응백, 앞의 글, p.256. 참고.
24) 방민호, 「방법·기법의 가치」, 『납합 아래의 침묵』, 소명출판, 2001, pp.451~459.
25) 정재원, 「경험과 상상력」, 『현역중진작가연구 I』, 국학자료원, 1997, p.335.

강상대는 『난장이가 쏘아올린 작은 공』은 1970년대적 삶의 부정성에 대한 작가로서의 고뇌가 사회와 삶을 향한 비판·극복의 언어로 구조화된 것이라고 파악하면서, 작품에 나타난 '집'의 모티프를 사회적 모순에 대한 확인의 매개물로 설명하고 있다.[27]

이러한 연구 성과는 소설 창작방법론으로의 공간의 문제에 대한 논의를 진행할 수 있는 기반이 된다. 여기에서는 「난장이가 쏘아올린 작은 공」을 중심으로, 공간인식을 활용하는 창작방법 문제를 집중적으로 다루고자 한다.

1) 실재공간과 창작공간

조세희의 「난장이가 쏘아올린 작은 공」은 '낙원구 행복동'을 공간배경으로 제시하고 있다. 이곳은 아파트 단지가 들어서기 위해 무허가 주택들이 철거되는 서울의 변두리 지역이다. 물론 이 지명은 작가에 의해 창조된 가상의 것이지만, 조세희는 여러 대담을 통해서 이러한 배경을 창작하기 위해서, 서울시 종로구 무악동, 동대문구 면목동, 구로구 가리봉동 일대를 취재했다고 밝히고 있다. 이 지역들은 서울시의 대표적인 낙후 지역이며, 현재까지도 작품에 표현되었던 분위기가 그대로 남아 있다.

탄압은 정치와 경제 양면으로 가해졌다. 자세히 보면 지금도 같은 일이 되풀이되지만, 그때 제일 참을 수 없었던 것은 '악'이 내놓고 '선'을 가장하는 것이었다. 악이 자선이 되고 희망이 되고 진실이 되고, 또 정의가 되었다. 내

---

26) 이재선, 『현대한국소설사』, 민음사, 1991, p.297.
27) 강상대, 『우리 소설의 일탈과 지향』, 청동거울, 2000, p.146.

가 개인적으로 선택의 중요성을 느끼기 시작한 것도 이 무렵이었다. 어느 날 나는 경제적 핍박자들이 몰려 사는 재개발 지역 동네에 가 철거반—집이 헐리면 당장 거리에 나앉아야 되는 세입자 가족들과 내가 그 집에서의 마지막 식사를 하고 있는데, 그들은 철퇴로 대문과 시멘트 담을 쳐부수며 들어 왔다—과 싸우고 돌아오다 작은 노트 한 권을 사 주머니에 넣었다. '난장이 연작'은 그 노트에 씌어지기 시작했다. 비상계엄과 긴급 조치가 멋대로 내려지는, 그래서 누가 작은 소리로 자유와 민주주의라는 말만 해도 잡혀가 무서운 고문 받고 감옥에 갇히는 '유신 헌법' 아래서 나는 일찍이 포기했던 '소설'을 한편 써나갔다.[28]

조세희는 『난장이가 쏘아올린 작은 공』 연작을 창작하게 된 동기를 위의 인용과 같이 회고하고 있는데, 이를 통해 이 작품이 작가의 공간 체험과 관련되어 있다는 사실을 확인할 수 있다. 물론 소설 속의 공간이 실재공간을 대상으로 해서 창작되었다는 것은 특별할 것 없는 사실이다. 그러나 이러한 진술을 바탕으로 작품 창작과정의 첫 단계를 추론해볼 수 있다. 위에 제시된 작가의 체험은 소설에서 다음과 같이 형상화되었는데, 이야말로 이 작품 창작의 동기가 된 부분이자, 작가의 창작방법론이 집중적으로 제시된 부분이라고 할 수 있다.

---

28) 조세희, 「작가의 말」, 『난장이가 쏘아올린 작은 공』, 이성과힘, 2000, p.9. : 분석 텍스트는 2000년에 이성과힘에서 발간된 작품집으로 한다. 『난장이가 쏘아올린 작은 공』은 1978년 6월에 문학과지성사에서 발간된 이후로 총 134쇄를 발행했으며, 이후 2000년 7월에 출판사를 바꿔 2004년 5월까지 46쇄를 발행했다. 그러므로 이 책의 발행부수는 도합 180쇄에 달하는데, 이는 한국출판계에서 유래를 찾기 힘든 판매실적이다. 그러나 판형이나 조판 방식, 그리고 맞춤법 규정의 변화에 따른 수정이 이루어졌을 뿐, 내용은 달라지지 않았다. 작가는 '작가가 어떤 의도로 작품을 썼건 독자인 나의 접근과 이해는 전혀 다를 수 있고, 독자인 나의 이해나 상상력, 또는 나의 능력에 따라 작가는 다른 수확을 거둘 수도 있기 때문에 수정이나 개작을 하지 않았다고 밝히고 있다(조세희·이경호, 「2·5세계의 불안한 나날」(대담), 《작가세계》, 2002 가을, p.23.). 이 연구도 작가의 의견을 받아들여, 가장 최근의 판본을 대상으로 논의를 전개하고자 한다. 이하 이루어진 작품 인용은 이 책의 면수만을 밝힌다.

아버지가 먼저 수저를 들었다. 그 옆자리에서 지섭이 수저를 들었다. 어머니는 마루 끝에 앉아 국을 마셨다. 형과 나는 밥을 국에 말았다. 대문을 두드리는 소리가 들렸다. 우리는 꼼짝도 하지 않고 식사를 했다. 영희가 이 시간에 어디서 어떤 식탁을 대하고 있을지 우리는 알 수 없었다. 우리의 밥상에 우리 선조들 대부터 묶어 흘려보낸 시간들이 올라앉았다. 그것을 잡아 칼날로 눌렀다면 피와 눈물, 그리고 힘없는 웃음소리와 밭은기침 소리가 그 마디마디에서 흘러 떨어졌을 것이다. 대문을 두드리던 사람들이 집을 싸고돌았다. 그들이 우리의 시멘트담을 쳐부수었다. 먼저 구멍이 뚫리더니 담은 내려앉았다. 먼지가 올랐다. 어머니가 우리들 쪽으로 돌아앉았다. 우리는 말없이 식사를 계속했다. 아버지가 구운 쇠고기를 형과 나의 밥그릇에 넣어주었다. 그들은 뿌연 시멘트 먼지 저쪽에 서서 우리를 지켜보았다. (p.123.)

앞에서 인용된 체험과 위에 인용된 소설의 장면은 같은 사건을 다루고 있지만, 그 서술의 효과는 사뭇 다르게 나타난다. 우선 앞서의 체험은 작가 자신의 이야기만으로 한정되지만, 인용된 장면은 여러 사람이 동시에 체험하는 사건으로 제시된다는 점에서 차이를 보인다. 소설 장면의 화자는 난장이 가족의 둘째 아들인 영호이지만, 일체의 감정이 배제된 채 서술을 진행하고 있다. 이러한 서술방법은 화자와 인물들의 행동 사이에 거리감을 형성하는데, 이는 사건을 객관화시키는 작용을 한다. 그런 객관화된 서술을 통해 각 인물의 행동이 제시된다. 식사 장면을 서술하는 화자의 시각은 아버지, 지섭이, 어머니를 거쳐 형과 자신을 향하고 있고, 이어 그 자리에 없는 영희에 대해서도 언급하고 있다. 이처럼 객관화된 서술을 통해서 작가의 체험은 여러 인물이 함께 나누는 공통된 체험으로 확산된다.

또한 사물을 매개물로 하여 시간적 인식을 언급하고 있다는 점도 특

징적이다. 앞선 작가의 체험에서 이 사건은 그 자체만으로 의미를 형
성했다면, 소설의 장면에서 제시된 사건에는 역사성이 더해진다. 화자
는 밥상에 '선조들 대부터 묶어 흘려보낸 시간들이 올라앉았다'라고
서술하는데, 이런 서술은 이후 지섭을 통해서 집에 대한 논의로 확산
된다.[29]

> 지섭이 재빨리 말했다.
>
> "지금 선생이 무슨 일을 지휘했는지 아십니까? 편의상 오백 년이라고 하겠
> 습니다. 천 년도 더 될 수 있지만. 방금 선생은 오백 년이 걸려 지은 집을 헐어
> 버렸습니다. 오 년이 아니라 오백 년입니다."
>
> "그 오백 년이란 게 도대체 뭡니까?"
>
> 사나이가 물었다.
>
> "모르시겠어요?"
>
> 지섭이 되물었다.
>
> "그만 비켜요."
>
> "당신이 덫을 놓았습니다. 당신이 아니라면 당신 상부에서. 백여 세대 이
> 상이 여기다 생활 터전을 잡은 것을 몰랐어요? 덫을 놓은 게 아닙니까? 가서
> 말해요, 내가 치더라구." (pp.124~125.)

앞에서 영호가 밥상의 역사성에 대해 언급한다면, 이 부분에서 지섭

---

29) 이러한 인식은 난장이 가족의 첫째 아들인 영수가 조판한 노비 매매 문서와 관련된 서술을
통해서도 확인할 수 있다. 해당 부분은 다음과 같다. : 나는 그때 이것이 무엇인지 몰랐다. 그
판을 짜고 다음 판을 짜다가 겨우 알았다. 노비 매매 문서의 한 부분이었다. 나는 열흘 동안
같은 책을 조판했다. 그 열흘 동안 나는 아버지와 아무 말도 하지 않았다. 어머니하고도 이야
기를 하지 않았다. 나는 어머니의 어머니, 어머니의 할머니, 할머니의 어머니, 그 어머니의
할머니들이 최하층의 천인으로서 무슨 일을 해왔는지 알고 있었다. 어머니라고 달라진 것은
없었다. 마음 편할 날 없고. 몸으로 치러야 하는 노역은 같았다. 우리의 조상은 세습하여 신
역을 바쳤다. 우리의 조상은 상속·매매·기증·공출의 대상이었다. (p.87.)

은 집의 역사성에 대해 언급한다. 이를 통해서 작가는 집은 밥상의 확장된 형태로 파악하고 있다는 사실이 확인된다. 그런 측면에서 철거당하기 직전의 난장이 가족이 밥상 주변에 모여 앉아 있다는 설정은 의미를 가진다. 결국 이들의 문제는 생계의 문제로 집약되기 때문이다. 이어 지섭은 집의 개념을 동네 전체로까지 확장시키고 있다.

이처럼 「난장이가 쏘아올린 작은 공」의 서술방식은 공간을 매개물로 하여 역사적인 사실을 인식하는 구조를 가진다. 이때의 공간은 밥상에서 집으로 다시 동네로 확장되면서 의미를 증폭시키는데, 이는 공간이 가진 역사인식의 사회적 확장이라고 할 수 있다. 이런 서술방법은 앞서 살펴보았던 객관적 서술을 통한 체험의 확산과 같은 의미를 가지는 것으로, 작품의 구성원리이자 작가의 창작방법이라고도 할 수 있다. 이제 작품에 나타나는 공간에 대한 제시와 그를 통해 이루어지는 인식의 문제에 대해서 살펴보도록 하겠다.

2) 공간인식의 형상화

조세희의 소설집 『난장이가 쏘아올린 작은 공』에서 표현된 현실인식이 어느 계급을 대표하는지에 대한 문제는 작품을 이해하는 중요한 실마리가 된다. 이 문제는 연구자들 사이에서도 논쟁거리가 되었는데, 노동자 계급의 현실인식을 대변한다는 주장과 중산층의 현실인식을 대변한다는 주장이 첨예하게 대립되었다.[30] 각각의 주장들은 이 작품

---

30) 《문예중앙》 창간 10주년 기념 심포지엄에서 이루어졌던 토론이 그 대표적인 예이다. 여기에서 김명인은 "스스로 역사의 주체임을 선언하고 나오는 생산 대중"이라고 하여 노동 문학의 가능성을 언급했으며, 김윤식은 "시민성이라는 이름의 중산층이 민중이라는 이름의 그것보다 압도적인 힘과 가능성"을 지난다고 하여 시민 문학의 가능성을 언급했다. : 《문예중앙》, 1988. 봄. 참고.

이 가진 문학사적 의의를 해명하기 위한 나름의 논리적 타당성을 갖추고 있다. 전자의 경우는 이 작품을 1980년대에 활발하게 발표되었던 노동 소설의 시초로 파악한 견해이며, 후자의 경우는 1960년대 이후 전개되었던 시민문학의 맥락을 계승하는 작품으로 파악하고 있다. 그러므로 전자는 사회적 목적의식을 강조하여 작품 내용을 주된 평가의 대상으로 삼으려는 경향을 보였으며, 후자는 그러한 내용을 전달하는 작품 형식을 평가의 대상으로 고려하는 경향을 보이고 있다.

　이러한 관점 중에서 어느 하나를 선택하는 것은 쉬운 일이 아니다. 또한 작가의 창작의도 역시 두 가지 관점 중 하나만을 고려했던 것으로 판단되지는 않는다. 「난장이가 쏘아올린 작은 공」에 등장하는 난장이 가족의 이야기에서는 노동계급의 현실인식이 분명하게 드러나고 있으며, 「칼날」에 등장하는 신애 가족의 이야기에서는 중산층의 현실인식이 드러나고 있고, 「내 그물로 오는 가시고기」에 등장하는 은강그룹 일가의 이야기에서는 자본가 계급의 현실인식이 드러나고 있기 때문이다. 또한 「뫼비우스의 띠」와 「에필로그」에 등장하는 수학 교사는 일종의 '현상학적 판단중지(Epoche)'적인 자세를 보이고 있다. 이와 같이 『난장이가 쏘아올린 작은 공』에는 다양한 계급의 현실인식이 망라되어 있다고 할 수 있는데, 이를 도표로 정리하면 다음과 같다.

노동자 계급의 현실인식	「난장이가 쏘아올린 작은 공」, 「은강 노동 가족의 생계비」, 「잘못은 신에게도 있다」, 「클라인씨의 병」
중산층의 현실인식	「칼날」, 「육교 위에서」
자본가 계급의 현실인식	「우주 여행」, 「궤도 회전」, 「기계 도시」, 「내 그물로 오는 가시고기」
현상학적 판단중지	「뫼비우스의 띠」, 「에필로그」

　하나의 표제를 가진 작품에서 다양한 관점이 제시되는 것이야말로,

연작소설이 가진 기법적인 특징이다. 연작소설은 "작은 것과 큰 것, 부분과 전체의 긴장 속에서 연작으로 확장된 소설 공간을 기반으로 하여 삶의 다양성과 전체성을 동시에 표출"[31]하는 창작기법이라고 할 수 있는데, 이런 기법을 선택했다는 사실 자체가 작가의 창작의도가 표현된 부분이라고 할 수 있다. 연작소설 기법은 "소설의 형식 자체를 끊임없이 갱신하면서 사회적 현실에 대응하고자 했던 작가 정신의 소산"[32]이기 때문이다. 그러므로 작가가 연작 기법을 선택했다는 사실은 그만큼 현실문제에 대한 다각적인 측면의 인식태도를 견지하고 있다는 증거가 되며, 나아가 이러한 인식을 소설 창작방법론으로까지 활용되었다는 증거라고 할 수 있다.

루카치(Georg Lukács)는 소설에는 반드시 변화와 발전, 다시 말해서 주인공의 의식이 발전하는 과정과 역사적 상황이 형성되는 과정이 포함되어 있어야 한다고 주장했다. 대상을 바르게 인식하려면 모든 측면, 모든 관계, 모든 매개들을 파악해야 하기 때문이다. 그것들을 완전히 파악할 수는 없다 하더라도 과오와 경직에서 벗어나려면 다면성을 추구하지 않으면 안 된다는 것이다.

특수한 경우가 바르게 관찰되고 묘사된다면, 그리고 적어도 일반화가 묘사되는 현실 구획의 전형으로 나타나는 데까지 나아간다면, 전반적인 관계

---

31) 권영민, 앞의 책, p.324.
32) 위의 책, p.321. : 이러한 인식을 토대로 권영민은 연작소설의 등장배경을, 기존의 우리 소설을 주도했던 단편소설이 가진 단일성이나 단편성만으로는 설명될 수 없을 만큼 복잡해진 사회 현실에서 찾았다. 그의 견해에 따르자면, 1970년대 중반부터 인간의 삶을 사회적 현실과 동시적으로 파악되기 시작했으며, 그 사회적 관계가 중요시되었는데, 이에 적합한 소설 형태가 연작소설이라는 것이다. 또한 그는 이러한 형식은 1960년대 소설이 이룩한 언어적 감수성의 바탕에서 이루어질 수 있었다고 설명하여, 1960년대 소설과 1970년대 소설의 연속성을 강조했다. 그러면서 그는 연작의 방법을 소설 창작기법으로 활용하여 연작소설의 장르적 가능성을 확립한 작가로 조세희와 이문구를 꼽고 있다(위의 책, pp.321~323. 참고.).

가 인식되지 않거나 그릇되게 해석될 때에도 그것들은 확신의 힘을 지닌다.
올바른 소설 구성의 필수 조건은 이러한 다각적 관계의 묘사이다. 소멸하는
과거나 상상 속에만 존재하는 유토피아를 의식적으로 긍정하는 허위의식에
도 불구하고 작가는 현실에 내재하는 상호관계의 추동력을 인식하고 지시하
고 묘사하면서 그가 살고 있고 그가 묘사하고 있는 현재를 비난함으로써 이
러한 다각적 관계를 묘사할 수 있을 것이다.[33]

이상과 같은 견해를 바탕으로 하자면 『난장이가 쏘아올린 작은 공』
에 수록된 작품들이 다양한 계급의 현실인식을 포함하고 있는 이유가
설명된다. 즉, 작가가 이러한 창작방법을 선택한 이유는 다각적인 관
계를 제시하여, 독자들에게 현실 속에 내재되어 있는 상호관계의 추동
력을 인식시키기 위한 방편이라고 하겠다.

작품 속에 내포되어 있는 다각적인 인식은 공간과 시간의 설정을 통
해서 구체성을 확보한다. 이러한 구체화 과정에서 우선적으로 문제가
되는 것은 이 작품이 1970년대라는 시대적 상황을 대변하고 있다는 사
실이다. 이것이야말로 이 작품이 가지는 문학사적 의의 중에서 가장 주
요한 것이며, 이 작품을 베스트셀러로 만든 원인이었다고 할 수 있다.

그러나 작품 발표 이후 30년이 지난 지금까지도 여전히 많은 독자들
에게 판매되며 또한 읽혀지고 있다는 사실을 감안하면, 이 작품의 가
치를 시대 의식만으로 설명하는 것은 무리라고 판단된다. 『난장이가
쏘아올린 작은 공』이 현재적인 의미를 가지는 이유는 공간의 문제, 즉
작가의 의도를 형상화하는 창작 기법의 미학적 측면에서 파악되어야
할 것이다.[34]

---

33) Georg Lukács, *Essays on Realism*, trans. David Fernbach, Cambridge:MIT Press,
  1981, p.53. : 김인환, 『다른 미래를 위하여』, 문학과지성사, 2003, p.110. 재인용.

그러므로 이 연구는 작품의 공간에 대한 분석을 통해서 『난장이가 쏘아올린 작은 공』의 창작방법론을 살펴보고자 한다. 논의의 집중도를 높이기 위해 분석 텍스트는 중편소설 「난장이가 쏘아올린 작은 공」으로 한정한다. 이는 이 작품이 연작을 이루는 핵심적인 부분이기 때문이며, 소설 공간적 측면에서도 연작 전체 공간의 특징을 그대로 반영하고 있기 때문이다. 다만 현실인식의 측면이 문제가 된다. 이 작품은 난장이 가족의 시각만을 다루고 있기 때문에, 다른 계급의 현실인식은 표현되지 않았다. 그러나 이러한 현실인식의 구조화 방법론에서는 연작 전체에서 활용된 방법론이 그대로 사용되고 있다.

❶ 이미지를 활용한 공간의 구체화

「난장이가 쏘아올린 작은 공」에서 제시되는 낙원구 행복동은 빈민촌과 개울 건너의 주택가라는 두 개의 공간이 대립관계를 이루면서 형상화되어 있다. 이러한 공간 관계는 단순한 주거 지역의 구분만을 의미하지 않는다. 이는 거주자들의 계층적 차이에 따른 구획이며, 나아가 두 지역 주민들의 생활방식을 변별하는 경계로 작용한다. 적어도 난장이 가족에게 있어서, 이런 공간의 설정은 분명하게 구분되어 인식된다.

영호와 영희도 몇 달 간격을 두고 학교를 그만두었다. 마음이 차라리 편해졌다. 우리를 해치는 사람은 없었다. 우리는 보이지 않는 보호를 받고 있었다. 남아프리카의 어느 원주민들이 일정한 구역 안에서 보호를 받듯이 우리

---

34) 일부 연구자들은 『난장이가 쏘아올린 작은 공』에 내포된 공간의 문제를 시간, 즉 시대 상황에 종속시켜 판단하고 있다(김진기, 앞의 책, pp.109~110.). 그렇지만 이러한 관점으로 이 작품이 가지는 현재성을 설명하기는 힘들다. 아무리 도시 빈민의 문제가 지금까지 계속되고 있다고 하더라도, 그와 같은 공간이 대부분 훼손되거나 소실된 현재 상황에서 여전히 1970년대 당시의 시대 의식이 발견되기는 어려울 것이기 때문이다.

도 이질 집단으로서 보호를 받았다. 나는 우리가 이 구역 안에서 한 걸음도 밖으로 나갈 수 없다는 것을 깨달았다. (pp.96~97.)

이 작품의 첫 번째 화자인 영수에 의해 서술되는 이러한 공간 인식은 작품 전반에도 그대로 적용된다. 그는 자신들이 일정한 구역 안에 감금되어 있을 때는 보호받을 수 있다는 사실을 인식하고 있지만, 그럼에도 불구하고 끊임없이 경계를 뛰어넘어 보다 넓은 공간으로 나가려는 욕망을 가진다. 일종의 초월욕망이라고도 할 수 있는 이것은, 그가 공부를 계속하기 위해 애를 쓰거나, 공장의 부당한 노동조건에 항의하는 행동 등을 통해서도 표현된다. 또한 이는 앞서 작가의 체험과 소설의 사건을 비교하면서 언급되었던 공간의 확장을 통한 서사 진행과도 상통하는 부분이기도 하다.

이처럼 난장이 가족에게 있어서 낙원구 행복동은 차별의 공간이지만, 한편으로는 생활의 공간이기도 하다. 공간의 차별이 관념적인 인식을 바탕으로 설명되고 있다면, 생활의 공간은 구체적인 감각 이미지를 통해서 제시된다. 공간을 구현하기 위해 활용된 이미지는 여러 가지가 있지만, 그 중에서도 대표적인 것은 '냄새', 즉 후각(嗅覺) 이미지이다.

풀밭에서 영희는 소리를 내어 울었다. 나는 손으로 영희의 입을 막았다. 영희의 몸에서는 풀냄새가 났다. 개천 건너 주택가 골목에서는 고기 굽는 냄새가 났다. 나는 그것이 고기 굽는 냄새인 줄 알면서도 어머니에게 묻고는 했다.
"엄마, 이게 무슨 냄새야?"
어머니는 말없이 걸었다. 나는 다시 물었다.
"엄마, 이게 무슨 냄새지?"

94

어머니는 나의 손을 잡았다. 어머니는 걸음을 빨리하면서 말했다.

"고기 굽는 냄새란다. 우리도 나중에 해먹자."

"나중에 언제?"

"자, 빨리 가자."

어머니는 말했다.

"너도 공부를 열심히 하면 좋은 집에 살 수 있고, 고기도 날마다 먹을 수 있단다."

"거짓말!"

어머니의 손을 뿌리치면서 내가 말했다. (p.85.)

인용된 부분에는 두 개의 냄새가 표현되고 있다. 하나는 영희의 몸에서 나는 풀냄새인데, '풀'은 널리 알려진 것처럼 민초(民草), 즉 민중을 상징한다. 다른 하나는 개천 건너 주택가 골목에서 나는 고기 굽는 냄새이다. 이 냄새들은 식물성과 동물성, 혹은 채식성과 육식성이라는 대립항을 이루며, 난장이 가족의 생활과 주택가 사람들의 생활의 차이를 단적으로 부각시키는 역할을 담당한다.

여기에서 주목되는 것은 냄새의 전달방식이다. 풀 냄새는 영희의 몸을 통해 직접적으로 전달되는 반면, 고기 굽는 냄새는 간접적으로 전달되고 있다. 고기 굽는 냄새의 근원지인 주택가는 '강 건너'에 위치한 것으로 설정되어, 난장이 가족은 도달할 수 없는 공간이라는 것을 표현하고 있다. 이어지는 대화에서 어머니는 노력하기만 한다면 언젠가 그곳에 도달할 수 있으리라는 희망을 이야기하지만, 아들은 이미 그것이 거짓 희망이라는 사실을 파악하고 있다. 이처럼 작품에 제시된 후각 이미지는 난장이 가족의 궁핍한 생활을 표현하는 수단으로 작용하며, 이를 계기로 이루어지는 대화를 통해 그들의 궁핍은 개인적 문제에 한정되는 것이 아니라 사회의 구조적 모순에 기인한다는 사실이 인식된다.

결국 난장이 가족은 아들이 바랐던 것처럼 고기를 구워먹게 되지만, 그것은 어머니가 말했듯이 '공부를 열심히' 해서 '좋은 집'에 살게 되었기 때문이 아니다. 그들은 집을 강제로 철거당하기 직전에 지섭이 사온 고기를 구워먹는다. 그러나 이 부분에 제시되는 '고기 굽는 냄새'는 의미를 형성하지 못한다. 영희의 몸에서 나는 '풀냄새'라는 대립항을 잃어버렸기 때문이다.

부엌에서 고깃국 끓이는 냄새가 났다. 고기 굽는 냄새도 났다. 어머니가 상을 내려 행주질을 했다. 동사무소 앞에 사람들이 서 있었다. 쇠망치를 든 사람들이었다. 그들이 헐어버린 집들 공터를 가로질러 우리 집을 향해 오고 있었다. 내가 대문을 잠갔다. 어머니가 밥상을 차렸다. 형이 상을 들어다 마루에 놓았다. 형은 나를 걱정했다. 괜한 걱정이었다. 그들이 쇠망치로 머리를 내려친다고 해도 나는 가만히 있었을 것이다. (pp.122~123.)

시각(視覺) 이미지도 공간을 구체적으로 제시하는 방법으로 활용되고 있다. 이는 특히 공간에 대한 인식이 이루어지도록 만드는 주요한 기능을 담당하고 있는데, 시각이란 촉각과 함께 '공간을 인지하도록 만드는 기능을 가진 감각'[35]이기 때문이다. 시각 이미지는 작품의 도처에서 찾아볼 수 있는데, 아래와 같은 부분이 대표적인 예이다.

---

35) Yi-Fu Tuan, 구동회·심승희 역, 『공간과 장소(Space and Place)』, 대윤, 1995, pp.30~34. 참고. : "시각과 촉각의 '공간화(spatializing)' 기능들이 결합되면, 본질적으로 비공간적인(nondistancing) 이러한 감각들을 통해 우리는 세계의 공간적이고 기하학적인 특성을 더욱 풍부하게 이해할 수 있다"

우리의 생활은 회색이다. 집을 나온 다음에야 나는 밖에서 우리의 집을 들여다 볼 수 있었다. 회색에 감싸인 집과 식구들은 축소된 모습을 나에게 드러냈다. 식구들은 이마를 맞댄 채 식사하고, 이마를 맞대고 이야기했다. 작은 목소리라 나는 알아들을 수 없었다. 아버지의 실제 모습보다도 작게 축소된 어머니가 부엌으로 들어가다 말고 하늘을 쳐다보았다. 하늘까지 회색이다. 나는 나 자신의 독립을 꿈꾸고 집을 뛰쳐나온 것이 아니다. 집을 나온다고 내가 자유로워질 수는 없었다. 밖에서 나는 우리 집 을 들여다볼 수 있었다. 끔찍했다. (p.109.)

인용된 부분에서 난장이 가족의 막내딸 영희는 '회색'이라는 시각 이미지를 활용해서 자기 가족의 생활을 설명하고 있다. 그녀에 의해 설명되는 생활 자체는 별반 새로울 것이 없다. 난장이 가족의 어려운 생활이야 이미 충분히 제시되었던 내용이다. 여기에서 주목되는 것은 이런 서술이 이루어지게 된 계기, 즉 집에서 나온 뒤에야 집을 들여다 볼 수 있었다는 설정이다. 대상과의 거리두기를 통해서 그 면모를 파악하는 이런 서술방법은, 앞서 작가의 체험과 소설의 상황에 대한 비교 부분에서 살펴보았던 영호의 진술방법, 즉 감정이 배제된 객관적인 서술과도 상통되는 부분이다.

작품 속에 제시된 시각 이미지의 활용은, 앞서 언급했던 난장이 가족의 집이 철거되는 장면에서도 확인할 수 있다. 위에 인용된 영희의 서술이 집 밖에서 안을 바라보는 시각을 언급한 것이라면, 이 부분에서 제시되는 영호의 시각은 집의 안에서 밖을 내다보는 시각이다.

형과 나는 시멘트담 앞에 서서 밖을 내다보았다. 집들이 다 헐려 곧바로 동사무소가 보였다. 그 너머로 밝고 깨끗한 주택가가 보였다. 그 바른쪽은 슈퍼마켓이 있는 큰길이다. 영희가 한때 일한 빵집이 보였다. 형과 내가 유리창 밖에서 본 영희는 정말 예뻤다. 아무도 영희가 난장이의 딸이라는 것을 믿으려고 하지 않았다. 우리는 끝내 영희를 찾지 못했다. (p.122.)

이 부분에서 활용된 시각 이미지는 공간에 대한 인식을 형성하는 데 기여하고 있다. 영수와 영호는 담 앞에서 밖을 내다보는데, 이런 행동은 그들이 집안과 집 밖을 별개의 공간으로 인식하고 있다는 사실을 암시한다. 그들의 눈에 들어오는 것은 개천 건너 주택가, 그 중에서도 영희가 일했던 빵집의 모습이다. 이런 시각 경험을 통해 그들은 과거를 회상하는데, 여기에서도 그들은 분리된 공간을 인식하게 된다. 화자는 빵집에서 일하는 영희의 모습을 보고 사람들은 '난장이의 딸이라는 것을 믿으려고 하지' 않았다고 진술한다. 이는 곧 영희가 빈민촌에 해당하지 않는 인물이 아니라, 개울 건너 주택가에 속한 인물과 같았다는 의미이다.

그런 영희를 그들은 '유리창'을 통해서만 바라볼 수 있을 뿐이다. 그러므로 이들이 영희의 모습을 바라보는 것은 일종의 쇼윈도(show window) 경험이다. 쇼윈도는 "가게 안도 밖도 아니며, 사적인 장소도 공적인 장소도 아닌 특수한 공간, 이미 거리의 일부이면서 그 투명한 유리의 뒤에서 상품의 불투명한 지위 및 우리와의 거리를 유지시키는 데에도 쓸모 있는 공간"[36]이며, 자본주의 논리가 통용되는 '소비의 사회'에 대한 경험인 것이다.

이처럼 이 작품은 시각 이미지를 통해서 공간을 인식하고, 다시 공간에 대한 인식을 통해서 자신들이 직면한 자본주의 사회의 특성을 체험

---

36) Jean Baudrillard, 이상률 역, 앞의 책, p.254.

하는 구조를 가진다. 또한 이 때의 공간 인식은 단일한 화자에 국한되는 것이 아니라, 다양한 화자들에 의해 다각적으로 이루어진다는 특징을 가진다.

❷ 화자의 다각화를 통한 공간인식의 심화

앞에서 살펴보았듯이 감각적 이미지를 통해 구체화된 현실인식은, 다양한 화자를 활용하는 기법을 통해서 심화된다. 조세희의 소설이 '복잡한 시선의 구조', 즉 "나의 시선에 다른 사람의 세상을 보고 평가하는 눈들이 번갈아가며 포함되면서 다시 소설 끄트머리까지 전개되는 구조"[37]를 가지는 이유도 이러한 화자 활용방법 때문이다. 작가는 작품의 전체에서 다양한 계층의 화자를 제시했던 것처럼, 「난장이가 쏘아올린 작은 공」에서도 세 명의 화자를 번갈아 제시하면서 이야기를 진행시키고 있다. 그들은 모두 난장이 가족의 구성원으로, 앞선 화자들의 시각과 영향관계를 형성하면서도, 각자 다른 시각을 견지한다.

첫째 아들인 영수는 지식의 힘을 바탕으로 현실을 인식한다. 그는 자신들이 처한 상황과 빈곤의 세습구조를 파악하려 했으며, 앞서 살펴보았던 공간인식을 통해 자기 가족에게 주어진 공간을 벗어나고자 했다. 그가 탈출의 방법으로 선택한 것은 지식이다. 그의 현실 인식과 극복방법은 다음과 같은 구절을 통해서 확인할 수 있다.

우리는 무슨 일이 있든 공부는 해야 한다고 생각했다. 공부를 하지 않고는 우리 구역에서 벗어날 수가 없다고 생각했다. 세상은 공부를 한 자와 못 한 자로 너무나 엄격하게 나누어져 있었다. 끔찍할 정도로 미개한 사회였다. 우

---

37) 이득재, 앞의 글, p.806.

리가 학교 안에서 배운 것과는 정반대로 움직였다. 나는 무슨 책이든 손에 잡히는 대로 읽었다. 정판에서 식자로 올라간 다음에는 일을 하다 말고 원고를 읽는 버릇까지 생겼다. (p.97.)

둘째 아들인 영호는 형을 이상주의자라고 비판한다. 그러나 그의 비판은 논리적으로 전개된 것이 아니기 때문에, 형의 현실 극복 방법에 대한 대안을 제시하지는 못한다. 그는 노동자들과의 연대를 통해 현실을 극복하려 하지만 이것도 역시 한계에 직면하고, 결국 자신의 무지를 확인할 뿐이다. 그러나 그의 행동을 통해서, 형과 지섭으로 대표되는 지식인 계층에 의해 제시된 인식체계만으로는 현실을 극복할 수 없다는 사실이 확인된다.

노동자 대부분이 어린 나이에 들어와 중요한 성장기의 삼사 년을 이 공장에서 보냈다. 익힌 기술을 빼놓으면 성장의 기반이랄 것이 없다. 우리 공원들은 우리가 아는 것만큼 밖에는 사물을 이해하지 못했다. 아무도 땀으로 다진 기반을 잃고 싶어 하지 않았다. 회사 사람들은 우리가 생각하는 것을 싫어했다. 공원들은 일만 했다. 대다수 공원들이 변화가 일어날 수 없는 상태를 인정했다. 무엇 하나 일깨워줄 사람도 없었다. 어른들도 자신들의 경험을 들려줄 것이 없었다. 마음속에서 옳은 것이 실재에서는 반대 방향으로 움직여지는 것만을 그들은 보았었다. 우리는 너무나 모르는 것이 많았다. 사장에게는 다행한 일이었다. (pp.107~108.)

막내딸인 영희는 직접 몸을 던져서 현실을 극복하려는 인물로 제시된다. 그녀도 자신이 선택한 방법이 무모하다는 것, 처음부터 상대가 되지 않는 싸움이라는 것을 인식하고 있다.[38] 그렇지만 그녀는 자신들

100

에게 싸움은 선택할 수 있는 여러 방법 중의 하나가 아니라는 것, 자신들에게 주어진 선택은 오직 그 방법밖에 없다는 사실도 역시 알고 있다. 영희에 의해 서술이 진행되기 직전에 제시된 영수의 꿈 부분에서, 영희는 '팬지꽃 두 송이를 공장 폐수 속에 던져 넣'고 있었다고 제시된다. 이는 앞선 부분에서 영희의 몸에서 나던 '풀냄새'와 연결된다. 그녀는 현실을 극복하기 위해 행동하지만, 그것은 자신의 희생이 뒤따르는 것이다. 배고픔 때문에 화단에서 울었던 영희는 다시 한 번 눈물을 흘린다. 그리고 자신을 달래는 영수에게도 행동할 것을 요구한다.

> "울지 마, 영희야."
> 큰오빠가 말했었다.
> "제발 울지 마. 누가 듣겠어."
> 나는 울음을 그칠 수 없었다.
> "큰오빠는 화도 안 나?"
> "그치라니까."
> "아버지를 난장이라고 부르는 악당은 죽여 버려."
> "그래, 죽여 버릴게."
> "꼭 죽여."
> "그래. 꼭."
> "꼭." (pp.143~144.)

---

38) 이런 인식은 다음의 구절을 통해서 파악된다. : 나는 전혀 다른 세상 사람과 생활하고 있었다. 우리는 출생부터 달랐다. 나의 첫 울음은 비명으로 들렸다고 어머니는 말했다. 나의 첫 호흡이 지옥의 불길처럼 뜨거웠을지도 모를 일이다. 나는 모태에서 충분한 영향을 공급받지 못했다. 그의 출생은 따뜻한 것이었다. 나의 첫 호흡은 상처 난 곳에 산을 흘려 넣는 아픔이었지만, 그의 첫 호흡은 편안하고 달콤한 것이었다. 성장 기반도 달랐다. 그에게는 선택할 것이 많았다. 나나 두 오빠는 주어지는 것 이외의 것을 가져본 경험이 없었다. 어머니는 주머니가 없는 옷을 우리들에게 입혔다. 그는 자라면서 더욱 강해졌지만 우리는 자라면서 반대로 약해졌다. (p.131.)

그러나 이들이 제시한 결론도 역시 한계를 가지는데, 이는 다음과 같은 두 가지 측면에서 설명될 수 있다. 첫째, 아무리 악한 사람이라 해도 살인은 용납될 수 없다는 윤리적인 측면이다. 이는 작품 전반에 걸쳐 강조되어 제시되었는데,[39] 난장이 가족이 그들의 적대 세력에 비해 상대적 우위를 차지할 수 있는 유일한 부분이기도 하다. 작가가 작품 서두에서부터 가치판단(價値判斷)의 문제를 제시하는 이유도 이와 연결시켜 생각할 수 있다. 이러한 측면은 다음과 같은 구절을 통해 확인할 수 있다.

> 사람들은 아버지를 난장이라고 불렀다. 사람들은 옳게 보았다. 아버지는 난장이였다. 불행하게도 사람들은 아버지를 보는 것 하나만 옳았다. 그 밖의 것들은 하나도 옳지 않았다. 나는 아버지·어머니·영호·영희, 그리고 나를 포함한 다섯 식구의 모든 것을 걸고 그들이 옳지 않다는 것을 언제나 말할 수 있다. (p.80.)

인용된 부분에서 화자는 사람들이 아버지를 난장이라고 부르는 것이 '옳다'고 표현했다. 이 표현 자체로는 문제가 없지만, 이후에 이어지는 '사람들은 아버지를 보는 것 하나만 옳았다'라는 진술과 연결될 때는 문제가 발생한다. 앞선 문장에 제시된 '아버지는 난장이였다'는 명제는 '맞다/틀렸다'로 평가될 객관적인 사실에 따른 판단이지, '옳다/그르다'로 표현되는 가치판단의 문제가 아니기 때문이다. 작가는 의도적

---

39) 김우창은 『난장이가 쏘아올린 작은 공』이 '지나치게 강한 윤리적 성격'을 가지고 있다고 설명하면서, 이를 보편적인 윤리 즉 사회의 구성원리 차원에서 이해하고자 했으며(김우창, 「역사와 인간 이성」, 《작가세계》, 2002 가을, pp.70~72.), 이재은은 이 작품의 윤리적인 측면을 "가진 자의 도덕적 타락은 그들의 정신적 삶에 그대로 반영되어 못 가진 자와의 사이에 윤리적 단절로 나타나며 가진 자의 부도덕성을 명백히 한다"고 설명했다(이재은, 「조세희 소설 연구」, 성균관대 국어교육전공 석사학위논문, 2002, p.22.).

으로 객관적 판단과 가치판단을 혼용하여 윤리적인 문제를 강조하고 있는데, 이 부분은 약속을 지키지 않는 정치인들에 대한 언급과 연관되어 의미를 형성한다. 화자는 그들을 증오한다고 진술했는데, 그 이유는 그들이 거짓말을 했기 때문이다.[40] 이런 서술태도를 유지했기 때문에, 작품의 마지막에 제시되는 현실 극복방법의 윤리성도 역시 문제가 되는 것이다.

둘째, "산업사회의 구조적 모순이 결코 한 사람의 경영자가 사라진다고 해서 해결될 수 있는 문제가 아니"[41]라는 사회구조적인 측면에서도 한계가 도출된다. 작품의 화자들은 자기 가족의 가난을 사회구조적 문제로 파악했다. 그렇다면 그에 대한 해결도 역시 사회구조적 측면에서 고려되었어야 할 것이다. 작품의 결말에서 표현된 살해의 다짐이 『난장이가 쏘아올린 작은 공』 연작의 후반에 제시된 작품 「내 그물로 오는 가시고기」에서 실행되었지만,[42] 여전히 문제는 해결되지 않았다는 사실이 그 한계를 증명한다. 그의 살인행동은 오히려 자본가들이 더욱 교묘한 경영 지배방법을 창안하도록 유도했을 뿐이다. 이런 측면에서 이 작품이 "현실과의 대립이 철저하게 심화하여 그 극복의 논리를 마련하지 못한 채 현실의 기반을 무너뜨리는 것은 그 문학적 의미를 약화시키는 경우"[43]라는 지적은 타당성을 가진다.

---

40) 이러한 화자의 태도는 다음 부분을 통해서 확인된다. : 어른들은 또 손뼉을 쳤다. 우리도 따라서 쳤다. 커서까지 나는 그때 일을 종종 생각하고는 했다. 두 사람의 인상은 아주 진하게 나의 머릿속에 남았다. 나는 그들을 증오했다. 그들은 거짓말쟁이였다. 그들은 엉뚱하게도 계획을 내세웠다. 그러나 우리에게 필요한 것은 계획이 아니었다. (……) 우리가 필요로 하는 것은 우리의 고통을 알아주고 그 고통을 함께 져줄 사람이었다. (p.90. 밑줄 강조 인용자)
41) 김진기, 앞의 책, p.120.
42) 「난장이가 쏘아올린 작은 공」의 살해 다짐과 「내 그물로 오는 가시고기」의 살해 행위가 연관된다는 사실은 다음과 같은 구절을 통해서 확인할 수 있다. : "방금 한 말을 다시 해주시겠습니까?"/"우발적인 살의가 아니었다고 말했습니다."/변호사는 난처한 표정을 지었다./"그렇다면 말입니다, 그 당시의 심적 상태를 간단히 말해줄 수 있겠습니까?" (……) "그 분은, 인간을 생각하지 않았습니다."/"그것이 살해 동기입니까?" (「내 그물로 오는 가시고기」, p.289.)

"그렇지만 지금 말씀드리고 싶은 건 그게 아녜요. 우리 공장 노동자들이 행복한 마음을 갖고 일하게 할 수 있는 방법을 제가 알아냈어요. (……) 약을 쓰면 돼요."

"약이라니?"

"그들이 행복한 마음으로 일만 하게 하는 약을 만드는 거예요. 그들이 공장에서 먹는 밥이나 음료수에 그 약을 넣어야죠. 약은 우수한 연구진을 구성해 만들게 해야 돼요. 처음엔 경비가 많이 들겠지만 장기적으로 보면 이 이상 좋은 방법은 있을 수 없어요."

"그만둬라."

어머니가 말했다.

"생각하는 게 맨 끔찍한 것뿐이구나."

"끔찍한 건 제가 아녜요."

나는 말했다.

"정말 끔찍한 건 이 세계라구요. 몇몇 나라들이 그들의 사회 제도로부터 이탈하려는 사람들에게 이미 약물을 투여하기 시작했어요."

— 「내 그물로 오는 가시고기」, pp.299~300.

이런 한계는 그대로 연작을 구성하는 다른 작품의 창작 필요성으로 연결된다. 이 작품에서 다루어진 문제는 노동자 계급의 현실인식만을 대상으로 해서는 해결될 수 없었기 때문에, 다양한 계층의 인식을 파악하여 보다 총체적인 관점에서 현실을 파악할 필요성이 제기된 것이다. 물론 이러한 시도에서도 역시 일정한 한계가 노출되고 있으나, 문제 해결을 시도했던 작가의 창작의도 자체까지 평가 절하되어서는 안

---

43) 강상대, 앞의 책, p.172.

된다.

지금까지 논의한 것처럼 화자들이 제시하는 서로 다른 현실인식과 대응방식은 그대로 현실을 극복하는 방법에 대한 모색 과정이 되며, 이러한 모색 과정 자체가 연작 전체를 이끌어가는 구조를 가지고 있다고 판단되었다. 그리고 이것이야말로 작가가 독자들에게 전달하려는 창작의도라고 볼 수 있을 것이다.

3) 공간인식을 활용한 소설 창작방법론의 계승: 백민석의 「목화밭 엽기전」

지금까지 살펴보았듯이, 조세희의 「난장이가 쏘아올린 작은 공」은 공간을 활용한 현실인식의 다각화 기법을 창작방법론으로 사용했다. 이와 같은 창작방법론은 이후의 다른 작가에게도 영향을 미치게 되는데, 그 대표적인 작가로 백민석을 들 수 있다.

백민석은 1995년 「내가 사랑한 캔디」를 발표하면서 작품 활동을 시작한 이래, 주목할만한 작품을 발표해왔다. 그의 작품에 대한 평가는 극단적으로 양분되고 있다. 우선 그의 작품을 긍정적으로 평가하는 평자들은 "만화나 그 밖의 인공 문화의 수해자들일 뿐만 아니라 급격한 산업화와 도시화에 노출된 세대"[44]의 특징을 표현했다는 사실에 주목한다. 이러한 측면에서 그의 작품은 현실이 아니라 '버추얼 리얼리티(virtual reality)' 혹은 '메타 리얼리티(meta reality)'를 다루고 있다는 평가도 이루어졌다.[45] 그러나 한편으로 그의 작품은 "〈엽기적〉 스펙터클의 짜깁기 수준을 넘어서지 못하고 있다"[46]라고 비판받기도 한다. 이런 입장을 취하는 평자들은 그의 작품이 낯선 대중문화를 도입하여 소설

---

44) 방민호, 「엽기담의 시대적 의미」, 『문명의 감각』, 향연, 2003, p.202.

의 새로운 경향을 보인 것은 사실이지만, 이는 기괴한 소재들에 대한 취미에 불과하고 작품의 내용이나 구성적인 측면에서는 낯설지도 새롭지도 않다는 사실을 지적한다.

어떤 입장을 취하든, 백민석의 작품에 대중문화의 이미지들이 빈번하게 제시되고 있다는 것은 분명한 사실이다. 또한 그는 2000년에 전자책(eBook)으로 된 소설 「러셔」를 발표하기도 했는데, 이런 측면에서 그는 다른 어떤 작가보다도 유연하게 소설의 변화 양상에 대처하고 있다고 할 수 있다.

「목화밭 엽기전」은 백민석의 작품경향이 분명하게 표현된 작품으로 주목받았다. 제목에서부터 '엽기(獵奇)'라고 언급된 것처럼, 이 작품에 활용된 소재는 납치·감금·폭행·강간·살해·포르노·스너프필름(snuff film) 등 비일상적이고 자극적인 것들이다. 물론 이처럼 자극적인 소재를 나열한다고 해서 그의 작품이 가치를 가진다고 할 수는 없다. 앞서 지적된 것처럼, 낯선 소재를 제시했다고 해서 낯선 이야기가 만들어지는 것은 아니기 때문이다. 오히려 소설에 있어서의 낯설게 하기는 소재를 결합하여 서사를 구성하는 방식, 즉 창작방법론의 문제로 귀결된다. 이 작품에서 소재를 결합하는 방법으로 활용된 것은 공간에 대한 인식인데, 이는 다음과 같은 창작동기를 통해 확인할 수 있다.

---

45) '버추얼 리얼리티'나 '메타 리얼리티'는 모두 현실 체험을 바탕으로 하지 않는다는 사실을 설명하는 용어이다. '버추얼 리얼리티'가 "SF·스릴러·포르노 등 하위 장르로서의 영화 문법을 그대로 옮겨온 소설이 생산되고, 만화·재즈 등의 대중문화 장르 자체가 소설의 새로운 제재"로 활용되는 양상이, 백민석의 작품에 그대로 적용되고 있다는 점에 주목했다면(하상일, 「하위문화와 우리 소설의 미래—백민석 소설의 엽기와 SF」, ≪실천문학≫, 2002. 겨울, p.251.), '메타 리얼리티'는 "익숙한 영상 이미지들이 텍스트 전면에 스며 있는 점"에 주목하여 "독자들의 기시감(旣視感)을 리얼리티 장치로 이용"했다는 점에 주목한 용어라고 하겠다(이용욱, 「e-Book "러셔", 권력만 보면 공격하고 싶어진다」, ≪동아일보≫, 2000. 10. 14.).
46) 권명아, 「제 살 깎아 먹는 소설, 문학적인 것과 반문학적인 것의 환상」, 『문학의 광기』, 세계사, 2002, p.197.

이 소설을 구상한 건 이곳 안양 평촌으로 이사 오고 나서, 얼마 지나지 않아서였다. 그게 94년이니까 벌써, 칠 년 전의 일이다. 이사 온 그 다음날인가 다다음날인가 나는, 여기서 얼마 떨어지지 않은 과천 서울대공원의 동물원을 찾았다. 그냥 여기저기 산책하다, 어슬렁거리다가 지하철에 올라탄 것이다.

그때 내 흥미를 끈 것은 커다란 인공 연못을 앞에 두고, 동물원과 서울랜드와 현대미술관이 한데 붙어 있는 광경이었다. 이들을 잘만 엮어 놓으면 뭔가 되지 않을까, 이런 생각이 머릿속을 스치고 지나간 하루였다."[47]

작가가 진술한 내용처럼, 그리고 작품에 직접 제시된 것처럼, 이 작품은 과천이라는 실재하는 도시를 무대로 하고 있다. 우리 사회에서 과천이라는 도시가 가진 의미는 매우 독특하다. 그곳은 대도시 서울에 일터를 두고 있는 사람들에게 쾌적한 주거 환경을 제공하는 위성도시이자, 국가의 행정기관 중 일부를 수용하고 있는 행정도시이고, 국립현대미술관이라는 대규모 문화시설을 갖춘 문화도시이며, 경마장과 서울대공원 등의 오락시설을 갖춘 위락도시이기도 하다. 요컨대 과천은 현대 자본주의 도시의 면모를 두루 갖춘 복합 도시로의 성격을 가진다.

작가는 이러한 공간적 특성을 분명하게 인식하고 있는데, 과천의 특성 중에서도 특히 문화도시이자 오락도시라는 측면을 강조하고 있다.[48]

---

47) 백민석, 「작가 후기」, 『목화밭 엽기전』, 문학동네, 2000, p.309. : 이하 이루어진 작품 인용은 이 책의 면수만을 밝힌다.
48) 백민석은 과천이 가진 또 다른 특징들에 대해서도 언급을 하고 있다. 작품 주인공들의 행동 반경이 과천에 국한되지 않고, 서울과 밀접한 연관을 맺으며 이루어진다는 사실, 예를 들어 그들이 소년을 납치하는 장소가 서울 청담동이라는 사실 등이 위성도시의 특성을 반영한 것이다. 또한 다음과 같은 부분에서는 과천이 가진 행정도시적 특성이 표현된다. : "과천에 있는 커피숍들의 분위기는 한결같아요. 죄다. 사무적이고 왠지 딱딱하고, 공무원 냄새가 나지요. 공무원 냄새라는 게 뭔지 명쾌하게 설명할 순 없지만, 감출 수 없는 사실인 것은 확실해요……" (p.165.)

그러한 측면이 단적으로 표현된 공간이 '동물원과 서울랜드와 현대미
술관이 한데 붙어 있는' 서울대공원인 것이다. 주인공이 거주하는 집이
'서울랜드와 산자락 사이'에 위치한다는 설정은 작가의 공간인식이 반
영된 부분이다.

　　그의 집은 과천 서울랜드와 동물원이 지어질 때 고립되어버렸다. 누군가
이 지역의 지적도를 보고 금을 긋는데, 그 금이 정확히 그의 집 일킬로미터
앞에서 멈춰버렸다. 서울랜드와 산자락 사이에 옴짝달싹할 수 없게 끼어버
린 형국이었다. 전주인으로부터 들은 얘기였다. 덕분에 포장도 안 된 논둑 같
은 길이 유일하게 그의 집과 도심을 이어주는 도로 역할을 맡게 됐다. 간신히
경운기 한 대 지날 폭이었다. 과천 청계산 동쪽 끝자락에 면해서 다른 인가가
좀 있었지만, 요 몇 년 사이에 거의 비워졌다. 그린벨트가 해제될 날은 아직
먼 것 같았다. 하지만 이 모든 게, 그가 원하던, 최적의 작업 조건이었다.
(p.18.)

이 집에서 주인공 부부는 납치한 소년들을 지하실에 감금한 뒤에 폭
행하고 강간하다가 살해하며, 마침내 그 시체를 파묻어 유기해 버린
다. 이러한 행동은 그들의 내면에 잠재된 잔인한 본성의 발현이라고
설명되는데, 이는 서울대공원을 구성하는 공간 중의 하나인 동물원과
연결된다.

　　주인공 한창림은 '기분이 아주 더러울 때' 동물원을 찾는다. 만드릴
육식 원숭이를 보기 위해서이다. 이 짐승은 같은 우리에 들어있던 암
컷을 살해하고 배를 찢어 내장을 꺼내 먹는 광폭한 행동을 벌인다.[49]
이를 목격한 한창림은 원숭이가 내뿜는 강렬한 '수컷냄새'를 경험하
고, 이에 매료당한다.

그것은 만드릴 원숭이가 온몸으로, 온몸의 땀샘과 기름샘, 온몸의 혈관들 림프관들 수백억의 체세포들로, 온몸으로 내뿜는 냄새였다. 맡는 사람을 뻣뻣하게 굳게 하는, 그런 냄새였다. 콧속뿐만 아니라 마음속에까지 기갑부대처럼 돌진해 들어와 괴롭히는, 그런 냄새였다. 마음속 저 깊은 데까지 밀고 들어와, 심연 깊이 가라앉아 일상에선 드러나지 않는, 그런 부분을 헤집어놓는 냄새였다. 그 위력은 대단한 것 같았고, 그래서 수컷인 그는 그 냄새에 매혹되었다. (p.173.)

「난장이가 쏘아올린 작은 공」에서 후각 이미지가 주요한 역할을 담당했던 것처럼, 「목화밭 엽기전」 역시 '수컷냄새'가 작품 전반에 걸쳐 제시된다. 그러나 앞의 작품에서 후각이 주인공 가족의 빈곤을 깨닫게 만드는 인식적 기능을 했다면, 뒤의 작품에서 제시된 후각은 내면에 감춰진 난폭한 본능, 정신분석학에서 설명하는 '그림자(shadow)'를 발견하고 표출하게 만드는 기능을 담당한다는 점에서 변별된다.

이처럼 한창림과 그의 부인은 '수컷냄새'를 내뿜으며 거침없이 엽기적인 행각을 자행한다. 그러나 그들에게는 죄의식이 없다. 그들의 난폭한 리비도는 어떤 제약도 받지 않는다. 이러한 인물설정을 단순히 본능의 발현만으로 설명한다면 이 작품은 개인적인 문제에 한정되게 된다. 그러나 이 작품에는 이들의 행동을 설명할 수 있는 또 다른 장치가 내포되어 있다. 그것은 서울대공원을 구성하는 또 다른 공간인 서

---

49) 작가는 만드릴 원숭이 수컷이 이러한 행동을 하는 이유를 공간의 문제로 설명하고 있다. 다음과 같은 부분이 여기에 해당하는데, 이는 백민석의 소설이 공간을 창작방법론으로 활용하고 있다는 또 다른 증거가 된다. : 암컷과 수컷 사이에 무슨, 안전거리 규정 같은 것이 있는 듯했다. 안전거리는, 육체를 가진 생물이면 어느 것에나 있는 것이었다. 육체란, 공간이라서 그렇다. 해수 속의 박테리아부터, 사우나탕 휴면실에서 잠잘 자리를 찾는 발가벗은 사내들까지. 그 살아있는 공간인 육체는 항상, 타생물과의 일정한 거리를 필요로 하는 것이었다. 불안해지지 않으려면, 불안해하지 않고 최소한의 안정이라도 누리고 싶다면, 그리고 불안해진 나머지 이웃의 목을 물어뜯어 정맥을 끊어놓고 싶지 않다면. (p.171.)

울랜드가 가지고 있는 놀이의 속성이다.

사람들은 쾌감을 느끼기 위해 놀이동산을 찾는다. 그러나 정작 그들이 경험하는 것은, 놀이기구들이 만드는 공포이다. 결국 사람들은 공포를 경험하기 위해 놀이동산을 찾는 것이며, 공포를 경험하기에 쾌감을 느낀다. 물론 그들이 경험하는 공포는 본질적으로 복제된 것이다. 그들은 공포를 느끼는 것이 아니라 공포의 시뮬라크르(simulacre)를 느끼는 것이며, 이런 의미에서 놀이동산이란 일종의 시뮬라시옹(simulation), 즉 거짓 공포가 구현되는 장소가 된다.

이는 보드리야르가 분석했던 디즈니랜드의 특성과 연결되는 부분이다. 그는 미국의 디즈니랜드를 "모든 종류의 얽히고설킨 시뮬라크르들의 완벽한 모델"[50]이라고 전제하면서, 이곳에서 내포된 시뮬라크르를 다음과 같은 세 가지 측면에서 파악했다. 첫째, 환상과 공상의 유희가 이루어지는 공간이라는 측면이다. 이것은 디즈니랜드가 대외적으로 내세우고 있는 목적이며,[51] 그러므로 이것은 공공연한 시뮬라크르라고 할 수 있다. 둘째, 미국사회의 축소판이라는 측면이다. 디즈니랜드는 미국사회가 가하는 통제 그리고 그 사회가 제공하는 기쁨을 축소시켜 제공하는 공간인데, 이것이야말로 이 공간의 창시자 월트 디즈니(Walt Disney)의 목적이었다.[52] 셋째, 미국이라는 실제의 나라가 시뮬라크르의 속성을 가진다는 사실, 즉 디즈니랜드와 같다는 사실을 감추기 위

---

50) Jean Baudrillard, 하태환 역, 『시뮬라시옹(*Simulacres et Simulation*)』, 민음사, 2001, p.39.

51) 이는 서울랜드의 경우도 다르지 않다. 서울랜드 홈페이지의 회사소개에 제시된 캐치프레이즈는 "21세기 꿈과 희망을 열어가는 기업"인데(http://www.seoulland.co.kr), 이는 보드리야르가 제시한 '환상과 공상의 유희'라는 개념과 크게 다르지 않다.

52) 그는 디즈니랜드 개점 2주년 기념 인터뷰에서 다음과 같이 말했다. "디즈니랜드 전체에는 미국적 주제가 담겨 있다. 나는 미국을 위대하고 만들었고, 더욱더 위대하게 만들 이야기를 강조해야 한다고 믿는다." : Henry A. Giroux, 성기완 역, 『디즈니 순수함과 거짓말(*The Mouse that Roared*)』, 아침이슬, 2001, pp.46~47. 참고.

해 존재하는 공간이라는 측면이다. 디즈니랜드의 주요 건물인 디즈니랜드성이 독일의 성(城)을 복제한 것처럼, 미국이라는 나라는 "처음부터 유럽 문명의 복제로 출발했으며, 그런 의미에서 미국 자체가 거대한 디즈니랜드인 셈"[53]이라고 설명된다.

서울랜드는 이상과 같은 특성을 가진 디즈니랜드를 다시 복제한 것에 지나지 않는다. 그러므로 이곳은 디즈니랜드로 대표되는 자본주의 놀이문화의 특성이 그대로 적용되는 공간, 즉 '문명의 가장 일차적인 커다란 독소적 배설물'인 '어린이들과 성인들의 역사적, 동화적, 전설적 상상 세계'의 꿈과 환상을 처리하는 일종의 '쓰레기 처리장'이라고 할 수 있다.[54] 「목화밭 엽기전」의 주인공은 이러한 공간적 속성을 분명하게 인식하고 있다.

킹 바이킹에서 내리훑어보며, 그는 눈이 아팠다. 쑤셔왔다. 그가 받은 서울랜드의 전체적인 인상은 부조화, 그 자체였다. 모두 다섯 개 주제 구역이 서울랜드에 있었다. '세계의 광장', '환상의 나라', '삼천리 동산', '모험의 나라', '미래의 나라'가 그것이었다. 지금 그가 있는 구역은 '모험의 나라'였다. 구역 이름조차 속이 뻔히 들여다보이는, 얄팍하고 조잡한 것들이었다. (p.264.)

이러한 공간적 특성은 그들이 벌이는 행위를 일종의 유희로 인식하게 만든다. 그들이 죄의식을 가지지 않는 이유는, 그들이 '거대화된 현대 도시가 창출해 낼 수 있는 인간형의, 최고 극단적인 형태'[55]이기 때

---

53) 진중권, 『미학 오디세이』 3권, 휴머니스트, 2004, p.326.
54) Jean Baudrillard, 『시뮬라시옹』, 앞의 책, p.41.
55) 방민호, 앞의 글, p.209.

문이 아니다. 그들이 자신들의 행위를 놀이로 인식하기 때문이다.

공포영화를 보면서 죄의식을 느끼지 않는 것처럼, 놀이를 즐기면서 죄의식을 느낄 이유는 없다. 그러므로 그들에게 있어서 자신들이 벌이는 모든 엽기적인 행각들은, 서울랜드에 찾아가 바이킹을 타는 행위와 다를 바 없다. 그들이 자신들의 행위를 비디오로 촬영하는 것도, 작품의 마지막 사건이 서울랜드의 바이킹에서 이루어지는 것도 같은 맥락에서 설명될 수 있다. 마침내 그들은 자신들을 공포영화의 주인공과 동일한 인물로 인식하게 된다.

사실, 그도 그의 아내도 이 세상에 있으면 안 될 사람들이었다. 조울증 환자인 아내, 툭하면 기이한 수컷 냄새나 풍기는 그, 둘 다 처음부터 이 세상에 있으면 안 될 사람들이었고 필연적으로 불행해질 사람들이었다. 그도 아내도 이 사회에서, 날 때부터 괴물로 운명지어진 존재들이었다. 〈13일의 금요일〉의 제이슨이나 〈나이트 메어〉의 프레디처럼 사냥감이 되어 평생 쫓겨 다닐 괴물의 운명을 타고난 것이다. 괴물? 괴물의 정의는 의외로 간단하다, 사회 체계 바깥의 존재. (pp.260~261.)

백민석은 과천이라는 공간이 가진 특성을 이러한 인물들을 통해 제시하고 있다. 그러나 이들을 지배하는 또 다른 인물이 설정되어 있다는 사실이 주목된다. '삼촌'이라고 불리는 이 인물이 그것이다. 이 인물은 현대 사회를 지배하고 있는 자본주의 논리를 상징한다. 이는 그가 경영하는 '펫숍'이 구로동 시장통에서, 올림픽이 열린 해에는 잠실로, 다시 반포로, 양재로, 마지막에는 과천으로 이동해왔다는 사실을 통해 증명된다. 이와 같은 공간 이동은 단순한 위치의 변화가 아니라 그곳이 어디에도 있을 수 있다는 의미가 된다. 또한 그 공간은 몇 개의 겹으로 이루어진 '다중 공간(multi space)'이라는 것, 이 공간에서 궁극적으로 이루어지는 것은 소멸밖에 없다는 것도 역시 같은 의미를 가진다.

결국 「목화밭 엽기전」은 공간 인식을 통해 현대 사회를 지배하는 자본주의의 폭력적인 속성을 고발하고 있는 것이다. 이는 다음과 같은 '펫숍'에 대한 위치 설명을 통해서 구체적으로 제시되는데, 아래의 인용처럼 백민석이 인식하는 자본주의 사회는 각종 욕망들이 뒤섞인 공간으로 파악된다.

펫숍은 오층에 있었다. 일층엔 세븐 일레븐과 골프 용품 전문점이 있다. 부동산 중개소와 잡화점들은 빌딩 안으로 인주해 있고, 서점과 신발 가게도 있다. 지하층엔 식당들이 늘어서 있었다. 횟집이 두 개고, 꽤 큰 규모의 전통 비빔밥집도 있다. 이층엔 옷가게들이 있고, 거기엔 아내가 이따금 놀러 가곤 하는 헌옷 가게도 있다. (……) 삼층엔 중화 요리집과 정통 만두집이 있고 창고로 쓰임직한 사무실들 몇 개와, 노래방도 하나 있다. 사층엔 여행사나 법무사나 팜플렛 제작사 따위가 들어서 있고, 위성방송 안테나 설치업체도 있다. (p.264.)

2
공간배경을 활용한 소설 창작방법
— 이문구의 「일락서산」을 중심으로

이문구에 대한 그동안의 연구는 대체로 다음과 같은 세 가지 경향으로 나누어진다. 첫째, 농민문학으로의 주제의식을 강조하는 문학사회학적인 연구경향이다. 이는 주로 작품이 발표될 당시의 평론을 비롯한 이후의 문학사 기술에서 이루어졌다. 당대적 평가의 대표적인 예로 백낙청의 논의를 들 수 있는데, 그는 이문구를 "실재하는 생활현실의 인식에 굳건히 의지하고 선 작가"로 평가하면서 당시 민중의 삶에 대한 폭넓고 정확한 지식을 기반으로 하고 있다고 설명했다. 그러나 그의 현실인식은 "떳떳한 사회의식이나 역사적 실천"으로 나아가지 못했다는 한계를 지적했다.[56] 김종철의 논의도 유사한 입장을 견지하고 있다. 그는 『관촌수필(冠村隨筆)』에 표현된 고향은 "심리적 안정감을 주고 소박하고 순진한 삶에 대한 그리움을 불러일으키는 이미지"와 함께 농촌

---

56) 백낙청, 「민족문학의 현단계」, 『민족문학과 세계문학 Ⅱ』, 창작과비평사, 1985, pp.40~43.

사회의 변화 과정에 대한 비판적 태도를 함께 가지고 있다고 평가하면서도, 계층적 차별에 대한 충분한 인식이 이루어지지 못했다는 한계를 지적하면서 "오늘의 사회와 전통사회의 단순한 대조를 넘어서서 하나의 사회사적(社會史的)인 기술(記述)을 위한 노력이 되어야 했다"[57]는 평가를 내렸다. 문학사적 관점에서의 논의들도 이와 유사한 논점을 견지하고 있는데, "농촌의 한 가운데에서 농민들이 겪고 있는 삶의 고통을 그려"[58]내고 있다는 평가나, "근대화 도시화 과정이 수행되고 있는 현상과 관련된 농촌의 사회적 조건을 다각적으로 제시하고 있다"[59]는 평가가 그 대표적인 예이다.

둘째, 문체와 기법을 중심으로 한 형식적인 측면에 대한 연구경향이다. 김상태는 『관촌수필』을 중심으로, 이문구 소설의 문체적 특징에 대한 본격적인 논의를 시도했다. 그는 풍부한 토속어휘의 사용, 구상화의 시각, 경험화자와 서술화자가 분리된 이중의 문체, 만연체와 인정기미의 장문, 주어절에 의미가 실려 있는 인물 중심의 서술 등을 이문구 문체의 특징으로 파악했다. 또한 이와 같은 특징을 작가의 세계관과도 연결시켰는데, 사물을 분석적인 것이 아니라 통합적으로 바라보려는 자세, 경험과 사고가 조화된 서술방식, 서민의 애환을 다루려는 작가의식 등이 이에 해당한다고 보았다.[60] 전정구는 이문구 작품의 서술이 질박하면서도 유장한 충청방언을 근간으로 한다는 점에 착안하여, 이는 우리 고유어를 "토속적 정취와 농경문화적 생활감각을 불러일으키는 데 적절하게 활용"[61]하고 있다고 평가하면서, 이것이 작가의

---

57) 김종철, 「사회 변화와 전통적 가치」, 『시와 역사적 상상력』, 문학과지성사, 1978, p.203.
58) 권영민, 앞의 책, p.285.
59) 이재선, 앞의 책, p.301.
60) 김상태, 「이문구 소설의 문체」, ≪작가세계≫, 1992. 겨울.
61) 전정구, 「토속어의 활용과 관용적 표현」, 이기문 외, 『문학과 방언』, 역락, 2001, p.411.

문학세계를 구축하는 주요 요인이라고 설명했다. 신종한은 옹(Walter J. Ong)의 견해에 입각하여 이문구 소설의 문체를 구술문화의 특성이 반영된 것으로 파악하고, 작가의 전기적 사실에 대한 고찰을 통해 그의 문체 형성을 "작가의 의도적인 창작기법에도 있지만, 성장배경을 통해 몸으로 습득된 구술문화적 배경이 더 작용한 것"[62]이라고 평가했다. 특히 그의 견해는 이문구의 문체를 판소리에서부터 김유정과 채만식으로 이어지는 한국소설사 전통의 일부로 파악했다는 점에서 의의를 가진다.

셋째, 근대성 담론의 측면에서 이문구의 소설을 파악하려는 경향으로, 최근 발표되기 시작한 관련 학위논문에서 주로 다루어졌다. 민병인은 이문구의 소설을 "단순한 근대 부정을 넘어서는 근대 초극의 유토피아로서의 농촌 공동체, 그리고 그것이 가지고 있는 자연과의 조화와 인간적 유대와 교감하려는 기획"이라고 하여 넓은 범주에서의 생태주의 문학으로 파악했다.[63] 구자황은 이문구의 소설이 "소외된 농촌의 삶과 전통과의 불화를 통해 부정적 근대를 끊임없이 환기시키고 이를 소설 형식적 변용과 문체적 저항으로 확대·발전"시켰다는 점을 강조하면서, 작가가 견지했던 완고한 전통을 근대를 넘어서기 위한 대안적 방안이라고 파악했다.[64] 고인환은 '근대성'을 "근대의 부정적 양상을 비판적으로 지양하는 서구적 의미의 근대성 개념을 포괄하면서도, 이러한 근대성의 경계를 일탈하는 탈근대성, 탈식민성과도 연결되는 개념"으로 파악했다. 이러한 견해를 바탕으로 그는 이문구 소설에 대한 기존의 평가들이 견지했던 '근대에 미달된 형식'이라는 논지에서 탈피

---

62) 신종한, 『한국소설의 서술양식 연구』, 한국문화사, 2004, p.232.
63) 민병인, 「이문구 소설 연구」, 중앙대 문예창작과 박사학위논문, 2000.
64) 구자황, 「이문구 소설 연구」, 성균관대 국문과 박사학위논문, 2002.

하여, 오히려 그것이 근대성의 결핍 부분을 보완하기도 하고 근대성의 경계를 탈주하는 계기로 작용했다고 평가했다.[65]

이러한 논의 외에도 이문구 소설의 공간 문제를 다룬 논의가 있어 주목된다. 김정아의 「이문구 소설의 토포필리아 연구」가 그것인데, 이는 이문구 소설의 핵심이 고향에 있다고 전제하면서, 이것을 투안(Yi-Fu Tuan)이 제시했던 '장소애(Topophilia)'의 개념으로 파악했는데, 이는 작가의 소설세계에 대한 적확한 파악이라고 판단된다. 이 연구는 작가가 고향을 형상화한 양상을 체험된 고향, 상상된 고향, 기억의 고향, 이념의 고향, 몽유의 고향 등의 다섯 가지로 구분하여 제시했다.[66] 그러나 이러한 구분은 분명하게 제시되지 못했다는 점에서 한계를 가진다. 체험·상상·기억의 양상은 각각 별개로 존재하는 것이 아니라 하나의 고향에 대한 서로 다른 시간 층위를 통해 전개되기 때문에 이에 대한 별도의 논의가 이루어져야 할 것이다. 또한 몽유의 고향과 같은 경우는 『매월당 김시습』 등 일부 작품에서는 적용될 수 있겠지만, 이를 이문구 소설의 전반적인 특징으로 파악하기는 힘들다고 판단된다. 그렇지만 이러한 문제 제기는 이문구 소설에 나타난 공간 문제를 통해 작가의 창작의식을 파악할 수 있는 여지가 만들었다는 점에서 중요한 의미를 가진다.

---

65) 고인환, 「이문구 소설에 나타난 근대성과 탈식민성 연구」, 경희대 국문과 박사학위논문, 2003.
66) 김정아, 「이문구 소설의 토포필리아 연구」, 충남대 국문과 박사학위논문, 2004.

1) 실재공간과 창작공간

이문구의 『관촌수필』은 1972년에 발표된 「일락서산(日落西山)」부터, 1977년에 발표된 「월곡후야(月谷後夜)」에 이르기까지 모두 8편으로 이루어진 연작소설이다. 여기에 포함된 작품들은 모두 충청남도 보령시에 실재하는 '관촌(冠村)마을'과 그 인근지역을 공간배경으로 한다. 해당 작품들의 공간배경 및 주요 등장인물, 그리고 발표 시기를 정리하면 아래의 표와 같다.

작품제목	해당 지역	주요 인물	발표 시기 및 지면
일락서산 (日落西山)	관촌마을	할아버지 어머니 옹점이	≪현대문학≫ 1972년 5월호
화무십일 (花無十日)	관촌마을	윤영감 일가 솔이엄마	≪신동아≫ 1972년 10월호
행운유수 (行雲流水)	관촌마을 요까티(전재민촌)	옹점이 어머니	≪월간 중앙≫ 1973년 3월호
녹수청산 (綠水靑山)	관촌마을	대복이 참봉집 순심이	≪창작과 비평≫ 1973년 가을호
공산토월 (空山吐月)	서울 관촌마을	아버지 석공(신현석)	≪문학과 지성≫ 1973년 겨울호
관산추정 (關山芻丁)	관촌마을 앞 갯벌	대복이 유복산	≪창작과 비평≫ 1976년 겨울호
여요주서 (輿謠註序)	대천역 대천읍내	신용모	≪세계의 문학≫ 1976년 겨울호
월곡후야 (月谷後夜)	관촌마을 월곡리	희찬 김선영 수찬	≪월간 중앙≫ 1977년 1월호

작품에 제시된 지역들이 작가의 고향과 인근지역이라는 것은 잘 알

려진 사실이다. 많은 대담과 수필을 통해서 작가 스스로 토로했던 것처럼, 이문구는 관촌마을에서 태어나 자랐다. 그의 가문은 충청도 서해안 일대의 보령현(保寧縣)·남포현(藍浦縣)·청양현(靑陽縣)을 중심으로 대를 이어 왔으며, 그가 태어나기 전에는 대천읍 대천리의 새장터〔新市〕부락에 거주했으나, 그가 생긴 해부터 대천리 갈머리〔冠村〕부락으로 이사했다고 한다. 여기에서 그는 중학교를 졸업할 때까지 살았으니 관촌마을에서 유년기와 성장기를 보낸 셈이다. 이 시기에 해방과 한국전쟁 등의 사건이 발발했는데, 그의 가족은 그러한 역사적 격랑 속에서 많은 시련을 당했다. 그는 이러한 가족사를 다음과 같이 회고하고 있는데, 이는 유년기에 대한 작가의 인식을 확인할 수 있는 자료이다.

조부는 집안이 풍지박산된 난리 속에서 고적감을 못이겨 엄동설한에 운명하셨고, 선고(先考)는 내가 태어난 해부터 농사꾼으로 전업함과 함께 남로당 보령군 총책을 맡았던 바, 6·25사변의 발발과 동시에 예비 검속되고 뒤미처 후퇴 철수하던 향읍 치안기관에 살해되니 조부보다 7개월을 앞서 유계(幽界)에 오른 셈이며, 서울 성남중학교를 졸업하고 육사 2기로 들어가 위장병을 얻어 자퇴하고 집에서 요양하던 둘째언니는 다른 사람들과 한 오랏줄에 엮인 채 운명을 같이하였다. 고향에서 농업중학을 다니다가 어느 토요일 방과 후 학교 운동장에서 공놀이를 하고 있을 때, 술에 취한 교장이 읍내 무슨 관의 요릿집 기생을 껴안고 학교 운동장에 나타나, 학생들더러 사모님께 인사하라고 호통치는 것을 어깨너머로 메어꽂고 자퇴하여 상경했던 셋째언니는, 부친에 대한 연루 혐의로 같은 해 초여름 밤 가마니에 대천 해수욕장의 바닷물에 산 채로 수장되니, 그는 겨우 18세의 소년이었다. 맨 큰언니는 내가 태어나기 전인 왜정 중엽에 징집되어 도일한 후 곧 실종되었거니와, 한 해 동안에 3대에 걸친 네 사람의 목숨을 남의 손에 앗겼으니 선비(先妣)인들 어찌 견디었으랴. 넋이 나간 채 신산고초를 견디다 못해 장서(長逝)하니 1956년 8월 향년 50이었다.

　뒤늦게 넷째 아들로 태어났다가 순식간에 장남이 되어버린 나는, 그 어린 마음에도 맨 먼저 다짐한 것이, 나만은 절대로 형무소나 유치장 출입을 하지 않아야겠다는 것이었다. 그리하여 오래 살아야 한다는 것이었다. 그래야만 쑥밭이 된 가문을 다시 일으키고 혹은 지켜나갈 수 있다는 것이었다. 그것이 죽은 사람들을 위로할 수 있는 유일한 임무라고 믿고 있었다. 어머니의 유언 또한 그와 같았다.[67]

　인용에 제시된 것과 같은 작가의 유년기 경험은 "가족사의 차원에서나 개인사의 차원에서 참담한 몰락의 스토리"[68]라고 설명되는데, 이는 단순한 경험의 차원에 국한되는 것이 아니라, 그의 작품이 가진 서사구조의 형성에도 일정한 역할을 담당한다. 『관촌수필』이 그 대표적인 예이다.

　특히 이 연구에서 분석 텍스트로 삼은 「일락서산」은 연작의 첫 번째 작품이면서, 작품 전체의 성격 및 구성원리, 그리고 작가의 창작의도가 잘 드러난 작품으로 주목된다. 이는 작품집의 후기를 통해서도 확인할 수 있는데, 여기에서 이문구는 이 연작의 작품들이 자신의 체험에 기반을 두고 있다는 사실을 분명하게 밝히고 있다.

　내가 이 나이 먹도록 벗어나지 못하는 것의 하나가 이미 유년 시절부터 몸

---

67) 이문구, 「남의 하늘에 묻어 살며」, 『지금은 꽃이 아니라도 좋아라』, 전예원, 1979, pp.103~104.
68) 황종연, 「도시화·산업화 시대의 방외인」, ≪작가세계≫, 1992. 가을, p.53.

120

에 밴 조부의 훈육이기도 하지만, 이야기를 늘어놓기 전에 먼저 나부터 소개함이 바른 순서 같아 말머리를 삼은 것이 「일락서산」이다. 이 책 속에는 설화를 그대로 필기한 「화무십일」 같은 것도 있고, 「여요주서」, 「월곡후야」처럼 지금도 그 자리에 살고 있는 동창생이나 친척의 이야기도 있으며, 후제 내 자식이나 조카들에게 읽히기 위해 소설이니 문학이니를 떠나 눈물을 지어가며 쓴 고인에 대한 추도문 「공산토월」 같은 글도 있다. 금년(77) 연초 「공산토월」의 정희엄마를 찾아갔다가 벌써 중학교 졸업반이 된 고인의 유복녀를 보고 나는 또 울었다.

대개 조부 다음으로 내게 영향을 끼친 이는 한마당에서 자란 동네아이들이었다. 30년이나 세월한 지금은 반 이상이 죽었거나 행방불명이 되었지만 그들이야말로 여러모로 나를 키운 사람들이니, 「행운유수」의 옹점이, 「녹수청산」의 대복이, 「관산추정」의 복산이가 그들이었다.[69]

이상의 논의를 통해서 『관촌수필』은 작가의 체험을 토대로 창작되었으며, 그 공간배경도 작가의 고향마을이 바탕이 되었다는 사실을 확인할 수 있다. 이 연구는 이와 같은 논의를 바탕으로 『관촌수필』 연작을 대표하는 작품인 「일락서산」에 나타난 공간배경의 활용방법을 살펴보고자 한다. 특히 관촌마을이라는 동일한 공간을 다루면서도, 작품의 서술과정에 의해 그 공간이 가진 의미가 어떤 식으로 변모하는지의 여부를 중점적으로 살피고, 그러한 논의의 연속으로 작중 화자와 관련된 내용과 공간의 상징적 활용, 그리고 공간의 병치와 종속의 문제에 대해서 논의하고자 한다. 이러한 논의를 통해서 공간배경을 활용한 소설

---

69) 이문구, 「후기」, 『관촌수필』, 문학과지성사, 1995, pp.314~315. : 이 연구는 이 책에 수록된 작품 「일락서산」을 분석 텍스트로 삼으며, 이하 이루어지는 작품 인용은 이 책의 면수만을 밝힌다.

창작방법이 검토될 수 있을 것이며, 작가의 창작의도까지 파악될 수 있을 것으로 기대된다.

2) 공간배경을 통한 현실인식의 다각적 제시

『관촌수필』에 내포된 문학공간, 즉 화자의 고향은 "여러 이질공간(heteropia)들로 이루어진 다중적 공간"[70]이라고 설명된다. 지리학적 측면이나 행정구역만을 살펴보자면, 이 작품은 '관촌마을'이라는 단일한 공간을 다루고 있으나, 여기에 작가의 체험이 결합되어 보다 복잡한 의미 층위를 만들어낸다.

우선 작품의 문학공간은 시대상황의 변화에 따라 과거의 공간과 현재의 공간으로 구분할 수 있다. 과거의 공간은 유년기에 대한 추억을 통해서 제시되는데, 이는 주로 전통적 가치체계가 남아 있는 목가적인 농촌인 1950년대의 관촌마을로 표현된다. 그러나 때로는 한국전쟁을 전후한 이데올로기 대립과 결부되어 구성원들 간의 반목과 분열이 이루어졌던 역사적 현장으로의 의미를 가지기도 한다. 현재의 공간은 고향을 그리워하는 도시 거주자의 시각으로 제시되는데, 그는 1970년대 고향의 모습을 급격한 산업화로 인해 자본주의적인 가치에 잠식당한 농촌으로 파악된다. 이러한 두 공간은 서로 대립관계를 이루며, 작품의 긴장을 형성하는 요인으로 작용하고 있다. 이러한 문학공간의 의미 층위를 도식화하면 아래와 같다.

---

70) 김정아, 앞의 논문, p.27.

	과거 (1950년대의 관촌마을)	현재 (1970년대의 관촌마을)	
개인적 관점	ⓐ 유년시절의 추억이 표현된 공간	ⓑ 도시 거주자가 그리워하는 고향	고향
사회적 관점	ⓒ 구성원들의 반목과 분열이 이루어졌던 역사적 현장	ⓓ 산업화로 인해 해체 혹은 변 모가 이루어진 농촌	사회
	전통적 가치체계가 남아 있는 목가적인 농촌	산업화로 인해 자본주의적 가치에 잠식당한 농촌	

위의 도식처럼, 이 작품의 문학공간은 네 가지 의미층위로 세분되는데, 한 작품에서 모든 층위가 제시되지는 않지만, 대개의 경우 몇 가지 층위들이 복합적으로 결합되어 나타나고 있다. 이중에서도 ⓐ와 ⓓ는 모든 작품에 제시되는데, 어느 것을 중점적으로 다루는지에 따른 차이가 있다. 연작의 초반부는 ⓐ가 중점적으로 다루어졌다면, 「관산추정」을 기점으로 하여 후반부에서는 ⓓ에 대한 내용이 서사의 중심을 이룬다. 또한 아버지와 석공의 이야기를 주로 다룬 「공산토월」에서는 ⓒ가 중점적으로 다루어졌다. 이 연구가 주된 분석 텍스트로 삼은 「일락서산」에서는 ⓒ의 비중이 상대적으로 적으며, 그에 비해 ⓐ와 ⓑ가 중점적으로 다루어졌고, ⓓ가 기반을 이루고 있다. 이러한 문학공간의 의미층위를 바탕으로 「일락서산」에서 다루어진 공간을 활용한 창작방법론에 대해 살펴보도록 하겠다.

❶ 가변적 화자를 활용한 공간의 의미층위 구분

위의 논의에서 제기되었듯이, 「일락서산」은 관촌마을을 공간배경으로 하고 있지만, 이 공간이 가진 의미층위는 목가적이고 전통적인 가치체계가 남아있는 1950년대의 관촌마을과 급격하게 진행된 도시화로 인해 옛 모습이 거의 사라져버린 1970년대의 관촌마을로 구분된다. 결국 이 작품은 두 가지 의미층위를 가진 공간이 대립되면서 서사구조를 형성한다고 할 수 있는데, 이와 같은 대립 구조는 화자의 변화를 통해서 더욱 분명하게 표현된다.

「일락서산」의 주된 화자는 신정 연휴를 이용해서 성묘를 하려고 고향을 찾은 성인이다. 이 화자에 의해 작품의 진행이 이루어지기 때문에 회고적(回顧的)인 분위기를 포함하게 된다. 그러나 유년기 추억에 대한 본격적인 언급이 이루어지는 장면에서는 화자의 말투도 소년처럼 변하며, 문장의 시제에 있어서도 과거형과 현재형의 경계가 느슨해진다. 이러한 화자의 변화는 다음의 두 장면에 대한 비교를 통해서 확인할 수 있다.

내가 뛰놀며 성장했던 옛 터전을 두루 살피되, 그 시절의 정경과 오늘에 이른 안부를 알고 싶은 순수한 충동을 주체하지 못한 것이 계기였다. 비단 엉뚱하고 생소하게 변해버려 옛 정경, 그 태깔은 찾을 길이 없다더라도 나는 반드시 둘러보고, 변했으면 변한 모양새만이라도 다시 한번 눈여겨둠으로써, 몸은 비록 타관을 떠돌며 세월할지라도 마음만은 고향 잃은 설움을 갖고 싶지 않았던 것인지도 모른다. (p.11.)

인용된 부분은 관촌마을을 찾은 성인 화자가 자신의 기억에 남아있는 터전을 살펴보려고 다짐하는 장면이다. 그는 자신의 서술이 '마음만은 고향 잃은 설움'을 갖고 싶지 않아서라고 설명하는데, 이는 성인 화자의 시각이 분명하게 제시되는 부분이자, 작가의 창작의도가 분명히 드러나는 부분이기도 하다. 사용된 어휘에 있어서도 '정경'·'충동'·'타관' 등 어린아이가 화자일 경우에는 쉽게 사용할 수 없는 것들을 활용하고 있다.

　천자를 떼자마자 할아버지는 내 하루의 일과를 짜놓았던 건데 그 일과표
에서 도저히 헤어날 수 없는 자신임을 잘 알고 있는 게 불행한 일이었던 것이
다. 나의 일과는 하루같이, 마치 절대불변을 원칙으로 하여 짜여진 것 같았
다. 춘하추동의 절후를 물을 것 없이 나는 새벽 네 시에 잠에서 깨어야 하고,
짜여진 일과에 따라 언행을 구속받기 시작한 거였다.
　새벽 네 시, 눈곱을 비벼가며 냉수에(어려서부터 더운물을 사용하면 기개
가 준다 하여 반드시 냉수를 사용토록 했다) 세수하고 사랑에 나간다. 할아
버지께 문안을 드리고자 함이다. 나는 큰 절을 하고 무릎을 꿇고 앉아 밤사이
무고하신가를 여쭙는다. (p.41.)

　위의 인용에서는 성인 화자와 어린아이 화자가 함께 제시되고 있다.
인용의 첫째 단락은 성인 화자의 서술이다. 이는 앞서 살펴보았던 인
용과 크게 다르지 않다. 다른 점이 있다면 보다 구체적인 사건을 회상
하고 있기 때문에, 과거 시제의 사용이 분명하게 이루어졌다는 것이
다. 그러나 둘째 단락은 어린 화자에 의해 서술된 것으로 보아야 한다.
여기에서 화자는 과거의 사건에 동화되어 그것을 지금 일어나는 상황
처럼 서술하고 있다. 첫째 단락에서 분명하게 사용되었던 과거 시제가
아니라, 둘째 단락에 사용된 모든 문장의 어미가 현재 시재로 되어 있
다는 것이 그 증거이다. 그러나 여기에서도 성인 화자의 개입이 이루
어지는데, 묶음표로 구분된 문장이 그것이다. 이런 개입은 작가가 이
단락의 다른 부분은 화자가 다른 사람이라는 것을 의식했다는 증거가
된다. 화자가 같은 인물이라면 구태여 묶음표를 사용할 필요가 없기
때문이다.[71]

이처럼 「일락서산」은 어린아이와 성인, 두 명의 화자에 의한 서술이 이루어진다. 각각 과거의 공간(ⓐ)과 현재의 공간(ⓓ)을 담당하는 이들은 결국 같은 인물이지만, 서술의 분위기는 완전히 다르다. 어린 화자에 의해 서술되는 과거의 관촌마을에서 벌어지는 일은 옹점이가 수다를 떨거나(p.16.), 동네 아이들과 뛰어놀거나(p.24.), 할아버지에게 장난을 쳐서 벽장 속의 음식을 얻어먹거나(pp.29~30.), 천자문을 가르치는 할아버지를 속이고 밖에 나가 놀거나(p.39.)하는 개구쟁이의 장난이 주를 이루며, 그에 따라 그 공간의 분위기도 밝고 경쾌하게 표현된다. 그에 비해 성인 화자에 의해 서술되는 현재의 관촌마을에서 벌어지는 일들은 왕소나무가 사라져버린 사실을 확인하거나(p.9.), 완전히 변해버린 마을의 모습을 보고 서운해 하거나(p.11.), 할아버지의 환영을 보거나(p.13.), '우아한 옛날의 풍모를 조금쯤은 간직하고 있는 듯'한 옛집을 보고 어머니의 죽음을 떠올리거나(pp.20~21.), 마을에 아직 살고 있는 낯익은 사람들을 방문하려고 주저하다가 끝내 그냥 돌아서거나(p.23.)하는 것뿐이며, 그에 따라 그 공간의 분위기도 어둡고 쓸쓸하게 표현된다.

기후 조건에 있어서도 과거의 공간에서 언급되는 것은 봄날의 대낮인데 비해서,[72] 현재의 공간은 '머잖아 해거름을 만나게 될 그런 어름'이며 겨울비가 내리기까지 한다.[73] 이는 앞서 공간배경에 대한 일반론을 설명할 때 살펴보았던 "소설에 등장하는 기후와 풍경은 등장인물의

---

71) 이러한 묶음표 사용은 식민지시대의 소설에서는 빈번하게 발견되며, 1950년대의 소설에서도 간혹 발견된다. 그러나 이런 것들과 이문구의 경우는 구분되어야 한다. 앞선 시대의 작품에서 묶음표의 사용이 이루어진 것은, 작가가 화자의 개념을 분명하게 인지하지 못했기 때문이다. 그에 비해 이문구는 여러 차례 소설의 언어 및 문장에 대한 자신의 견해를 밝힌 바 있으며, '작가는 자국어를 재생시키고, 보존하고, 확대하는 임무를 가진 존재임을 실천적으로 입증해 왔다'(조남현, 「이문구, 고유어의 마지막 파수꾼」, ≪새국어생활≫, 2001. 봄, p.131.)는 평가를 받은 소설가이다. 이러한 작가가 묶음표를 사용했다는 것은 일종의 서술 전략이라고 파악하는 것이 타당할 것이다.

심리상태를 표현하는 장치"[74]라는 견해와도 상통하는 부분이다.

　지금까지 「일락서산」의 화자를 어린아이와 성인으로 구분하여 살펴보았으며, 그들의 역할 구분에 대해서도 확인했다. 그러나 두 화자의 서술이 엄격하게 분리되지 않는다는 사실에 주의할 필요가 있다. 작품의 전반적인 이야기를 이끌어가는 것은 성인 화자의 서술이며, 그렇기 때문에 작품 전체의 서술 중에서 압도적인 비중을 차지한다. 그에 비해 어린 화자의 서술은 본격적인 회상이 이루어지는 몇몇 장면에 국한된다. 그런 장면에서도 성인 화자의 간섭이 이루어지는데, 앞에서 어린 화자에 대한 예로 들었던 인용에 나타난 묶음표의 활용이 그러한 예이다.

　이런 화자의 활용 방법은 조세희의 「난장이가 쏘아올린 작은 공」에서 언급되었던 화자의 다각화 방법과는 구분된다. 조세희의 작품에서는 완전히 다른 인물들이 번갈아 화자가 되어 공간에 대한 서로 다른 인식을 제시했지만, 이문구의 작품에 등장하는 화자는 다른 분위기를

---

72) 과거의 관촌마을에 대한 서술에서 날씨에 대한 구체적인 언급은 이루어지지 않았다. 다만 화자가 친구들과 어울려 동네를 뛰놀았다는 진술로 미루어 맑은 날씨였을 것으로 추정되며, 할아버지가 헛묘 주위를 산책하는 장면에서 옹점이가 계절에 대한 언급을 했다. : "아씨, 나리만님두 봄을 타셔서 심난허신개비데유." (……) 어머니는 안도의 한숨을 내쉬며,/ "게 바구리 것은 뭐라는 게냐?"/그것이 사랑에서 즐겨 찾는 국거리인 줄 번연히 알면서도 짐짓 그렇게 묻는 거였다./ "나리만님 즐겨허시는 사승개허구 소리쟁이유…… 참 해두 오라지게 질다…… 쌍고동 울어울어 연락선은 떠난다아……" (pp.16~17.)

73) 현재의 관촌마을에 대한 서술에서 날씨에 대한 언급은 비교적 구체적으로 이루어졌다. : 초사흗날, 기중 붐비지 않을 듯싶던 열차로 가려 탄 것이 불찰이라 하게 피곤하고도 고달픈 고향 길이었다. 한내읍에 닿았을 때는 이미 3시도 겨워 머잖아 해거름을 만나게 될 그런 어름이었다. 열차가 한내읍 머리맡이기도 한 갈머리〔冠村部落〕 모퉁이를 돌아설 즈음엔 차창에 빗방울까지 그어지고 있었다. 예년에 없던 푹한 날씨가 눈을 비로 뿌리던 모양이었다. 겨울비를 맞으며 고향을 찾아보기도 난생 처음인 데다 정 두고 떠났던 옛 산천들이 돌아보이자, 나는 설레이기 시작한 가슴을 부접할 길이 없었다. (p.8.)

74) René Wellek & Austin Warren, Theory of Literature, Penguin University Books, 1973, p.221. : "Says the analyst Amiel, 'A landscape is a state of mind'. Between man and nature there are obvious correlatives, most intensely (but not exclusively) felt by the Romantics. A stormy, tempestuous hero rushes out into the storm. A sunny disposition likes sunlight."

만드는 서술을 하고 있더라도 인식 자체까지 다른 것은 아니다. 그러므로 이 작품에서 이루어진 창작방법은 화자의 다각화가 아니라 화자의 가변적(可變的) 활용이라고 설명되어야 할 것이다. 연작『난장이가 쏘아올린 작은 공』의 서사구조가『관촌수필』에 비해 파편화 된 형태로 제시되는 이유도 이러한 화자 활용방법의 차이에서 찾을 수 있다.

❷ 공간배경의 상징적 활용

앞서 기후를 통해 서로 다른 의미층위를 가진 공간의 제시 방법을 살펴보았다. 이와 같은 창작방법, 즉 공간배경의 구성요소에 상징적인 기능을 부여하는 방법은 기후뿐만 아니라 다른 사물들의 경우에도 적용된다.

그 대표적인 예가 나무의 상징적 활용이다. 이는 이문구의 소설 전반에 나타나는 특징이라고 할 수 있는데, 「유자소전(兪子小傳)」의 등장인물을 설명하면서 '그의 생애는 풀밭에서 뚜렷하고 솔밭에서 우뚝하였다'라고 요약한 부분이나, 2000년에 출판된 또 다른 연작『내 몸은 너무 오래 서 있거나 걸어왔다』에 포함된 작품들의 제목에 지명과 나무의 이름이 병기된다는 사실, 그리고 그 작품들의 내용을 통해서 그런 특징을 확인할 수 있다.[75] 이러한 나무의 상징적 활용은 「일락서산」에서도 확인되는데, 왕소나무와 감나무가 그것이다.

　　나는 한동안 두 눈을 지릅뜨고 빗발무늬가 잦아가던 창가에 서서, 뒷동산 부엉재를 감싸며 돌아가는 갈머리 부락을 지켜보고 있었다. 마음이 들뜬 것

---

75) 이문구 소설에 나타난 나무의 상징성에 대해서는 다음의 논의들을 참고할 수 있다. : 김만수, 「전래적 농촌에 대한 회고적 시각」, ≪작가세계≫, 1992 겨울, p.74.: 최수웅, 「나무를 통해 구현되는 땅의 상상력」, ≪문예전망≫, 단국문예창작학회, 2002.

과는 별도로 정말 썰렁하고 울적한 기분이었다. 내 살과 뼈가 여문 마을이었
건만, 옛 모습을 제대로 지키고 있는 것이라곤 아무 것도 없던 것이다. 옛 모
습으로 남아난 것이 저토록 귀할 수 있을까.

　그 중에서도 맨 먼저 가슴을 후려친 것은 왕소나무가 사라져버린 사실이
었다. 분명 왕소나무가 서 있던 자리엔 외양간만한 슬레이트 지붕의 구멍가
게 굴뚝만이 꼴불견으로 뻗질러 서 있던 것이다. (p.8.)

　작품의 초반에 제시되는 왕소나무는 「일락서산」을 비롯하여 『관촌수
필』 전반의 분위기를 형성하는 주된 사물로, 할아버지와 할아버지가
지키고자 했던 전통적인 가치를 상징한다. 이러한 연관성은 작품 속에
서 직접적으로 제시되지는 않았지만, 위의 인용을 통해서도 파악되는
것처럼 성인 화자가 처음으로 발견한 고향의 변화는 왕소나무가 사라
져버렸다는 사실이라는 점, 그리고 이 서술을 전후해서 할아버지에 대
한 화자의 감정과 왕소나무의 내력이 제시된다는 점 등으로 미루어 상
관관계를 추론할 수 있다.

　「일락서산」의 성인 화자는 할아버지를 '고색창연한 이조인(李朝人)'
이라고 설명하면서 자신은 '오직 그분 한 분만이 진실로 육친이요 조
상의 얼이란 느낌'을 가지고 있다고 진술했으며, 또한 그는 토정 이지
함과 관련된 왕소나무의 내력을 서술하면서 할아버지가 '외경스러워
하던 모습'을 보였다고도 진술했다. 이는 화자가 파악하고 있는 고향이
란 곧 할아버지에 대한 추억이라는 사실을 의미하며, 그렇기 때문에
화자가 변해버린 고향의 모습을 보고 느끼는 정한은 그대로 할아버지
의 부재에 대한 서운함이라고 설명된다. 이런 관점에서 왕소나무가 사
라져버렸다는 상황 설정은 산업화로 인해 옛 모습을 잃어버린 고향에
대한 상징적 표현이 될 것이다.

어머니는 반년 이상을 천식으로 몸져 앓으시다가 여름방학을 맞은 팔월 초순, 내가 종신하는 앞에서 세상을 버렸던 것이다. 그 감나무가 죽은 것도 같은 순간이었으리라고 믿는다. 삼일장을 치르고 나서야 집안식구와 대소가 및 마을사람들은 사나흘 전까지도 잎이 시퍼렇게 대추알만큼씩이나 자란 그 숱한 열매를 달고 있던 감나무가 갑자기 죽어 있음을 발견하게 됐던 것이다. 잎새들은 모조리 오가리들 듯 푸른 빛 그대로 말라 가랑잎이 돼 있었고, 솔바람만 지나가도 쪼글쪼글해진 감들이 상달 초승께 밤나무를 털 때처럼 우술우술 쏟아져 내렸던 것이다. 장사 치르기에 경황이 없어 아무도 여겨 보지 않았을 따름, 감나무가 갑자기 죽은 것은 어머니의 운명과 거의 동시였으리라던 것이 많은 사람들이 같이한 의견이었다. (p.21.)

왕소나무와 할아버지의 관계가 직접적으로 언급되지 않았던 것에 비해서, 감나무와 어머니의 상관관계는 분명하게 제시되어 있다. 작품 속에서 어머니에 대한 기억은 주로 살림살이나 음식 솜씨와 관련되어 서술되었다는 점을 고려한다면,[76] 같은 날 생명이 다했다는 다소 전설적인 언급이 아니더라도 어머니와 감나무의 연결은 자연스러운 설정이 된다.

이와 같은 감나무와 왕소나무의 상징적 의미는, 그 나무들이 차지하고 있는 공간으로 인해서 더욱 강조된다. 감나무는 옛집의 '울안 마당'에 위치하는데 비해, 왕소나무는 '철로와 신작로가 가장 까이로 다가선, 잡목 한 그루 없이 잔디만 펼쳐진 펑퍼짐한 버덩 위에' 위치한다.

---

76) 어머니에 대한 화자의 기억은 다음과 같은 다채로운 음식에 대한 열거를 통해 이루어진다. : 어머니는 원래 뛰어난 음식 솜씨를 자랑하였고, 극노인을 모신 덕분에 시식(時食)과 절식(節食)에 남달리 유의를 하던 편이었다. 정초의 떡국은 으레 있는 것, 대보름의 약식과 식혜와 갖가지 부럼, 해토머리부터 시작되는 칠미국, 한식의 개피떡, 삼짇날의 화전, 단오에는 수리치떡을 특히 잊지 않고 만들었으며, 복중에는 닭곰과 밀전병이었고, 동지팥죽과 납향날의 고기구이까지 용케도 찾아 솜씨를 보였던 것이다. (pp.28~29.)

이러한 위치설정은 각각 안과 바깥을 의미하며, 이는 전통적인 내외관계(內外關係)를 형성한다.

이러한 위치설정을 통해 어머니는 '집'을 상징하는 인물이라고 설명될 수 있다. 집은 '인간에게 안정의 근거와 그 환상을 주는 이미지들의 집적체'이며, 수직적인 존재이면서 '우리들을 중심성에 대한 의식으로 이끌고 가는' 응집된 존재이다.[77] 수직적 존재란 측면에서 어머니의 또 다른 상징물로 나무가 설정되었다는 사실이 타당성을 획득하며, 응집된 존재라는 측면에서 어머니가 가진 서사 구성적 역할이 설명된다. 즉, 「일락서산」에 나타나는 고향에 대한 회상은 할아버지를 통해서 이루어지지만, 회상 작용을 통해 확장되고 나열된 이야기를 응집시키고 마무리하는 것은 온전히 어머니에 대한 기억을 통해서 이루어지는 작용이다. 이런 구성원리는 작품의 결말 부분에서 확인할 수 있다.

나는 읍내로 나가는 과수원 탱자나무 울타리 곱은탱이를 돌 어름, 잠시 발걸음을 멈춰 다시 한번 옛집을 돌아다보았다. 어느덧 하루의 피곤이 짙게 물든 해는 용마루 위 서산마루로 드러눕는 중이었고, 굴뚝마다 쏟아져 나와 황혼을 드리웠던 저녁연기들은, 젖어드는 땅거미와 어울려 처마 끝으로만 맴돌고 있었다. 나는 이어 칠성바위 앞으로 눈을 보냈는데 정작 기대했던 그 할아버지의 환상은 얼핏 하지도 않았다. 그런데도 할아버지의 넋만은 벌써 남의 땅이 되어버린 칠성바위 언저리에 아직도 묵고 있을 것만 같았음은 웬 까닭이었는지 몰랐다. 잘 있어라 옛집, 마지막으로 그렇게 중얼거리며 다시 한번 옛집을 되돌아보았을 때, 그 너머 서산마루에는 해가 지고 있었다. 지는 해가 있었다. (p.48.)

---

77) Gaston Bachelard, 곽광수 역, 『공간의 시학(*La Poetique l'espace*)』, 민음사, 1990, pp.132~133.

　작품의 시작 부분은 할아버지와 그 상징물인 왕소나무에 대한 진술로 이루어지고, 공간적인 측면에서는 칠성바위가 있는 언덕을 배경으로 이루어졌다. 그러므로 이 작품의 시작과 결말은 일종의 수미상관적(首尾相關的) 공간 배열을 이루고 있다고 판단된다. 그러나 화자의 행동을 보다 엄격하게 살펴보면 그의 시선이 마지막으로 멈추는 곳은 할아버지나 왕소나무와 관련된 공간이 아니라, '옛집'이라는 사실을 알 수 있다. 앞서 살펴본 것처럼 집은 어머니의 상징이다. 그러므로 이 작품은 할아버지로 시작되어 어머니를 통해 끝맺음이 이루어지는 서사 구조를 가진다고 하겠다. 물론 이런 설정은 어머니의 죽음이 고단한 가족사의 마지막 부분에 해당한다는 작가의 체험에 기인한다. 그러나 이러한 작가의 개인적인 체험을 보편화시켜 정서적인 동감이 획득될 수 있도록 만드는 요인은, 지금까지 살펴본 공간의 상징적 활용이다.

「일락서산」의 서사 구성은 어머니에 대한 이야기에서 마무리되지 않고, 결말이 이루어지기 직전에 또 하나의 이야기줄기를 제시하고 있다. 그것은 바로 아버지에 대한 회상이다. 이는 앞서 살펴본 할아버지나 어머니에 대한 이야기와는 사뭇 다른 분위기로 진행된다.

　붓이 빗나가거나 획이 중간에서 처질 때, 문득 끊어지거나 지렁이 지나간 자국처럼 비틀거렸을 때, 나는 눈앞이 아찔아찔해지는 순간을 몇 번이나 거듭 겪어야 했는지 몰랐다. 그러나 그것이 오래가지는 않았다. 드디어 벼락이 내리친 것이다.

　"원, 아이 손마디가 이렇게 무뎌서야…… 천상 연장 들고 생일이나 헐 손이구나……"

　아, 그 아뜩하던 순간을 어찌 잊으랴. 아버지는 단 한마디, 할아버지 귀에도 안 들렸을 만큼의 한탄 아닌 푸념을 했건만 나에게는 뇌성벽력이나 다름

없는 거였다. 내가 내 정신을 되찾았을 때 아버지는 이미 자리를 뜨고 없었다. (……) 남다른 재주를 못 타고난 자신이 죽고 싶도록 부끄럽고 원망스러웠다. 치욕이요 망신이었다. 아버지는 그날 이후 두 번 다시 내게 글씨를 가르치고 싶지 않은 모양이었다. 그러나 나는 아무도 모르게 헌 신문지를 어두컴컴한 골방 구석에 쌓아놓고 앉아 몇날 며칠을 거듭거듭 연습했다. 수치와 모멸을 만회해야만 살겠던 것이다. 그것도 얼마 안가 다시는 그럴 기회마저 놓치고 말았지만. 언제나 공포와 불안감에 에워싸여 있던 평탄치 못한 집안 형편이 그럴만한 정신적인 여유마저 허락하지 않았던 것이다. 어린 마음에도 얼마나 치열하게 붓과 싸웠던가. (p.47.)

어린 화자를 통해 제시되는 과거의 기억 중에서 유일하게 어두운 이미지가 제시되는 것은 바로 이 부분, 아버지와 관련된 기억뿐이다. 인용에서 아버지의 인정을 받지 못한 어린 화자는 '어두컴컴한 골방'으로 들어간다. 골방은 어린 화자가 경험하는 최초의 어두운 공간이며, 이러한 장소경험은 자신과 현실에 대한 한계를 깨닫는 계기가 되고, 한계를 깨닫는 순간 지금까지 서술되었던 모든 행복한 추억은 영향력을 잃어버린다. 이제 현실이 추억을 압도해 버렸기 때문이다. 여타의 회상 부분과는 달리, 이 부분에서는 현실로의 복귀가 급격하게 진행되는 이유도 같은 맥락으로 설명될 수 있다. 이제 어린 화자는 왕소나무와 감나무, 할아버지와 어머니가 함께 했던 밝은 공간에서 벗어나, 홀로 어두운 골방으로 들어가야 하는 것이다.

아버지와 관련된 골방, 혹은 어둠이라는 상징물도 역시 공간 배열을 통해서 의미가 강조된다. 앞서 감나무와 왕소나무를 통해 제시된 어머니와 할아버지의 관계가 대립항을 이루면서 안과 밖의 관계를 형성했다면, 여기에서 이루어지는 아버지와 할아버지의 관계는 윗방과 안방이라는 공간을 통해 제시된다. 이러한 공간의 구분에 의해 그곳에 출입하는 사람들의 부류도 나누어진다.

사랑은 커다란 장지를 가운데로 하여 널찍한 방이 둘이었다. 안방은 그 엿단지를 비롯한 온갖 군입거리들이 들어찬 벽장을 뒤로 하고 정좌한 할아버지의 은둔처였다. 그 방은 때를 기다리지 않고 검버섯 속에 고색이 찌들어 가는 시대의 고아 이조옹(李朝翁)들의 집산장으로서 난세 성토장 겸 소일터였으며, 윗방은 아버지의 응접실이었다. 안방은 이군수 아우, 윤참의 아들, 조진사, 홍참봉, 도총관 조카 등등으로 불리던, 지팡이 없이는 나들이도 못할 초라한 행색의 상투쟁이들이 늘 단골로 붐볐다. 노인들이 풍기는 특유한 체취로 하여 여간 사람이 아니고서는 코도 들이밀 수 없으리라고, 어머니는 빨래를 할 적마다 웃으며 말했다.

아버지가 쓰는 윗방 손님들은 안방의 고로들 행색보다 훨씬 더 누추한 사람들이었다. 그리고 그들의 대부분이 할아버지로서는 이름도 기억할 필요조차 없는 농사꾼들이었던 것이다. (p.37.)

이상의 논의를 통해 파악된 것처럼, 한 인물이 점유하는 공간을 통해 그가 형성한 인간관계가 제시되며, 그가 가진 세계관도 표현된다. 「일락서산」의 아버지와 할아버지는 서로 다른 세계관을 가지고 있진 인물이다. 그렇기 때문에 그들이 교류하는 인물 부류는 전혀 달랐고, 그것은 그대로 그들이 차지하는 방의 차이로 이어진다. 이처럼 아버지와 할아버지는 방을 통해서 자신의 세계를 표현하고 있는 것이다.

이러한 공간의 기능은 화자의 경우에도 그대로 적용된다. 그가 골방으로 들어가기 전까지 그는 방을 소유하지 못했다. 물론 이전에도 그는 집과 마을의 구석구석을 제약받지 않고 돌아다니지만, 그곳들은 어디까지나 다른 사람의 공간을 방문한 것이거나 함께 공유하는 공간에서 활동한 것이지, 자신만의 공간을 소유한 것은 아니었다. 그러나 골방은 온전히 자신만의 공간이다. 그곳에서 그는 수치와 모멸을 만회하기 위해 '치열하게' 붓과 싸운다. 이것은 그가 겪었던 세상과의 첫 번째 싸움이자, 그의 세계관이 어떤 방식으로 형성될지를 언급하는 부분이다. 앞선 인용에서 그는 '아무도 모르게' 골방에서 글씨 쓰는 연습을 했다고 서술하고 있다. 이를 통해 앞으로 그가 교류하는 상대는 자기 자신이 되리라는 것을 추론할 수 있다. 할아버지가 낡은 세대와 교류하고, 아버지는 민중들과 교류했다면, 그는 자신의 내면과 교류하는 사람이 될 것이다.

　아버지와 관련된 이야기가 가장 마지막에 제시되었다는 점, 그리고 그것이 앞서 서술된 것들과는 다르게 어두운 이미지를 가진다는 점은, 화자에게 있어 아버지는 그만큼 두려운 존재라는 의미로 파악된다. 아니, 아버지 자체가 두려운 것은 아니다. 아버지를 둘러싼 기억이 두려운 것이다. 작가는 아버지에 대한 기억을 다음과 같이 토로하고 있다.

　부친의 과거에 연좌되어 미성년임에도 불구하고 요시찰인으로 못이 박히면서 늘 감시의 눈이 떠나지 않는 점이었다. 그런 감시 속에서 산다면 무엇을 할 수 있을 것인가? 아무리 배운다 해도 취직은 불가한 일이었다. 장사는 제대로 할 수 있을 것인가? 어림없는 일이었다. 한 번뿐인 삶을 명색 없이 낭비하기에나 알맞을 터이었다. 그것은 절망이었다. 그러므로 그 무렵만 해도 그것은 나의 선대와 나를 키워준 고향이라는 애착심보다 부모형제를 잡아먹은 원수와 다름없는 저주스러운 땅이었다. 자다가도 몸서리가 쳐지는 징그러운 바닥이었다.[78]

❸ 공간의 대립을 통한 작가의 창작의도 표현

지금까지 살펴본 것처럼 「일락서산」에는 다양한 의미층위를 가진 공간배경이 활용되었다. 각각의 의미층위는 서로 대립 관계를 이루며 작품의 서사적 긴장을 형성했는데, 대표적인 대립 관계는 유년기의 추억이 표현된 과거의 공간과 산업화에 따라 자본주의적 가치에 잠식당한 농촌의 형태로 나타난다.

주지하다시피 우리 사회의 산업화는 "사회 각 부분의 합리화와 분화, 특히 도시와 농촌, 중심부와 주변부의 양극화를 기본적인 동력으로 이루어졌으며, 이러한 과정에서 농촌공동체의 해체 내지 희생을 대가로 이룩된 것"[79]이었다. 이와 같은 산업화 논리의 기원은 일제에 의해 이루어진 식민통치 논리로 소급될 수 있다. 일제는 식민통치의 정당성을 획득하기 위해, 자신들이 근대적 문물을 도입했고 조선인들이 그 혜택을 누렸다는 요지의 논리를 강조해왔다. 그리고 그러한 근대화 논리에 따라 공간질서의 위계화가 이루어졌다. 즉 식민지에 존재하는 다양한 공간은 전근대적인 공간과 근대적인 공간으로 구분되고, 이를 통해 각 공간은 위계적인 질서 속에 편입되었다. 식민지의 국가권력은 근대적인 시간성에 기초하여 토착적인 것을 전근대적인 것으로 규정했으며, 이때 전근대적인 것은 근대적인 것에 비해 열등한 것으로, 근대성의 논리에 따라 전근대적인 것에서 근대적인 것으로 바뀌어갈 수밖에 없는 시간적인 과정인 것처럼 인식되었던 것이다. 이를 통해 마치 전근대적인 것에 대한 부정이 진보적인 것처럼 미화되었다.[80]

---

78) 이문구, 「남의 하늘에 묻어 살며」, 앞의 책, p.125.
79) 진정석, 「이야기체 소설의 가능성」, 문학사와 비평 연구회 편, 『1970년대 문학 연구』, 예하, 1994, pp.169~170.
80) 김종욱, 「1930년대 한국 장편소설의 시간-공간구조 연구」, 서울대 국문과 박사학위논문, 1998, pp.16~17. 참고.

　이러한 식민통치 논리는 1960년대 후반부터 본격적으로 진행되었던 산업화 과정에서도 비판 없이 그대로 반복되었다. 이 시기의 산업화 정책은 곧 근대적 문물 생산구조를 추종하는 공업화·도시화 논리에 다름없었기 때문이다. 이에 따라 도시는 근대적인 공간이고 농촌은 전근대적인 공간으로 파악되었으며, 도시의 가치질서는 근대적인데 비해 농촌의 가치질서는 전근대적인 것으로 파악하는 이분법적 인식이 형성되었다. 이런 이분법에 바탕을 둔 산업화는 "자본에 의한 공간의 재편성을 촉진시킴으로써 구체적인 경험과 실천의 공간으로 존재하던 전통적 농촌공동체의 해체를 가져"[81]오게 되었던 것이다.

　「일락서산」, 그리고 『관촌수필』은 해체된 공간으로서의 농촌의 모습을 제시하고 있다. 성인 화자가 서술하는 현재 공간의 해체된 모습이 제시되면 될수록, 어린 화자에 의해 서술되는 과거의 공간이 가진 행복한 이미지는 더욱 강조되고, 그와 함께 사라져버린 공간에 대한 그리움 역시 부각된다. 이처럼 「일락서산」에 제시된 과거의 관촌마을과 현재의 관촌마을이라는 두 개의 공간은 대립을 통해 다른 공간의 의미를 강조하는 관계가 형성되어 있다.

　공간의 대립 관계를 통해 작가의 창작의도가 부각된다. 관계를 형성하는 두 공간은 동등한 가치를 가지지 않는데, 이는 앞선 단락에서 살펴보았던 것처럼 실재(實在)와 부재(不在), 밝음의 이미지와 어두움의 이미지, 그리움과 안타까움 등의 차이를 가진 것으로 표현되며, 작가는 이 중에서도 과거의 공간에 지향점을 두고 있다는 것을 분명히 하고 있다. 이러한 작가의 창작 의도는 "근대 동일성 담론을 비판함으로써 왜곡된 근대화의 논리에 균열"[82]을 내려는 것이라고 설명되는데, 그

---

81) 고인환, 앞의 글, p.42.
82) 위의 글, p.102.

것이 공간배경을 통해서 제시되었다는 점에서 작가의 창작방법론을 확인할 수 있다.

3) 공간배경을 활용한 소설 창작방법론의 계승: 윤대녕의 「찔레꽃 기념관」과 「빛의 걸음걸이」

지금까지 살펴보았듯이 이문구의 「일락서산」은 공간배경을 활용한 소설 창작방법론이 활동되었다. 이러한 창작방법론은 이후의 다른 작가에게도 영향을 미치는데, 그 대표적인 작가로 윤대녕을 들 수 있다.

윤대녕의 작품에는 여행의 모티프가 반복적으로 활용되고 있으며, 여행을 하지 않더라도 한곳에 정착하지 못하고 방황하는 인물들이 즐겨 다루어진다. 이는 작가의 전기적인 사실에서도 확인되는 부분으로, 그는 1962년 예산에서 출생했으나, 대전에서 중·고등학교를 마치고, 천안에서 대학을 다녔다. 대학을 졸업한 후에는 서울에서 출판사를 비롯한 여러 직장에 다니기도 했다. 이처럼 작가 자신부터 한곳에 정착하지 않고, 여러 공간을 떠돌아다녔던 인물인 것이다. 윤대녕의 작품에서 고향 예산의 구체적인 지명이 제시된 것은 찾아보기 어렵다는 사실도 같은 관점에서 이해할 수 있다. 그러나 여러 연구자들이 지적했던 것처럼 그의 작품경향을 '시원(始原)으로의 회귀'[83]라고 한다면, 비록 구체적인 지명은 언급되지 않았더라도 '고향'의 공간이 그의 작품에서 주요한 비중을 가진다는 것은 쉽게 짐작할 수 있는 사실이다.

「찔레꽃 기념관」은 윤대녕의 작품 중에서 드물게 유년기에 체험했던 공간이 작품을 구성하는 주요 요소로 활용되고 있다. 흔히 그의 작품

---

83) 성민엽, 「삶의 비의와 소설」, 『변하는 것과 변하지 않는 것』, 문학과지성사, 2004, p.244.

138

은 '시간'의 문제, "일직선으로 흐르는 시간이 아니라, 자신의 꼬리를 물고 있는 뱀처럼 처음과 끝이 맞물려 있고, 그래서 처음도 끝도 없는 원의 시간"[84]을 다루고 있다고 설명되는데, 이러한 시간이 소설작품에서 구현되기 위해서는 공간의 제시가 필수적으로 동반되어야만 한다.

이 작품은 유년기에 체험했던 고향과 성인이 되어 살고 있는 서울이라는 두 개의 공간이 제시된다. 이들은 시간적·공간적으로 확연하게 구분되기 때문에, 「찔레꽃 기념관」의 전반부와 후반부는 완전히 다른 별개의 내용으로 파악될 여지도 있다. 그렇지만 이와 같은 두 개의 공간은 '찔레꽃'과 예전의 어느 이발소에나 걸려있던 그림 〈만종(晚鐘)〉을 매개로 결합된다. 이러한 창작방법론에 대해서 작가는 "봉평의 메밀꽃과 제가 태어난 충청도의 찔레꽃이, 또 제주도에 피어 있는 찔레꽃이 어떻게 연결돼 있는지 저는 모릅니다. 하지만 저는 문학의 운명으로 이들이 아득히 하나로 이어져 있다고 생각합니다"[85]라고 설명했다.

작품 후반부의 '서울'이 힘겨운 삶의 무게에 눌려 지쳐버린 자들의 생활공간으로 제시된 데 비해서, 전반부의 '고향'은 서정적인 아름다움과 함께 삶에 대한 긍정과 감사가 표현되는 공간으로 제시된다. 특히 전반부에 제시되는 고향은 시인이 되고 싶었던 이발사가 있던 '이발소'로 압축되고, 다시 이발소 안에 걸린 푸슈킨의 시와 밀레의 그림으로 압축되어 표현된다. 이것은 바슐라르(Gaston Bachelard)가 '세미화(細微畵)' 혹은 '내밀의 무한성'으로 설명했던 기법과 상통하는 부분인데, 이러한 압축작용을 통해 다소 막연하게 제시되었던 '고향'은 분명하고도 구체적으로 표현된다.

---

84) 채호석, 「존재의 시원을 찾아가는 여행」, 『문학의 위기, 위기의 문학』, 새미, 2000, p.196.
85) 윤대녕, 「수상소감」, 『2003 이효석문학상 수상작품집』, 해토, 2003, p.369. : 이 연구는 이 책에 수록된 작품 「찔레꽃 기념관」을 분석 텍스트로 삼으며, 이하 이루어진 작품 인용은 이 책의 면수만을 밝힌다.

지금 와서 생각하건대 당시 이발소는 하나의 사원(寺院)이었다. 그 어떤 신성을 부여하는 장소였다. 머리를 깎는 행위부터가 그러한데 거기에 푸슈 킨의 시가 있었고 또 밀레의 〈만종〉이 있었다. 그 얼마나 많은 사람들이 무 거운 쇠의자에 앉아 검불 같은 머리칼을 다듬으며 〈삶이 그대를 속일지라 도〉를 읽으며 마음속의 슬픔과 노여움을 삭였겠는가. 또 밀레의 〈만종〉을 보며 고단한 삶의 거룩함을 일깨웠겠는가. 비록 조악하기 짝이 없으나 시골 풍경을 묘사한 그림도 빼놓을 수 없다. 바야흐로 가을인 듯한데 초가지붕 위 에 고추가 널려 있고 마당 한쪽에서는 팔을 걷어붙인 젊은 부부가 절구에 떡 방아를 찧고 있다. 노인들은 정자에 앉아 곰방대를 입에 물고 장기를 두며 한 담을 나누고 있고 개울에서는 아이들이 고기를 잡고 있는데 닭과 고양이와 강아지가 몰려와 구경을 하고 있다. 그것은 내가 사는 마을 풍경과 실로 다를 바 없었는데, 그럼에도 불구하고 푸슈킨 옆에 또 밀레 옆에 당당히 걸려 있는 것이었다. 아, 그것은 바로 낙원의 풍경이었던 것이다. (pp.11~12.)

전반부에 제시되었던 압축된 공간의 힘은 후반부에서는 급격하게 와 해되어 버린다. 이는 작품 구성의 문제점으로 지적될 수도 있겠으나, 그보다는 작가의 공간 인식이 표현된 설정이라고 보아야 한다. 작가는 철저하게 자본주의적 가치만이 신봉되는 대도시 서울에서는 고향과 같은 공간의 서정적인 힘이 파고들 여지를 찾을 수 없었던 것이다. 이 러한 인식은 화자의 성장과정에 대한 제시에서도 확인된다. 고향의 이 발사처럼 시인이 되고 싶었던 화자는 시인이 되지 못하고 소설가가 된 다. 그러나 성인이 되어 서울에서 살아가는 그는 소설가도 되지 못하 고, 싸구려 에로영화의 시나리오를 만드는 일을 하게 된다.

"그 시나리온지 웃기는 포르논지 당장 돌려줘. 내가 이백만 원 꿔줄 테니

까. 그리고 내일부터 당신 작품을 써. 아무리 궁색해도 그렇지 작가라는 사람
이 그게 뭐야."

　작가. 이번엔 북극에서 퍼온 빙수를 온몸에 뒤집어쓴 기분이었다. 나는 덜
덜 떨리는 손으로 담배를 피워 물었다. (……) "그만 합시다. 시나 소설이나
어차피 찔레꽃 울타리 안에 있는 건데 요즘 시대에 누가 달걀을 들고 이발소
에 갑니까? 영화든 텔레비전이든 눈으로 즐기는 게 먼저인 세상인데 그렇다
고 소경도 아닌 내가 그게 잘못됐다고 말할 수 있습니까? 문제는 자꾸 돈, 돈,
하고 돈을 끌어다대는 겁니다. 문학이 언제 돈하고 사돈 맺은 적 있어요?"
(p.24.)

　화자에게 있어서 서울이라는 현실공간은 생활을 위해 이상을 버려야
만 하는 공간이다. 그러나 그럼에도 불구하고 살아가야만 하는 공간이
다. 이러한 공간을 견딜 수 있게 만드는 힘, '누추한 삶을 버텨내'는 힘
을 제공하는 것이 바로 고향에서의 추억이다.

　그는 이웃집 여자의 아버지와 고향의 이발사를 동일한 인물일지도
모른다고 추측하고, 이를 확인하고자 한다. 그러나 그녀는 그를 만류
하고, 그도 여기에 동의한다. 이는 추억을 추억으로 남기고 싶어 하는
감정이고, 추억의 힘이 세상을 살아가는 힘으로 작용하기를 기원하는
의식이라고 하겠다.

　그녀의 말대로 상자를 열어 보지 말고 그대로 놓아두는 편이 나을지도 모
른다는 생각이 들었다. 어쩌면 그런 기억을 간직하고 있기 때문에 이토록 누
추한 삶을 버텨내고 있는지도 몰랐다. 이제 그것마저 사라지고 나면 메마른
분화구처럼 마음이 삭막해질 터이었다. (p.47.)

지금까지 살펴보았듯이, 「찔레꽃 기념관」에 제시된 두 개의 공간은 각각 별개의 배경으로 기능하기도 하지만, 서로 영향관계를 주고받으며 작품의 전체적인 의미망을 형성하기도 한다. 이러한 공간의 제시방법은 프랭크(Joseph Frank)가 제기했던 '공간의 병치(竝置) 구조', 즉 '공간 형식(spatial form)'이라고 설명될 수 있는 부분이다. 그러나 고향과 서울이 형성하는 공간적 의미가 작품 전반에 영향을 주지는 못했으며, 그 상관관계 역시 구조적 차원에서 이루어지지는 못했다는 점에서, 이 작품에서 활용된 공간의 창작방법은 배경의 범위에 한정시켜야 할 것으로 판단된다.

이 외에도 윤대녕의 작품에서 공간은 주요한 창작방법론으로 작용하고 있는데, 이는 「빛의 걸음걸이」에서 가장 분명하게 드러나고 있다. 작가는 이 작품의 서두에서 어린 시절에 살았던 집의 평면도를 제시하면서, 소설 속의 집을 구체적이고 현실적인 장소인 것처럼 설명하고 있다. 그러나 이 설명이 작품의 사실성을 부각시키기 위해서 사용되지는 않는다. 오히려 그의 작품에서 제시되는 대상에 대한 객관적이고 사실적인 묘사는 "객관적 세계가 얼마나 쉽게, 무의미하게 무너져 내리는가를 보여주기 위한 것"[86]으로 사용되는 경우가 많다.

이는 「빛의 걸음걸이도」도 마찬가지이다. 어머니가 남몰래 애지중지 양귀비를 키운다는 설정이나, 과거의 기억에 대한 돌발적인 회상, 처녀할머니와 고양이의 이미지의 중첩, 그리고 이를 통해 암시되는 어머니의 죽음 등은 모두 객관적인 세계를 파고드는 주관적인 인식을 제시하는 것이다. 주인공에게 있어서 '고향', 그리고 '집'은 안식처라기보

---

86) 황도경, 「기억의 형식과 욕망의 언어」, 『문체로 읽는 소설』, 소명출판, 2002, p.56.

다는, 낡은 앨범과 같은 이미지의 저장소라고 할 수 있다. 그러므로 그에게 있어서 집은 '늘 떠나기 위해 돌아오는 곳'이며, 세상은 '돌아가기 위해 떠나오는 곳'으로 파악된다. 이를 통해 그는 끊임없이 떠돌아야 하는 성격을 가진 인물이라는 사실이 다시 확인된다.

앞서 살펴본 「찔레꽃 기념관」에서 고향과 서울이라는 별개의 공간이 '찔레꽃'과 '이발소'를 통해 결합되었다면, 「빛의 걸음걸이」에서는 전혀 다른 장소와 시간을 점유하고 있는 세 명의 인물이 '흰색 신발'을 통해서 연결된다. 어린 시절 여동생이 가지고 있던 '흰 운동화'와 성인이 된 그가 발리에서 만난 수잔이라는 인도네시아 여자의 '끈 달린 하얀 신', 그리고 죽음을 맞이한 어머니의 머리맡에 놓여 있는 '흰 고무신'이 그것이다.

이러한 연결을 통해 여동생과 인도네시아 여자를 동일한 인물로 인식되고, 나아가 어머니까지도 동일성을 가진 인물로 인식되는데, 이는 그의 사랑이 '근친애(近親愛)'로 파악된다. 그러나 앞에서 공간의 사실적인 묘사와 관련되어 설명했던 부분과 연결하여 파악하자면, 화자가 사랑하는 대상은 구체적이고 현실적인 인물이 아니라 일종의 원형이미지, 즉 '아니마(anima)'라고 파악된다.

결국 이 작품 역시 윤대녕 소설의 특징인 '근원으로의 회귀'가 표현된 것인데, 이러한 이미지가 '집'이라는 공간을 통해서 압축적으로 제시된다는 점에서 특징을 가진다. 이런 특징은 다음과 같은 구절에서 직접적으로 표현되어 있다.

애야, 오늘 난 우리 집의 평면도를 그려놨어. 언젠가는 햇빛을 받아 누렇게 색이 바래고 두루마리처럼 안으로 말려버릴 테지. 우리들 인생처럼. 그러고 나면 이 집과 함께했던 우리 세월의 기억도 점점 희미해지겠지. 하지만 나중에라도 왠지 너만은 모든 걸 다 기억하고 잇을 것 같아. 해바라기 밭에서 찍은 사진도 네가 가지고 있다는 걸 난 알아. 어느 여름날 위는 해바라기 푸른 대궁 사이에 숨어 겁 없이 입을 맞췄지. 너는 그 큰 눈으로 일생(一生)처럼 나를 바라보고 있었어. 혹은 내가 너를.

　며칠 후 난 또 너를 만나러 갈 거야. 아주 먼 열대의 섬이지. 그래, 열대. 거기서 내 서른여섯 살에 다시 너를 만나게 될 줄이야.

　신발도 없이 밖에서 밤이 지나가는 소리가 들려온다. 해바라기 지붕을 밟고 지나 마당과 화단을 밟고 지나 장독대를 밟고 지나 상기는 담을 타넘어 가고 있다.[87]

---

87) 윤대녕, 「빛의 걸음걸이」, 『제43회 현대문학상 수상소설집』, 현대문학, 1998, p.35.

3
공간상징을 활용한 소설 창작방법
― 김승옥의 「무진기행」을 중심으로

그동안 이루어진 김승옥에 대한 논의는 크게 두 가지 측면에서 진행되어 왔다. 하나는 그의 작품이 가진 문학사적 의미에 대한 평가였고, 다른 하나는 작품 자체에 내포된 의미를 분석하려는 시도였다. 물론 이러한 두 가지 측면은 상보적인 관계를 형성하고 있지만, 때로는 미묘한 입장의 차이를 보이면서 지금까지 계속되고 있다.

김승옥 소설이 가진 문학사적 의미에 대한 본격적인 논의는 유종호의 「감수성의 혁명」에서부터 시작되었다. 그는 김승옥의 소설에 나타난 새로운 세계 인식 방법에 주목했으며, 이를 앞선 세대의 작가들과 변별되는 부분으로 지적했다.[88] 또한 김치수는 1960년대 문학이 일상적 자아를 문학에 도입함으로써 개인 능력의 한계를 시인하는 소시민 의식의 자각을 이루었다고 평가하면서, 그 대표적인 예로 김승옥의 소

---

88) 유종호, 「감수성의 혁명」, 『문학과 현실』, 민음사, 1975, pp.141~143.

설작품을 들었다.[89] 천이두는 엄숙한 교훈주의에 빠져있던 1950년대 소설의 전통적 사실주의에 대항하여 생기발랄한 감수성이 대두되었던 것이 1960년대 소설의 특징이라고 지적하면서, 특히 김승옥의 작품들은 추상적 개념의 차원이 아닌 존재로서의 고독을 형상화하는데 성공했다고 평가했다.[90] 이처럼 김승옥이 활발하게 작품 활동을 전개했던 시기의 논의들은 그의 작품을 이전의 소설과는 변별되는 새로운 경향으로 파악하려는 입장을 취하고 있다.

그러나 이들의 논의는 작가와 같은 시대를 공유했던 세대들의 감각을 반영하고 있었기에, 역사의 진행에 따라서 보다 통시적 감각을 가지게 되는 후속 연구 세대들에 의해서 비판받을 여지를 내포하고 있었다. 1980년대 이후의 논의들이 김승옥의 문학적 성과를 인정하면서도 그의 작품이 가진 한계를 밝히는데 집중되었다는 사실이 이를 증명한다.

한형구는 4·19세대 의식의 최대치를 반영한다고 할 수 있는 김승옥의 작품을 추상적 자유주의의 한계를 벗어날 수 없다고 보았으며,[91] 한상규는 김승옥의 작품들은 개인이 가지는 과거 세계의 내밀함을 감성적 문체로 섬세하게 그려 보였다는 점은 인정되지만, 인물들의 내면세계가 현실을 직시하지 못한 낭만적 환멸의 세계였기 때문에 결국 초기에 보였던 감성의 깊이마저 잃어버리고 세속적인 현실 질서로 몰락하게 되었다고 평가했다.[92] 이러한 논의들은 김승옥의 작품이 가져온 낯선 충격에서 벗어나 보다 냉정한 시각에서 평가를 시도했다는 점에서 가치를 가진다. 그러나 이들의 논의도 역시 문학작품이 가진 역사적·

---

89) 김치수, 「문학과 사회학」, 『문학사회학을 위하여』, 문학과지성사, 1979, pp.28~30.
90) 천이두, 「한국소설의 전망」, 『한국 현대 소설론』, 형성출판사, 1983, pp.272~273.
91) 한형구, 「김승옥 문학의 문학사적 성격」, 『한국현대작가연구』, 민음사, 1989, p.234.
92) 한상규, 「환멸의 낭만주의」, 문학사와 비평 연구회 편, 『1960년대 문학연구』, 예하, 1993, p.68.

사회적 의미를 강조하는 당대적 감각에서 자유로울 수 없었다는 한계를 가진다. 이러한 한계는 이후 본격적인 학술논문에서 김승옥의 작품이 다루어지기 시작하면서 차츰 극복되고 있는 추세이다.

이상과 같은 문학사적 접근 이외에도 작품 자체에 대한 분석이 시도되었다. 이는 주로 김승옥 소설의 문체적인 측면을 다루고 있는데, 김현의 「세대교체의 진정한 의미」가 그 시작이라고 볼 수 있다. 김현은 "새로운 세대의 문학에서 가장 표면적으로 잘 드러나고 있는 특색은 소설의 문체"[93]라고 지적했는데, 이후 연구자들에 의해 지적된 김승옥 소설의 문체적 특징은 중문과 복문의 교묘한 배합, 청각적 이미지와 시각적 이미지의 교합 등으로 서구적인 냄새를 풍기면서도 번역투 같지 않은 묘한 문체를 선보였다는 점 등이다. 홍정선은 이러한 논의를 계승하여, 김승옥 문체의 영향력을 언급하고 있다. 그는 김승옥의 문체를 사건의 이미지를 알려주는 감각적 언어를 매개시키는 기법을 사용한 언어감각이 돋보인다고 평가하면서, 이러한 기법은 이후 한수산이나 최인호의 문체의 전범이 되었다고 설명했다.[94] 이와 같은 논의들은 김승옥에 대한 논의에서 일반적으로 수용되고 있는 부분이다.

정과리는 김승옥 소설의 창작방법론에 대한 문제를 언급하고 있다. 그는 김승옥의 소설이 "역사적 현상을 현실의 중심부에 포착하여 그 상황의 구체적인 모습을 묘사하는 것이 아니라, 충격의 본질적 요소들을 가지고 작가의 의식 속에서 상상적으로 재조립"[95]함으로써 엄격한 의미에서의 리얼리즘과는 차이가 있는 창작기법을 활용하고 있다고 평가했다. 이와 같은 창작방법론의 문제는 이어령에 의해 먼저 논의되

---

93) 김현, 「세대교체의 진정한 의미」, ≪세대≫, 1969. 3, p.203.
94) 홍정선, 「작가와 언어의식」, 『해방 40년 : 민족지성의 회고와 전망』, 문학과지성사, 1985, p.191.
95) 정과리, 「유혹 그리고 공포」, 『문학, 존재의 변증법』, 문학과지성사, 1985, p.170.

었는데, 그는 특히 소설의 공간 문제를 언급했다는 점에서 주목된다. 그는 현대소설에서 공간의 문제는 단순한 배경으로서가 아니라 공간적 미학의 구조를 통해 관념·의식·심리를 나타내는 '상징적인 다원적 의미'를 가지고 있어, 이미지의 질서로 총화가 공간이라고 할 수 있을 정도라고 설명했다.[96] 이런 측면에서 김승옥 소설의 공간을 일종의 창작방법론의 문제로 파악할 수 있는 여지가 만들어진다.

이상과 같은 논의들은 김승옥 작품에 대한 연구방법론을 제공했다는 점에서 중요한 의미를 가진다. 특히 창작방법론에 대한 논의들은 이후에 전개되었던 정신분석학적 방법론들과 결합하여, 작가의 창작의도 및 작품의 심층적인 의미를 파악할 수 있는 계기를 마련했다. 아직까지 이에 대한 체계적인 논의는 이루어지지 못했지만, 그 가능성은 충분히 검토된 상태라고 하겠다.[97] 이 연구는 이러한 선행 연구의 성과와 한계를 인식하고, 이를 바탕으로 김승옥의 「무진기행」에 나타난 공간의 상징적 활용방법을 중심으로 작가의 소설 창작방법론을 파악해보고자 한다.[98]

---

96) 이어령, 「현대 문학의 출구」, 『장미밭의 전쟁』, 문학사상사, 2003, pp.44~46. 참고.
97) 이러한 논의들은 일부 학위논문에서 부분적으로 다루어졌다. 이정란은 「무진기행」의 서술구조를 시간적·공간적 측면에서 분석하여, 고향과 타향의 이원론적 서술구조라는 대립상황으로 파악했다(이정란, 「김승옥 소설의 서술구조 연구」, 이화여대 국문과 석사학위논문, 1987.). 그러나 이 논의는 분명한 한계를 가진다. 앞으로 자세히 논의되겠지만, 「무진기행」의 공간구조는 대립이 아닌 대조의 관계로 보아야 하며, 이러한 공간 인식이야말로 작가의 창작방법론이 반영된 기법이기 때문이다.
이외에도 이정석이나 정연훈의 연구에서 정신분석학적 기법을 활용하여 김승옥의 작품을 분석하려는 시도가 이루어졌지만, 이들도 역시 창작방법론과의 연계성을 발견하지 못했고, 논의를 단순히 작중인물에 대한 심리분석에 한정시키고 말았다는 한계를 가진다(이정석, 「김승옥 소설의 시간 구조 연구」, 숭실대 국문과 석사학위논문, 1996.; 정영훈, 「김승옥 소설에 나타난 욕망의 발현양상 연구」, 서울대 국문과 석사학위논문, 1998). 백영옥의 연구도 김승옥 소설의 공간 문제에 주목했으나 이를 창작방법론으로까지 연결시키지 못했고, 불필요하게 첨부된 후반부의 인물 유형 제시는 분명한 변별점을 제시하지 못하고 일반적인 분류에 그치고 말았다는 한계를 가진다(백영옥, 「김승옥 소설의 공간과 인물연구」, 명지대 문예창작과 석사학위논문, 2003).

1) 실재공간과 창작공간

「무진기행(霧津紀行)」의 '무진'은 실재하는 지명은 아니다. 그렇지만 작가의 생애와 작품 내용을 고려하자면, 이곳은 작가가 유년기를 보냈던 전라남도 순천(順天) 지역의 공간을 재구성한 것으로 추론할 수 있다. 작가 자신도 이 작품을 '순천과 순천만에 연한 대대포(大垈浦) 앞바다와 그 갯벌'에서의 체험을 창작 모티브로 삼았다고 밝히고 있다.[99] 순천에 실재하는 장소 중에서도 순천시 금곡동(金谷洞) 154번지 일대의 골목과 흙담, 포플러가 우거진 학교, 시의 외곽을 둘러 바다로 흘러가는 동천(東川)과 그 위에 놓인 다리들, 그리고 대대포의 갯벌과 그 갯벌을 가로질러 바다로 뻗은 긴 방죽이 작품의 공간에 해당한다. 작품에서는 이 공간들이 다음과 같이 설명되고 있다.

> 서울의 어느 거리에서고 나의 청각이 문득 외부로 향하면 무자비하게 쏟아져 들어오는 소음에 비틀거릴 때거나, 밤늦게 신당동 집 앞의 포장된 골목을 자동차로 올라갈 때, 나는 물이 가득한 강물이 흐르고 잔디로 덮인 방죽이 시오리 밖의 바닷가까지 뻗어나가 있고 작은 숲이 있고 다리가 많고 골목이 많고 흙담이 많고 높은 포플러가 에워싼 운동장을 가진 학교들이 있고 바닷가에서 주워온 까만 자갈이 깔린 뜰을 가진 사무소들이 있고 대로 만든 와상(臥床)이 밤거리에 나앉아 있는 시골을 생각했고, 그것은 무진이었다. (pp.162~163.)

---

98) 분석 텍스트는 1995년에 문학동네에서 발간된 김승옥 소설전집으로 한다. 이는 작가 자신이 이 전집을 지난 창작과정의 일단락이자, "다시 소설 쓰기를 시작할 수 있는 충격요법"으로 파악하고 있기 때문에, 원전으로의 가치가 충분하다고 판단되었기 때문이다. 이하 이루어진 작품 인용은 이 책의 면수만을 밝힌다. : 김승옥, 「나의 소설 쓰기」, 『무진기행』 김승옥 소설전집 1권, 문학동네, 1995, pp.16~18.
99) 김훈·박래부, 『문학기행』 1권, 한국문원, 1997, p.21.

여기에서 주목되는 부분은 무진의 지형에 대한 설명이 서울과의 대비를 통해서 이루어지고 있다는 사실이다. 무진이라는 공간은 그 자체만으로는 독립적인 의미를 가지지 못한다. 그곳은 서울과 함께 제시될 때에만 비로소 의미를 획득한다. 기존의 논의들에서는 이러한 공간적 특성을 '도시와 고향의 대립'으로 설명했지만,[100] 이 작품에 나타나는 서울과 무진은 대립을 이루는 것이 아니라, 서로를 통해 자신의 특징을 분명하게 드러내는 대비(對比, contrast) 관계를 형성하는 것으로 파악해야 한다.

위의 인용에서 작품의 주인공인 윤희중은 서울에 있을 때 무진을 떠올렸다고 진술하고 있는데, 이러한 진술이 이루어지는 장소가 무진이라는 사실을 간과해서는 안 된다. 그는 서울을 통해서 무진을 파악하고, 무진을 통해서 서울을 파악하고 있다. 그러므로 그의 의식작용은 서울과 무진 어느 한쪽을 선택하려 하지 않는다. 그는 두 공간을 모두 긍정하고 있으며, 이를 통해 자신이 처한 상황과 위치를 파악하는 것이다. 이것을 이 인물이 가진 우유부단한 성격만으로 파악하는 것은 지나치게 단순화된 논리이다. 이는 작품에 제시된 공간적인 특질 자체가 그러하기 때문에 일어나는 현상이며, 나아가 작가의 창작방법과도 연결되는 문제이기 때문이다.

작품에 등장하는 또 다른 인물인 하인숙의 행동도 같은 맥락에서 파

---

100) 이재선은 '도시가 시골과는 흔히 그 의미론적 표상에 있어서 대비되듯이, 우리 현대소설에 있어서의 도시의 이미지도 시골과는 다른 특성을 지니고 있다'고 설명하면서, 흔히 '귀향형' 소설이라고 불리는 작품에서 도시/시골의 분극화에 의해서 도시의 삶의 황량함이나 사회 병리적인 양상이 제시되는 경우가 많다고 파악했다(이재선, 앞의 책, pp.309~310.).
김명석은 김승옥의 작품세계 전반에서 일상에 쉽게 적응하지 못하고 방황하는 인물들이 발견된다고 설명하면서, 「무진기행」의 주인공도 '삭막한 도시생활에서 벗어나 고향으로, 시간적으로도 현재의 세계로부터 과거의 세계로 도피하는 것으로 지적되곤 했다. 따라서 작품 속에는 도시와 고향, 현재와 과거라는 시공간적 대립이 존재한다'(김명석, 「김승옥 소설과 일상성의 경험」, 『한국소설과 근대적 일상의 경험』, 새미, 2002, p.76.)고 파악했다.

악된다. 그녀의 생활은 무진에서 이루어지지만, 이는 서울이라는 공간
에 대한 동경이 없이는 설명될 수 없다. 그녀는 서울을 동경하면서 끊
임없이 자신의 대학생활에 대해 언급하고 있다. 세무서장 조는 이러한
그녀의 진술을 '대학'을 졸업했다는 자기자랑으로 치부해버리지만,[101]
아래와 같은 부분으로 미루어 볼 때 그녀의 진술을 단순한 자기 자랑
이거나, 대학생 신분으로 돌아가고 싶은 퇴행욕망을 반영한 것으로 보
기는 힘들다. 그녀가 소망하는 대상은 서울이라는 공간 자체이다.

> "앞으로 오빠라고 부를 테니까 절 서울로 데려가주시겠어요?" "서울에 가
> 고 싶으신가요?" "네." "무진이 싫은가요?" "미칠 것 같아요. 금방 미칠 것 같
> 아요. 서울엔 제 대학 동창들도 많고…… 아이, 서울로 가고 싶어 죽겠어요."
> 여자는 잠깐 내 팔을 잡았다가 얼른 놓았다. 나는 갑자기 흥분되었다. 나는
> 이마를 찡그렸다. 찡그리고 찡그리고 또 찡그렸다. 그러자 흥분이 가셨다.
> "그렇지만 이젠 어딜 가도 대학 시절과는 다를걸요. 인숙이는 여자니까 아마
> 가정으로나 숨어버리기 전에는 어느 곳에 가든지 미칠 것 같을걸요." "그런
> 생각도 해봤어요. 그렇지만 지금 같아선 가정을 갖는다고 해도 미칠 것 같은
> 생각이 들어요. 정말 맘에 드는 남자가 아니면요. 정말 맘에 드는 남자가 있
> 다고 해도 여기서는 살기가 싫어요. 전 그 남자에게 여기서 도망하자고 조를
> 거예요." (p.179.)

인용에서처럼 하인숙은 서울에 데려가 달라는 이유로 윤희중에게 접
근하고, 그와 관계를 맺기까지 한다. 그러나 관계를 맺은 직후에는 다

---

101) 다음과 같은 구절에서 세무서장 조의 판단이 제시된다. : "일부러 재미있게 하려고 하는 게
　　아네요. 대학 다닐 때의 말버릇이에요." "아하, 그러고 보면 하선생의 나쁜 점은 바로 저기
　　있어. '내가 대학 다닐 때'라는 말을 빼놓곤 얘기가 안 됩니까? 나처럼 대학엔 문전에도 가
　　보지 못한 사람은 서러워서 살겠어요?" (p.173.)

시 서울에 가고 싶지 않다는 모순적인 진술을 한다.[102] 이는 그녀가 감정기복이 심한 성격을 가진 인물로 설정되어 있기 때문이 아니다. 오히려 이러한 그녀의 행동이야말로, 서울을 통해서만 확인될 수 있는 무진의 공간적 특징을 표현하고 있는 것이다.

그녀가 진정으로 원했던 것은 무진을 떠나 서울로 가는 것이 아니다. 그녀는 다만 서울이라는 공간을 통해서 무진에서의 생활에 의미를 부여하고 싶었을 뿐이다. 탈출을 꿈꾸는 것 자체가 무진이라는 공간을 살아가는 그녀의 생활의 방식이라고 하겠다.

이러한 공간의 의미는 작가의 체험을 통해서도 확인할 수 있다. 김승옥은 서울이라는 공간에 대한 체험을 '낯설다'라는 단어를 통해서 설명하면서, 대학생활에서 느낀 서울과 지방의 차이를 '문화감각(文化感覺)'의 차이라고 진술한 바 있다.[103] 이처럼 그는 서울이라는 공간에서의 체험을 통해서 비로소 고향의 특징을 파악했던 것이고, 이런 인식은 이후 그의 작품 활동에도 그대로 영향을 준다. 그는 서울의 삶을 형상화한 작품을 다수 발표했지만, 그가 다루고 있는 서울은 이방인에 의해 관찰된 '낯선' 공간이다. 그의 등단작인 「생명연습(生命演習)」은 서울에서의 대학생활을 다루고 있지만 전라남도 여수와 거문도에서의 기억이 작품을 전개하는 주요 요인으로 작용한다. 「서울, 1964년 겨

---

102) 다음과 같은 구절이 여기에 해당한다. : 나는 여자를 웃기기 위해서 그렇게 말했다. 그러나 여자는 웃지 않고 조용히 고개만 끄덕거렸다. 한참 후에 여자가 말했다. "선생님, 저 서울에 가고 싶지 않아요." 나는 여자의 손을 달라고 하여 잡았다. 나는 그 손을 힘을 주어 쥐면서 말했다. "우리 서로 거짓말은 하지 말기로 해." "거짓말이 아니에요." 여자는 빙긋 웃으면서 말했다. (p.191.)

103) 김승옥, 「≪산문시대≫이야기」, 『내가 만난 하나님』, 앞의 책, pp.182~192. 참고. : "1960년 나는 전남 순천고등학교를 졸업하고 문리대 불문과에 입학했다. 대학 생활과 서울 생활이라는 두 가지 낯선 생활이 한꺼번에 시작된 것이다. '낯설다'는 말은 그리 단순한 뜻이 아니었다. (……) '지방 출신', '서울 출신'의 얘기가 나왔으니 말이지만, 당시 두 출신 사이의 가장 큰 차이는 문화감각의 차이였다. 적어도 나에게는 그것이 가장 충격적으로 느껴지는 것이었다."

울」도 역시 서울이 배경이 되지만, 등장인물들은 서울의 거리를 배회할 뿐 적극적으로 생활에 뛰어들지는 않는다. 물론 1977년에 발표한 「서울의 달빛 0장」의 경우는 서울의 생활에 대한 보다 직접적인 참여가 이루어지고 있고, 「강변부인」과 같은 연재소설에서는 서울 생활에 대한 다각적인 고찰이 이루어지만, 작가의 절필로 인해 더 발전되지 못했다.

이러한 작품의 공간인식 변화를 고려하자면, 김승옥의 소설은 지방에서 서울로의 진입을 다루고 있다고 설명될 수 있다. 그러나 서울로의 본격적인 진입이 이루어지는 순간, 작가의 창작 활동은 더 이상 전개되지 못했다. 작가는 이를 당시의 시대상황과 신앙적 이유를 들어 설명하고 있지만, 그의 감수성의 기원이 지방과 서울의 변별성에 있었다는 점을 고려하면, 그가 가진 한계성은 작품 속에 나타난 공간인식을 통해서도 이미 예견되었던 것이라고 하겠다.

이러한 공간인식은 그와 비슷한 연배의 작가인 최인호와 같은 서울 출신 작가와 대비되는 부분이다. 서울에서 태어나고 자란 최인호는 김승옥과 자신을 비교하면서 고향에 대한 문제를 설명하고 있는데, 이를 통해서 김승옥 소설에 내포된 공간인식을 파악할 수 있는 단서가 제공된다.

소설가 김승옥 씨는 한때 이 망할 놈의 서울, 서울, 이 웬수놈의 서울을 주절대더니 고향 순천으로 내려가겠다고 공언한 적이 있었다. 이를테면 낙향하겠다는 것이었는데, 그렇다면 그들에겐 돌아갈 고향, 위로받을 고향이 있다는 사실에 나는 솔직히 부러워 미칠 지경이었다.[104]

---

104) 최인호, 「〈경아〉는 내 젊은 날의 초상」, 서정주 외 21인, 『누구에게나 고향은 그리움이다』, 월간조선사, 2004, p.49.

2) 공간상징을 통한 인물심리의 표현

「무진기행」은 이미지와 상징으로 충만한 작품이다. 우선 작품 제목이자 공간 배경으로 설정된 '무진(霧津)'이라는 지명에서부터 안개와 바다의 이미지가 표현되고 있다는 사실이 이를 증명한다. 이러한 제목 설정으로 인해 그 동안의 논의들에서는 주로 안개의 상징적 의미만이 언급되어 왔다. 그러나 작품 전체를 고려하자면 이외에도 다양한 이미지들을 찾을 수 있고, 그 이미지들은 크게 나누어 물·공기·불·공간 등의 범주로 구분된다.

이처럼 다양한 이미지와 상징들이 사용될 수 있었던 원인으로 '감수성(感受性)'의 문제를 들 수 있다. 감수성은 예술뿐만 아니라 철학, 심리학 등 인문과학 전반에서 사용되었던 개념으로, 특히 문학에서는 감성, 즉 이성에 대립되는 개념으로 정서적 의식 성향으로 정의된다.[105] 또한 감성 중에서도 보다 세련된 미적 정서, 심리학에서 제시하는 정조(情操)와 같은 상태는 '서정(抒情)'이라는 개념으로 지칭되기도 한다.[106]

김승옥의 작품에 있어 이런 감수성, 혹은 서정성의 문제는 주요하게 다루어져 왔으며, 이야말로 그를 이전 세대의 작가들과 변별시켜주는 요인이라고 평가되기도 했다. "개인의 감성에 의해 포착되는 현실의 문제를 치밀하게 묘사함으로써 전후소설이 지니지 못했던 독특한 문체의 감각을 산문 속에 살려 놓고 있다"[107]는 설명이 그의 소설에 나타난 감수성에 대한 대표적인 평가라고 할 수 있다.

---

105) 김용직, 『문예비평용어사전』, 탐구당, 1985, pp.3~5.
106) 송하섭, 『한국현대소설의 서정성 연구』, 단국대출판부, 1989, p.14.
107) 권영민, 앞의 책, pp.232~233.

이미 앞에서 살펴본 것처럼, 김승옥은 자신의 관찰력과 문체는 회화적인 수련에서 비롯되었다고 진술한 바 있다. 그러한 영향으로 그의 작품에서는 "언어를 통해 대상을 이미지화할 때에 대상을 사진처럼 재현할 뿐만 아니라 이미지를 통해 구조화하는"[108] 경향이 발견되는데, 이는「무진기행」의 다음과 같은 구절을 통해 확인할 수 있다.

언젠가 여름 밤, 멀고 가까운 논에서 들려오는 개구리들의 울음소리를, 마치 수많은 비단조개 껍데기를 한꺼번에 맞부빌 때 나는 듯한 소리를 듣고 있을 때 나는 그 개구리 울음소리들이 나의 감각 속에서 반짝이고 있는 수없이 많은 별들로 바뀌어져 있는 것을 느끼곤 했다. 청각의 이미지가 시각의 이미지로 바뀌어지는 이상한 현상이 나의 감각 속에서 일어나곤 했었던 것이다.

(……)

그렇지만 밤하늘에서 쏟아질 듯이 반짝이고 있는 별들을 보고 개구리의 울음소리가 귀에 들려오는 듯했었던 것은 아니다 별들을 보고 있으면 나는 나와 어느 별과 그리고 그 별과 또 다른 별들 사이의 안타까운 거리가, 과학책에서 배운 바로써가 아니라, 마치 나의 눈이 점점 정확해져가고 있는 듯이 나의 시력에 뚜렷이 보여 오는 것이었다. 나는 그 도달할 길 없는 거리를 보는 데 흘려서 멍하니 서 있다가 그 순간 속에서 그대로 가슴이 터져버리는 것 같았다. 왜 그렇게 못 견디어했을까. 별이 무수히 반짝이는 밤하늘을 보고 있던 옛날 나는 왜 그렇게 분해서 못 견디어했을까. (pp.177~178.)

인용에서 화자는 두 가지 감각의 경험을 언급하고 있다. 앞의 단락에서 제시되는 것은 청각이미지가 시각이미지로 치환되는 경험이다. 이

---

108) 김명석,「김승옥 소설과 감수성의 글쓰기」, 앞의 책, p.92.

러한 이미지의 치환경험은 이 작품의 중심된 감각이 시각이며, 이미지와 상징의 구성에 있어서도 시각이 주요한 기능을 담당한다는 사실을 증명한다. 뒤의 단락에서 제시되는 것은 일단 시각화된 이미지는 다른 감각의 이미지로의 치환이 이루어지지 않는다는 사실이다. 이는 시각이야말로 작품에 제시된 감각들의 최종 형태라는 것을 증명한다. 다른 감각 이미지로의 치환이 이루어지지 않는 시각이미지는 대신 화자가 과거의 기억을 떠올리게 하는 역할을 수행한다. 청각이미지에서 시각이미지로, 다시 시각이미지에서 과거의 기억으로 이루어지는 감각의 이러한 연쇄반응은 이 작품을 구성하는 서술의 원리로 작용한다.

이 연구는 「무진기행」에 내포된 이러한 서술 구성원리에 착안하여, 작품의 주요 상징물을 안개·다리·어머니의 무덤 등의 세 가지로 구분해서 의미 분석을 시도하고자 한다. 이 상징물들은 각각 미분화되고 역동적인 심리상태의 표현이고, 공간의 병치를 통한 경계적인 의미를 형성하며, 공간을 통한 작가의 창작의도를 제시하는 수단으로 활용되었다. 이러한 상징 분석을 통해 공간상징을 활용한 소설 창작방법이 파악될 수 있을 것으로 기대된다.

❶ 미분화된 상징물의 활용

「무진기행」 전반에 걸쳐 제시된 여러 이미지들은 물·공기·불·공간 등의 네 가지 범주로 정리되었다. 물론 이러한 범주의 이미지를 활용하는 것은 이 작품만의 고유한 특징이 아니며, 여러 문학작품에서 보편적으로 발견되는 현상이다. 다만 이들이 고정된 형태로 각각 제시되지 않고, 미분화(未分化)된 상태 그대로 제시된다는 점에서 독창성을 찾을 수 있다. 이런 상태를 가장 잘 표현하고 있는 상징물은 역시 안개이다.

무진에 명산물이 없는 게 아니다. 나는 그것이 무엇인지 알고 있다. 그것은 안개다. 아침에 잠자리에서 일어나서 밖으로 나오면, 밤사이에 진주해온 적군들처럼 안개가 무진을 뺑 둘러싸고 있는 것이었다. 무진을 둘러싸고 있던 산들도 안개에 의하여 보이지 않는 먼 곳으로 유배당해버리고 없었다. 안개는 마치 이승에 한이 있어서 매일 밤 찾아오는 여귀(女鬼)가 뿜어내놓은 입김과 같았다. 해가 떠오르고, 바람이 바다 쪽에서 방향을 바꾸어 불어오기 전에는 사람들의 힘으로써는 그것을 헤쳐버릴 수가 없었다. 손으로 잡을 수 없으면서도 그것은 뚜렷이 존재했고 사람들을 둘러쌌고 먼 곳에 있는 것으로부터 사람들을 떼어놓았다. 안개, 무진의 안개, 무진의 아침에 사람들이 만나는 안개, 사람들로 하여금 해를, 바람을 간절히 부르게 하는 무진의 안개, 그것이 무진의 명산물이 아닐 수 있을까! (pp.159~160.)

안개는 물과 공기가 미분화된 상태이다. 바슐라르의 견해에 따르자면, 물은 인간의 내적 존재를 보다 깊이 인식하게 하고 작가의 상상력을 불러일으키는 창조적인 힘을 갖는다고 설명된다. 물은 무거워지고, 어두워지고, 깊어져 물질화되며 이는 작가의 의식을 비추는 내면적 거울이 되는 것이다.[109] 이러한 상징성을 가진 물이 안개의 형태로 공기와 결합되면서 '역동적 상상력(l'imagination dynamique)'으로 재창조된다. 이런 특징을 가지고 있기 때문에 물질 이미지는 "변질의 가능성 가운데서, 따라서 생성의 가능성 가운데서 파악되어야"[110] 하는데, 「무진기행」에 제시되는 안개는 그러한 역동적 이미지의 대표적인 예이다.

안개는 물이면서 공기이고, 공기이면서 물인 사물이며, 어떤 식의 구

---

109) Gaston Bachelard, 이가림 역, 『물과 꿈(*L'eau et les reves*)』, 문예출판사, 1988, pp.34~68. 참고.
110) 곽광수, 「바슐라르와 상상력의 미학」, 『가스통 바슐라르』, 민음사, 1995, p.73.

분도 이루어지지 않은 미분화된 상태를 의미한다. 이는 안개가 형성되는 공간인 무진의 특징을 반영하는 부분이기도 하다. 작품에 등장하는 인물들이 감정의 기복이 심하고, 자신의 행동에 갈피를 잡지 못하는 것처럼 서술되는 이유도 이런 상징성에서 확인할 수 있다. 특히 화자인 윤희중은 무진에 오면 자신의 생각을 엉뚱하고 뒤죽박죽이 되어버린다고 진술하는데, 이야말로 미분화된 상태에 대한 직접적인 진술이라고 하겠다. 또한 그는 그런 생각들을 자신이 떠올리는 것이 아니라 '나의 밖에서 제멋대로 이루어진' 것이 자신에게 밀려들어온다고 설명한다. 이는 무진이라는 공간에 의해서 사고가 결정된다는 인식이다.

> 그런 생각을 하자 나는 쓴웃음이 나왔다. 동시에 무진이 가까웠다는 것이 더욱 실감되었다. 무진에 오기만 하면 내가 하는 생각이란 항상 그렇게 엉뚱한 공상들이었고 뒤죽박죽이었던 것이다. 다른 어느 곳에서 하지 않았던 엉뚱한 생각을 나는 무진에서는 아무런 부끄럼 없이, 거침없이 해내곤 했었던 것이다. 아니 무진에서는 내가 무엇을 생각하고 어쩌고 하는 게 아니라 어떤 생각들이 나의 밖에서 제멋대로 이루어진 뒤 나의 머릿속으로 밀고 들어오는 듯했었다. (p.161.)

이와 같은 안개의 상징성이 잠의 이미지와 연결되어 제시되는 것도 주목되는 부분이다. 특히 서두에서 안개에 대한 설명이 이루어진 직후에 언급되는 수면제에 대한 몽상은, 인물의 직업을 제시하면서, 동시에 서울이라는 공간으로 대표되는 산업화 사회의 자본주의적 가치를 표현한 부분이다.[111] 이 외에도 「무진기행」에서 잠의 이미지는 여러 차례 반복되는데, 특히 다음과 같은 부분에서는 무진에서의 잠이 가진 의미가 분명하게 표현되어 있다.

나는 잠이 오지 않았다. 낮잠 때문이기도 하였다. 나는 어둠 속에서 담배를 피웠다. 나는 우울한 유령들처럼 나를 내려다보고 있는 벽에 걸린 하얀 옷들을 흘겨보고 있었다. (……) '열두시 이후에 우는' 개구리 울음소리가 희미하게 들려왔다. 어디선가 한시를 알리는 시계 소리가 나직이 들려왔다. 어디선가 두시를 알리는 시계 소리가 들려왔다. 어디선가 세시를 알리는 시계 소리가 들려왔다. 어디선가 네시를 알리는 시계 소리가 들려왔다. 잠시 후에 통금 해제의 사이렌이 불었다. 시계와 사이렌 중 어느 것 하나가 정확하지 못했다. (……) 마침내 이 세상에선 아무 것도 없어져버렸다. 사이렌만이 세상에 남아 있었다. 그 소리도 마침내 느껴지지 않을 만큼 오랫동안 계속할 것 같았다. 그때 소리가 갑자기 힘을 잃으면서 꺾였고 길게 신음하며 사라져갔다. 어디선가 부부들은 교합하리라. 아니다. 부부가 아니라 창부와 그 여자의 손님이리라. 나는 왜 그런 엉뚱한 생각을 하고 있는지 알 수 없었다. 잠시 후에 나는 슬며시 잠이 들었다. (p.181.)

김승옥 소설에서 시각이미지가 주로 활용된다는 사실은 앞에서 이미 설명했던 부분이다. 그러나 인용된 부분처럼 시각이 차단된 상황이 제시되기도 한다. 화자는 어둠 속에서 사물을 보려고 하지만, 이때의 사물은 '우울한 유령들처럼' 보일 뿐이고, 시계 소리와 사이렌이라는 청각이미지가 시각이미지를 대체하는 감각으로 표현된다. 앞서 설명된 시각이미지는 과거에 대한 회상이 이루어지도록 하는 기능을 담당했다면, 여기에서 제시된 청각이미지는 현재 상황에 대한 인식을 모호하

---

111) 이와 관련된 부분은 다음과 같다. : 햇빛의 신선한 밝음과 살갗에 탄력을 주는 정도의 공기의 저온, 그리고 해풍에 섞여 있는 정도의 소금기, 이 세 가지만 합성해서 수면제를 만들어 낼 수 있다면 그것은 이 지상에 있는 모든 약방의 진열장 안에 있는 어떤 약보다도 가장 상쾌한 약이 될 것이고 그리고 나는 이 세계에서 가장 돈 잘 버는 제약회사의 전무님이 될 것이다. 왜냐하면 사람들은 누구나 조용히 잠들고 싶어 하고 조용히 잠든다는 것은 상쾌한 일이기 때문이다. (pp.160~161.)

게 만들어버리는 기능을 수행한다. '시계와 사이렌 중 어느 하나가 정확하지 못했다'는 진술이 그러한 예인데, 이런 인식은 '엉뚱한 생각'으로 이어지고, 곧이어 '잠'으로 연결된다.

잠이 무의식의 활동을 왕성하게 만들고, 이를 통해 작가의 창조적인 몽상이 활발하게 이루어진다는 사실은 이미 설명되었다. 또한 몽상은 "현재의 계기와 과거의 기억에서부터 출발해 욕망이 출발되었던 기원의 흔적들을 정신활동 속에서 드러나게 하는" 기능을 하며, 과거·현재·미래라는 시간의 차원에 구애받지 않는 정신활동이다.[112] 이는 위의 인용에서 '시계 소리'와 '사이렌'이 시간을 표시하는 청각이미지이지만, 이들이 정확하지 않다는 사실과도 연결된다. 이를 통해 '시계와 사이렌 중 어느 하나가 정확하지 못했다'는 진술의 의미가 다시 강조되는데, 이는 시간의 층위를 믿을 수 없는 진술로 만들어, 무진을 무시간적(無時間的) 공간으로 만들어 버리는 것이다.

지금까지 살펴본 것처럼 '안개'와 그에 이어지는 '잠'의 이미지는 무진이라는 공간이 가진 미분화된 특성을 강조하는 것으로 사용되었는데, 위의 인용에는 그런 기능을 담당하는 또 하나의 이미지가 제시되고 있다. 화자가 어둠 속에서 피우는 '담배'가 그 것이다. 담배를 피우는 행위는 '연기'를 만드는 것으로, 안개가 물과 공기의 미분화된 상태를 표현했던 것처럼, 연기는 공기와 불의 미분화된 상태를 표현한다. 그러므로 담배연기는 무진을 상징하는 사물로 인식된다.

> 방바닥에는 비단방석이 놓여 있고 그 위에는 화투짝이 흩어져 있었다. 무진(霧津)이다. 곧 입술을 태울 듯이 타들어가는 담배꽁초를 입에 물고 눈으

---

112) Sigmund Freud, 정장진 역, 『창조적인 작가와 몽상(*Der Dichter und das Phantasieren*)』, 열린책들, 1996, p.88.

로 들어오는 그 담배연기 때문에 눈물을 찔끔거리며 눈을 가늘게 뜨고, 이미 정오가 가까운 시각에야 잠자리에서 일어나서 그날의 허황한 운수를 점쳐보 던 그 화투짝이었다. (p.171.)

'불은 생명이고, 생명은 하나의 불'[113]이라는 진술처럼, 불은 생명력 혹은 '초생명(超生命, ultra-vivant)'의 상징이다. 그러나 이것이 공기의 형태인 '연기'로 변했다는 것은, 곧 생명력의 연소 혹은 소멸이라고 이 해될 수 있다. 화자는 화투로 운수를 점치는 행동이 '허황한' 것이라고 평가하면서, 이를 담배연기와 함께 제시하고 있다. 이는 생명력의 고 갈이라는 측면에서 파악되는데, 이러한 인식을 통해 무진은 허황한 행 동이 이루어지는 공간이라는 의미를 가지게 된다.

다음으로 제시되는 상징물은 알코올이다. 이는 화투에 대한 진술 바로 다음에 제시되는데, 세무서장 조는 화자에게 맥주를 권하고, 하 인숙에게도 맥주를 권한다. 그리고 소주도 마셔봤다는 하인숙의 진술 이 이어진다. 알코올은 물이면서 불의 형태를 가진 사물로 '불꽃으로 타오르는 물'이라고 설명되는데, 이것은 '윤리의 경직을 막고 이성의 창조성을 끄집어'[114]내는 기능을 한다. 그러나 이 작품에서 알코올의 창조성은 긍정적으로 발휘되지 못한다. 그것의 작용은 고작해야 〈어 떤 개인 날〉을 불렀던 하인숙에게 〈목포의 눈물〉을 부르도록 유도할 뿐이다.

---

113) Gaston Bachelard, 민희식 역, 『불의 정신분석(*La psychanalys du feu*)』, 삼성출판사, 1990, p.72.
114) 위의 책, p.109. : 바슐라르는 알코올의 기능을 다음과 같이 설명하고 있다. "알코올적 무의 식은 하나의 깊은 실재성이다. 알코올은 단순한 심적 잠재성을 자극하는 것으로 생각되어진 다면 잘못 생각하고 있는 것이다. 사실은 알코올이 그것들의 잠재성을 만들어내고 있는 것 이다. 그것은 말하자면 자기를 표현하고자 애쓰는 자에게 자기를 합치시키는 것이다. (……) 박쿠스(Bacchus)는 훌륭한 신이다. 이성을 당황케 함으로써 그는 윤리의 경직을 막고 이성의 창조성을 끄집어낸다."

이는 안개의 상징성이 '여귀(女鬼)가 뿜어내놓은 입김'과 같은 죽음의 이미지와 결합되어 있다는 사실, 또한 담배연기의 상징성에서 불이 가진 초생명력이 연소되어 사라져버린 상태라는 사실 등과 연결된다. 그러므로 알코올의 창조성도 긍정적으로 발휘되지 못하고, '속물들 틈에 앉아서 유행가를 부르고 있는' 딱한 상황으로 표현되고 마는 것이다.

"뭐 별로……" 박은 소년처럼 말을 더듬거렸다. "그 속물들 틈에 앉아서 유행가를 부르고 있는 게 좀 딱해 보였을 뿐이지요. 그래서 나와 버린 거죠." 박은 분노를 누르고 있는 듯이 나직나직 말했다. "클래식을 부를 장소가 있고 유행가를 부를 장소가 따로 있다는 것뿐이겠지. 뭐 딱할 거까지야 있나?" 나는 거짓말로써 그를 위로했다. 박은 가고 나는 다시 '속물'들 틈에 끼었다. 무진에서는 누구나 그렇게 생각하는 것이다. 타인은 모두 속물들이라고. 나역시 그렇게 생각하는 것이다. 타인이 하는 모든 행위는 무위(無爲)와 똑같은 무게밖에 가지고 있지 않은 장난이라고. (p.175.)

그러나 「무진기행」의 화자는 이러한 상징물들을 부정적으로 치부하여 배척하지 않는다. 그는 상징물들의 부정적 의미를 간파하고 있으면서도, 오히려 그것을 인정하고 받아들인다. 이는 안개·담배연기·알코올을 통해 제시된 미분화된 상태를 인정하는 것이고, 나아가 그 자신까지도 미분화된 상태에 대한 상징물로 파악할 수 있는 여지를 제공한다.
지금까지의 논의를 통해서 작품 속의 상징물은 미분화된 상태를 표현하고 있으며, 화자도 역시 그런 상징물의 하나로 파악할 수 있는 가능성이 제기되었다. 이러한 인물의 창조는 작가의 창작의도를 반영한 것이지만, 미분화된 상징물을 통해서는 그의 성격이 분명하게 제시되지 않는다. 이는 다음에 설명될 공간상징을 통해 보다 명확한 의미를 획득하게 된다.

❷ 공간상징을 통한 인물성격의 구체화

「무진기행」의 공간상징은 무진과 그곳을 둘러싼 안개로 표현되지만, 그 의미는 보다 구체적인 상징물들을 통해서 제시된다. 무진의 공간상징을 표현하는 대표적인 사물은 '다리'이다. 앞서 실재공간과 창작공간을 살펴보았던 부분에서 무진은 '다리가 많고 골목이 많고 흙담이 많'은 공간이라고 설명되었는데, 이에 대한 설명이 본격적으로 이루어지는 것은 하인숙과의 동행이 이루어진 직후이다. 이 부분에서 윤희중과 하인숙은 무진이라는 공간에 대한 인상을 공유하고, 이를 통해 친밀감을 느낀다.

> 우리는 다리를 건너고 있었다. 검은 풍경 속에서 냇물은 하얀 모습으로 뻗어 있었고 그 하얀 모습의 끝은 안개 속으로 사라지고 있었다. '밤엔 정말 멋있는 고장이에요." 여자가 말했다. "그래요? 다행입니다." 내가 말했다. "왜 다행이라고 말씀하시는 줄 짐작하겠어요." 여자가 말했다. "어느 정도까지 짐작하셨어요?" 내가 물었다. "사실은 멋이 없는 고장이니까요. 제 대답이 맞았어요?" (……) 나는 다시 여자와 나란히 서서 걸었다. 나는 갑자기 이 여자와 친해진 것 같았다. 다리가 끝나는 바로 거기에서부터, 그 여자가 정말 무서워서 떠는 듯한 목소리로 내게 바래다주기를 청했던 바로 그 때부터 나는 그 여자가 내 생애 속에 끼어든 것을 느꼈다. 내 모든 친구들처럼, 이제는 모른다고 할 수 없는, 때로는 내가 그들을 훼손하기도 했지만 그러나 더욱 많이 그들이 나를 훼손시켰던 내 모든 친구들처럼. (pp.175~176.)

그들이 주고받는 무진에 대한 인상은 '멋있다'와 '멋이 없다'라는 상반된 평가가 동시에 제기되는데, 이는 앞에서 살펴본 공간의 미분화된 특징과 연결되는 부분이다. 다리는 검은 풍경과 함께 제시되고, 이와 대조를 이루면서 하얀 모습으로 뻗은 냇물이 부각된다. 여기에서 주목되는 부분은 냇물의 끝이 안개 속으로 사라지고 있다는 진술로, 이를 통해서 다리와 안개의 상징적 상관성이 직접적으로 표현되는 것이다.

이처럼 공간의 의미가 제시된 이후에, 화자는 자신의 '모든 친구들처럼' 하인숙에게 친밀감을 느꼈다는 진술을 한다. 그러나 화자는 한편으로 친구는 친밀한 존재이기는 하지만, 서로를 훼손시키는 존재라고 파악한다. 이것 역시 이 인물의 심리가 뚜렷하게 분화되지 않았다는 설명이며, 앞서 살펴본 미분화된 상징과 연결되는 부분이다.

그러나 그들의 관계가 어떤 의미를 가지게 되든지, 지금까지와는 다른 방향으로 전개되리라는 사실이 이 장면에서 암시된다. 이는 '다리'라는 공간이 가진 의미로 인해 파악되는 것이다. 다리는 경계(境界)이자 통과(通過)의 의미를 가진다. 그러므로 다리에서는 공간의 의미전환이 이루어지며, 인물이 가진 인식의 전환이 이루어질 준비가 이루어진다. 이런 측면에서 다리 위에 있는 두 사람은 '중간자(中間者)'인 셈이다.

그들은 세무서장 조의 집으로 대표되는 무진에서 가장 속물적인 공간을 벗어나, 새로운 공간으로 진입하고 있다. 세무서장 조에 대립되는 인물은 박 선생이지만 하인숙은 그의 공간에 진입하기를 거부하고, 오히려 화자에게 서울로 데려가주길 요청한다. 그러나 이미 앞에서 살펴보았던 것처럼, 그녀가 진정으로 원했던 것은 서울에 가는 것이 아니다. 그녀는 서울에 대한 동경을 표현하면서 무진이라는 공간에서의 생활을 영유하는 것이다. 화자 역시 그녀를 서울에 데려가겠다고 약속하지만, 그것은 '배반'이고 '무책임'에 불과했다. 무진을 떠나면서 쓴

편지에서 그는 하인숙에게서 자신의 옛 모습을 발견했다고 하면서 '옛
날의 저를 오늘의 저로 끌어다 놓기 위하여 갖은 노력을 다하였듯이'
그녀를 서울로 데려가겠다고 썼지만, 그가 스스로 편지를 찢어버렸기
때문에, 이 역시 전달되지 못한다.

> 전보와 나는 타협안을 만들었다. 한 번만, 마지막으로 한 번만 이 무진을,
> 안개를, 외롭게 미쳐가는 것을, 유행가를, 술집 여자의 자살을, 배반을, 무책
> 임을 긍정하기로 하자. 마지막으로 한 번만이다. 꼭 한 번만, 그리고 나는 내
> 게 주어진 한정된 책임 속에서만 살기로 약속한다. 전보여, 새끼손가락을 내
> 밀어라. 나는 거기에 내 새끼손가락을 걸어서 약속한다. 우리는 약속했다.
> 그러나 나는 돌아서서 전보의 눈을 피하여 편지를 썼다. (……) 간단히 쓰
> 겠습니다. 사랑하고 있습니다. 왜냐하면 당신은 저 자신이기 때문에 적어도
> 제가 어렴풋이나마 사랑하고 있는 옛날의 저의 모습이기 때문입니다. 저는
> 옛날의 저를 오늘의 저로 끌어다 놓기 위하여 노력을 다하였듯이 당신을 햇
> 볕 속으로 끌어놓기 위하여 있는 힘을 다할 작정입니다. (……) 쓰고 나서 나
> 는 그 편지를 읽어봤다. 또 한번 읽어봤다. 그리고 찢어버렸다. (pp.193~194.)

위에 제시된 편지처럼, 윤희중이 하인숙을 '옛날의 저의 모습'으로
인식했다면, 그가 하인숙을 서울로 데려가는 행동은 더욱 이루어질 수
없다. 서울은 '오늘의 저'가 살고 있는 공간인데, 그곳에서의 생활이
이루어지기 위해서는 '옛날의 저'는 무진에 남아 있어야만 하기 때문
이다. 그가 옛날의 자신과 현재의 자신을 분리해서 인식한다는 사실은
작품의 여러 부분에서 발견되는데, 다음과 같은 부분에서 그러한 인식
이 잘 표현되어 있다.

무진이라고 하면 그것에의 연상은 아무래도 어둡던 나의 청년이었다.

그렇다고 무진에의 연상이 꼬리처럼 항상 나를 따라다녔다는 것은 아니다. 차라리, 나의 어둡던 세월이 일단 지나가버린 지금은 나는 거의 항상 무진을 잊고 있었던 편이었다. 어제 저녁 서울역에서 기차를 탈 때에도, 물론 전송을 나온 아내와 회사 직원 몇 사람에게 일러둘 말이 너무 많아서 거기에 정신이 쏠려 있던 탓도 있었겠지만, 하여튼 나는 무진에 대한 그 어두운 기억들이 그다지 실감나게 되살아오지는 않았다. (p.163.)

하인숙을 '옛날의 저의 모습'으로 파악했던 것처럼, 화자는 무진에서 만난 인물의 모습에서 자신의 현재 혹은 과거를 발견한다. 친구인 세무서장 조에게서는 자신의 현재, 즉 '서울에서의 나'를 발견하고,[115] 후배인 박선생에게서는 자신의 과거를 발견한다. 특히 후배와 관련된 부분에서 그는 현재와 과거를 동시에 인식하는데, 이런 인식이 가능해지는 것은 '무진'의 공간적 의미 때문이다. 그러므로 이 부분에서는 공간을 통한 시간의 결합이 이루어졌다고 할 수 있다. 물론 이것을 본격적인 의미에서 '공간 형식(Spatial Form)'으로 파악하기는 힘들지만, 적어도 그와 유사한 작용이 부분적으로 사용되었다고 판단된다.

사 년 전 나는, 내가 경리의 일을 보고 있던 제약회사가 좀더 큰 다른 회사에 합병되는 바람에 일자리를 잃고 무진으로 내려왔던 것이다. 아니, 단지 일자리를 잃었다는 이유만으로 서울을 떠났던 것은 아니다. 동거하고 있던 희

---

115) 윤희중이 친구 조의 모습에서 자신의 현재를 발견한다는 것은 직접적으로 언급되었다. 이는 다음과 같은 구절에서 확인할 수 있다. : 조는 러닝셔츠 바람으로, 바지는 무릎 위까지 걷어 붙이고 부채를 부치고 있었다. 나는 그가 초라해 보였고 그러나 그가 흰 커버를 씌운 회전의자 위에 앉아 있는 것을 자랑스러워하는 듯한 몸짓을 해 보일 때는 그가 가엽게 생각되었다. (……) 그의 얼굴은 그 바쁜 것을 자랑스럽게 여기고 있었다. 바쁘다. 자랑스러워할 틈도 없이 바쁘다. 그것은 서울에서의 나였다. (pp.184~185.)

(姬)만 그대로 내 곁에 있어주었던들 실의의 무진행은 없었으리라. "결혼하셨다더군요?" 박이 물었다. "흐응, 자넨?" "전 아직. 참, 좋은 데로 장가드셨다고들 하더군요." "그래? 자넨 왜 여태 결혼하지 않고 있나? 자네 금년에 어떻게 되지?" "스물아홉입니다." "스물아홉이라. 아홉수가 원래 사납다고 하데만. 금년엔 어떻게 해보지 그래?" "글쎄요." 박은 소년처럼 머리를 긁었다. 사년 전이니까 그해의 내 나이가 스물아홉이었고 희가 내 곁에서 달아나버릴 무렵에 지금 아내의 전남편이 죽었던 것이다. (p.168.)

❸ 불임의 여성상징을 통한 작가의식 표현

공간은 신체의 이미지와 관련되어 나타나는 경우가 많다. 이는 공간이 신체의 정념, 지식, 의식이 활동하는 방식 일체와 관련되어 가능성들의 개방과 봉쇄의 문제를 안고 있기 때문인데, 인간은 새로운 공간에서 새롭게 길들여지며 이에 따라 전에 없던 육체적 취향, 특징, 능력들을 가지게 되면서 새로운 인간형태로 바뀌어간다.[116]

「무진기행」의 공간 역시 신체적 이미지로 제시되는데, 이는 작품 전체를 아우르는 거대한 이미지로의 자궁(子宮)이라고 할 수 있다. 자궁은 생명이 잉태되는 공간이며, 남성이미지와 여성이미지가 결합하여 새로운 가치를 만드는 공간이다. 흔히 남성이미지는 불을 통해서 표현되며, 여성이미지는 물을 통해서 표현된다. 이를 공간으로 치환하자면, 경제논리가 작용하는 대도시 서울은 남성이미지를 가진 공간이고, 도피처이자 고향인 무진은 여성이미지를 가진 공간이 된다.

그러므로 주인공에게 있어 무진은 자궁의 이미지를 가진 공간으로 인식된다. 주인공이 무진에 찾아오는 행동은 '서울에서의 실패로부터

---

116) 강내희, 『공간 · 육체 · 권력』, 문학과학사, 1995, p.11.

도망해야 할 때거나 하여튼 무언가 새 출발이 필요할 때'에만 이루어졌다는 사실이 이를 증명한다. 무진에 내려온 주인공이 하는 행동도 역시 같은 맥락에서 이해된다. 그는 무진에서 항상 '처박혀 있는 상태'를 유지한다. 더러운 옷차림과 누런 얼굴을 하고 '골방 안에서 뒹굴'면서 '공상과 불면을 쫓아보려고' 수음(手淫)을 하고, 편도선이 부을 때까지 독한 담배를 피울 뿐이다.

> 오히려 무진에서의 나는 항상 처박혀 있는 상태였었다. 더러운 옷차림과 누우런 얼굴로 나는 항상 골방 안에서 뒹굴었다. 내가 깨어 있을 때는 수없이 많은 시간의 대열이 멍하니 서 있는 나를 비웃으며 흘러가고 있었고, 내가 잠들어 있을 때는 긴긴 악몽들이 거꾸러져 있는 나에게 혹독한 채찍질을 하였었다. 나의 무진에 대한 연상의 대부분은 나를 돌봐주고 있는 노인들에 대하여 신경질을 부리던 것과 골방 안에서의 공상과 불면을 쫓아보려고 행하던 수음(手淫)과 곧잘 편도선을 붓게 하던 독한 담배꽁초와 우편배달부를 기다리던 초조함 따위거나 그것들에 관련된 어떤 행위들이었다. (p.162.)

이러한 주인공의 의식상태는 자궁으로의 회귀를 열망하는 '요나 콤플렉스(complex de Jonas)'라는 용어로 설명이 가능하다. 이는 융에 의해서 '우주적 상징'에 해당하는 중요한 콤플렉스라는 평가를 받았으며, 바슐라르에게 있어서는 '부드럽고 따뜻하며 결코 공격되지 않은 편안함이라는 원초적인 기호'이자 '도피의 온갖 모습'이며, '진정한 내면성의 절대, 행복한 무의식의 절대'라는 의미를 가진 것으로 파악되었다. 또한 이것은 '죽음의 모성'이라는 주제와 '무덤에서의 그리스도의 부활'이라는 두 가지 이미지를 동시에 가지고 있다고 설명된다.[117]

「무진기행」에서 요나 콤플렉스가 이미지가 잘 표현된 부분은 주인공과 음악교사 하인숙이 바닷가의 집에서 관계를 맺는 장면이다. 이 장면이 속해 있는 단락의 소제목은 〈바다로 뻗은 긴 방죽〉인데, 이러한 그대로 남성이미지와 여성이미지의 결합으로 파악될 수 있다. 바다는 여성이미지의 대표적인 상징이자, '탄생의 상징'[118]이다. 그에 비해 방죽은 그 형태로 말미암아 남성이미지의 상징물이 된다. 이처럼 그들이 찾아간 방의 위치는 남성상징과 여성상징의 결합이 이루어지는 곳, 즉 무진 중에서도 자궁의 이미지가 가장 극명하게 표현되는 공간인 것이다.

사실 이 장면의 구성은 남성과 여성의 이미지, 혹은 결합을 표현하는 수많은 이미지를 통해 이루어져 있다. 아래에 제시된 인용에서 밑줄로 강조된 부분이 그에 해당하는 것들이다. '뻗어나가고 있는 방죽'이나 '파라솔' 등은 그 형태적(形態的) 특성으로 인해 남성이미지로 분류되며, '불'의 속성과 연관되는 '후텁지근한 공기'와 '담배'는 형질적(形質的) 특성으로 인해 남성이미지로 분류된다. 마찬가지로 '틈'은 형태적 특성으로 인해 여성이미지로, '바다'의 속성과 연관되는 '해풍'과 '방' 등은 형질적 특성으로 인해 여성이미지로 분류된다. 불과 물의 결합으로 만들어진 '공기'에 속성과 연관되는 코끝에 맺힌 '땀', '더운' 방, '거품' 등은 남성과 여성의 결합을 표현하는 이미지로 분류할 수 있다.

　시간이 됐을 때 나는 그 여자와 만나기로 한, 읍내에서 좀 떨어진, <u>바다로 뻗어나가고 있는 방죽</u>으로 갔다. <u>노란 파라솔</u> 하나가 멀리 보였다. 그것이 그 여자였다. 우리는 구름이 낀 하늘 밑을 나란히 걸어갔다.(……) 우리는 <u>후텁</u>

<hr>

117) 김현, 「행복의 시학」, 곽광수·김현, 『바슐라르 연구』, 민음사, 1976, p.219.
118) Sigmund Freud, 임홍빈·홍혜경 역, 『정신분석강의(*Vorlesungen zur Einführung in die Psychoanalyse*)』, 열린책들, 1997, p.217.

지근한 공기 속에서 괴롭게 웃었다. 나는 그 여자의 프로필을 훔쳐보았다. 그 여자는 이제 웃음을 그치고 입을 꾹 다물고 그 커다란 눈으로 앞을 똑바로 응시하고 있었고 코끝에 땀이 맺혀 있었다. (……) 잠시 후에 나는 다시 손을 잡았다. 그 여자는 이번엔 놀라지 않았다. 우리가 잡고 있는 손바닥과 손바닥 틈으로 희미한 바람이 새어나가고 있었다. (……) 나는 방으로 불어오는 해풍 때문에 불이 꺼져버린 담배에 다시 불을 붙이며 말했다. (……) "바닷가로 나가요, 네? 방은 너무 더워요." 우리는 일어나서 밖으로 나왔다. 우리는 백사장을 걸어서 인가가 보이지 않는 바닷가의 바위 위에 앉았다. 파도가 거품을 숨겨가지고 와서 우리가 앉아 있는 바위 밑에 그것을 뿜어놓았다. (pp.186~190. 밑줄 강조 인용자)

그러나 이러한 부분에서 제시되는 여성상징, 혹은 자궁의 이미지는 생명을 잉태할 수 없는 상태라는 것을 간과해서는 안 된다. 여성상징이 가지는 가장 주요한 의미는 '탄생' 혹은 '재생'이다. 그러나 윤희중과 하인숙이 관계를 맺는 장면에서 제시되는 바다는 그러한 역할을 수행하지 못했다. 그러므로 여기서의 바다는 어머니의 상징이긴 하지만, 그와 함께 죽음의 상징으로의 오필리어 콤플렉스(complex d' Ophélie)가 적용된 것이라고 보아야 한다. 이때의 바다는 물이 가진 또 다른 특성, 즉 '여성적인 죽음의 물질'[119]이라는 특징을 가진 것으로 파악된다. 이처럼 「무진기행」은 요나 콤플렉스와 오필리어 콤플렉스가 중첩되어 제시되고 있다. 이는 자궁으로의 회귀를 갈망하지만, 여기에서 자궁은 생산 혹은 재생이 이루어지지 못하는 불임성(不姙性)의 자궁으로 인식되기 때문이다.

---

119) Gaston Bachelard, 『물과 꿈』, 앞의 책, p.118.

170

「무진기행」에 제시된 여성상징의 불임성은 다음과 같은 세 가지 상징물을 통해 이미 예견되었는데, 이러한 상징물들이 바탕이 되어 이 부분에서는 보다 구체적인 형태로 제시된 것이다.

첫째, 아내가 윤희중에게 '어머님 산소에 다녀온다는 핑계를 대고 무진에 며칠 동안 계시다가 오세요'라고 권유하는 부분에서 제시되는 어머니의 죽음이다. 어머니는 인간이 인식하는 최초의 여성이고, 생명력을 상징하는 가장 분명한 대상이다. 그런 어머니가 이미 죽어 무덤으로만 남아있다는 설정은 작품에 제시된 여성상징이 가진 불임성이 암시되는 부분이다. 또한 어머니의 무덤에 성묘하는 장면에서, 화자는 장인영감의 '호걸웃음'을 상상하며, 그로 인해 "묘 속으로 들어가고 싶었다"라고 진술하는데 이는 앞서 살핀 요나콤플렉스가 표현된 부분이라고 할 수 있다.

둘째, 무진으로 향한 화자가 광주역에서 마주친 '미친 여자'의 모습에서도 이 작품에 사용된 여성상징의 불임성을 확인할 수 있다. 그는 이 여자가 '무표정한 얼굴로' 지르는 비명에서, '옛날 내가 무진의 골방 속에서 쓴 일기의 한 구절'을 떠올리는데, 그 일기의 구절에는 "어머니, 혹시 제가 지금 미친다면 대강 다음과 같은 원인들 때문일 테니 그 점에 유의하셔서서 저를 치료해보십시오……"라는 구절이 첨부되어 있었다. 그러므로 광주 역전의 미친 여자는 화자 자신의 모습이면서, 죽음 직전의 단계를 설명한다고 하겠다.

셋째, 어머니의 묘소에 성묘를 하고 돌아오는 방죽의 밑, 물가의 풀밭에 죽어 있는 술집 여자의 시체에서 여성상징의 불임성은 구체화된다. 특히 이 여자가 물가에서 죽었고 곱게 차린 복장을 하고 있었다는 점은, 이 여자를 오필리어 콤플렉스의 발현체(發顯體)로 파악할 수 있는 근거가 된다. 또한 내가 이 여자를 '아프긴 하지만 아끼지 않으면 안 될 내 몸의 일부'로 인식한다는 점에서, 여자의 죽음은 화자에게 있어 구체적인 의미를 형성한다. 더구나 이 여자의 주검 앞에서 순경과 주고받는 대화에서 제시되는 수면제에 대한 언급은 화자가 여자의 죽음을 자신과 관련된 것으로 받아들이게 하는 역할을 담당한다.[120]

이와 같은 세 가지 요소를 통해, 「무진기행」의 여성상징이 가진 불임성은 보다 구체적으로 제시되었다고 판단된다. 이는 곧 '무진'이라는 공간이 가진 의미를 표현하는 것이며, 한편으로 작가의 창작의도가 표현된 것이다.

김승옥은 「무진기행」 이전에 발표했던 「생명연습」, 「건(乾)」, 「환상수첩」 등의 소설에서 서울에서의 체험과 고향에서의 체험을 함께 제시해왔다. 이러한 공간 배치는 「무진기행」에서도 달라지지 않는데, 다만 고향이 가진 의미가 변화했다는 사실을 확인할 수 있었다. 앞선 작품들에서의 고향은 그나마 재생의 의미가 남아 있는데 비해, 이 작품에 제시된 무진은 그런 부분이 모두 사라진 공간으로 설명되었다. 그렇기 때문에 무진은 서울과 대비될 때에만 의미를 가지게 된다. 화자가 무진에서 확인하는 모든 것은 자기 자신의 모습이 반영된 흔적에 지나지

---

120) 자살한 술집여자 모습과 이를 통해 느끼는 화자의 심리상태가 표현된 부분을 정리하면 다음과 같다. : 시체의 얼굴은 냇물을 향하고 있었으므로 내게는 보이지 않았다. 머리는 파마였고 팔과 다리는 하얗고 굵었다. 붉은색의 얇은 스웨터를 입고 있었고 하얀 스커트를 입고 있었다. 지난밤의 새벽은 추웠던 모양이다. 아니면 그 옷이 그 여자의 맘에 든 옷이었던가 보다. 푸른 꽃무늬 있는 하얀 고무신을 머리에 베고 있었다. 무엇인가를 싼 하얀 손수건이 그 여자의 축 늘어진 손에서 좀 떨어진 곳에 굴러 있었다. 하얀 손수건은 비를 맞고 있었고 바람이 불어도 조금도 나부끼지 않았다. (……) "저런 여자들이 먹는 건 청산가립니다. 수면제 몇 알 먹고 떠들썩한 연극 같은 건 안 하지요. 그것만은 고마운 일이지만." 나는 무진으로 오는 버스 칸에서 수면제를 만들어 팔겠다는 공상을 한 것이 생각났다. (……) 그러나 사실 그 수면제는 이미 만들어져 있었던 게 아닐까. 나는 문득, 내가 간밤에 잠을 이루지 못하고 뒤척거리고 있었던 게 이 여자의 임종을 지켜주기 위해서가 아니었을까 하는 생각이 들었다. 통금 해제의 사이렌이 불고 이 여자는 약을 먹고 그제야 나는 슬며시 잠이 들었던 것만 같다. 갑자기 나는 이 여자가 나의 일부처럼 느껴졌다. 아프긴 하지만 아끼지 않으면 안 될 내 몸의 일부처럼 느껴졌다. (pp.182~184.)

않는다. 그는 세무서장 조를 통해서 세속적으로 변해버린 자신의 현재 모습을 확인하고, 후배 박을 통해서 순수하긴 하지만 성숙하지는 못했던 자신의 과거 모습을 확인한다. 또한 하인숙에게서는 세속과 순수가 나누어지지 않은 자신의 모습을 확인한다. 그들이 함께 걸었던 '다리'라는 공간, 그리고 그들이 관계를 맺었던 '바다 뻗은 긴 방죽'에 위치한 방은 모두 그가 예전에 체험했던 공간들을 다시 찾았을 뿐이다.

이처럼 고향의 불모성에 대한 확인이 이루어진 뒤, 김승옥의 작품에는 서울이라는 공간이 독자적으로 부각된다. 「서울, 1964년 겨울」에서 아직 주변부에 머물렀던 작중인물들은, 「야행(夜行)」에서 서울 거리의 은밀한 유혹에 현혹되고, 「서울 달빛 0장」에서는 본격적으로 서울 생활에 뛰어든다. 그러나 작품에서 서울 생활이 부각되면 될 수록, 공간에 바탕을 둔 작가의 현실인식은 한계를 드러내고, 「강변부인」과 같은 통속적인 부분이 강조된 작품에 이어, 절필로까지 이어지게 되었다.

3) 공간상징을 활용한 소설 창작방법론의 계승: 신경숙의 「풍금이 있던 자리」

지금까지 살펴보았던 것처럼 김승옥의 「무진기행」은 공간상징을 활용한 심리 표현 기법이 창작방법론으로 사용되었다. 이러한 기법은 이후의 작가도 활발하게 사용되고 있는데, 그 대표적인 예가 신경숙의 「풍금이 있던 자리」이다.

신경숙은 1985년 「겨울우화」로 ≪문예중앙≫ 신인문학상을 수상하면서 등단하였으며, 「풍금이 있던 자리」를 발표하면서부터 평단과 독자들의 주목을 받기 시작했다. 이후 왕성하게 발표한 작품들을 통해 1990년대 소설의 경향을 대표한다는 평가를 받았으며, 현재에도 우리 소설문단을 대표하는 작가로 인정받고 있다. 그러나 신경숙에 대한 평가가 모두 긍정적인 것만은 아니다. 특히 시대의식과 사회성의 부재는 신경숙 작품의 한계점으로 자주 지적되는 부분으로,[121] 작가 자신도 이런 사실을 인정하고 있다.

> 제 글쓰기가 대체로 저의 비사회성을 전시해놓은 건 아닌가, 여러 가지 결함들을 문학이라는 이름으로 미화시켜온 건 아닌가, 하는 생각을 하면서도 삶은 사랑이라고 일러주었던 것이기에, 제게 주어진 시간들을 반추해보고 지키고 살게 해주는 통로이기도 하기에, 멈추지 못했습니다.[122]

이러한 지적은 그 논리적 타당성을 떠나서, 작가의 소설 창작방법론을 파악할 수 있는 계기를 마련한다는 점에서 가치를 가진다. 이미 여러 연구자들이 지적했던 것처럼 신경숙의 소설은 "과거의 기억을 말함으로써 현재 자신이 처해 있는 존재에 대한 인식"[123]이 이루어진다는 특징을 가지며, "자기진술과 미지의 타자들의 〈가상의〉 응답에 의해 구성"[124]되어 있다.

이러한 특징은 신경숙의 작품 전반에서 찾아볼 수 있는 것인데, 「풍금이 있던 자리」가 그 대표적인 예이다. 특히 이 작품에서 작가의 창작방법론은 공간의 문제와 밀접한 연관관계를 맺고 있다는 점에서 주목

---

121) 이런 평가 중에서 대표적인 것으로 하정일의 견해를 들 수 있다. 그는 신경숙 작품에 대해 "1980년대적 문제의식이 전무하다는 점이야말로 그의 문학의 원천적 한계"(하정일, 「개인과 가족의 기묘한 동거」, ≪실천문학≫, 2004. 겨울, p.69.)라고 평가하면서, 비사회적 개인주의와 가부장적 가족주의를 구체적인 문제로 제시하고 있다.
122) 신경숙, 「작가 후기」, 『풍금이 있던 자리』, 문학과지성사, 1993, p.304. : 이하 이루어진 작품 인용은 이 책에 수록된 면수만을 밝힌다.
123) 우정권, 「기억에 의한 글쓰기의 존재성과 미학성, 시대성」, 『한국 현대소설의 미적 전회』, 역락, 2005, p.45.
124) 권명아, 「나는 당신의 속내 이야기를 들어주는 사람」, 앞의 책, p.242.

되는데, 이는 작품의 첫머리에서부터 분명하게 제시되고 있다.

> 마을로 들어오는 길은, 막 봄이 와서,
> 여기저기 참 아름다웠습니다. 산은 푸르고…… 푸름 사이로 분홍 진달래
> 가…… 그 사이…… 또…… 때때로 노랑 물감을 뭉개놓은 듯, 진달래가 막
> 섞여서는…… 환하디환했습니다. 그런 경치를 자주 보게 돼서 기분이 좋아
> 졌다가도 곧 처연해지곤 했어요.
> (……) 저, 저만큼, 집이 보이는데,
> 저는, 집으로 바로 들어가질 못하고, 송두리째 텅 빈 것 같은 마을을 한바
> 퀴 돌고도…… 또 들어가질 못하고…… 서성대다가 시끄러운 새소리를 들
> 었어요. 미루나무를 올려다보니 부부일까? 두 마리의 까치가, 참으로 부지런
> 히 둥지를…… 둥지를 틀고 있었어요. 오래 바라보았습니다, 둘이 서로 번갈
> 아가며 부지런히 나뭇잎이며 가지들을 물어 나르는 것을. (p.12.)

위의 인용을 통해 다음과 같은 두 가지 사실을 파악할 수 있다.

첫째, 화자의 공간 인식이 축소를 지향하고 있다는 사실이다. 인용
부분은 만나던 남자에게서 외국으로 같이 떠나자는 제안을 받은 화자
가 고향집으로 돌아오는 길에 대한 설명이다. 여기에 나타난 화자의
시선을 살펴보면, 먼저 '산'에 핀 꽃들을 보고, 뒤이어 '집'이 보인다고
진술하며, 마지막으로 미루나무 위의 까치 '둥지'를 바라보고 있다. 이
처럼 화자는 넓은 공간에서 좁은 공간으로, 큰 공간에서 작은 공간으
로 시선을 옮기고 있는데, 이는 공간에 대한 인식으로 연결되며, 나아
가 작품의 구성원리로 활용된다. 이후 이루어지는 화자의 서술은 커다
란 사건이 중심이 되는 것이 아니라, 그 사건의 세밀한 부분에 집중되
어 있다. 이는 바슐라르가 지적했던 '세미화(細微畵)' 기법과도 연결되

는 것으로, 다음과 같은 장면을 대표적인 예로 들 수 있다.

그 여자는 잔배추와 잔배추들 사이를 헤집고 다니며 소쿠리에 잔배추를 뽑았습니다. 텃밭 한 켠에 심겨진 푸르른 조선파도 뽑아 담았습니다. 여자는 새각시처럼 뉴똥 저고리를 입고 있어서, 배추를 뽑을 때는 배춧잎같이, 파를 뽑을 때는 팟잎같이 파랗고 고왔습니다. 텃밭지기 노랑나비도 그 여자 머리 위에 내려앉으니 날개를 바꿔 달은 듯했어요. 텃밭에 들어갔다 오자 여자의 흰 코고무신에 흙이 얼룩졌지만, 여자는 아무래도 상관없는 듯 제 손을 이끌고 다시 샛문을 통해 집으로 돌아왔습니다. (……) 그렇게 그 여자는 파란 페인트칠이 벗겨진 대문을 통해 우리집으로 들어왔고, 대신 그 대문으로 어머니께서 자취를 감췄습니다. (pp.16~17.)

위의 인용은 어린 화자가 아버지의 새로운 여자를 처음 만나는 장면인데, 화자의 서술은 낯선 사람이 방문했다는 사건보다는 그 여자의 인상을 설명하는 일에 집중되어 있다. 더구나 그 설명이 주로 시각적인 이미지를 통해서 이루어진다는 점에서도, 화자가 가진 공간인식을 확인할 수 있다.[125]

작가의 공간인식은 이외에도 그 여자가 위치하는 장소들을 통해서도 제시된다. 그 여자가 '텃밭'에 들어가 채소를 뽑는 사람이라면 어머니

---

125) 이 작품에서 중심이 되는 감각은 시각이다. 심지어는 음식에 관련된 서술에서도 미각이나 후각, 혹은 촉각보다도 시각이 중점적으로 활용되고 있다. 대표적인 예로는 다음과 같은 부분을 들 수 있다. : 그 여자의 음식 만드는 멋은 특히나 오빠들 도시락에서 이루어졌습니다. 맨밥에 반찬 싸가는 것이 도시락인 줄만 알았는데, 그 여자는 당근과 오이와 양파를 종종종 썰어 밥과 함께 볶아서 그 위에 계란 후라이를 얹어주었습니다. 푸른콩, 붉은 강낭콩, 검정 콩 등을 섞어 설기떡을 만들어서 밥 반쪽 콩설기 떡 반쪽을 싸주기도 했습니다. 아버지께 쇠고기를 사오라 하여 양념해서 볶고, 시금치도 데쳐서 기름에 볶고, 달걀도 풀어 몽올몽올하게 볶아서, 이 세 가지를 밥 위에 덮어주기도 했습니다. 꽃밭, 꽃밭을 연상시키더군요. (p.26.)

는 들판에 나가 억척스레 일을 하는 사람이며, 여자가 '파란 페이트칠이 벗겨진 대문'을 통해 안으로 들어온 사람이라면 어머니는 대문을 통해 밖으로 나간 사람이다. 이처럼 이 작품에는 두 종류의 여자들이 등장하는데, 어머니와 연결된 부류에는 점촌아주머니와 스포츠센터에서 에어로빅을 배우는 중년 부인이 속하며, 그들과 대조되는 인물로 그여자와 내가 속한다. 이처럼 작가는 공간의 대조를 통해서 인물들의 성격과 역할을 표현하고 있는 것이다.

둘째, 공간인식이 중심보다는 주변을 맴돌고 있다는 사실이다. 앞에서 인용된 이 작품의 첫 부분에서 화자가 뻔히 보이는 집으로 들어가지 못하고 주위에서 맴도는 것처럼, 이 작품의 화자가 전달하고자 하는 이야기는 뻔히 예정되어 있는데도 불구하고 정작 명확한 진술은 이루어지지 못하고 변죽만 울릴 뿐이다.

이 작품에는 과도하게 느껴질 정도로 말줄임표와 쉼표 등이 많이 사용되는데,[126] 이러한 서술 방법을 통해서 "드러난 것과 이면에 가리워진 것 사이의 거리감·갈등·안타까움은 그대로 언어화"된다. 또한 이런 측면에서 신경숙에게 있어 언어는 '그 자체가 하나의 주제'이자, '삶의 한 은유'로까지 받아들여진다고 설명된다.[127]

고향의 산과 집과 까치둥지로 시작된 이 작품은, 아버지의 새로운 여자와 그 여자가 만들어내던 음식들의 이미지, 점촌 아주머니와 에어로빅을 하면서 울던 중년 여자, 눈먼 송아지, 아버지의 새 사냥을 거쳐, 다시 까치둥지를 언급하면서 마무리된다.

---

126) 이는 다음과 같은 구절을 통해서 확인할 수 있다. : 당신, 저를, 용서하세요./이 말을 하지 않으면, 제 말이 모두 당신에게 오리무중일 것만 같으니. 점촌 아주머니를 혼자 살게 한 점촌 아저씨의 그 여자. 그 중년 여인으로 하여금 울면서 에어로빅을 하게 만든 그 여자…… 언젠가, 우리집…… 그래요, 우리집이죠…… 거기로 들어와 한때를 살다 간 아버지의 그 여자…… 용서하십시오…… 제가…… 바로, 그 여자들 아닌가요? (p.23.)
127) 황도경, 「기억의 형식과 욕망의 언어」, 앞의 책, p.60.

이 글을 당신께, 이미 거기 계시는 당신께 부칠 필욘 이제 없겠지요. 그래도…… 까치, 까치 얘기는 쓰렵니다. 이 마을에 온 첫날 그렇게 부지런히 둥지를 틀던 까치가 새끼 세 마리를 낳았더군요. 옥수수 씨를 심을 구덩이를 파느라고 산밭에 다녀오다가 봤어요. 먼발치라 자세히는 못 봤지만, 그 중 어느 새끼도 눈먼 새는 없는 듯했어요. 세 마리 모두 다 어미가 먹이를 물어오니까 서로 밀치며 소란스럽게 한껏 입을 벌리는데, 입 속이 온통 빨갛…… 새빨갔어요. 그 새끼 까치들이 날갯짓을 할 무렵이면 이곳도, 여기 이 고장에도 초여름, 여름…… 이겠지요. 저기 저 순한 연두색들이 짙어, 짙어져서는 초록이, 진초록이…… 될 테지요. 그때쯤엔, 은선이라는 당신 아이 이름도 제 가슴에서 아련해질는지, 안녕. (pp.42~43.)

바슐라르는 "세계는 둥지이다. 가없는 힘이 세계에 있는 존재들을 그 둥지 속에서 지켜 준다"[128]라고 설명했는데, 「풍금이 있던 자리」에서 제시되는 까치둥지도 역시 이와 같은 내밀함과 친근함, 가족의 정서를 느끼게 해주는 공간상징으로 표현된다. 이러한 까치둥지에 대한 상징성으로 인해, 화자가 아버지를 따라나섰던 새 사냥이라는 행동도 의미를 가진다.

화자가 아버지의 새 사냥을 따라나선 것은 '창문'으로 보였던 아버지의 모습이 꼭 사냥꾼 같았기 때문이었다. 그러나 사냥 길에 따라나서서 발견한 아버지의 뒷모습을 보자 '저 깊은 곳에서 고함이 터져나'오면서 연민을 느끼게 된다. 새를 사냥하는 행위는 둥지를, 혹은 둥지의 구성을 파괴한다는 의미이다. 둥지가 곧 세상이고 집 혹은 가정의 내밀화된 형태라는 바슐라르의 견해를 받아들인다면, 비록 잠깐이었

---

128) Gaston Bachelard, 『공간의 시학』, 앞의 책, p.241.

178

을 지라도 가정을 깨뜨린 경험이 있는 아버지가 새 사냥을 나간다는 설정은 타당성을 가진다. 그러나 아버지는 끝내 가정을 버리지 못했으니, 새를 한 마리도 잡지 못한다는 설정도 타당성을 가지며, 이러한 아버지의 모습에 사냥감이 사라져버렸는데도 하루 종일 황야로 나가 서성거리다 돌아오는 아프리카 원주민들과 중첩되는 설정도 역시 타당성을 가진다.

그러나 이 부분에서 무엇보다 주목되는 것은 화자의 위치이다. 화자는 사냥꾼 차림의 아버지를 창문을 통해 바라본다. 방 안의 화자와 방 밖의 아버지 사이의 실제 거리가 떨어져있는 것처럼, 화자의 감정도 거리를 유지하고 있다. 이러한 감정의 거리감은 화자가 아버지의 뒷주머니에 손을 집어넣는 행동을 통해서 사라지며, 이 때의 화자는 자신의 눈을 통해 직접 아버지를 바라본다. 이처럼 이 장면은 감정의 변화를 거리라는 공간적 요인을 통해 보여주고 있는데, 이것이 「풍금이 있던 자리」의 창작원리라고 할 수 있다.

지금까지 살펴본 것처럼, 「풍금이 있던 자리」는 공간의 이미지와 상징성을 활용하여, 등장인물 특히 화자의 심리상태를 표현하는 창작방법론이 활용되고 있다. 이러한 창작방법은 신경숙의 이후 작품에서도 나타나는데, 『외딴방』에 나타난 '방'의 상징성을 비롯하여, 「부석사」에서의 '부석(浮石)'과 눈 내리는 국도에 멈춰선 자동차 등이 대표적인 예라고 하겠다.

4
공간구조를 활용한 소설 창작방법
— 윤후명의 「둔황의 사랑」을 중심으로

  윤후명 소설에 대한 본격적인 연구 활동은 아직 활발하게 전개되지 못했다. 몇 편의 학위논문이 발표되기는 했으나, 그의 작품에 대한 논의는 주로 평론을 통해 단편적이고 산발적으로 진행되어 왔다. 그 동안의 논의들은 다음과 같은 몇 가지 경향으로 정리할 수 있다.

  우선 윤후명의 소설에 나타난 서정적 특성에 주목하는 경향을 들 수 있다. 그의 작품세계를 '시적 소설' 혹은 '서정 소설'이라 정의하는 견해들이 여기에 해당한다. 이러한 논의들은 윤후명이 시인으로 출발한 작가라는 전기적 사실을 근거로 제시하고 있다. 그의 작품에 내재된 서정적 특질에 대해서는 여러 평자들의 언급이 있었지만, 이지은의 논문이 이를 체계적으로 정리했다.

  이 연구는 서정성의 의미와 서정소설의 양식적 특성을 정리한 뒤에, 윤후명 소설의 서사 구조와 서정 표현을 나누어 살펴보았다.[129] 소설에 있어서의 서정성에 대한 검토는 작품 속에 스며든 "서정정신(lyrical spirit)이나 서정적(lyrisch) 요소를 추출해 내고 그것이 어떤 양상으로 나타나며 소설적 의미는 무엇인가 하는 점을 천착해 보는 일"[130]이라고 할 수 있다. 그러므로 윤후명 소설에 나타난 '서정성'에 대한 연구도 이러한 논의에 근거해서 이루어지는데, 이 연구는 그의 작품에서 서정적 특질이 나타날 수밖에 없는 이유를 밝혔다는 점에서는 가치를 지니지만, 그것을 작품의 창작과정에까지 적용하지 못했다는 한계를 가진다.

이러한 서정성에 대한 문제는 환상적인 요소와 결부되어 논의되기도 했다. 김윤식은 윤후명을 '폐허로서의 환상 또는 환상으로서의 폐허'를 지향하는 낭만가이며, 환상과 현실의 조화를 미묘한 솜씨로 그려내고 있는 작가라고 평가했으며,[131] 최현식은 이러한 환상적 요소는 '일상성을 극복하기 위한 방법'으로 사용되었다고 설명하기도 했다.[132] 그의 작품에 나타난 서정성과 환상성이 일상을 극복하는 방안이 되는 이유는, 대부분의 작품이 일인칭 화자를 활용하여 작가의 의식을 선명하게 드러내며, 그러한 화자는 주로 일상적인 현실에서 벗어나려는 인물로 표현되었기 때문이라고 설명되었다.

윤후명 소설에서의 화자는 작가의 분신과 같은 인물로 파악되는 경우가 많으며, 이런 측면에서 그의 작품을 일종의 사소설(私小說)로 규정하는 논의도 있다. 사소설은 주로 일본에서 발달된 소설형식으로, 작가 자신을 주인공으로 삼아 일상생활에서 취재한 것, 자신의 실제 체험을 그대로 문학적 대상으로 삼은 소설을 의미한다. 히라노 겐[平野謙]의 견해에 따르면 사소설은 일반적으로 '예술지상주의적인 마지막

---

129) 이지은, 「윤후명 소설의 서정성 연구」, 한국교원대 국어교육과 석사학위논문, 2001.
130) 송하섭, 앞의 책, p.182.
131) 김윤식, 「환상의 낯설음―윤후명론」, 『김윤식 평론문학선』, 문학사상사, 1991, pp.148~159.
132) 최현식, 「일상성, 여행 그리고 귀환의 의미」, ≪실천문학≫, 1995. 여름.

카타르시스를 희구'하는 경향을 가진다.[133] 또한 사소설은 "문학의 수업을 극단의 인생수업으로 연결짓고, 언어의 미학적 완결을 꾀한다"[134]는 특징을 가진다. 윤후명의 작품을 사소설로 규정하려는 논의들은 그의 작품에서도 사소설의 일반적인 특징인 이 발견된다고 설명한다. 그렇지만 작가 자신은 이런 용어사용에 반대하고 있는데, 그는 자신의 작품을 '〈나〉라는 것을 바탕으로 세계를 관찰'하는 개인소설, 즉 '나소설'이라고 해야 한다고 주장했다.[135]

또한 윤후명의 소설을 자아탐색의 과정으로 파악한 견해도 있다. 이는 그의 소설에서 자주 나타나는 여행담과 결부된 논의인데, 그의 작품에서 다루어지는 여행은 "관념의 여행이든 육신의 여행이든 상관없이 〈나〉를 재발견하는"[136] 계기로 작용한다는 특성을 가진다. 작품의 화자가 끝없이 여행을 떠나는 것은 타자와의 단절을 극복하고 피폐한 삶을 회복하기 위해서이다. 그러한 여행의 결말이 항상 긍정적인 결과를 만드는 것은 아니지만, 어떤 방식이든 자아 회복의 가능성을 내포한다는 사실은 여러 논의에서 공통적으로 지적되었다. 이미영은 이러한 특징에 주목하여 윤후명 소설은 '여로형 서사구조'를 가진다고 제

---

133) 히라노 겐, 「사소설의 이율배반」, 이토 세이[伊藤整] 외, 유은경 역, 『일본 사소설의 이해』, 소화, 1997, p.211. : 이러한 경향을 가지기 때문에 사소설은 작가의 인간수업, 혹은 예술수업에 대한 보고서와 같은 면모를 가진다고 설명되기도 한다. 나카무라 미쓰오[中村光夫]가 사소설이 독자들의 공감을 얻을 수 있었던 이유를 "거기에 나타난 인간성의 진실이었다기보다, 오히려 독선적인 수업에 몸을 맡기는 작가의 열정적 순수성과 격렬함에 의해서였다"(나카무라 미쓰오, 「풍속소설론」, 위의 책, pp.97~98.)라고 설명했던 것도 같은 맥락에서 파악될 수 있다.
134) 김만수, 「사소설의 한국적 변용과 그 의미」, 《작가세계》, 1995. 겨울, p.94.
135) 우찬제는 이러한 소설 형식을 독일의 '이히로망(Ich-Roman)'과 유사한 개념으로 파악하는데, 이는 단순히 한 작가의 성향을 설명하기 위한 고민이 아니라, 우리가 비판 없이 받아들이고 있는 문학용어의 개념에 대한 고찰이라는 점에서 의미를 가진다고 하겠다. 이에 대해서는 보다 심도 있는 고찰이 필요하다고 판단된다. : 권성우·우찬제·윤후명, 「특집대담 : 윤후명, 산업화 시대 낭만적 예술가의 초상」, 《문학정신》, 1990. 7. 참고.
136) 양진오, 「여행하는 영혼과 여행의 소설」, 《작가세계》, 1995. 겨울, p.83.

시했다. 그는 윤후명 소설의 서사구조를 자기 고백적 서사와 자아탐색을 위한 여행으로 구분했는데, 여기서의 여행은 과거 회상 또는 환상을 통한 관념의 여행담과 실제의 여행담으로 나눠진다. 이와 같은 구분에 따라 「둔황의 사랑」과 「로울란〔樓蘭〕의 사랑」은 전자에 속하며, 「원숭이는 없다」·「여우사냥」 그리고 「하얀 배」는 후자에 속하는 작품이라고 제시되었다.[137] 이러한 논의는 대부분 타당성을 가지지만, 과거 회상과 환상을 관념적인 '여행'으로 설명할 수 있는지 여부가 문제가 된다. 특히 이와 관련되어 제시된 작품에서 여행이라는 행동은 이루어지지 않는다. 작품들의 화자는 다만 그런 장소들을 동경할 뿐으로, 이런 행동은 '장소애(場所愛, Topophilia)'의 개념으로 파악하는 것이 타당하다. 더구나 둔황이나 로울란과 같은 공간은 그 자체만으로 의미를 형성하는 것이 아니라, 화자가 살고 있는 현실의 장소와 결합되어 의미를 형성한다는 점을 고려하면, 이를 '관념의 여행'으로 설정하는 것은 무리라고 판단된다.

　이상과 같은 논의들의 성과와 한계를 바탕으로 이 연구는 윤후명의 「둔황의 사랑」에 나타난 공간구조를 활용한 소설 창작방법론을 파악해 보고자 한다. 작가는 이 작품에 각별한 애정을 표현하고 있는데, 작품집 『둔황의 사랑』에 실린 다른 작품들을 '돈황 시리즈'라고 설명한 사실에서 이를 확인할 수 있다. 그만큼 이 작품에서 공간은 주요한 의미를 가진다.[138]

---

137) 이미영, 「윤후명 소설 연구―여로형 서사구조를 중심으로」, 한국교원대 국어교육과 석사학위논문, 2003.

1) 실재공간과 창작공간

둔황〔敦煌〕은 중국 서부의 곤륜산맥과 천산산맥 사이에 위치한 타클라마칸 사막의 변방 지역 오아시스의 지명이다. 실크로드를 지나는 상인들의 거점 지역으로 잘 알려진 이곳은, 주변의 절벽에 동굴을 뚫어 만들었던 불교사원이 남아있다. 이곳을 찾아가려면 베이징에서 비행기로 4,000㎞를 가야하고, 대륙을 횡단하는 허시후이랑〔河西回廊〕 특급열차로 5일 밤낮을 꼬박 달린 뒤에, 다시 자동차로 2~3일을 가야 한다.

이곳은 우리 민족과 인연이 있는 곳이다. 신라 시대의 승려인 혜초(慧超)가 불법을 구하기 위해 서역으로 향하던 여정 중에 들렀던 곳이고, 지금도 전승되고 있는 봉산탈춤의 사자가 수입된 곳으로 추정되기도 한다.

둔황의 오아시스에서 동남쪽으로 20㎞ 떨어진 강가에는 길이가 30㎞에 달하는 사구(砂丘)가 있다. 이곳은 흘러내리는 모래로 이루어졌는데, 마을까지 모래가 흘러내리는 소리가 들리고, 그것이 마치 울음소리 같다고 해서 밍샤산〔鳴砂山〕이라 불린다. 그 동쪽 절벽에는 북위(北魏) 시절부터 원(元) 제국에 이르기까지 1,000여 년에 걸쳐서 만들어진 총 연장 25㎞, 1,000여 개의 석굴〔莫高屈〕이 있으며, 석굴마다 각 시대의 양식을 대표하는 불상을 비롯한 각종 불교미술품들이 지금까

---

138) '돈황'은 '둔황'의 한자음이다. 이 작품이 발표된 1982년에는 「돈황의 사랑」이라는 제목을 달고 있었으며, 1983년에 발간된 작품집의 제목도 역시 『돈황의 사랑』이었다. 그러나 작가는 2005년에 개정판을 내면서 수록 작품을 둔황 및 서역에 관련되는 작품으로 바꾸면서, 작품 제목도 원음으로 교체했다. 그가 말하는 '돈황 시리즈'는 이 책에 수록된 「둔황의 사랑」·「로울란의 사랑」·「사랑의 돌사자」·「사막의 여자」 등의 네 편을 의미한다(윤후명, 「작가의 말」, 『둔황의 사랑』, 문학과지성사, 2005, p.277.). 이러한 작가 의도를 존중하여 이 연구의 분석 텍스트는 2005년에 문학과지성사에서 발간된 작품집으로 한다. 이하 이루어진 작품 인용은 이 책의 면수만을 밝힌다.

지 보존되어 있다.

윤후명이 둔황 유적에 관심을 가지게 된 계기는 1969년부터 1979년까지 삼중당·삼성출판사·계몽사·현암사 등의 주요 출판사에서 근무했던 시절의 경험이 바탕이 되었다. 이 시기에 그는 한국학에 관심을 가지게 되었고, 서역까지 이어지는 한국문화사에 착안하게 되었다고 한다. 당시는 아직 소설을 발표하기 이전이었지만, 그는 이때부터 한국 문학의 영역 확대와 한국사의 원류와 접속되는 소설을 써보리라는 욕심을 가지게 되었다고 회상했다. 이런 관심은 이후 윤후명 소설의 주요한 문제의식으로 자리잡게 된다.[139]

1982년에 발표된 「돈황의 사랑」을 통해서 작가의 관심은 구체적으로 표현된다. 그는 최근에 개정한 작품집 『둔황의 사랑』에 수록된 「작가의 말」에서 이 작품을 비롯한 '돈황 시리즈'가 '비단길의 세 오아시스 도시인 둔황과 로울란과 쿠차〔龜玆〕에서 각각 영감'을 얻은 것이라고 설명하면서, 이는 자신의 창작활동의 근본이자 '자아의 발견이며 또한 확충을 위한 작업'이라고 설명했다.[140] 그러나 이 작품을 창작할 당시에 윤후명은 이곳을 직접 체험하지 못했다. 작가가 그곳을 방문한 것은 1991년의 일이다. 「둔황의 사랑」의 창작은 순전히 자료에 기초해서 이루어졌는데, 그는 당시의 기억을 다음과 같이 회상하고 있다.

---

139) 권명아, 「세계로 향한 구석, 무한으로 향한 내밀(內密)—문학적 연대기」, ≪작가세계≫, 1995. 겨울, p.24.
140) 이와 관련된 작가의 진술은 다음과 같다. : 나는 애초에 비단길의 세 오아시스 도시인 둔황과 로울란과 쿠차〔龜玆〕에서 각각 영감을 받았다. 그런데 앞의 두 이야기는 이 연작 소설에 나타나 있지만, 쿠차는 그렇지 못하다. 우리 음악이 쿠차의 음악에서 큰 영향을 받았다는 한 마디 구절에서 비롯된 숙제는 지금도 줄곧 내 머리를 떠나지 않고 있다./소설가가 되고 나서 나는 지금까지 궁극적으로 이 세계를 벗어나본 적이 없다. 그러므로 소설을 쓰는 근본은 여기에 있다고 말할 수밖에 없다. 이것은 내 자아의 발견이며 또한 확충을 위한 작업이다. 그러니까 소설 「돈황의 사랑」을 씀으로써 나는 본래 시인으로 시작한 문학적 행로를 소설가로 다시 연 이래, 비로소 내가 나아갈 자리를 찾기 시작했다고 해야 한다. (pp.273~274.)

나는 막상 둔황과 실크로드를 붙잡고는 있었으나, 그것은 자료를 통한 접근에 지나지 않았다. 따라서 소설은 그쪽을 바라보며 서울 거리에서 일어나는 일상적인 움직임으로 씌어져야 했다. 답답한 노릇이었다. 나는 상상 속에서 둔황으로, 비단길로 나아가지 않으면 안 되었다. 그리고 그것은 당연히도 내가 숨쉬고 있는 이 서울에 이어져 있는 길이기도 했다. 둔황은 역사에 묻힌 유적으로서만이 아니라 오늘날의 서울의 현존재이기도 한 것이었다. 내 억눌린 삶은 거기에서 새로운 돌파구를 찾았다. 우리의 덧없는 삶이 과거, 현재를 거쳐 미래로 가고 있음을 확인해 두어야겠다는 뜻이 나를 이끌었다고도 할 것이다. (p.273.)

인용에서도 제시된 것처럼, 「둔황의 사랑」에서 다루는 공간은 서역의 유적인 '둔황'만이 아니다. 작품의 화자는 서울에 기거하는 인물로 설정되어 있으며, 작품의 내용도 서울을 벗어나서 진행되지 않는다. 둔황에 대한 언급은 술자리에서 친구가 보여주는 잡지기사, 봉산탈춤의 사자놀이와 관련된 비디오와 금옥(錦玉)이라는 여자의 이야기, 고대의 악기 공후(箜篌)를 타는 소녀가 부르는 「공무도하가(公無渡河歌)」, 그리고 세종문화회관 벽에 돋을새김으로 조각된 비천상(飛天像) 등을 통해 제시될 뿐이다. 이들은 하나같이 간접체험에 불과하며, 이는 둔황이 분명히 존재하기는 하지만 너무 멀리 있어 결코 도달할 수 없는 비현실적인 공간으로 인식된다는 사실을 의미한다.

그렇지만 그런 비현실적 공간이 지극히 현실적인 공간, 그렇기 때문에 남루하기 짝이 없는 생활공간인 서울을 통해서 인식된다는 사실이 주목된다. 작품 속에서 이런 인식을 발견할 수 있는 부분은 다음과 같다.

그때였다. 세종문화회관의 벽면에 돋을새김으로 조각되어 있는 비천상이 보였다. (……) 나는 걸음을 멈추었다. 그리고 하늘에서 날아 내려오는 비천상의 천녀를 보았다고 생각했다. 아주 먼 곳에 있는 것도 같았고 아주 가까이에 있는 것도 같았다. 살아 있는 천녀였다. 천녀가 옷깃을 바람에 날리며 가슴에 안은 공후를 맑게 튕기는 소리가 들리는 듯 했다. 피리 소리와 생황 소리도 났다. 나는 그 자리에 한동안 말없이 서 있었다. 그러자 멀고 먼 하늘로부터 천녀의 노랫소리가 들려왔다. 인간의 목청도 아니었고 그렇다고 해서 인간의 목청이 아니라고 할 수도 없었다. 그 목청은 가냘프게 떨렸는데 그 때 나는 그것이 어디선가 들은 노랫소리라고 어렴풋이 생각했다. 공후 소리가 점점 커지면서 노랫소리도 높아졌다. (……) 그 순간 나는 어렴풋이 깨달았다. 내 귓속을 낭랑하게 맴돌고 있는 그 노래는 현실의 노래가 아니라 심금(心琴)의 어떤 노래였다. 한 소녀의 노랫소리로 맴돌고 있을지언정 결코 한 소녀의 노랫소리가 아닌 노랫소리. 그것은 소녀의 노랫소리의 혼(魂)을 차용한 옛사람들의 노랫소리였다. (……) 그렇다면 나는 어느 순간에 나도 모르게 내 심금의 공후를 스스로 켜면서 그 모든 「공후인」보다도 깊이 그리고 멀리 노래 부르고 있었던 게 아니었을까.

　이런 일이 있기는 했어도, 내 서역 체험은 공후가 서역에서 온 악기라는 정도에 지나지 않는 것이었다. 그러나 그로부터 나는 서역 땅에 남다른 눈길을 보내게 되었다. (pp.85~86.)

지금까지 살펴본 것처럼 「둔황의 사랑」은 둔황과 서울이라는 두 개의 공간이 병치되는 서사구조를 가지는데, 이런 서사구조는 프랭크(Joseph Frank)가 제시했던 '반영적 언급(reflexive reference)의 원리', 혹은 "각 언어요소들을 시간적 연속과 인과 관계보다는 동시성과 병치의 원리에 의해 결합·배열"[141]되는 특성을 가지는 공간 형식(Spatial

Form)과 유사한 개념이다. 이와 같은 공간의 병치 기법을 프리드먼 (Ralph Freedman)은 서정소설의 형식으로 설명하기도 했다.[142]

이러한 공간의 병치구조야말로 작품의 의미를 형성하는 요인이면서, 작가의 창작의도가 제시되는 부분이다. 그러므로 이 연구는 「둔황의 사랑」에 나타난 공간의 병치구조에 대한 분석을 통해서 윤후명 소설의 창작방법론을 살펴보도록 하겠다.

2) 공간의 병치를 통한 서사구조 형성

윤후명의 작품세계에 있어서 공간은 주요한 의미를 가진다. 사변적 (思辨的) 성향이 강한 그의 소설은 전통적인 정점구조(頂點構造)를 가지지 않는 경우가 많기 때문이다. 그의 소설은 상관관계가 긴밀하지 않은 이야기 줄기들이 서로 결합되면서 진행되는 서사 진행양상을 보이는데, 이런 구조는 다소 난삽한 인상을 주기 쉽다. 이를 방지하기 위해서 그는 '매개체'를 활용하는 창작방법을 자주 사용한다.[143] 「로울란의 사랑」에서는 '로울란'이란 서역의 지명과 '소라고둥'이, 「섬」에서는 조선소가 위치한 현재의 '거제도'와 포로수용소가 있었던 과거의 '거제도'라는 공간이, 『협궤열차』에서는 수원과 인천 사이를 운행했던 협

---

141) 이호, 「소설에 있어 공간형식의 가능성과 한계」, 한국소설학회 편, 『공간의 시학』, 예림기획, 2002, p.40.
142) Ralph Freedman, 신동욱 역, 『서정소설론(The Lyrical Novel)』, 현대문학사, 1989, p.6.
: 서정소설의 작가는 서정시적 동시 행위를 시간적 연속, 인과적 계기와 통합시켜야 할 과제에 직면하게 된다. 프랭크(Joseph Frank)의 말을 빌리자면, 시간이란 공간적으로 체험되며, 자아와 세계의 거리는 압축되기도 하는 것이다. 즉, 인간이 우주 안에서 하는 행위는 인식(awareness)에 의해 다시 체험되는 것이다. 그래서 서정소설은 그 용어의 진정한 의미에 있어서는 〈반소설(anti-novel)〉로 나타났다. 왜냐하면 그것은 이해행위를 묘사해냄으로써, 그동안 관습적으로 용인되어온 소설의 특질들, 즉 인간과 세계 사이의 교호작용에 초점을 둔 특질들을 파괴시키기 때문이다.

궤열차가 매개체로 활용되었다.[144]

이 연구에서 분석 대상으로 하는 「둔황의 사랑」에서도 이처럼 매개물의 활용을 통한 서사 진행이 이루어진다. 작품에서 활용된 주요 매개물을 정리하면 다음과 같다.

동해안에서 전해오는 남근숭배(男根崇拜) 풍속·운디드니에서 몰살당한 인디언과 몽골리안루트·둔황 지역의 석굴에서 발견된 혜초의 『왕오천축국전(往五天竺國傳)』·봉산탈춤에 나오는 사자의 유래·어린 시절에 보았던 북청 사자놀이·가무(歌舞)에 출중했던 기생 금옥의 전설·로울란에서 발견된 소녀의 미이라·고대의 악기 공후와 「공후인(箜篌引)」·서울 세금정에 있는 사찰 소림사(少林寺)와 중국 소림사의 달마대사.

「둔황의 사랑」은 이와 같은 다양한 매개물들을 활용해서 소설의 서사를 진행시키는 방법이 활용된다. 이는 "작가의 의식의 흐름에 따라 사건이 전개되는 서사구조와 무시간적인 삽화 제시"[145]라는 창작방법이라고 지적되는데, 이것이 가진 특징은 작품의 이야기줄기에 대한 분석을 통해서 확인된다. 이 소설의 이야기줄기 중에서 중심을 이루는 현실 차원은 하루 동안에 이루어진 화자의 행적이다. 그는 아침에 일어나 지난밤 술에 취해 아내에게 했던 이야기를 확인하며, 오후에는

---

143) 하응백, 「폐허의 사랑」, 『문학으로 가는 길』, 문학과지성사, 1996, p.66. : 하응백은 이를 '한 사물을 설정하고, 그 사물에 얽힌 추억을 전개해나가는 형식'이라고 설명하면서, 윤후명의 소설 창작방법론을 '현실과 과거를 이어주는 매개체를 통한 발화'라고 정의했다. 그러나 윤후명이 활용하는 매개체는 사물에 국한되는 것이 아니고, 과거를 향해서 작용하는 것만도 아니다. 일부 작품에서는 공간 자체가 매개체가 되며, 또한 일부 작품에서 활용된 매개체는 현실에도 강력한 영향력을 행사하는 것은 물론이고 미래 지향적인 면모를 보이기도 한다.

144) 이와 같은 창작방법은 윤후명의 최근 작품에서도 일관되게 적용되고 있다. 「하얀 배」에서는 '안녕하십니까?'로 대표되는 모국어 문장과 '중앙아시아'라는 공간이, 「의자의 전설」에서는 '연등행사'와 '의자'라는 사물이 소설의 구조적 결합을 촉진시키는 매개체로 활용되었다.

145) 이미영, 앞의 글, p.76.

친구의 연습실을 찾아가 봉산탈춤 비디오를 보고, 저녁에는 임신 중절 수술을 받은 아내를 만나 식사를 한 뒤에, 집으로 돌아와 아내의 잠든 모습을 지켜보다가 사막을 건너는 사자 꿈을 꾼다.

이처럼 이 작품은 많은 사건이 벌어지지 않는 단조로운 이야기줄 기를 가지지만, 앞서 제시된 여러 매개물에 대한 서술이 연결되면서 복잡한 양상으로 발전되는 서사구조를 가진다.[146] 하루를 마감하고 집으로 돌아오는 길에서 아내는 하루가 길다고 푸념하며, 화자도 역 시 잠자리에 들기 전에 같은 생각을 한다. 이는 그들의 현실생활이 바쁘게 진행되었기 때문이 아니라, 과거의 경험에 대한 언급이 많이 이루어졌기 때문이라고 파악된다. 이는 다음과 같은 부분을 통해 확 인된다.

"오늘은 참 기인 하루예요."

그녀가 계단을 내려가면서 말했다. 정말 그랬다. 그러나 그 긴 하루가 어쩐 지 현실 같지 않아서 나는 확인이라도 하려는 듯이 그녀의 얼굴을 새삼스럽 게 쳐다보았다.

(……) 나는 침대 모서리에 엉덩이를 붙이고 앉아 담배를 꺼내 물었다. 긴 하루였다. 그녀에게 뿐만이 아니라 내게도 긴 하루였다. 아주 먼 길을 걸어왔 다는 피로감이 화톳불처럼 잦아들었다. 알 수 없는 회한으로 나는 가슴이 설렜다. 먼 길을 걸어왔으므로 이젠 쉬어야 한다. 먼 길, 긴 하루였다. 모든 일 이 과거가 되었다. 잠들어야 한다. 그러나 나는 그럴 수가 없었다. 나는 아득

146) 이러한 구성원리에 대해 이동하는 작가는 '단조로운 현실 차원의 이야기를 진행시키면서, 그 사이사이에다 현란할 정도로 다채로운 곁가지 이야기들을 배치하며, 바로 이 다채로운 곁가지 얘기들이야말로 작품 전체의 무게중심이 되도록 만든다는 수법에 의하여, 「돈황의 사랑」의 전체를 단조롭다는 인상과는 전혀 거리가 먼 존재—다면적이고 흥미 만점인 존 재—로 탈바꿈시키고 있는 것이다'라고 설명했다. : 이동하, 「아웃사이더의 초상화」, 『한국 문학과 비판적 지성』, 새문사, 1996, p.237.

한 길로 눈을 들었다. 멀고 먼 서역 삼만 리. 그러자 사자춤이 떠올랐다. (pp.113~114.)

이처럼 「둔황의 사랑」은 복잡한 서술구조를 가지지만, 이야기의 중심 줄기는 단순하고 명료하게 유지하고 있다. 이것이 작품의 서사 진행이 일관성을 유지하는 요인인데, 이로 인해 그의 소설은 "동시대의 어느 누구의 소설보다도 강력하게 자신의 소설이 끝나야 하는 지점을 향해 나아가는 추진력을 보여준다"[147]는 평가를 받기도 했다. 이와 같은 서사 진행방법에 주목하여, 「둔황의 사랑」에 나타난 공간구조를 활용한 창작방법론을 파악해보도록 하겠다.

❶ 병렬적 플롯과 리듬의 형성

앞선 논의에서 파악된 것처럼 「둔황의 사랑」은 단순한 중심 이야기 줄기에 다양한 매개물이 결합되는 서술 형식을 가진 작품이다. 이는 래브킨이 제시했던 은 '병렬적 플롯(paratactic plot)', 즉 "연속성이 없이 하나의 사건을 다른 사건에 병치시키는"[148] 플롯에 해당한다.

이와 같은 플롯이 작품에 적용될 수 있었던 이유를 화자의 인물성격에서 찾아볼 수 있다. 「둔황의 사랑」의 화자는 뚜렷한 직장이 없이 아내가 벌어오는 돈으로 생활하는 사람으로, 그가 하는 일이라고는 연극을 하는 친구와 함께 술을 마시면서 희곡의 소재가 될만한 것들에 대해 이야기를 나누는 것뿐이다. 이러한 설정에서 주목되는 것은 두 가

---

147) 김경수, 「존재의 확산을 향한 여정의 소설」, 《작가세계》, 1995. 겨울, p.59.
148) Eric S. Rabkin, "Spatial Form and Plot", *Critical Inquiry*, Vol.4, No.2, winter, 1977, p.269. : cf. "But we can easily imagine a paratactic plot in which one event is juxtaposed to another without connections being drawn. Such plots most invite the label 〈spatial〉."

지인데, 하나는 그가 자신의 상황에 비애를 느끼면서도 그것을 무기력하게 받아들이는 사람이라는 점이고, 다른 하나는 그가 끊임없이 이야기를 주고받는 사람이라는 점이다.

주인공이 현실에 대해 취하는 태도는 작품의 서두에서 제시되는 '쇠침대'를 통해서 표현된다. 침대는 인간의 기본적인 욕구 중의 하나인 수면욕(睡眠欲)과 관련된 사물이며, 그러하기에 이것은 생활을 유지하기 위한 수단이라 할 수 있다. 그런데 자신이 마련한 '쇠침대'에 대한 화자의 진술은 일반적인 의미에서의 생계와는 거리가 있다.

나는 여전히 그놈의 쇠침대에서 잠이 깼다. 낡았지만 언제나 꿈 없이 잠들 수 있는 침대였다. 한겨울에 냉돌을 어떻게 견딜까 걱정하던 차에 우연히 고물장수의 리어카에서 그것을 발견하고 흥정을 벌였을 때, 그녀는 차라리 그냥 스펀지 삼단요가 어떻겠느냐고 내 소매를 끌어 잡아당기기조차 했었다. 셋방에 침댄 무슨 침대예요, 그건 침대라고 할 수도 없는 고물이에요. 그녀는 그런 두 가지 뜻으로 눈짓을 했었다. 그러나 남대문 시장에서 두툼한 스펀지를 사다 깔고 그 위에 담요를 덮으니 제법 번듯한 침대가 되었다. 그리고 유난히도 추운 그해 겨울이었지만 그놈의 좁은 쇠침대에 둘이서 껴붙어 난 결과, 냉돌에서 올라오는 끔찍한 냉기를 피하는 데는 그보다 더 안성맞춤이 없다는 사실을 알게 되었다. (p.9.)

화자와 그의 아내에게 침대는 단순히 생활을 위한 도구가 아니다. 그들에게 있어서 침대는 오히려 사치품에 가깝다. 그런데도 그는 그것을 구입하려하고, 아내는 반대한다. 이런 상황은 아내와 화자의 관계를 단적으로 드러내는 부분이다. 아내는 실질적인 가장이며, 생계를 담당하는 사람이다. 그에 비해 화자는 생계를 고민하는 사람이 아니다. 아내가 바라는 것은 형편에 맞추어 '스폰지 삼단요'를 구입하는 것이고, 그가 바라는 것은 형편이 되지 않아도 침대를 들여놓는 것이다. 이것이 바로 생계를 담당하는 사람과 그렇지 않은 사람의 감각적 차이라고 할 수 있다. 아내가 바라보는 것은 생활이고, 화자가 바라보는 것은 생활이 아닌 다른 부분이다. 여기에서 이들의 차이가 발생한다. 이러한 진술에 뒤이어 화자의 말을 아내가 이해하지 못하는 상황이 반복적으로 제시되는데, 그런 상황이 발생하게 되는 근본적인 이유는 그들이 가진 생활 감각에 있다고 하겠다.

하지만 이러한 태도는 화자에게 있어 남루한 삶을 견딜 수 있는 힘으로 작용한다. 그가 억지를 부려 사들였던 낡은 쇠침대가 오히려 방바닥에서 올라오는 냉기를 피하는데 안성맞춤이었다는 설정이 이를 증명한다.

화자의 인물성격을 표현하는 두 번째 요소는, 그가 이야기를 주고받는 사람이라는 점이다. 그와 친구의 대화는 작품의 초반부에서 적지 않은 비중을 차지하는 부분이다. 그러나 이들의 대화를 보다 엄밀하게 살펴보면, 그는 이야기를 주고받는 것이 아니라는 사실을 알 수 있다. 적어도 일반적인 대화의 측면에서는 그러하다. 이야기를 꺼내는 것은 언제나 친구의 몫이고, 그는 그저 대꾸를 할 뿐이다. 이런 상황을 대화라고 하기는 어렵다.

그렇지만 이번에도 그의 감각은 일반 논리를 벗어난다. 그가 내뱉는 말들의 기능은 그저 다른 사람이 하는 이야기와 이야기 사이를 이어주는 구실에 지나지 않지만, 발화(發話)되지 않은 그의 말들은 다른 사람의 이야기를 받아들이고 그것을 확장시켜 새로운 의미를 가진 이야기를 만들어내는 작용을 수행한다. 그러므로 이 작품의 화자는 다른 사람들과 이야기를 주고받는 인물이 아니라, 자기 자신과 이야기를 주고

받는 인물이 된다. 애당초 이 작품에는 서술자(敍述者)라는 장치가 존재하지 않았다. 작품의 모든 이야기가 자신에게서 비롯되어 자신에게로 귀결될 뿐, 독자를 고려한 서술은 이루어지지 않기 때문이다.

이 작품이 논리적 인과구조에서 자유로울 수 있는 이유도 여기에서 찾을 수 있다. 한 인물의 생각 속에서 이루어지는 이야기이기 때문에, 논리성보다 순간적인 발상과 이미지의 연상이 더욱 적합한 구성요소로 작용하게 된다. 앞서 살펴보았던 서사구성에 활용된 다양한 매개체들이 하나의 작품 속에 무리 없이 결합될 수 있는 이유도, 같은 맥락에서 이해할 수 있다.

이처럼 「둔황의 사랑」은 논리가 아닌 이미지와 상징의 결합을 통해서 서사구조를 형성하고 있지만, 이것들이 그저 산발적이고 방만하게 제시되는 것은 아니다. 작품에 제시된 다양한 매개물들은 모두 둔황, 혹은 서역이라는 공간과 관계를 가진다는 점에서 공통된다. 그러므로 이들의 결합은 단순한 이미지 나열이 아니라, 유사한 이미지가 중첩하고 확장하며 일정한 리듬(rhythm)을 형성한다고 할 수 있다.

리듬은 '반복의 원리'를 통해 만들어진다. 서로 다른 요소들이 번갈아서 되풀이 될 때에 리듬을 의식하게 되는데, 이는 음악·계절·생활 등의 다양한 영역에도 적용될 수 있는 포괄적인 개념이다.[149] 문학에서는 주로 시에서 많이 사용되고 있다. 전통적인 정형시에서는 주로 음악적으로 요소를 통해 리듬을 형성하는 반면, 현대의 자유시에서는 "동일한 형태소·낱말·이미지·어절·통사 및 그 형식의 반복"[150]을 통해서 리듬이 형성된다. 이러한 창작방법을 소설에 적용하면, 유사한 이미지의 반복을 통해 구조적인 측면에서 리듬을 형성할 수 있을 것이

---

149) 이창배, 「리듬은 시의 생명이다」, 『포스트모던 시대의 문학의 위기』, 동국대출판부, 1999, p.478.

194

다. 그리고 이는 "우리의 의식 운동을 조정하고 그리하여 무의식적으로 최소한 공간화에 접근"[151]시키는 기능을 수행한다.

「둔황의 사랑」에서 제시되는 리듬도 역시 같은 기능을 수행한다. 이미지의 반복과 중첩을 통해 만들어지는 리듬은 하나의 지향점을 향해서 일정한 흐름을 만들고 있다. 그리고 그 흐름의 끝에는 하나의 공간이 위치한다. 그곳이 바로 둔황이다.

가도 가도 끝없는 허공을 사자는 묵묵히 걷고 있다. 발을 옮길 때마다 모래 소리가 들린다. 달빛에 쓸리는 모래 소리인가, 시간에 쓸리는 모래 소리인가. 아니면 서역 삼만 리를 아득히 울어 온 공후 소리인가. 그때 누군가가 중얼거린다.

아이야, 사내애였다면 혜초처럼 먼 곳으로 법(法)을 구하러 떠났다 치렴. 계집애였다면 사막 속에 곱게 단장하고 있다고 치렴. 그렇다고들 치렴.

사자가 걸음을 멈추었다. 무슨 일일까. 그러자 사자가 난데없이 내게 물었다.

"봉산(鳳山)이 예서 머오? 강령(康翎)이 예서 머오? 기린(麒麟)이 예서 머오?"

깜짝 놀란 나는 머리를 내젓기만 했다. 그와 함께 사자가 고개를 들고 화등잔 같은 눈을 크게 떴다.

---

150) 오규원, 『현대시 작법』, 문학과지성사, 1990, p.399. : 그는 이 저술에서 자유시의 리듬 형성 방법으로 전통적인 시의 율격을 적절하게 변형시켜 운용하는 방법과 전통적인 시가·무가·민요 등의 양식 또는 그 어투를 적절하게 차용하는 방법 등을 더 제시하고 있다. 그러나 이들은 비록 현대의 자유시를 대상으로 하고 있으나, 정형시의 전통에 기반을 두고 있다는 점에서 온전히 자유시만의 방법이라고 보기는 힘들기 때문에, 마지막으로 제시한 반복을 통한 리듬의 형성만을 언급하였다.

151) Eric S. Rabkin, 앞의 글, p.255. : "As long as we do not stay *entirely* in one mode— and we never do—these rhythms adjust the movement of our consciousness so that unconsciously at least we more or less approach synchronicity, depending on the particular techniques —but we never achieve it."

"이기 뉘기요? 북청 아즈바이 앙이오?"

사자는 말을 마치자마자 어느 결에 가죽을 훌훌 벗어 던졌다.

"참말 긴 하루였소. 이리 오래 춤추기두 아마 처음이지비?"

목구멍에 모래가 잔뜩 엉겨 붙은 쉰 목소리였다. 그러나 나는 그 목소리가 누구의 목소리인지 짐작할 수 있었다.

그것은 내 목소리였다. (pp.118~119.)

위의 인용에서 파악되듯이 화자에게 있어 둔황은 구체적인 지명이라기보다는 폐허의 이미지를 대변하는 공간이다. 윤후명은 '폐허'라는 공간을 '단순하게 아무 것도 없는 것이 아니라, 인류문명의 자취가 스쳐간 자리'이며 인류사의 전개과정이라고 할 수 있는 '생성과 소멸의 순환과정'이 이루어지는 공간이라고 설명했다.[152] 이러한 작가의 인식이 바탕이 될 때, 윤후명 소설에서의 서역은 '생성의 뿌리'이자 '소멸의 뿌리'라는 견해는 타당성을 획득하게 된다.[153]

또한 둔황은 지금 여기에서 멀리 떨어진 공간을 대변하기도 한다. 그러나 이것이 단순히 지리적인 거리감에 한정되는 것은 아니다. 화자가 지향하는 곳은 현재의 공간도 아니고, 현실에 존재하는 공간도 아니기 때문이다. 그곳은 현실에 존재하는 지명으로의 둔황이지만, 화자는 이를 구체적인 공간으로 인식하지 않는다. 둔황은 작가가 파악하고 있는 폐허의 이미지를 간직한 곳이며, 작품 속 화자의 내면풍경이기도 하다.

---

152) 권성우·우찬제·윤후명, 앞의 글. 참고.

153) 양진오, 앞의 글, p.77. : 그는 윤후명 소설에 나타난 서역의 의미를 다음과 같이 설명했다. "윤후명에게 서역은 익히 알려진 것과 같이 단순히 지금-여기의 누추하고 볼품없는 시간과 공간을 망각하기 위하여 설정된 상상의 공간이 아니다. 그에게 서역은 생성의 뿌리이다. 그래서 서역은 삶의 진원지이고 사랑의 진원지이고 문명의 진원지이고 역사의 진원지이다. 그리고 서역은 그에게 소멸의 뿌리이다. 그래서 서역은 삶의 종착지이고 사랑의 종착지이고 문명의 종착지이고 역사의 종착지이다. 결국 서역은 생성과 소멸이라는 모순적인 자취를 모순으로서가 아니라 운명으로 수락하는 변전의 원형공간이다."

❷ 공간병치를 통한 원심력의 작용

지금까지의 논의를 통해 파악된 것처럼, 「둔황의 사랑」은 서울과 둔황이라는 두 개의 공간을 중심축으로 구성되어 있다. 서울이 무기력한 현실의 공간이고 생계를 걱정해야 하는 공간이라면, 돈황은 사라져버려 지금은 되찾을 수 없는 것들이 부활하는 공간이다. 흔적으로만 남아있는 옛 노래를 다시 부를 수 있게 되고, 요즘 사람들에게는 낯설기만 한 우리의 춤사위가 되살아나는 공간이다.

이와 같은 두 공간은 병치되어 제시되면서 의미를 형성한다. 작품에서 둔황이 언급되었던 부분은 대부분 이러한 제시방법을 따르고 있는데, 작품에서 이러한 서술방법이 표현된 예를 몇 가지 찾아보면 다음과 같다.

그러면서도 나는 내가 좇던 사자가 신라의 사자로 거슬러 올라가고 다시 서역의 사자로 거슬러 올라간다는 관점에서 나대로 범상치 않은 어떤 인과(因果)의 실마리를 언뜻 본 느낌이었다. 그러고 보면 이 발상은 그 얼마 전부터 내 안에 자리 잡고 있었다고 해야 한다. (p.59.)

그때였다. 세종문화회관의 벽면에 돋을새김으로 조각되어 있는 비천상이 보였다. (……) 천녀가 옷깃을 바람에 날리며 가슴에 안은 공후를 맑게 튕기는 소리가 들리는 듯했다. (……) 「공후인」의 슬픈 노래였다. (……) 노래는 끝나고 공후 소리도 멎었다. 가볍게 튕겨지던 천녀의 손끝은 달빛 속에 묻혀버렸다. 그런데도 그 노랫소리는 여전히 내 귓속을 맴돌았다. 그 노랫소리는 분명히 그 소녀의 노랫소리였다. (……) 그것은 소녀의 노랫소리의 혼(魂)을 차용한 옛사람들의 노랫소리였다. 곽리자고의 아내인 여옥의 「공후인」. 범종의 여운 속에 깊이 그리고 멀리 깃들어 있는 비천(飛天)의 「공후인」. 모든 옛사람들의 이별의 애끓는 노랫소리. 그렇다면 나는 어느 순간에 나도 모르게 내 심금의 공후를 스스로 켜면서 그 모든 「공후인」보다도 깊이 그리고 멀리 노래 부르고 있었던 게 아니었을까. (pp.85~86.)

그러나 나는 알았다. 비록 쇠침대에 누워 사자춤을 꾸지는 않았다손 치더라도 나는 오랜 세월 춤추는 사자에 대한 꿈을 꾸어왔던 것이었다. 그랬다. 그것은 아마도 내 명을 길게 해줄 그 북청사자만이 아닐 것이었다. 그것은 신라 산예의 사자이기도 할 것이며 둔황 벽화의 사자이기도 할 것이었다. (p.116.)

위의 인용들처럼, 「둔황의 사랑」의 화자는 병치되어 제시된 두 공간을 연관되는 것으로 인식하지만, 그의 의식이 지향하는 지점은 분명하게 제시된다. 그러므로 화자의 심리는 남루한 현실에서 벗어나 자신의 근원을 회복시켜줄 수 있는 공간으로 나아가고자 하는 욕망의 구조를 가진다.

작품에서 화자는 여러 번에 걸쳐 가출을 시도했으며, 아내와의 동거를 시작하기 전에도 그녀에게서 도망치려고 했다. 이러한 시도는 매번 실패했지만, 그는 이와 관련된 자신의 심리상태를 '새로운 삶을 찾고 싶다는 소망'이라고 설명하고 있다.

다시 서울을 떠남으로써 새로운 삶을 찾고 싶다는 소망이 강렬하게 나를 비끄러매었다. 그것은 마치 고등학교 졸업반 시절에 집을 벗어나고 싶었던 욕망과 같았다. 나는 나 자신을 떠나고 싶었다. 그것만이 진정한 이유였다. 사실 나는 상당히 오래 전부터 매사에 진력이 나서 견딜 수가 없었다. 별 볼일 없는 직장과 나의 장래는 지나치게 불투명했다. (p.101.)

그러나 화자의 소망이 도달하는 최종적인 기착지는 자기 자신이 될 수밖에 없다. 이는 그가 자기 자신과 대화를 나누는 인물이라는 설정과 그가 인식하는 두 개의 공간이 결국 현재의 공간을 기반으로 한다는 설정을 통해 파악되는 사실이다. 다음과 같은 구절에서도 화자의 가출은 결국 되돌아올 것을 전제로 이루어졌다는 사실이 파악된다. 아래 인용에서 화자는 서울 세검정에 위치한 소림사와 중국의 소림사를 동시에 인식하면서도, 이들은 어디에도 없으며 결국 자신의 마음속에 있을 뿐이라고 깨닫는다. 이런 인식이 아내와의 동거생활을 시작하기 전, 아내를 떠났던 화자가 돌아온 직후에 이루어진 것이라는 사실을 고려하자면 이것이 가진 의미는 보다 분명해진다.

소림사는 어디에 있는가.
우리나라의 세검정에 있는가, 중국의 숭산 기슭에 있는가. 대답이 떠오르지 않았다. 소림사는 세검정에도 숭산에도 있지 않다.
그러면 어디에 있는가.
바로 내 마음 속에 있는 것이다. 다만 다는 그 마음이 어디에 있는지 모를 뿐인 것이다. (pp.104~105.)

여행은 단순한 현실의 도피가 아니다. 여행을 통해 도피의 욕망을 실현하려한다면 그는 결국 여행의 기만에 의해 좌절당한 자신의 꿈을 보게 될 것이다. 그는 자유의 모험을 통해 일상적 삶 속에서 가려진 비밀을 열어보기 위해서 떠나야 한다.[154] 「둔황의 사랑」의 화자가 감행하는 가출은 이와 같은 여행의 속성을 반영하는 행동인데, 이를 통해 그의

---

154) 이광호, 『소설은 탈주를 꿈꾼다』, 민음사, 1998, p.60.

의식에는 여기가 아닌 다른 공간으로 나아가려는 힘, 즉 원심력의 영향을 받고 있다고 파악된다.

이러한 화자의 의식은 그대로 작가의 창작의도와 연결된다. 윤후명 작품의 대부분에는 낯선 지방에 대한 동경이 일관되게 나타나고 있는데, 그의 소설 등단작인 「산역(山役)」에서의 바다, 「모든 별들은 음악소리를 낸다」의 별, 「로울란의 사랑」의 로울란 등이 그것이다. 이런 작품들의 화자가 가진 소망은 「둔황의 사랑」에서처럼 현실에서 벗어나려는 원심력의 형태로 표현되었다. 그러나 1985년에 발표되었던 「섬」을 기준으로 『협궤열차』 연작과 「원숭이는 없다」, 「하얀 배」, 그리로 최근작인 「나비의 전설」에 이르는 작품들은 구심력이 보다 강화된 형태로 제시되는데, 이 작품에서도 역시 공간이 주요한 의미를 가진다. 그러나 이 작품들에는 동경하는 공간을 직접 여행하는 경우가 많았으며, 이를 통해서 다시 떠나온 공간을 반추하는 의식작용이 이루어진다는 차이를 가진다. 「섬」에서 거제도의 의미를 발견하는 과정이나, 「하얀 배」에서 중앙아시아 여행을 통해서 민족과 모국어의 의미를 재발견하는 과정 등이 그러한 예가 될 것이다.[155]

3) 공간구조를 활용한 창작방법의 계승: 김영하의 「거울에 대한 명상」과 「바람이 분다」

지금까지 살펴보았던 것처럼 윤후명의 「둔황의 사랑」은 공간구조를 활용한 창작방법론이 적용되었다. 이는 이후의 작가도 활발하게 사용

---

155) 이 작품들의 공간적 특징에 대해서는 다음의 견해를 참고할 수 있다. : 최수웅, 「원심력의 공간에서 구심력의 공간으로」, 김수복 편, 『한국문학 공간과 문화콘텐츠』, 청동거울, 2005, pp.346~349.

되고 있는데, 그 대표적인 예가 김영하의 「바람이 분다」이다. 김영하는 1995년 ≪리뷰≫ 봄호에 「거울에 대한 명상」을 발표하여 등단한 이후, 현대 사회의 다양한 측면을 감각적으로 표현한 작품들을 발표하여 "무엇이 이 시대에 문제가 되는지 무엇을 주제로 삼아야 하는지 알고 있으며, 이를 드러내는 방법론 역시 잘 알고 있다는 점에서 한국문학의 성격과 방향을 들어 논의할 수 있는 많지 않은 작가 가운데 한 사람"[156]이라는 평가를 받고 있다. 그러나 그의 작품에 나타난 특징에 대해서는 아직 면밀한 연구가 진행되지 못했다.

   그동안 이루어졌던 김영하 소설에 대한 논의는 주로 소재적인 측면에 국한되어 왔다. 그의 작품이 "현란한 미디어 세계에 대한 반향으로 이루어진 이미지화에 집착하는 몸"[157]을 즐겨 다룬다는 평가나, 만화나 영화에서 볼 수 있는 몽타주와 환상, 그리고 속도감 있는 이야기체로 자기 시대의 감각과 감수성을 뚜렷하게 보여주고 있다는 평가[158]가 이에 해당한다. 김영하의 작품들이 다루었던 소재들이 일상적이지 않은 낯선 것들이라는 감안하자면, 이러한 견해들은 타당성을 가진다.[159] 그러나 이것만으로는 그의 소설이 가진 의미를 분명하게 설명할 수 없다. 자극적이고 비일상적인 소재를 다룬 소설작품은 비단 김영하의 경우에만 국한되는 것이 아니기 때문이다.[160]

---

156) 방민호, 「역사를 둘러싼 모험·기타」, ≪실천문학≫, 2004. 겨울, p.96.
157) 김미영, 「문명화된 몸의 기표」, ≪한민족문학연구≫ 7집, 2000. 겨울, p.188.
158) 김치수, 「새로운 감각, 새로운 감수성」, ≪동서문학≫, 2000. 여름.
159) 김영하 소설의 소재들을 정리하면 다음과 같다. : 무선호출기(「호출」), 컴퓨터게임(「삼국지라는 이름의 천국」·「바람이 분다」), 영화·광고(「전태일과 쇼걸」·「고압선」·「너의 의미」), 자살(『나는 나를 파괴할 권리가 있다』·「나는 아름답다」), 동성애(「거울에 대한 명상」·「손」), 근친상간과 붕괴된 가족(「도마뱀」·「총」·「내 사랑 십자드라이버」·「오빠가 돌아왔다」), 1980년대의 시대 상황(「도드리」·「베를 가르다」·「전태일과 쇼걸」·「크리스마스 캐럴」), 낯선 경험에 집착하는 사람들(「피뢰침」·「보물섬」), 현대인의 허구적 일상(「엘리베이터에 낀 그 남자는 어떻게 되었나」·「고압선」·「이사」·「너를 사랑하고도」), 역사적 사실의 재창조(『아랑은 왜』·『검은 꽃』)

오히려 김영하 소설의 특징은 구성 및 구조적인 측면에서 파악될 수 있다. 그의 소설이 가지는 구성적인 특성에 대해서는 이미 논의된 바가 있으며,[161] "그의 소설에서는 스토리와 스토리가 전달하는 담론이 중요하며, 인물은 이것을 위한 배역으로 소화되는 경우가 많다. 그리하여 많은 단편소설에서 그의 인물들은 단막극 배우처럼 생명이 짧게 느껴진다. 대신에 이야기는 상대적으로 오래 남는다"[162]는 설명을 통해서도 작품의 스토리와 담론을 제시하는 방법이라고 할 수 있는 구조의 중요성을 확인할 수 있다. 「도드리」의 경우는 국악 〈도드리〉의 일곱 개 장이 가지는 분위기에 따라 소설이 전개되는 구성을 가지며, 『나는 나를 파괴할 권리가 있다』·「나는 아름답다」의 경우에는 화집(畫集)을 넘기는 것과 같은 구성이 활용되었다. 그러나 무엇보다 주목되는 구조적 특징은 공간을 활용한 방법이다.

공간을 소설의 구조를 창작하는 주된 방법으로 활용하는 경향은 그의 등단작인 「거울에 대한 명상」에서 확인된다. 이 작품에서 제시되는 공간은 두 개에 불과한데, 불륜 관계의 남녀가 은밀하게 애정행각을 벌이는 강변의 교각(橋脚) 밑 틈새와 그들이 갇혀버린 버려진 자동차의 트렁크가 그것이다.

우리는 문득 어느 다리 밑에 서 있게 되었다. 질주하는 차들의 굉음이 공명되어 울려 퍼지고 컴컴한 어둠이 그 굉음을 증폭시켜 전달하고 있었다. 거대한 콘크리트 구조물, 그 아래 흐르는 검은 강물. 줄기차게 따라오던 달빛도

---

160) 물론, 이런 소재의 사용을 작가가 가진 시대감각의 차원으로 파악하자면, 논의의 범위를 보다 확대시킬 수 있다. 그러나 이런 식의 논의는 자칫 김영하의 소설을 1990년대 상황에만 국한시키기 쉽다는 한계를 가진다. 그는 현재에도 꾸준하게 작품을 발표하고 있기 때문에 성급한 한정은 지양해야 할 것이다.
161) 서경석, 「억압에 저항하려는 욕망의 끝」, 《사회평론 길》, 1997. 1, p.138.
162) 방민호, 「역사를 둘러싼 모험·기타」, 앞의 글, p.92.

다리 위를 비출 뿐. 그 아래로는 말 그대로 어둠이었다. 발기한 말의 성기처럼 교각이 위태로워 보였다.

　무섭다. 요즘 그녀는 두 마디 이상의 말은 하지 않는다. 무섭긴, 좋잖아」 내가 씩 웃었다. 그때 어둠에 익숙해진 우리 눈에 교각 사이의 절묘한 틈새가 나타났다. (……) 틈새는 절묘했다. 설령, 누군가 강둑을 지나간다 해도 교각의 뒤편에 이런 틈새가 있을 줄은 모를 것이고, 설령 있다 하더라도 이 쌀쌀한 날씨에 두 남녀가 함께 있으리라고는 생각지 못할 것이었다.[163]

처음 제시되는 공간인 '교각의 틈새'는 '은폐(隱蔽)'의 속성을 가진다. 이곳에서 그들은 자신들의 불륜관계를 감추고, 애정행각을 감추며, 남자는 여자에 대한 비웃음을 감춘다.[164] 여자는 황급하게 이곳을 떠나는데, 이는 이런 공간적 특징을 인식한 행동이다. 틈새를 빠져나온 그들에게 두 번째 공간이 제시된다.

　그러나 트렁크 속엔 아무것도 없었다. 텅 비어 있었다. 그 비어 있음이 야릇한 느낌을 불러일으켰다. 자궁 같은, 구멍 같은, 교각 뒤편의 틈새 같은— 구멍은 욕구를 상징한다지. 비어 있는 곳을 보면 채우고 싶어. 배고픔, 추위—있어야 할 것이 없을 때 충동은 '충동적'으로 발생한다. 배고프면 위를 채우고 추우면 열을 불어넣고 비어 있는 자궁엔 수정란을 채우고 말야. 그런 생각이 들자 나는 마치 신성한 의식이라도 치르는 사람처럼 트렁크 속으로 들어갔다. (p.254.)

---

163) 김영하, 「거울에 대한 명상」, 『호출』, 문학동네, 1997, p.252. : 이하 이루어지는 작품 인용은 면수만을 밝힌다.
164) 남자의 심리는 다음과 같이 직접적으로 제시되고 있지만, 여자의 심리는 작품 후반에 가야 표현된다. 해당 부분에서 다시 언급하도록 하겠다. : 어유, 장난꾸러기. 그녀가 눈을 흘겼다. 넌 역시 신파야. 나는 속으로 그녀를 비웃었다. 그녀가 내뱉는 모든 대사에는 한 움큼의 상상력도 묻어 있지 않았다. (p.252)

앞서 제시된 틈새가 '은폐'의 속성을 가진다면, 여기에서 제시되는 트렁크는 '폐쇄(閉鎖)'의 속성을 가진다. 트렁크 속으로 들어가는 행동을 통해서 그들은 세상과 단절되는데, 이 장면 이후의 서사 진행이 두 사람이 주고받는 대화를 통해서만 이루어진다는 사실은 그 공간의 폐쇄성을 증명하는 것이다.

인용에서 주목되는 부분은 남자가 이 공간을 '자궁'처럼 인식한다는 사실이다. 이는 앞의 인용에서 교각을 '발기한 말의 성기'에 비유했던 진술과 연결되면서, 폐쇄된 공간에서 이루어지는 그들의 성교가 암시된다.

이후로 이 작품의 공간은 변하지 않는다. 물론 남자의 기억과 여자의 진술을 통해서 여관이니, 중세시대 유럽의 공동묘지니, 감옥이니 하는 공간이 표현되지만 이들은 모두 그들이 갇힌 트렁크의 변형에 지나지 않는다.

이외에도 이 작품을 구성하는 관계들은 모두 공간인식을 기반으로 표현된다. 남자가 여자와 아내를 비교하면서 하수도와 상수도라는 비유를 사용한 것,[165] 여자가 남자와 자신의 관계를 신파극 배우와 극장주로 비유한 것,[166] 남자가 여자를 '거울'에 비유하는 것 등이 그러한 예이다.

---

165) 다음과 같은 구절이 이에 해당하는데, 상수도와 하수도라는 개념이 실제 공간을 의미하는 것은 아니지만, 그 용어 자체가 '상하(上下)'라는 공간개념에서 비롯된 것이다. : 가희는 그런 여자였다. 아내가 상수도라면 그녀는 하수도였다. 아내가 내게 깨끗한 물을 제공해주는 존재라면 가희는 그 물이 거쳐 내려가는 배출구였다. 누구도 하수구엔 관심이 없다. 막히기 전까지는 말이다. (p.264.)

166) 이 부분에서 여자의 심리가 표현되는데, 남자가 여자를 비웃었던 것만큼이나 여자 역시 남자를 격멸하고 있다. 해당 부분은 다음과 같다. : 형은 언젠가 날더러 신파라고 했죠? 그녀가 도전적으로 물었고 난 대답하지 않았다. 그래요, 맞아요. 전 신파예요. 그럼 형은 뭔지 알아요? 형은 신파극으로 돈을 버는 극장주인이에요./그럼 배우는 누구야?/나, 그리고 형마누라. 그렇지만 우린 조연이에요. 주연은 형이죠. 형은 극장으로 돈도 벌고 주연이 되어 군림하기도 했죠. 왜? 기분 나빠요? 그럼 신파배우하구 연기하면서 형 자신은 컬트 무비라도 찍는 줄 알았나보죠? (p.260.)

아내는 한번도 나를 신뢰하지 않았던 것이다. 오히려 나를 사랑했다면 그건 가희였을 것이다. 내 거울은 나를 속였다. 진정한 거울은 나와 함께 이 트렁크에서 굶어 죽어가고 있다. 아니다. 모든 거울은 거짓이다. 굴절이다. 왜곡이다. 아니 투명하다. 아무것도 반사하지 않는다. 그렇다. 거울은 없다. (p.275.)

이처럼 「거울에 대한 명상」은 은폐의 공간에서 폐쇄의 공간으로의 이동과 그러한 공간적 특성을 가진 이미지들의 반복적인 제시를 통해서, 현대인들의 왜곡된 관계와 소통 불가능성을 언급하고 있다. 물론 이러한 설정이 가진 한계성은 분명하다. 이 작품이 폐쇄적인 공간을 다루고 있는 것처럼, 이런 공간구조를 통해 도출되는 깨달음도 개인적인 범위에 한정된다. 그런 의미에서 남자가 들어간 자동차 트렁크는 '자궁'이 아니라 '무덤'이었다고 하겠다.

「바람이 분다」에서도 유사한 공간적 특징을 확인할 수 있다. 이 작품의 주인공도 폐쇄적인 공간에서 살아가는 인물이다. 단독 주택 지구 상가 지하 방에 사는 그는 불법 복제한 컴퓨터 프로그램 CD를 팔아서 생계를 유지하는데, 그는 자신이 살아가는 공간을 다음과 같이 설명하고 있다.

밤도 없고 낮도 없다. 직장이면서 집인 이 습한 공간까지 기어들어오는 빛은 없다. 아니, 처음엔 있었으나 막아버렸다. 영화 포스터보다 조금 큰 들창. 그 빛에 감사하며 살고 싶지는 않았기 때문이었다.
구석엔 작은 침대, 그 옆으로 이단짜리 싱크대가 놓여 있다. 책꽂이로 형식적인 칸막이를 해두었지만 애당초 그런 구분이란 게 무의미한 공간이다.

(……) 싱크대에서 다섯 발자국쯤 걸어가면 사무용 책상 두 개가 벽을 바라보며 앉아 있고 그 위엔 으레 그래야 하는 것처럼 컴퓨터와 모니터, 프린터, 스캐너 등속이 자리 잡고 있다. 소형 스피커 두 개는 컴퓨터와 연결되어 음악을 들을 수 있게 되어 있다. 물론 TV와 비디오도 비슷한 방식으로 볼 수 있다. 컴퓨터가 없으면 음악도 영상도 없다. 그러니 눈을 뜨면 가장 먼저 하는 일은 컴퓨터를 켜는 일이다. 물론 자기 전에 마지막으로 하는 일도 그것을 끄는 일이다. 창이 없는 이 방에서 컴퓨터는 내 창이다. 거기에서 빛이 나오고 소리가 들려오고 음악이 나온다. 그것으로 세상을 엿보고 세상도 그 창으로 내 삶을 훔쳐본다.[167]

그러나 「바람이 분다」의 공간과 앞에서 살펴본 「거울에 대한 명상」의 공간은 분명한 차이를 가진다. 세상과 단절된 폐쇄된 공간이라는 점에서는 공통되지만, 「거울에 대한 명상」의 트렁크가 외부와의 어떤 소통도 불가능한 곳인데 비해서, 「바람이 분다」의 지하 방에는 세상과 소통하는 컴퓨터가 있다. 그리고 이것을 활용한 컴퓨터통신을 통해서, 주인공은 여자와 만난다.

　새로운 사람을 만난다는 건 피곤한 일이다. 만나야 할 모든 종류의 사람들을 나는 오 년 전에 다 겪어버렸다. 그 후로는 사람보다는 책이, 책보다는 음악이, 음악보다는 그림이, 그림보다는 게임이 나를 편안하게 한다. (p.79.)

여자를 만나기 전의 주인공은 사람을 만나는 것보다 게임을 하는 것이 더 편하다고 진술한다. 여자는 주인공이 하는 게임을 '등 뒤에서 어

---

167) 김영하, 「바람이 분다」, 『엘리베이터에 낀 그 남자는 어떻게 되었나』, 문학과지성사, 1999,
　　pp.77~78. : 이하 이루어지는 작품 인용은 면수만을 밝힌다.

깨 너머로' 구경하고, 여자가 게임에 끼어들면서 주인공의 생활을 변하기 시작한다. 이처럼 이 작품에서 컴퓨터게임은 주인공과 여자의 감정을 표현하는 상징물로 작용하고 있다.[168] 주인공과 여자는 세계일주 여행을 하기 위해 방을 떠날 것을 약속한다. 폐쇄된 공간에 안주했던 인물이 세상으로 나가고자 하는 것이다.

사실, 이러한 진출 의지는 작품의 시작 부분에서 이미 제시되어 있었다. 헤밍웨이의 소설 「킬리만자로의 눈」에 대한 진술이 그것이다. 주인공은 소설의 시작 부분에서 "왜, 표범은 킬리만자로의 정상까지 올라가 얼어 죽고야 말았는가. 왜 돈 많은 유부녀를 유혹한 바람둥이는 사소한 사고로 죽음에 이르고야 말았는가. 왜, 헤밍웨이는 킬리만자로의 표범처럼 우아한 죽음을 바람둥이의 사고사 따위에 비교하는가"(p.76.)라는 질문을 던지는데, 이에 대한 답변은 명쾌하게 표현되지는 않았지만, 질문 그 자체가 삶의 방식에 대한 반성으로 연결되고 있다.

문득 나는 이 어둡고 침침한 공간을 돌아보게 되었다. 빛도 낮도 밤도 없는 이 공간. 떠난다는 일이 처음으로 두려워졌다. 킬리만자로의 표범은 왜 눈 덮인 정상에서 얼어 죽었는가, 나는 다시 생각하게 되었다. 킬리만자로를 오르기 위해 석 달 동안 새벽 신문을 돌린 남자와 나는 무엇이 다른가. 다리를 잘린 불구의 비둘기들이 청계고가 아래에 살고 있다던데. 왜들 그렇게 살아가게 되는 걸까. 그러나 그런 돌아봄은 잠깐이었다. 나는 다시 고개를 돌리고 일에 열중했다. 이미 미세한 균열이 내 삶을 흔들어놓았고, 나는 떠난다는 것

---

168) 컴퓨터게임에 대한 김영하의 관심은 앞의 책에 수록되어 있는 「삼국지라는 이름의 천국」에서 이미 표현된 바 있다. 그는 이 작품에서 일본 고에이 사에서 만든 〈삼국지〉라는 게임을 하는 남자를 통해, 게임 속의 현실과 실제 현실을 중첩시키는 소설 창작방법론을 표현했다. 이에 대해서는 다음 장에서 다룰 소설과 컴퓨터게임의 공간 창작방법론을 비교한 부분에서 자세하게 언급하도록 하겠다.

말고는 생각하지 않기로 했다. (p.91.)

이처럼 「바람이 분다」는 '지하 방'으로 표현되는 폐쇄된 공간과 '킬리만자로'로 표현되는 개방된 세계가 대립을 이루면서 의미를 형성하는 구조를 가지고 있다. 그리고 이러한 두 공간의 사이를 채우는 것이 '컴퓨터통신'이고 또한 '바람'이다. 바람이 불면 사물이 흔들리듯이, 컴퓨터통신을 통해 만나게 된 여자에 의해서 폐쇄적이고 개인적인 생활에 익숙해 있던 주인공은 세상으로 다시 나서려고 하고 있다.

킬리만자로의 표범이 만년설이 쌓인 정상까지 기어올라가 죽은 까닭을 다시 생각한다. 아마도, 바람이 불어서였을 것이다. 마사이 초원에 바람이 불고 바람이 불고 바람이 불고 또 바람이 불어 표범은 무료했을 것이다. 사냥을 하고 사냥을 하고 사냥이 하고 사냥을 하다가 지루해졌을 것이다. (……) 내일이면 나는 떠난다. 떠난다. 떠난다. 떠날 수 있다. 그녀가 없어도 떠날 것이다. 그럴 수 있다. 게임 따위는 집어치울 것이다. 나는 컴퓨터가 깔아주는 카드를 순서대로 맞추어가면서 계속 되뇌고 있다. 카드들은 벌써 수십 번이나 질서 정연하게 정리되었다.

사방이 꽉 막힌 이 지하실로 어디에서 이렇게도 바람이 불어오는 걸까. 바람이 분다. 바람이 분다. 바람이 분다. 한 여자를 기다리고 있다. 바람이 분다. 바람이 분다. 분다. (p.97.)

앞에서 살펴보았던 「거울에 대한 명상」의 남자가 스스로 폐쇄된 공간으로 들어가 생을 마감한데 비해서, 「바람이 분다」의 주인공은 아직 완전하게 밖으로 나가 세상과 마주한 것은 아니지만 폐쇄적인 공간에서 벗어나려는 의지를 분명하게 보이고 있다. 이것이 두 작품이 가진 가장 큰 차이점이며, 김영하의 작품세계가 변화하는 방향이다.

「바람이 분다」를 기점으로 김영하의 작품에 나타난 세계인식은 분명한 차이점을 보인다. 그의 첫 번째 작품집 『호출』에 수록된 작품들의 인물은 개인적인 세계에 안주하는 인물이다. 「거울에 대한 명상」이 그렇고, 「내 사랑 십자드라이버」의 연쇄살인범이 그러하며, 「총」의 탈영병이 그렇다. 이와 함께 1980년대의 후일담에 해당하는 작품도 포함되어 있으나, '연대(連帶)의 시대'를 살았던 이들의 현재는 혼자 떨어져 있을 뿐이다. 그에 비해 두 번째 작품집 『엘리베이터에 낀 그 남자는 어떻게 되었나』에 수록된 작품들의 인물은 비록 온전한 사회관계를 형성하는 것은 아니지만 타인과의 소통을 모색한다. 「바람이 분다」가 그렇고, 「비상구」의 건달이 그러하며, 「당신의 나무」의 남자가 그렇다. 이후 김영하는 『아랑은 왜』와 『검은 꽃』을 통해 역사와 현재의 소통을 모색했으며, 세 번째 작품집인 『오빠가 돌아왔다』를 통해서는 사회와 보다 밀접한 연관을 맺고 있는 인물들을 제시했다. 「오빠가 돌아왔다」의 가족은 해체되었으나 그 나름의 관계를 유지하고 있고, 「이사」의 남자는 사회생활을 영유하며, 「보물섬」의 인물들도 사회적인 환상을 쫓고 있다. 아직 작품 활동을 전개하고 있는 작가이기 때문에 단정적인 언급은 할 수 없으나, 그가 추구하는 방향은 분명해 보이며, 이는 '폐쇄된 공간구조에서 소통을 소망하거나, 소통이 이루어지는 공간구조로의 전환'이라고 설명될 수 있을 것이다.

제4장 영상예술과 디지털콘텐츠의 공간 창작방법

영상예술과 디지털콘텐츠의 공간 창작방법

문화인류학자 맥루한(Herbert M. Mcluhan)은 1963년에 발표한 저서 『미디어의 이해(*Understanding Media*)』에서 활자문화의 종말과 영상매체 시대의 도래를 선언했다. 같은 시대의 미국 비평가 피들러(Leslie A. Fiedler)는 영상시대에 문학이 살아남기 위해서는 과감히 스크린과 제휴해야 한다고 주장했다. 문학이 영상매체와 경쟁하기 위해서는 우선 고답적이고 귀족적인 스스로의 패각에서 벗어나, 영상매체가 갖고 있는 대중문화적인 요소들을 적극적으로 수용해야 한다는 것이다.[1] 또한 이들처럼 적극적으로 '문학의 위기'를 문제 삼지는 않았지만, 하우저(Arnold Hauser) 역시 『문학과 예술의 사회사(*Sozialgeschichte der Kunst und Literatur*)』의 마지막 부분에서 "현대예술의 영화가 비록 질적으로 가장 풍부한 장르는 못 되더라도 스타일 면에서 가장 대표적인 장르"[2]

---

1) 김성곤, 『문학과 영화』, 민음사, 1997, pp.17~18. 참조.

라고 설명하여, 영상매체의 상대적인 우위를 인정했다.

이처럼 연구자들마다 정도의 차이는 있을지라도, 현대 사회에서 문학의 위상이 변모하고 있다는 사실은 공통되게 지적하고 있다. 그러나 이러한 영상매체의 융성이 그대로 문학의 위기나 소멸로 이어지는 것은 아니다. 오히려 마크 셰크너(Mark Shechner)와 같은 연구자는 영상매체와 문학의 관계를 상호보완적으로 평가하고 있다. 그는 영화를 소설의 가장 강력한 시장 요인으로 파악했다.

> 만일 우리가 문학양식에 끼치는 시장의 힘을 면밀히 관찰한다면, 우리는 영화가 소설의 가장 강력한 시장 요인이라는 것을 알게 된다. 거기에는 의심의 여지가 없다. 할리우드는 소설의 보물섬이다.
> 일반적으로 오해되고 있는 것과는 달리 영화는 소설의 파괴자가 아니라 오히려 구원자이다. 더 나아가 나는 현대 미국소설의 건강은 전적으로 영화에 의존하고 있다고 말하고 싶다.[3]

영화산업이 발달한 미국의 경우, 소설과 영화의 협력관계는 오래전부터 진행되어왔다. 1930년대에 이미 많은 소설가들이 할리우드에서 영화 시나리오를 집필했는데, 대표적인 작가로는 포크너(William C. Faulkner)를 비롯해서, 피츠제럴드(Francis S. Fitzgerald) 등을 들 수 있다. 또한 헤밍웨이(Ernest M. Hemingway)도 직접 시나리오를 쓰지는 않았지만, 「킬리만자로의 눈」, 「살인자들」, 「노인과 바다」, 「무기여 잘 있거라」, 「누구를 위하여 종은 울리나」 등 자신의 작품들이 영화화되는 과정에 직·간접적으로 참여했다.

---

2) Arnold Hauser, 백낙청·염무웅 역, 『문학과 예술의 사회사』 4권, 창비, 1999, p.301.
3) 김성곤, 앞의 책, p.20. 재인용.

214

역사적인 관점에서 살펴보더라도, 소설과 영화는 우호적인 관계를 유지했다. 영화라는 장르가 처음 만들어졌을 당시에는, 소설은 영화의 스토리를 제공하는 역할을 담당했고, 영화는 소설을 대중화시키는 역할을 담당했다. 이러한 관계를 통해서 소설과 영화는 서로의 서사기법을 주고받았다. 영화의 초창기에는 영화가 주로 소설의 서사기법을 받아들였지만, 영화의 표현기법이 다채롭게 개발되면서 소설 역시 영화의 서사기법을 수용하기에 이르렀다. 모더니즘 소설에서 활용된 몇몇 기법들이 영화의 기법을 차용한 것이라는 것은 이제 일반적인 주장이라 할 수 있다.

이상과 같은 논의에서, 영상의 시대에 소설이 가진 정체성을 유지하기 위한 방안을 찾아볼 수 있다. 영상예술과 문학예술의 관계에 대한 논의는 크게 두 가지 측면에서 이루어지고 있다. 하나는 이러한 시대 변화를 '문학의 위기'로 파악하는 입장이고, 다른 하나는 이를 오히려 '문학의 확대'로 보는 입장이다.

우선 문학의 위기를 주장하는 입장에서는, 영상예술의 매체적인 특성에 대한 비판을 통해 논의를 전개하고 있다. 이들은 영상매체가 본질적으로 '단편적이고, 감각적이며, 즉물적'인 특성을 가지고 있으며, 이로 인해 상업적으로 이용될 수밖에 없다고 주장한다. 또한 이들은 영상매체의 발달로 인해서 문학작품을 읽지 않는 세태에 대한 우려를 표한다. 문학이 영상매체의 거대한 흐름에 휘말려 진정한 문화적 소명을 수행하지 못하고 있다는 것이 이들의 판단이다.

그에 비해서 문학의 확대를 주장하는 입장에서는, 영화와 문학의 관계를 상호소통으로 파악하는 관점에서 논의를 전개하고 있다. 이들은 문학작품의 영상화 경향을 문학 향유방식의 현대적인 변용으로 판단

한다. 문학은 당대의 역사적 상황 속에서 언제나 새로운 향유방식을
모색해 왔으며, 우리에게 익숙했던 문학의 향유방식, 즉 문자로 만들
어진 작품을 읽는 것은 문학의 본질적인 특성이라기보다는 활자매체
시대에 합당한 향유방식이었다는 것이다. 그러므로 이들은 문학이 영
화로 각색되는 현상을 영상시대에 합당한 향유방식이라고 주장한다.[4]

　이상과 같은 두 가지 입장은 주장하는 바는 서로 차이를 보이지만,
현대를 문학과 영화가 공존하는 시대로 파악한다는 상황인식적인 측
면에서는 공통점을 가진다. 그러므로 어느 입장에 대해 섣부르게 동조
하여 특정 장르의 우위를 논의하기 보다는, 이들 간의 상호 교류관계
를 면밀하게 검토하는 것이 현상을 보다 정확하게 파악하는 방법일 것
이다. 특히 이 연구는 소설 창작에 있어서 공간을 활용한 창작방법론
을 다루는 데 목적이 있기 때문에, 이러한 현상에 대한 가치판단보다
는 상황분석에 주목하고자 한다. 이에 따라 영상예술과 디지털문학,
그리고 컴퓨터게임이 가진 특성을 공간 창작방법론의 측면에서 분석
하고, 이를 소설의 공간 창작방법론과 비교분석하는 방법이 적용될 것
이다.

　이 연구에서 사용하는 소설의 '확장'이라는 용어는 아직 일반적으로
통용되는 것은 아니다. 그러나 여러 논자들에 의해서 적용 가능성이
제기되고 있는데, 특히 문학과 영상예술의 상관관계에 관한 연구에서
활발하게 활용되고 있다. 유민영은 소설작품을 원작으로 하여 영상예
술의 제작하는 현상을 '확대'라는 용어로 설명했으며,[5] 김성곤의 연구
와 최인자의 연구는 모두 영상시대에 대한 문학의 대응방식을 논의하
면서 '확대'와 '확장'이라는 용어를 혼용하고 있다.[6] 박진·김행숙은

---

4) 최인자, 「문학과 영화」, 교재편찬위원회 편, 『문학과 영상예술』, 삼영사, 2001, p.42.
5) 유민영, 「소설의 드라마·영상으로의 확대」, ≪소설과 사상≫, 1994 여름.

소설과 영상매체의 교류를 '교섭(交涉)'이라는 용어로 표현하고 있으나, 주로 원작 소설과 영화의 관계를 설명하였기 때문에 역시 소설의 확장에 대한 검토라고 판단된다.[7] 이처럼 소설과 영상매체의 영향관계에 대한 설명에서 '확장'이라는 용어는 점차 많은 논자들이 사용하고 있는 추세라고 판단된다. 이와 같은 맥락에서 영상매체 이외의 장르들, 즉 디지털문학이나 컴퓨터게임과 같은 장르들과 소설의 상관관계 역시 같은 용어로 설명할 수 있을 것이다. 다만 이 연구에서는 용어의 의미를 보다 분명하게 하기 위해서, 소설의 '영역 확장'이라는 용어로 이와 같은 현상을 설명하고자 한다.

---

6) 김성곤, 앞의 책, pp.18~19.; 최인자, 앞의 글, pp.27~28.
7) 박진·김행숙, 『문학의 새로운 이해』, 청동거울, 2004, pp.146~152.

1
영상예술의 공간 창작방법

하우저는 『문학과 예술의 사회사』에서 현대사회에 가장 강력한 영향력을 발휘하는 예술 분야는 영화라고 주장했다. 그는 이러한 주장의 근거로 현대예술에 새로운 차원의 시간 개념이 반영되고 있다는 사실을 들었는데, 여기에서의 새로운 시간 개념이란 베르그송의 견해를 의미하는 것이다.

베르그쏭의 시간 개념은 여기서 새로운 해석과 새로운 강조, 새로운 방향을 얻는다. 이제 와서 무엇보다 강조되는 것은 의식내용의 동시성이며, 또한 개인과 종족과 인류 전체, 과거의 현재성, 여러 가지 다른 시점의 뒤섞임과 내면적 체험의 변화무쌍한 유동성, 영혼을 싣고 흐르는 시간의 흐름의 무한성, 시간과 공간의 상대성, 즉 주체가 그 속에서 움직이고 있는 여러 매개체들을 이제 더 이상 분별하거나 제약할 수 없다는 사실이다. 이러한 새로운 시간관 속에 현대예술의 소재를 이루는 실마리가 거의 전부 집약되어 있다.

(……) 새로운 시간 개념의 기본 요소는 '동시성'이며 그 본질은 시간적 요소의 공간화인데, 이러한 시간 개념은 제일 나이 어린 예술이요 베르그쏭의 철학과 거의 같은 시기에 탄생한 장르인 영화예술에서 가장 인상적으로 표현되었다.[8]

이와 같은 논의는 '시간 개념'을 표제로 내세우고 있는데, 그 내용은 전통적으로 통용되어 왔던 절대적인 시간 개념이 붕괴되고 상대적이고 역동적인 시간 개념이 대두되고 있다는 것이다. 하우저는 이를 '동시성의 체험'이라고 정의하면서, 다음과 같은 세 가지 발견을 통해서 구현된다고 설명했다. 첫 번째는 한 인물이 관련이 없거나 모순 되는 수많은 것들을 동시에 체험한다는 사실에 대한 발견이고, 두 번째는 서로 다른 곳에 있는 인물들이 동일한 요소를 체험하고 있다는 사실에 대한 발견이며, 세 번째는 서로 격리된 여러 곳에서 같은 일이 같은 시각에 일어나고 있다는 사실에 대한 발견이다. 이러한 사실들의 발견을 통해서 현대인들은 '갖가지 사물 및 사건과의 끊임없는 접촉과 상호작용에서 현대사회의 거대함과 현대 기술문명의 기적을, 그리고 그 사상체계의 복잡성과 그 심리의 애매성을 체험'[9]하게 한다.

하우저는 현대소설의 기법들은 '동시성의 체험'을 반영하고 있다고 파악했다. 그가 언급했던 작가는 프루스트(Marcel Proust), 조이스(James Joyce), 페쏘스(Dos Passos), 울프(Virginia Woolf) 등인데, 이들의 작품에 나타나는 플롯과 장면전개의 불연속성, 사상과 감정의 직접성, 시간척도의 상대성과 모순성 등의 기법이 동시성의 체험을 반영한 결과라는 것이다. 또한 그는 이러한 기법은 영화의 커팅(cutting), 페

---

8) Arnold Hauser, 앞의 책, p.301.
9) Arnold Hauser, 앞의 책, p.306.

이드인(fade-in), 화면삽입 등의 수법을 연상시킨다고 설명하여, 현대 소설과 영상예술 사이의 상호관련성을 제시하고 있다.

결국 하우저가 현대예술의 특징으로 제시했던 '동시성의 체험'은 베르그송의 시간 개념에 영향을 받아 도출된 것이지만, 그를 통해서 강조되었던 것은 오히려 '공간 개념'의 중요성이라고 하겠다. 동시성은 고정된 시간에 다양한 공간이 결합되는 현상이며, 이에 대한 체험이 예술작품으로 구체화되기 위해서는 각각의 체험들을 결집시키는 공간이 마련되어야만 하기 때문이다. 하우저가 예로 들었던 조이스의 『율리시즈(Ulysses)』 역시 마찬가지이다. 더블린이라는 공간이 준비되었기에 주인공의 체험이 작품화될 수 있었고 앞서 언급된 기법들도 사용될 수 있었던 것이다. 영화를 중심으로 하는 영상예술[10]에 있어서는 공간의 중요성이 더욱 강조된다. 앞서의 편집기술을 적용하기 위해서는 우선 촬영된 필름이 구비되어야 하는데, 촬영이란 구체적인 사물을 대상으로 이루어지는 행위이며, 그렇기 때문에 공간이 필수적으로 요구된다.

이처럼 소설과 영상예술은 그 창작과정에 있어서 공간의 역할이 중요하다는 점에서 공통된다. 그렇지만 이들은 문자와 영상이라는 표현매체의 차이로 인한 차이도 적지 않을 것이다. 이러한 공통점과 차이점을 파악하기 위해서, 우선 영상예술의 공간 창작방법을 살펴보도록

---

10) 앞에서 살펴본 하우저의 견해를 비롯하여, 이와 관련된 대부분의 연구들은 소설의 비교 대상으로 영화를 설정하고 있다. 영상예술에는 영화뿐만 아니라, 드라마·애니메이션·뮤직비디오 등도 포함되기 때문에, 영화의 특성을 영상예술의 전반적인 적용할 수는 없다. 그러나 영화는 영상예술 분야에서 가장 먼저 발생했다는 점, 또한 가장 먼저 독립적인 영상미학을 확보했다는 점에서, 일종의 대표성을 가진다.
특히 이 연구에서 주목하는 창작방법론의 측면에서는 영화와 드라마·애니메이션·뮤직비디오 등은 별다른 차이를 보이지 않고, 영화의 미학을 그대로 수용하고 있다. 이런 측면을 고려하여 이 연구에서 다루는 영상예술의 공간 개념은 부분은 영화를 주된 대상으로 하되, 보다 포괄적인 용어인 '영상예술'을 적용하고자 한다.

한다. 또한 이를 통해 도출된 내용과 소설의 공간 창작방법론에 대한 비교는 별도의 항목에서 살펴보도록 하겠다.

1) 역동적 공간의 재현

영상예술은 영상(映像)을 표현매체로 하여 서술된다. 이것이 영상예술과 다른 예술을 구분하는 근본적인 차이이다. 여기에서는 이러한 차이점에 주목하여, 영상예술 작품의 공간개념에 대해 살펴보도록 하겠다. 특히 논의의 편의를 위해서 소설의 공간 개념과 비교하여 서술하도록 한다.

표현매체에 대한 문제는 영화의 초창기부터 주목되었던 부분이다. 영화의 기원은 뤼미에르(Lumière) 형제가 1895년에 발명한 시네마토그라프(Cinematograph)라는 기계로 촬영되고 상영되었던 필름으로 보는 것이 일반적인데, 당시 사람들은 움직임을 사진으로 재현할 수 있다는 사실에 큰 흥미를 느꼈다고 한다. 물론 영화가 발명되기 이전에도 사진이 있었고, 잔상효과의 원리가 발표된 1600년대부터 셀룰로이드 롤필름(roll film)이 개발된 1888년까지 '움직이는 사진'을 개발하기 위한 노력이 계속되어 여러 발명품이 소개되었다.[11] 그렇지만 이것들

---

11) 대표적인 것인 에디슨에 의해 1891년에 발명되었던 키네토스코프와 같은 기계였다. 이 기계는 필름으로 찍은 영화를 구멍으로 들여다보는 장치로, 여러 대를 설치하여 한 사람씩 구경하는 방식으로 되어 있었다. 30초 간 활동사진을 보는 것만이 가능했고, 50kg이 넘는 무게 등의 조건 때문에 보편화되지는 못했다. 그렇지만 이는 영화에 거의 근접한 형태의 발명품으로 평가받고 있다. '움직이는 사진'을 개발하기 위한 노력과 영화의 발명, 그리고 초창기 영화에 대해서는 다음의 견해들을 참고할 수 있다. : Rudolf Arnheim, 김방옥 역, 「화상(畵像)을 움직이게 한 생각들」, 『예술로서의 영화(Film as Art)』, 홍성사, 1983, pp.165~183.; 최영철, 「영화의 역사」, 영화진흥위원회 교재편찬위원회 편, 『영화 읽기』, 커뮤니케이션북스, 2004, pp.8~10.

은 어디까지나 사진의 틀을 벗어나지 못했다. 즉, 고정된 이미지를 나열한 것에 불과했을 뿐, 움직임을 매끄럽게 담아내지 못했던 것이다. 영상은 연속성과 움직임을 가지고 있기 때문에, 사진이나 그림과 같은 고정적인 이미지와 변별된다. 뤼미에르 형제에 의해서 고정된 이미지는 영상으로 변모하였고, 이를 기반으로 영화라는 새로운 예술장르가 탄생하게 되었다.

그러나 초기의 영화는 움직이는 사진[活動寫眞]에 지나지 않았다. 카메라의 움직임도 없었고 장면의 전환도 사용되지 않았던 단순한 기록이었다. 하지만 미국의 포터(Edwin S. Potter)에 의해서 이야기 서술을 위한 편집기법이 개발되고, 그리파스(David W. Griffith) 감독에 의해 쇼트(shot)를 기본단위로 하는 영화언어의 문법이 선보이면서부터, 영화는 예술로서의 면모를 갖추기 시작했다. 영상매체의 특성인 '움직임'만을 강조하는 단순한 제시에서, '영상을 통한 서술'이 이루어지는 예술작품으로 변모하게 된 것이다.

영상을 매체로 이루어지는 영상예술작품의 서술방식은 다음과 같은 구성요소에 의해서 이루어진다. 영상작품을 구성하는 기본적인 단위는 '프레임(frame)'이다. 프레임이란 '영상의 외곽을 규정하는 틀'[12]이면서, 동시에 하나의 이미지를 포함하고 있는 개별적인 필름을 의미한다. 프레임은 현실공간에서 이루어지는 움직임을 촬영한 하나의 이미지이고, 이것들이 결합하여 연속성을 가지게 된 것이 영상예술작품이다. 그러나 프레임이 현실공간을 그대로 재현하기만 하는 것은 아니다. 그것은 연출자 혹은 촬영기사의 안목에 의해 선택되고 재구성된 공간의 이미지이며, 같은 화면이라도 부각되는 대상과 감추어지는 대

---

12) 서정남, 「영화의 언어성」, 영화진흥위원회 교재편찬위원회 편, 위의 책, p.29.

상이 면밀한 계산에 의해 제시된다. 이러한 측면에서 미장센(mise en scène)[13]의 개념이 도입되었다. 이는 영상에 담긴 인물이나 사물의 공간적 배치를 의미하는 용어로 주로 사용되며, '연기 지도, 조명 배치, 카메라 작업 등을 포괄하는'[14] 개념으로 확장되기도 한다. 결국 이것도 영상의 의도적 재현을 설명하게 되는데, 이러한 점에서 영상예술은 허구적인 서사의 대표적인 장르인 소설과 상통한다.

개별적인 프레임들이 결합되어 일정 분량을 이루면 '쇼트'가 된다. 쇼트는 스크린에 제시된 영상이 커트(cut)나 페이드(fade)[15] 없이 지속되는 것을 의미하는데, 그 길이는 연출자의 의도와 방향에 따라 천차만별이다. 이를 소설의 개념에 적용하자면, 프레임은 단어라고 할 수 있으며 쇼트는 문장이라고 할 수 있다. 쇼트는 영상예술작품에서 의미를 가진 '가장 작은 분절단위'[16]라고 규정된다. 소설가가 문체를 통해 자신의 개성을 드러내고 분위기를 만들 듯이, 영상예술작품의 연출자도 쇼트의 길이를 조절해서 이야기 진행의 호흡과 완급을 조절하는 것이다.

이러한 몇 개의 쇼트가 결합되면 '시퀀스(sequence)'를 이룬다. 시퀀스는 연속되는 장면들의 결합이 만들어내는 일종의 의미단위로, 장소·시간·사건의 연속성을 통해 하나의 에피소드를 이루는 비교적 독

---

13) '미장센'은 본래 연극에서 사용되는 용어로, 문자 텍스트를 장면으로 무대화한다는 의미를 가진다. 이것이 영화에 도입된 것은 1950년대 후반부터 시작된 프랑스의 누벨바그(nouvelle vague) 영화운동에 참여했던 비평가와 영화들에 의해서였다. 이들은 영화의 미학적 측면을 강조하기 위한 방법으로 이 개념을 도입한다.

14) Wolfgang Gast, 조길예 역, 『영화―영화와 문학(Film und Literatur)』, 문학과지성사, 1999, p.195.

15) '페이드'는 영화에서 주로 사용되는 기술적인 용어이다. 카메라 조리개의 개폐방식을 의미하거나 카메라나 영사기의 조리개 부분을 여닫는 기계적 부분을 의미한다. 미학적 용어로 사용될 경우에는 영화를 구성하는 다양한 수단을 총칭하는데, 페이드인·페이드아웃·오버랩(OL : overlap) 등이 이에 해당한다.

16) Wolfgang Gast, 앞의 책, p.151.

립성을 띤 구성의 단위를 뜻한다. 이는 소설의 단락 혹은 장면에 해당하는 것으로, 시퀀스의 조합을 통해서 작품의 의미구조가 형성된다고 할 수 있다. 일반적으로 시퀀스의 구분과 접속은 페이드인(fade in)과 페이드아웃(fade out)을 통해서, 즉 인물이나 장소·시간 등이 변화하는 것을 기점으로 이루어지는 것이 보통이지만, 이는 필수적인 요건은 아니다. 시퀀스를 구분하는 가장 중요한 요소는 그것이 "내용적·주제적 차원에서 하나의 단위를 형성"하느냐는 점이다.[17] 이러한 구분은 작품의 해석과 밀접하게 연관되기 때문에 시퀀스를 구분하는 과정에서 얼마든지 개인적인 차이가 발생할 수 있다.

이상의 논의를 통해서 영상예술은 대상과 그 대상이 위치한 공간에 대한 영상을 기본 요소로 이루어진다는 사실이 파악되었다. 그런데 여기에서의 영상은 고정된 이미지가 아니라 움직임을 가진 역동적인 이미지라는 사실이 주목된다. 영상예술작품에서 움직임은 배우에게만 국한되는 것이 아니다. 아른하임(Rudolf Arnheim)의 지적처럼, "영화에서의 인간이란 항상 그 환경으로 분리될 수 없는 한 부분"[18]이기 때문이다. 이는 소설의 공간배경에 대한 논의에서 제시되었던 웰렉(René Wellek)과 워렌(Austin Warren)의 견해와 유사하다. 소설에 있어서 공간은 단순한 배경에 국한되는 것이 아니라 등장인물의 심리를 표현하고, 나아가 성격을 규정하는 일종의 환경으로 작용한다.[19] 영상예술작품의 공간도 역시 같은 역할을 담당한다. 그러므로 영상예술작품은 단순히 공간을 재현하는 것이 아니라, 움직임을 가진 대상들로 가득 찬

---

17) 위의 책, p.152.
18) Rudolf Arnheim, 「움직임」, 『예술로서의 영화』, 앞의 책, p.190. : "움직임이란 배우에게만 국한되는 것은 아니다. 영화에서의 인간이란 항상 그 환경으로부터 분리될 수 없는 한 부분이다. 환경도 연기에 한 몫 하는 것이며 인간의 신체보다 더 인상적일 수도 있는 움직임을 창출해 낼 수 있다. 폭풍과 맞서 싸우는 강건한 사나이의 완고한 저항은 바람에 휘는 나무들과 가차 없이 돌아가는 풍차와 함께 보여질 때 더욱 효과적으로 강조된다."

역동적인 공간에 대한 재현을 시도하고 있는 것이다.

2) 공간의 조직에 의한 시간표현

소설이 언어를 매체로 하여 서술이 진행되는데 비해 영화는 영상을 표현매체로 활용한다는 사실은 앞서 설명된 바와 같다. 여기에서 언어는 상징기호(象徵記號, symbol)이며 영상은 도상기호(圖上記號, icon)라고 할 수 있는데, 이것들이 가지는 특성의 차이가 소설과 영상예술의 차이를 만드는 원인이 된다.

도상기호는 기호와 지시대상 사이의 시각적 유사성에 기초하며, 강력한 직접성을 가진다. 그에 비해 상징기호는 기호와 지시대상 사이의 거리가 멀고, 이러한 거리로 인해서 필연적으로 수용자의 에너지와 인식의 과정을 요구한다.[20] 수용자들이 상징기호로 표현된 소설보다 도상기호로 표현된 영상예술을 훨씬 익숙하고 이해하기 쉬운 것으로 받아들이는 이유도 여기에 있다. 표현매체의 차이는 이러한 수용적 측면뿐만 아니라, 작품의 구성방법에 있어서도 차이를 만든다.

소설은 문자들의 단선적인 나열로 구성되기 때문에, 작품을 구성하는 방법에 있어서 공간과 시간의 요소가 모두 중요시된다. 이야기 자체의 흥미를 강조하는 전통적인 소설론은 시간의 측면을 강조하지만, 이 연구의 앞선 단락들에서 논의되었던 것과 같이 최근의 소설작품에서는 공간의 측면을 강조하는 현상이 나타나고 있다. 이에 비해 영상

---

19) René Wellek & Austin Warren, Theory of Literature, Penguin University Books, 1973. p.221. : "Setting is environment ; and environment especially domestic interiors, may be viewed as metonymic, or metaphoric, expressions of character. A mans house is an extension of himself. Describe it and you have described him."
20) 박진·김행숙, 앞의 책, p.137.

예술의 작품구성은 전통적으로 공간의 측면을 강조해 왔다. 이는 영상예술이 화면이라는 2차원적 공간을 구성의 근간으로 삼기 때문이다. 화면 위에 구현되는 영상예술작품은 프레임들의 연속체이며, 각각의 프레임은 일정한 대상을 재현하고, 그 대상은 공간 속에 위치한다는 사실이 영상예술작품 구성방법의 특성을 규정하는 것이다. 이러한 차이점을 바탕으로 블루스톤(George Bluestone)은 소설과 영화의 작품 구성방법의 차이를 다음과 같이 제시했다.

> 소설과 영화는 모두 시간예술이다. 그러나 소설에 있어서의 형성원리가 시간인데 비해, 영화의 형성원리는 공간이다. 소설이 공간은 당연하게 여기고 시간 가치의 복합 속에서 그 서사를 형성하는데 반해, 영화는 시간을 당연하게 여기고 공간의 배열 속에서 그 서사를 형성한다.[21]

그렇지만 영상예술의 작품 구성방법에서 시간의 측면이 전혀 도외시되는 것은 아니다. 위의 인용에서도 언급되는 것처럼 시간적 개념의 전달이 공간을 통해서 이루어질 뿐이다. 이러한 특성은 영상예술이 관념적이고 추상적 내용을 표현하는 것이 소설에 비해 용이하지 않다는 사실을 의미하며, 시간의 전환을 표현하는 방법에 있어서도 적지 않은 차이를 가지게 된다.

소설에서의 시간 전환은 상징기호인 언어를 통해 표현되기 때문에, 명시(明示)와 암시(暗示)의 두 가지 방법 중에서 선택될 수 있다. 명시

---

21) George Bluestone, Novels into Film, Baltimore:Johns Hopkin Press, 1957, p.61. : 김중철, 『소설과 영화』, 푸른사상, 2000, p.58. 재인용. : "Both novel and film are time arts, but whereas the formative principle in the novel is time, the formative principle in the film is space. Where the novel takes its space for granted and forms its narrative in a complex of time values, the film takes its time for granted and forms its narrative in arrangements of space."

는 시간의 전환을 서술을 통해서 직접적으로 제시하는 '말하기(telling)' 기법이고, 암시는 대화나 묘사 등을 통해 간접적으로 제시하는 '보여주기(showing)' 기법에 해당한다. 그에 비해 영상예술에서의 시간 전환은 도상기호인 영상을 통해 표현되기 때문에 암시의 방법밖에 사용될 수 없다. 물론 영상예술작품에서도 자막이나 나래이션을 통해서 직접적으로 제시될 수도 있지만,[22] 이러한 방법들도 영상이 전제되어 있는 상태에서야 비로소 가능하다. 최근에는 흑백영상과 칼라영상을 교대로 제시하는 방법이 많이 사용되고 있는데, 이도 역시 시간을 영상화하는 방법이라고 하겠다.

스티븐슨(Ralph Stephenson)과 데브릭스(Jean R. Debrix)는 영상예술의 이와 같은 표현방법을 '시간적으로 조직화된 공간'[23]이라고 표현하면서, 이것이야 말로 영상예술만의 독창적인 특성이라고 설명했다. 이와 관련된 내용을 인용하면 아래와 같다.

영화가 우리에게 보여주는 것은 공간이며 그 밖의 다른 것은 없다. 그래서 이 공간은 필연적으로 시간을 표현하는 것이다. 그러나 반면에 이 공간은 시간적으로 배열될 수밖에 없으며 시간이라는 형식으로 맞추어져야 한다. 다시 말해 이 시간적 양식은 융통성이 있는 것이며, 그 융통성 때문에 우리는 공간에서처럼 시간에서 움직일 수 있는 것이다. 하여튼 계속적으로 또 아주 융통성있게 발생하는 이러한 특성들은 영화 특유의 것이며, 영화를 새로운 것으로 만들며 영화를 현실 또는 다른 예술과 구별시켜 준다.[24]

---

22) 시간의 전환을 '10년 후'와 같은 자막으로 표현하는 경우가 이에 해당한다. 이는 공간의 전환을 나타내는 방법으로도 활용되는데, 열차나 비행기를 타고 있는 장면을 보인 후에 지도에 그들의 행적을 표시하는 것이 대표적인 방법이다.

23) Ralph Stephenson&Jean R. Debrix, 송도익 역, 『예술로서의 영화(*The Cinema as Art*)』, 열화당, 1994, p.146.

24) 위의 책, p.149.

3) 구조화된 공간에 의한 의미 창출

영상예술은 편집을 통해서 서사구조를 형성한다. 영상물의 촬영과정은 상영되는 작품의 진행순서와 일치하지 않는다. 각각의 프레임은 필요에 따라 개별적으로 촬영되는데, 촬영된 프레임 더미를 적합한 순서에 따라 구성하는 편집 작업을 통해서 작품의 서사구조가 만들어진다. 관객들은 오직 편집된 프레임만을 볼 수 있기 때문에, 편집은 영상작품의 성격을 결정하는 가장 핵심적인 부분이다. 특히 최근에는 컴퓨터 그래픽(CG)을 비롯한 각종 특수효과의 사용이 많아져서 화면 합성 및 수정 작업이 동시에 진행되는 경우가 빈번해졌으며, 이에 따라 편집의 중요성이 더욱 부각되고 있다.

편집 방법은 일반적으로 두 가지 측면에서 설명된다. 하나는 '커팅(cutting)'으로 극적인 세부 표현과 관련이 없는 요소는 잘라낸다는 원칙이다. 이는 관객이 매순간 최선의 영상을 통해 최대한의 서사정보를 수용하고 있다는 느낌을 갖도록 만드는데 목적을 두는 것으로, 할리우드 영화에서 주로 사용된다. 다른 하나는 '몽타주(montage)'이다. 이는 극적 세부 표현과 직접적인 관련이 없더라도 감독의 의도를 표현하기 위해 조립해서 사용한다는 원칙이다.[25] 이처럼 커팅과 몽타주는 확연하게 구분된다. 커팅이라는 용어가 사용을 원치 않는 자료를 잘라내는 것을 염두에 두고 있다면, 몽타주는 부분을 함께 짜맞추는 구성적 행위를 의미하는 표현이다.[26] 이러한 차이점은 정보의 전달과 수용의 측면에서도 나타난다. 커팅이 정보의 전달에 주안점을 둔다면, 몽타주는 정보를 묘사하여 관객들이 내포된 의미를 유추하고 추

---

25) 서정남, 『영화 서사학』, 생각의나무, 2004, pp.270~275. 참고.
26) Wolfgang Gast, 앞의 책, p.111.

론할 수 있도록 유도하는 데 주안점을 둔다. 그러므로 커팅은 관객의 요구가 중심이 되는 기법이고, 몽타주는 감독의 의도가 중심이 되는 기법이라고 하겠다.

커팅이 상황을 역동적으로 몰아가고 속도감을 배가시키는 방향으로 이루어지며, 주로 인물이 화면공간에 들고 나는 순간을 기점으로 이루어지는 이유도 관객의 요구를 충족시키고 상황을 손쉽게 이해하도록 만들기 위해서이다.

그에 비해 몽타주는 영상예술의 미학적 요소를 표현하는 기법이다. 일반적으로는 몽타주는 서로 무관한 듯한 쇼트들을 충돌시켜 제3의 의미를 창출해내는 영화 특유의 편집기법을 의미하지만,[27] 기술적인 문제에만 국한되는 것은 아니다. 영상미학자인 코헨(Ceith Cohen)은 몽타주의 기본 원리를 '불연속적 연속성(不連續的 連續性, discontinuous continuity)'[28]이라고 설명하여 이를 영상예술작품의 구조를 결정하는 주된 원리로 보았다. 또한 마르땅(Marcel Martin)은 몽타주를 통해서 교차하는 이야기 병행에 동기가 부여되고, 독특한 속도를 창출하여 일정한 양식성이 플롯의 구성에 부여되는 효과를 얻을 수 있기 때문에, 이것이야말로 '영화가 가진 고유의 양식이자 어법'이라고 설명했다.[29]

이처럼 몽타주는 단순한 편집기술이 아니라, 영상예술의 "미학적 효과를 위해 청각적·극적·시각적 요소들의 다양한 국면을 상호 결합하는 예술적 창안의 한 원리"[30]인 것이다. 몽타주 기법에 대한 설명에서

---

27) 몽타주의 다양한 방법에 대해서는 다음의 논저에 자세히 언급되어 있다. : James Monaco, 양윤모 역, 『영화, 어떻게 읽을 것인가(*How to read a film*)』, 혜서원, 1993, pp.181~183.
28) 쇼트들의 파편(fragment)으로 이루어진 영화는 엄격히 말해 우리가 경험하는 자연적 시간의 연대기적 연속성을 거역한 것이지만, 다양한 방식들의 결합을 통해 새로운 연속성을 만들어낸다는 의미이다. : 최인자, 앞의 글, p.38.
29) Marcel Martin, 황왕수 역, 『영상언어(*Language Cinematographique*)』, 대보문화, 1993, p.182. 참고.
30) 최인자, 앞의 글, p.38.

주로 인용되는 에이젠슈타인(Sergei M. Eisenstein)의 〈전함 포템킨 (*Bronenosets Potyomkin*)〉에 나오는 오데샤 학살 장면은 변증법적 사유 체계를 표현했다고 평가되며, 채플린(Charlie Chaplin)의 〈모던 타임즈 (*Modern Times*)〉에서 양 떼와 지하철에서 나오는 노동자들의 모습을 병치시킨 장면도 노동자를 사육되는 양에 비유하여 자본주의 체제에 대해 비판하고 있다는 평가를 받는다. 이러한 예를 통해서 알 수 있는 것처럼 몽타주는 작가의 의도를 강하게 반영하는 기법이다.

지금까지 살펴본 것과 같은 영화의 구성 원리를 하우저는 '공간적 질서의 원칙'이라고 설명하고 있다. 즉 영화는 "사건 진행과정의 여러 단계를 분해하여, 말하자면 공간적 질서의 원칙에 따라 이것들을 배합"[31]하며, 이를 통해서 구조를 창출한다는 것이다.

---

31) Arnold Hauser, 앞의 책, p.303.

2
디지털문학의 공간 창작방법

컴퓨터 기술의 발달은 문예창작 관련 분야에도 많은 영향력을 행사하고 있다. 문예창작과 컴퓨터 기술을 접목시키려는 관심은 1983년 개최되었던 〈컴퓨터와 문예창작 회의(Computer and Writing Conference)〉를 통해 본격적으로 가시화되었다. 이와 관련된 논의는 다양한 관점에서 진행되었는데, 1987년 무렵부터는 하이퍼텍스트 문학의 기반을 형성하는 성과들이 발표되기 시작했다. 하이퍼텍스트로 이루어진 첫 번째 소설작품인 조이스(Michael Joyce)의 『오후 : 이야기(*Afternoon : a Story*)』가 발표되었으며, 각급 대학에서 관련 강의가 개설되었고, 제1회 국제 하이퍼텍스트 회의가 개최되기도 했다. 이러한 성과들을 바탕으로 꾸준한 연구와 창작활동이 전개되었는데, 1997년에는 미국의 대표적인 문학저널인 《Postmodern Culture》, 《Modern Fiction Studies》, 《Norton Anthology of Postmodern Literature》 등에서 하이퍼텍스트 문학에 대한 특집을 다루기도 했다.

이에 비해 우리나라에서 디지털문학에 대한 이해는 활발하게 전개되지 못했다. 특히 디지털문학의 핵심 개념이라고 할 수 있는 '하이퍼텍스트(hypertext)'는 컴퓨터공학 분야에서 사용되는 용어 정도로 파악되었던 것이 사실이며, 이를 문학과 접목되는 개념으로 파악하기 시작했던 것은 2000년부터이다.[32]

디지털문학이 주목받고 있는 이유는 그것이 단순한 문학예술이기 때문이 아니라, 과학기술과 예술을 융합시킨 형태이기 때문이다. 물론 그 결과에 대해서는 앞으로 많은 연구와 평가가 이루어져야 할 부분이지만, 적어도 가능성을 제시했다는 점에서 디지털문학은 가치를 가진다. 또한 이는 최근 자주 거론되고 있는 이른바 '인문학의 위기'를 극복할 수 있는 대안으로서 주목되고 있다.

디지털문학(Digital Literature)이란 "그 존재 자체가 네트워크나 디지털 기술의 지원 없이는 가능하지 않은 문학"[33]을 의미한다. 이러한 정의는 단순히 기술적인 문제에 한정되는 것이 아니다. 이는 나아가 '디지털'이라고 설명되는 새로운 패러다임의 특성을 내포하고 있다는 의미로 해석되어야 한다.

디지털문학과 유사한 의미를 가진 용어로 '전자문학'이나 '컴퓨터문학', '온라인문학' 혹은 '사이버문학', '하이퍼텍스트문학' 등이 사용되

---

32) 문화관광부는 2000년 4월 19일을 새천년 예술의 해를 맞는 '하이퍼텍스트와 문학의 날'로 선포했다. 이를 계기로 국문학계에서는 〈언어의 새벽〉이란 하이퍼텍스트 프로젝트를 인터넷을 통해 게시했다. 같은 해 5월 17일에는 연세대학교에서 일본 게이오대학과 함께 〈디지털 시대의 고전문화〉라는 주제로 국제 심포지엄을 개최했으며, 같은 해 5월 26일과 27일에 걸쳐 서울대학교에서 〈역사학과 지식 정보 사회〉라는 주제로 학술대회가 개최되었다. 이러한 학술행사들은 인문학 연구에 하이퍼텍스트 개념을 도입하는 계기가 되었으며, 현재에 이르기까지 활발한 논의가 이루어지고 있다. : 류현주, 『하이퍼텍스트문학』, 김영사, 2000, pp.25~26.
33) 유현주, 『하이퍼텍스트—디지털미학의 키워드』, 연세대출판부, 2003, p.7.

고 있다. 이러한 용어들은 디지털문학이 가진 특징 중 일부는 설명할 수 있지만, 포괄적인 개념으로 사용하기에는 무리가 따른다.

'전자문학(Electronic Literature)'은 전자장치를 사용해서 제작되는 문학을 의미한다. 이 용어는 지나치게 포괄적인 개념으로, 디지털문학의 속성을 설명하기에는 무리가 있다. 전자장치의 초기 형태인 전동타자기나 워드프로세서로 작성되는 문학작품들까지 포함해야 하기 때문이다. 이러한 것들은 글쓰기의 도구이지 그 속성이라고 하기는 힘들다. '컴퓨터문학(Computer-generated Literature)'이라는 용어도 같은 측면에서 한계를 지적할 수 있다. 현대의 작가들은 대부분 워드프로세서 기능이 있는 컴퓨터를 사용해서 집필 작업을 수행한다. 이럴 경우 일반적으로 통용되고 있는 문학과 변별될 수 없다.

'온라인문학(Online Literature)'이나 '사이버문학(Cyber Literature)'은 PC통신 혹은 인터넷의 개념을 적용시킨 용어이다. 디지털문학의 대부분이 인터넷 환경을 기반으로 하고 있다는 점에서는 타당하지만, 인터넷 이외의 매체인 플로피디스켓이나 CD-ROM 디스크의 형태로 발표되는 작품도 있다는 점에서 디지털문학 전체를 설명할 수는 없다고 판단된다.

'하이퍼텍스트문학(Hypertext Literature)'은 디지털문학의 주요 매체인 하이퍼텍스트의 중요성에 주목한 용어이다. 현재까지 창작되었던 모든 디지털문학작품은 하이퍼텍스트를 사용하고 있다는 점에서, 그리고 하이퍼텍스트라는 매체의 특성이 그대로 디지털문학의 성격을 규정하고 있다는 점에서 다른 용어보다 적확하다. 하지만 이 용어는 앞으로의 기술 발전을 고려하지 않고 있다. 앞으로의 기술 발전에 따라 하이퍼텍스트를 대체할 수 있는 새로운 도구가 개발된다면 이 용어는 수정될 수밖에 없다.

이러한 개념들이 가진 한계를 극복할 수 있는 용어가 '디지털문학'이라고 판단된다. 이는 문학에 디지털 환경을 적용하고, 디지털 기술을 기반으로 이루어진 문학이라는 의미이다. 이 용어는 현재의 인터넷 환경 전반을 아우르면서도, 앞으로 이루어질 기술 발전까지 포괄할 수 있는 여지를 가진다.

이와 같은 논점에서 파악하면, 1990년대부터 창작되기 시작하여 현재에 이르기까지 많은 독자층을 확보하고 있는 이른바 '인터넷소설'은 진정한 의미에서 디지털문학이라고 하기 어렵다. 인터넷소설의 발생은 PC통신의 시작과 함께 이루어졌는데, 이는 기존의 소설 창작방법, 특히 신문연재소설의 창작방법을 PC통신 혹은 인터넷 게시판에 적용시킨 것에 불과하다.

신문연재소설의 창작방법으로는 과장되고 자극적인 서술 스타일, 노골적이고 괴팍스런 것에 대한 취향, 도식적인 인물 성격과 사건, 삽화적이고 임시변통적인 서술방식, 매회의 끝에 클라이맥스를 만들어 독자들의 궁금증을 유발시키는 기법 등이 지적되는데,[34] 이러한 특징은 '인터넷소설'에서도 그대로 발견된다. 이런 측면에서 인터넷소설의 문제점으로 지적되고 있는 상업주의적인 속성[35]은 신문연재소설의 창작방법을 답습했다는 점에서부터 이미 예견될 수 있었던 부분이라고 하겠다.

그러므로 이 연구에서는 '인터넷소설'이라고 불리는 "인터넷의 게시판 서비스(BBS : Bulletin Board Service)를 통해 창작, 유통, 감상이 이

---

34) Arnold Hauser, 앞의 책, pp.29~30.
35) 이에 대해서는 정과리의 견해를 참고할 수 있다. 그는 컴퓨터통신 게시판에 발표되는 작품들에 대해서 "그것들은 서점에 광범위하게 널려 있는 감상시들 그리고 무협지들과 동질적이다"라고 평가하고 있다. : 정과리, 「컴퓨터와 문학」, 김인환·성민엽·정과리 편, 『문학의 새로운 이해』, 문학과지성사, 1996, p.338.

루어지는 소설"[36]은 논의의 대상에서 제외하고자 한다. 이는 그 인터넷 소설의 통속성이나 상업주의적 속성을 문제 삼는 것이 아니라, 그것의 창작방법론에서 새로운 면모를 발견할 수 없기 때문이다.

이 연구는 보다 본격적인 의미에서 디지털문학적인 창작방법론을 갖춘 작품들을 대상으로 하는데, 흔히 '하이퍼텍스트소설(hypertext fiction)'[37]이라고 설명되는 작품들이 여기에 포함된다.

디지털문학은 인터넷 통신환경을 매체로 한다. 물론 새로운 기술이 발명되면서 변화가 이루어지겠지만, 지금까지 인터넷 통신환경의 핵심은 '하이퍼텍스트 언어 HTML(Hypertext Markup Language)'에 있다. 하이퍼텍스트는 디지털문학의 본질이자 도구이며, "언어적 정보와 비언어적 정보를 결합하는 정보매체"[38]이고, 하나의 텍스트와 그와 연관된 또 다른 텍스트들을 광범위하게 연결시킬 수 있다는 특징을 가진다. 물론 하이퍼텍스트 자체가 곧 디지털문학이 되는 것은 아니다. 오히려 그것은 하나의 기술적인 측면, 즉 작품을 형상화하는데 필요한 도구로 사용된다.

인터넷을 이용하는 사람들이 하이퍼링크를 따라가며 문서를 읽는 것과 마찬가지로, 디지털문학의 독자들은 링크를 선택해가면서 작품을

---

36) 김진량, 『인터넷, 게시판, 그리고 판타지소설』, 한양대출판부, 2001, p.96. : 물론 인터넷소설도 하나의 문화현상이라는 측면, 혹은 스토리텔링의 측면에서 연구 및 분석이 이루어져야 한다. 그러나 이는 이 연구의 성격에 부합되지 않기 때문에, 다음 연구과제로 남긴다.
37) '하이퍼텍스트 소설'은 흔히 '하이퍼픽션(hyperfiction)'이라고 축약해서 사용되기도 한다. 이 약칭을 사용하는 것도 크게 문제될 것은 없으나, 이 연구에서는 디지털문학의 근간이 '하이퍼텍스트'에 있다는 것을 분명히 하기 위해서 '하이퍼텍스트 소설'이라는 명칭을 사용하도록 하겠다.
38) 이런 측면에서 하이퍼텍스트는 이미지와 동영상, 그리고 음향 등이 결합되는 멀티미디어적인 속성을 가지게 된다. : George P. Landow, 여국현 외 역, 『하이퍼텍스트 2.0(Hypertext 2.0—The Convergence of Contemporary Critical Theory and Technology)』, 문화과학사, 2001, pp.14~15.

읽는다. 하이퍼텍스트를 매체로 창작된 예술 작품들의 특징은 인쇄를 비롯한 다른 매체를 통해서는 표현되기 어려운데, 그것은 비선형성과 다매체성이라는 두 가지 요소로 정리된다.

1) 비선형적 공간 구조

화이트(Bebo White)는 정보의 텍스트 구조를 병렬(Sequence), 바둑판(Grid), 나무(Tree), 웹(Web) 등의 네 가지로 구분했는데, 아래 그림이 그가 제시했던 문서의 기본 구조들인데, 이 중에서 전통적 서술방식인 병렬구조와 디지털문학의 구조적 기반이라고 설명되는 웹구조에 대해 살펴보도록 하겠다.

그의 견해에 따르면 병렬구조는 일직선으로 진행되는 순차적인 구조를 가지는 것으로, 정보를 표현하는 힘은 미비하지만, 시스템의 질서를 잃어버릴 위험은 적다고 파악했다. 그에 비해 웹구조는 시스템의 일관성이 부족하기 때문에 질서를 잃어버리기 쉽지만, 다양한 방식의 정보전달과 표현이 가능하다고 파악했다.[39]

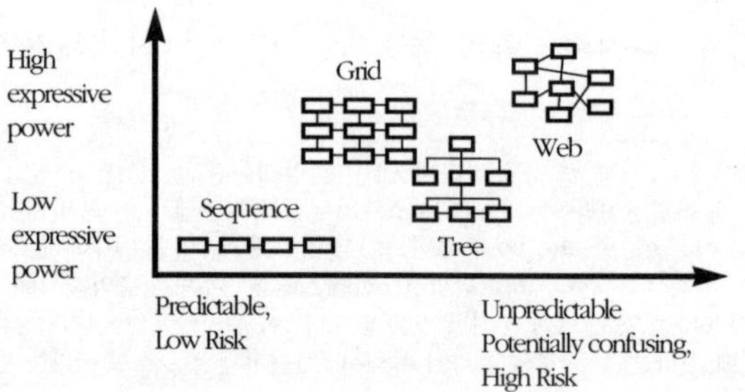

---

39) Bebo White, 「웹문서 제작기술(Web Document Engineering)」 (인터넷 문서자료 http://www5conf.inria.fr/fich_html/slides/tutorials/T14/WWW6.html)

하이퍼텍스트를 매체로 하는 디지털문학 작품들은 전통적인 문학형식과는 다른 측면에서 정보의 텍스트 구조를 가지게 되는데, 이것은 '비선형성' 구조의 특질이라고 설명된다. 병렬구조를 기반으로 하는 전통적인 텍스트들이 순차적이고 선형적인 구조를 가진다면, 웹구조를 기반으로 하는 디지털문학 작품들은 텍스트의 구성 성분들과 조각텍스트들로 하나의 네트워크를 구성한다. 각각의 텍스트들은 링크(link)를 통해 서로 결합되기 때문에 각각의 텍스트들이 진행되는 순서는 다양하게 만들어질 수 있다. 이것이 비선형적 구조의 특징이다.

물론 디지털문학 이전의 전통적인 서사예술에서도 구조적인 선형성을 탈피하려는 시도는 꾸준하게 제기되어 왔다. 앞서 살펴본 영상예술 관련된 부분에서, 현대 사회의 특징이 반영된 소설의 예로 언급되었던 조이스의 소설 『율리시즈』를 비롯하여, 보르헤스(Jorge Luis Borges)의 단편소설집 『픽션들(Ficciones)』에 수록된 작품들이 대표적인 예이다.[40] 영화에서도 이러한 예를 찾아볼 수 있는데, 아키라[黑澤明] 감독의 〈라쇼몽[羅生門]〉이나, 홍상수 감독의 〈오! 수정〉과 같은 영화에서도 그러한 예를 찾아볼 수 있다. 이처럼 비선형적 서사구조에 대한 실험은 여러 매체에서 공통적으로 찾아볼 수 있는 현상이다.[41]

---

40) 특히 보르헤스는 「바벨의 도서관」이나 「끝없이 두 갈래로 갈라지는 길들이 있는 정원」과 같은 작품에서 비선형적 세계관을 비유를 통해 제시하고 있는데, 그에 따르면 '책 속의 미로는 도서관의 미로와 닮은꼴이고 나아가 우주의 미로, 삶의 미로와 닮은꼴'이다. 이처럼 그는 세계를 단일한 길만이 존재하는 일직선으로 파악하지 않고, 다양한 길이 존재하는 곳으로 판단했다. 이러한 세계인식은 작품의 구조에도 영향을 주었으며, 나아가 그의 창작방법론에도 영향을 주었다. 또한 이는 포스트모더니즘 문학이론의 주요한 부분으로 언급되고 있다. 이에 대해서는 다음의 저술들을 참고할 수 있다. : 이남호, 『보르헤스 만나러 가는 길』, 민음사, 1994.: 박병규, 「보르헤스—시간의 미로와 담론의 미로」(인터넷 문서자료 〈라틴 아메리카 문학21〉 http://www.latin21.com)
41) 연구자에 따라서 이런 현상의 기원을 18세기로 잡는 경우도 있다. 즉, 로렌스 스턴(Laurence Sterne)의 『신사 트리스트럼 샌디의 생애와 의견(The Life and Opinion of Tristram Shandy, Gentleman)』를 선형적인 글쓰기와 글읽기에서 벗어난 최초의 작품으로 파악하는 것이다. : 류현주, 『하이퍼텍스트문학』, 앞의 책, p.28.

그러나 이런 작품들과 디지털문학은 분명한 차이점을 가진다. 소설이나 영화에서 수용자가 작품의 전체적인 구조를 파악하려면 창작자의 의도에 따라 배열된 서로 다른 상황 전부를 일방적으로 체험해야만 한다. 그렇지만 하이퍼텍스트를 통해 구현된 디지털문학에서는 작품의 전체 구조를 파악하기 어렵다. 물론 수용자가 원하기만 한다면 하나의 디지털문학 작품을 여러 차례 되풀이하면서 재현되는 모든 경우의 수를 체험하는 독서가 불가능한 것은 아니다. 그렇지만 이러한 독서행동은 사실상 무의미하다. 수용자가 모든 선택을 실행하여 작품에 내재된 모든 상황을 체험하더라도, 작품의 전체적인 구조는 쉽게 파악되지 않기 때문이다. 수용자의 입장에서 보자면, 디지털문학 작품의 독서행위는 선택에 따라서 서로 다른 내용의 작품을 읽는 것과 같다. 그런 점에서 디지털문학에서 이루어지는 각각의 선택들은 일회적이라고 설명된다.

그러나 엄밀하게 파악하자면, 디지털문학 작품에서의 선택은 일회적인 것만은 아니며, 전체적인 구조 역시 파악이 불가능한 것 역시 아니다. 다만 그러한 시도가 불필요한 행위일 뿐이다. 디지털문학 작품은 다른 매체를 활용하는 예술작품과 비교할 수 없을 정도로 복잡한 구조를 가지고 있는데, 그 전체 구조를 파악한다고 해서 작품 이해에 큰 도움이 되는 것도 아니기 때문이다. 디지털문학 작품의 목적은 그러한 구조 자체에 대한 경험, 다시 말해서 복잡하게 구조화된 선택상황을 떠도는 행위 자체에 있다. 그러므로 수용자에게 있어서 디지털문학 작품은 무한히 확장되는 비선형적 구조를 가진 이야기이지만, 창작자에게 있어서는 분명한 한계를 가진, 그러나 기존의 문학 작품이나 영상예술 작품보다는 훨씬 다양하고 복잡한 구조를 가진 이야기가 된다. 이와 같은 특징은 디지털문학의 대표적인 장르인 하이퍼텍스트 소설에서 두드러지게 나타난다.

　하나의 하이퍼텍스트 소설은 하나가 아닌 여러 개의 구조를 가진다. 작가
는 한 가지의 전개방식과 내용이 아닌, 텍스트의 분화와 가능한 대안적 선택
들과 동시적으로 진행되는 다수의 줄거리의 진행에 대해 모두 고려해야 한
다.[42]

위의 인용에 설명된 내용처럼, 하이퍼텍스트의 창작자는 수용자들이
선택의 일시성을 체험하도록 만들기 위해서, 고도로 복잡한 구조를 가
진 작품을 만들어야 한다. 독자가 선택할 수 있는 가능성의 수는 물론
이고, 그 결정을 번복해서 원래의 이야기로 돌아오거나 다른 이야기로
끼어들 수 있는 가능성까지도 함께 고려해야 하기 때문이다.

이처럼 디지털문학 작품의 비선형적 구조도 결국은 전통적인 선형구
조를 좀더 복잡하게 만든 것에 불과하다는 사실을 파악할 수 있다. 요
컨대 디지털문학 작품의 구조적 문제는 본질적 변화가 아니라 양적인
변화에 지나지 않는다고 판단된다. 흔히 하이퍼텍스트의 개념을 설명
하는 글에서 이를 무한히 확장할 수 있는 구조로 설명하는 경우가 많
은데, 이는 명백한 오류이다. 적어도 디지털문학에 활용되는 하이퍼텍
스트의 경우는 그렇다.

물론 하이퍼텍스트는 인쇄매체나 영상매체에 비해서 월등한 확장성
을 가지는 것은 사실이다. 그러나 그것도 결코 무한한 것은 아니다. 그
범위가 너무나도 폭넓기 때문에 기존의 '닫힌 구조'를 가진 매체에 익
숙했던 수용자들에게 무한한 것처럼 받아들여졌을 뿐이다.[43] 디지털문

---

42) P. Schlobinski, "Multimedia und Deutschunterricht", Der Deutshunterricht, Heft
　　2/2001. : 유현주, 앞의 책, p.38. 재인용.

학 작품의 확장성은 작가의 영향력이 작용하는 범위 안에서만 이루어
질 수 있다.

디지털문학의 구조적 특징은 비선형 구조의 작동원리와 관련된 부분
에서 분명하게 드러난다. 비록 그것이 여전히 창조자의 통제를 받는
구조라고 하더라도, 그러한 구조가 실행되는 것은 어디까지나 수용자
의 선택에 의해 이루어지기 때문이다. 바로 이것이 하이퍼텍스트를 매
체로 하는 디지털문학의 비선형 구조와, 소설과 영화 등의 전통적 서
사예술이 가진 선형구조를 변별하는 가장 근본적인 차이이다.

이와 같은 확장성을 가진 하이퍼텍스트를 구축하는 데 합당한 구조
는 '공간의 병치(竝置) 구조'라고 할 수 있는데,[44] 이는 앞서 살펴보았
던 소설의 창작방법론 중에서 공간구조에 해당하는 방법이다. 이러한
창작방법은 디지털문학의 특징이기도 한 '비선형적 구조'에 근간을 두
고 있으며, 그 전개방식에 따라 가지형(枝型, branch type) 구조와 뿌리
줄기형(根莖型, rhizome type) 구조로 양분될 수 있다.[45]

❶ 가지형 이야기구조

가지형 구조는 하나의 출발점과 독립적으로 병렬 진행되는 여러 개

---

43) 이로 인해 디지털문학은 다음 단락에서 논의할 컴퓨터게임과 구분된다. 물론 일부 시뮬레이
션 게임의 경우는 선택의 폭이 제한되어 있으나, 대부분의 컴퓨터게임은 같은 인터페이스에
서 게임을 하더라도, 게이머가 완전히 똑같은 방식으로 게임을 진행시키지 않는 한 같은 국
면을 경험하는 일은 극히 드물다.
특히 최근 주목받고 있는 온라인게임의 경우는 각 게이머들 간의 상호관계를 통해 게임이 진
행되기 때문에 동일한 국면을 경험하는 것은 물리적으로 불가능하게 되었다. 다만, 그 게임
의 공간에 내재된 공간(map)의 한계는 체험할 수 있는데, 이 역시 지속적으로 업그레이드가
이루어지기 때문에 사실상 무한에 가까운 공간이라고 할 수 있다. 이에 관한 내용은 컴퓨터
게임에 관한 단락에서 자세히 논의하겠다.
44) George P. Landow, 앞의 책, p.265.

의 줄거리, 그리고 각각의 줄거리에서 만들어지는 서로 다른 결론을 가진 이야기 형태를 말한다. 이것은 완벽한 의미에서의 비선형적 구조라고 할 수는 없고, 전통적인 서사 전개방법인 선형구조를 복잡하게 변형한 것이라고 할 수 있다.

초기의 디지털문학 작품들은 단순화된 몇 개의 가지들만 제시되었지만, 최근에는 점차 가지의 양이 많아지고 이야기의 분화방법도 다양하게 이루어지는 추세이다. 이 구조에서 이야기 분화는 각 상황에서 주어지는 결절점(結節點, node)을 통해 이루어지는데, 이 부분이 선택의 장소로 활용된다. 이는 이야기 단위 사이의 위계질서를 유지하는 구성으로, 같은 가지에 있는 이야기 단계로의 전환은 불가능하지만 하나의 단계를 올라갈 때마다 결정을 바꾸는 것은 가능하도록 되어 있다. 또한 이 구조는 수용자의 선택에 따라 이야기가 진행되지만, 선택의 자율성이 완전히 인정되는 것은 아니다. 수용자는 창작자가 제시하는 몇 가지 선택사항 중에서 하나를 선택할 수 있을 뿐이다.

이처럼 가지형 구조는 각각의 이야기 단위들이 가지는 독립성이 강조되며, 그에 따라 창작자의 역할 역시 강조된다. 그러므로 수용자가 자유롭게 이야기를 구성하는 탈질서적인 구성방법은 지원하지 않는데,

---

45) 유현주는 이를 촉수형, 나무형, 뿌리형의 세 가지로 구분하여 제시한바 있다(유현주, 앞의 책, pp.39~44.). 촉수형은 하나의 출발점과 여러 결론을 가진 구조이고, 나무형은 하나의 출발점에서 여러 줄거리로 다시 이 줄거리에서 더 많은 줄거리로 계속 가지를 늘려 나가는 구조이며, 뿌리형은 여러 결절점을 가지고 이곳으로부터 새로운 전개가 서로 뒤엉켜 이루어지는 구조를 말한다.
그러나 나무형 구조는 근본적으로 촉수형이 복잡해진 형식이라고 할 수 있기 때문에 동일한 구조로 통합할 수 있을 것이다. 또한 '뿌리형'이라는 용어는 일반적인 나무의 뿌리와 혼동될 수 있기 때문에 그 의미를 보다 분명히 하여 '뿌리줄기형'이라는 용어로 대체한다. 특히 뿌리줄기형 구조는 많은 연구가 들이 지적했던 것처럼, 들뢰즈(Gilles Deleuze)와 기타리(Félix Guattari)가 『천 개의 고원(A Thousand Plateaus)』에서 주장한 개념과 상통하는 것이다(George P. Landow, 앞의 책, pp.62~67.). 일반적으로는 '리좀'이라고 사용되지만, 이는 번역이 되지 않은 상태이기 때문에, 이 연구에서는 '뿌리줄기'라는 용어로 사용한다.

이것이 다음에 살펴볼 뿌리줄기형 구조와의 차이점이다. 우리나라에서 시도되었던 디지털문학 작품은 대부분 이 구조를 사용하고 있는데, 2001년도에 발표된 〈디지털 구보 2001〉를 대표적인 예로 들 수 있다.[46) 또한 이러한 구조는 이야기가 단계적으로 전개되는 서사진행형 게임에서도 활용된다. 가지형 이야기 구조를 도식화하면 다음과 같다.

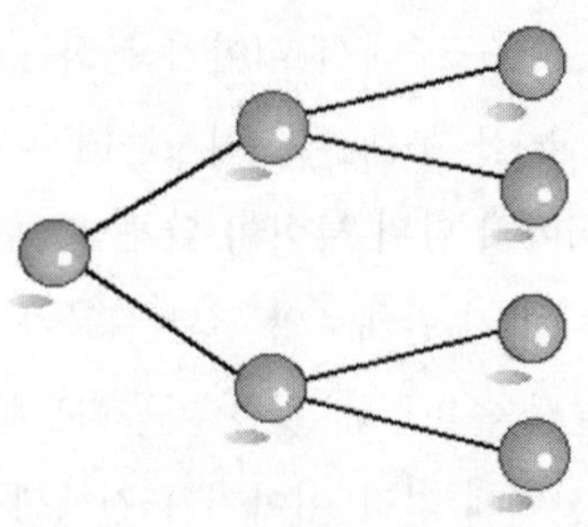

가지형 구조는 작가가 이야기를 분화하는 방법에 따라 이진법적 분화와 멀티플 분화로 세분할 수 있다. 이진법적 분화는 '예(Yes)'와 '아니오(No)'의 두 가지 선택만이 가능하기 때문에 분화가 규칙적으로 일어나는 것이고, 멀티플 분화는 보다 복잡한 선택항목이 제시되기 때문에 불규칙적인 분화가 일어나는 것이다.

❷ 뿌리줄기형 이야기구조

뿌리줄기형 구조는 이야기 단위들이 식물의 뿌리줄기처럼 서로 얽기설기 연결되어 있는 것이다. 이러한 구조의 결절점은 모든 방향으로

---

46) 그러나 〈디지털구보 2001〉는 역시 이러한 구조를 온전하게 구현한 작품은 아니다. 이 작품에서 구현된 하이퍼텍스트 구조는 이야기를 진행시키는 역할을 수행하지 못하고, 텍스트 안에 링크된 단어들을 부연 설명하는데 그치고 있기 때문이다. 이 작품의 한계에 대해서는 소설과 디지털문학의 창작방법론 교류에 해당하는 부분에서 보다 자세히 언급하도록 하겠다.

뻗어나갈 수 있으며, 이러한 구조적 특징으로 인해 수없이 많은 이야기로의 변형이 가능하다.

뿌리줄기형 구조에서 가장 일반화되어 있는 모델은 미로(迷路)와 같은 형태이다. 미로는 기존의 소설작품에서도 현대사회의 특질을 나타내는 상징으로 자주 활용되었던 공간인데, 특히 보르헤스는 「끝없이 두 갈래로 갈라지는 길들이 있는 정원」이라는 작품에서 미로의 구성을 가진 소설을 제시하고 있는데,[47] 뿌리줄기형 구조를 가진 디지털문학 작품이 여기에 해당한다.

그런 점에서 미로는 디지털문학의 특징을 잘 반영할 수 있는 공간이기도 하다. 미로형태는 특정한 줄기가 없는 여러 경로로 구성되기 때문에, 언제라도 다른 단계로의 전환이 가능한 진행순서를 가진다.

그렇기 때문에 이 구조에서는 수용자의 역할이 무엇보다 강조된다. 수용자의 자유로운 의사선택에 의해 이야기 자체가 변하기 때문이다. 물론 이 경우에도 창작자의 통제가 완전히 사라진 것은 아니지만, 앞서 살펴본 가지형 구조에 비해서는 현저하게 약화된 형태로 남아있기 때문에, 이야기의 진행 단계에서는 거의 영향력을 발휘하지 못한다. 오히려 수용자는 창작자가 제시한 가상의 공간 안에서 자신의 역할을 인지하고 행동을 이끌어나가는 능동적인 역할을 수행한다. 최근 들어 디지털예술의 주요한 미학개념으로 부각되고 있는 '공간으로의 몰입(immersion)'[48]이 뿌리줄기형 이야기구조, 특히 그 중에서도 미로형태

---

47) 보르헤스가 제시한 '미로'의 구성을 가진 소설은 다음의 인용과 같으며, 그의 작품에 나타나는 미로의 상징성에 대해서는 앞에서 이미 언급한 바 있다(이남호, 앞의 책, pp.226~227. 참고.). : "모든 허구적 작품 속에서 독자는 매번 여러 가지 가능성과 마주치게 되는데, 그는 하나를 선택하고 다른 나머지들은 버리게 됩니다. 취팽의 소설 속에서 독자는 모든 것을—동시에—선택하게 됩니다. 이렇게 해서 그는 다양한 미래들, 다양한 시간들을 선택하게 되고, 그것들은 무한히 두 갈래로 갈라지면서 증식하게 됩니다." (Jorge Luis Borges, 황병하 역, 「끝없이 두 갈래로 갈라지는 길들이 있는 정원」, 『픽션들(Ficciones)』, 민음사, 1994, p.160.)

를 가진 작품에서 가장 잘 관찰되는 것도 이러한 이유 때문이다.

그러나 때로는 이 구조에 내재된 자율성이 수용자들에게 부담으로 작용하기도 한다. 수용자들이 스스로 선택항목을 찾아가야 하기 때문에, 보다 많은 노력과 시간을 투자해야 한다. 또한 수용자의 선택이 잘못되었을 경우에는 이야기의 전개가 허무맹랑하거나 무의미해지며, 극단적인 경우에는 중간에 그냥 끝나버리는 경우도 발생하게 된다. 이러한 경우 이야기에 대한 수용자의 흥미는 현격하게 줄어들게 되며, 이심지어는 야기를 읽는 행위 자체를 포기하게 될 수도 있다.

이러한 문제점을 보완하기 위해서 미로를 간략화한 형태가 제시되기도 한다. 이는 몇 개의 특정한 결절점이 가진 기능을 강화해서 다양한 이야기들을 단위화하는 방법이다. 언뜻 보아서는 앞서 살펴본 가지형 이야기구조를 보다 복잡하게 만든 것처럼 보이지만, 이야기의 수평적 진전에 기본을 두면서 위계질서에 따른 진행 역시 부분적으로 이루어지도록 되어 있다는 점에서 차별된다. 즉, 이 형태의 목적은 수용자들이 잘못된 선택을 할 위험성을 줄이는 것이지 이야기의 구조적 특성 자체를 변화하려는 것은 아니다.

이와는 반대로 아예 처음과 끝조차 가지지 않은 그야말로 뿌리줄기 형태를 유지하는 이야기구조도 있다. 처음과 끝이 불명확하고, 이야기의 진행만 있을 뿐 줄기는 찾아볼 수 없다. 수많은 결절점들은 반복과 교차가 가능한데, 새로운 경로에서는 동일한 이야기라도 다른 의미로 변화될 수 있다. 이러한 형태는 네트워크의 속성을 가장 극단적으로 보여준다는 점에서는 의미를 가지지만, '가상공간에서 길 잃기(lost in Cyberspace)' 경험이 빈번하게 나타난다는 한계를 가진다.

---

48) 유현주, 앞의 책, p.42. 참고.

지금까지 살펴보았던 뿌리줄기형 이야기구조를 도식화하여 제시하면 아래와 같다.

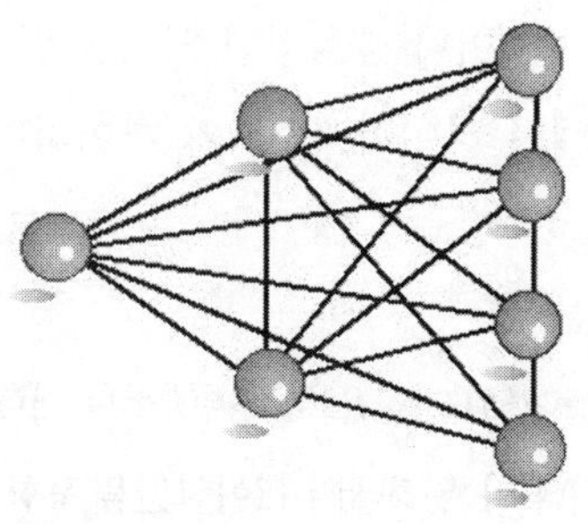

2) 멀티미디어를 활용한 공간 표현

다매체성은 하이퍼텍스트가 기존의 텍스트와 구분되는 가장 두드러진 특징이다. 하이퍼텍스트는 활자만으로 구성되는 것이 아니라, 그래픽과 이미지를 비롯하여, 음향과 음악, 그리고 동영상까지도 포함할 수 있다. 이러한 멀티미디어 환경이 구현되면서 하이퍼텍스트는 활자매체에 익숙해진 수용자들에게 새로운 독서경험을 가능하게 했다.

하지만 다매체성이 작품 내부에 여러 매체들이 공존하는 사실만을 의미하는 것은 아니다. 이것은 '상호매체성(intermediality)의 가능성'으로 확장된다. 하이퍼텍스트에서 상호매체성은 "다양한 매체가 서로의 자리를 뒤바꾸고 대신하며, 이야기를 이어주고, 다시 건너뛰며, 독자의 연상의 폭을 넓게 만들어주는 기능"[49] 을 담당하는데, 이러한 기능이 잘 구현되면 디지털문학은 복합적이고 미학적인 매체 경험을 안

---

49) 위의 책, p.46.

겨주는 장르가 될 것이다.

디지털문학의 의미 전달과정에 있어서 가장 중요한 역할을 담당하는 것은 여전히 텍스트이다. 그렇지만 종종 이미지나 음향, 애니메이션 등이 보조적인 역할에서 벗어나 중심적인 역할을 담당하기도 한다. 이러한 다매체성으로 인해서 하이퍼텍스트와 하이퍼미디어가 동의어로 사용되기도 한다.

하이퍼미디어(hypermedia) 개념은 하이퍼텍스트 내에다 단지 시각 정보, 소리, 동영상, 그리고 여타 다른 형태의 데이터들을 포함하여 텍스트의 개념을 보다 확장시킨 것일 뿐이다. 언어적 담론의 문장을 다른 언어 문장들처럼 쉽게 이미지들과 지도들, 도표들, 그리고 소리에 결합시키는 하이퍼텍스트는 텍스트의 개념을 단순히 언어적인 것이라는 개념을 넘어 확장시키기 때문에 나는 하이퍼텍스트와 하이퍼미디어를 구별하지 않는다. 하이퍼텍스트는 언어적 정보와 비언어적 정보를 결합하는 정보매체를 나타낸다.[50]

초창기의 디지털문학은 텍스트적 속성이 강했지만, 점점 다양한 이미지와 애니메이션을 포함하는 멀티미디어적 속성이 강화되고 있다. 2000년에 발표된 아메리카(Mark Amerika)의 하이퍼텍스트 소설 『그라마트론(Grammatron)』이 그런 추세를 반영한 대표적인 작품이라고 평가되고 있다.[51] 다매체성이 디지털문학의 주요한 미학 개념으로 인정되고 있는 이유는 앞으로도 멀티미디어적 측면이 강조되리라는 전망에 의한 것이다.

---

50) George P. Landow, 앞의 책, pp.14~15.
51) 이러한 특징에 주목한 일부 연구자들은 『그라마트론』을 '테크노 문학'이라는 새로운 장르로 분류하는데, 텍스트가 아닌 시청각적인 요소가 작품의 본질을 이루고 있기 때문이다.

물론 이러한 변화는 디지털 기술의 발전과 함께 진행되고 있는데, 최근 들어 사용자가 증가하고 있는 VRML(Virtual Reality Modeling Language)이 변화의 주된 원인이라고 할 수 있다. 이는 하이퍼텍스트의 기본 도구인 HTML보다 시각화 기능이 강화된 네트워킹 언어로, 인터넷상에서 3차원적인 데이터들의 전송과 재현을 가능하게 하는 것이다. 이로 인해서 여러 사람들이 동시에 가상공간에 참여하고 상호 관계를 형성하는 것이 가능해졌다. 아직까지는 인터넷의 전송속도와 데이터 크기의 한계 등이 문제가 되고 있지만, 끊임없는 개선 작업이 진행되고 있기 때문에, 조만간 본격적으로 실용화될 것으로 기대된다.

　이처럼 고도의 화상도를 가진 3차원 그래픽이 네트워크 상에서 실시간으로 구현된다면, 디지털 문화에도 커다란 변화가 이루어질 것이다. 영상예술과 하이퍼텍스트의 결합이라는 새로운 네트워크 예술 장르의 출현이 가능해졌기 때문이다.[52] 그런 측면에서 이 변화는 영화의 발견에 비견된다. 그리고 영화의 발전에 따라서 점차 문학의 입지가 줄어들었던 것처럼, 3차원 그래픽 기술의 발달로 인해서 디지털문학의 입지도 줄어들 것이라는 전망도 제기되고 있다.

---

52) 이와 같은 변화의 징후는 여러 분야에서 발견되고 있다. 인터넷 커뮤니티 사이트 〈싸이월드(http://cyworld.nate.com)〉의 미니홈피에서 제공되는 '플래쉬만들기' 서비스가 그것이다. 〈싸이월드〉는 우리 사회에 블로그(blog) 문화를 보편화시켰다는 평가를 받고 있는데, 사이트의 회원들에게 제공되는 미니홈피가 블로그의 역할을 한다. 디지털카메라가 보급되면서 미니홈피는 개인의 사진첩 기능을 전시하는 공간으로 각광받게 된다. 초기에는 파일 형태로 된 사진만을 올릴 수 있었으나, 최근에는 여러 장의 사진을 플래시로 만들 수 있는 프로그램이 제공되고 있다. 이러한 기능에 의해 개인이 영상을 제작할 수 있는 기반이 마련된 것이다. 싸이월드의 발전 과정 및 사회학적 의미에 대해서는 다음과 같은 자료들을 참고할 수 있다. : 김철수, 『싸이월드는 과연 다음을 넘어섰을까』, 길벗, 2004.; 채지형, 『싸이월드는 왜 떴을까?』, 제우미디어, 2005.; 김민주, 『싸이월드의 성공요인과 향후 전략』, emars, 2005.

3
컴퓨터게임의 공간 창작방법

컴퓨터게임을 일반적인 문학의 영역에 포함시키기기는 힘들다. 그러나 게임의 역사를 살펴보면, 게임을 문학의 확장된 형태로 파악할 수 있는 여지를 찾을 수 있다. 컴퓨터가 도입되기 이전의 게임 형태인 TRPG(Table Talk Role Playing Game)의 대표적 작품인 〈던전 앤드 드래곤즈(*Dungeon&Dragons*)〉는 각각의 역할을 맡은 게이머의 말과 행동이 언어를 통해서 전달되었고, 컴퓨터게임 초창기의 작품인 〈조크(*Zork*)〉 시리즈는 게이머가 문장을 읽고 대답을 문장으로 입력해서 전달하는 형태로 진행되었다. 이러한 게임들이 가진 구조는 문학의 서사성이 놀이의 개념으로 확장된 것이라고 판단된다. 물론 최근 게임에서는 언어가 차지했던 비중이 점차 축소되고, 그에 비해 그래픽과 사운드의 역할이 강조되는 추세를 보이고 있지만, 여전히 서사성은 게임의 중요한 개념으로 파악되고 있다. 컴퓨터게임을 서사문학의 일종으로 포함하려는 주장은 바로 이러한 점에 근거를 두고 있다. 또한 이러한 측면에서 컴퓨터게임의 발전 과정을 "심층 구조의 문학성을 디지털 기술의 발전에 따라 새로운 매체에 적합한 새로운 장르형식으로 구조 변경한 역사"[53]로 파악하는 주장 역시 타당성을 가진다.

최근에는 컴퓨터게임을 디지털문학적인 관점, 혹은 디지털문학의 발전적인 형태로 파악하고자 하는 연구가 시도되고 있는데, 이는 디지털문학의 특징에 주목한 연구 방법이다. 그러한 논의들은 대부분 컴퓨터게임을 하이퍼텍스트의 발전적, 혹은 대안적 개념으로 파악하고 있다. 프리드만(Ted Friedman)과 같은 연구자는 하이퍼텍스트를 전통적인 문학예술에서 디지털 예술로 넘어가는 '과도기적 장르'로 파악하고, 디지털 예술의 특징인 상호작용성이 가장 잘 표현된 것은 컴퓨터게임이라고 설명했다.

하이퍼텍스트는 특히 문학 영역에 소구하는 과도기적 장르로 보이는데, 이는 그것이 전통적인 문학 연구를 포스트모던한 멀티미디어의 겉모습으로 치장해 주기 때문이다. 상호작용적 컴퓨터 텍스트를 설명하기 위해 하이퍼텍스트 개념에 의존하는 것은 마치 영화 그 자체는 보지 않고 영화 각본(screenplay)의 장르에 의거해 연구를 하는 것과 같다. 이제 보는 자와 텍스트 사이에서 이루어지는 이 같은 새로운 유형의 상호작용이 보여주는 독특한 특질들에 기초한 분석이 요구된다. (……) 익숙한 패러다임에서 벗어나 진정으로 새로운 유형의 독자-텍스트 상호작용을 발전시켜 온 소프트웨어를 살펴보고자 한다면, 컴퓨터게임이 출발점이 되어야 한다는 것은 분명한 것 같다.[54]

---

53) 최유찬, 『컴퓨터 게임과 문학』, 연세대학교출판부, 2004, p.22.
54) Ted Friedman, 「컴퓨터 게임과 텍스트 상호작용(*Making Sense of Software : Computer Games and Interactive Textuality*)」, 이재현 편역, 『인터넷과 온라인 게임』, 커뮤니케이션북스, 2001, pp.58~59.

머레이(Janet H. Murray)도 역시 "디지털 서사에서 최대의 상업적 성공과 창조적 노력은 지금까지 컴퓨터게임에서 이루어졌다"[55]고 평가하여, 컴퓨터게임을 디지털 매체의 특성이 가장 잘 구현된 텍스트라고 설명하고 있다.

이러한 연구들도 컴퓨터게임이 가진 서사성을 부정하지 않는다. 다만 게임의 역사에 주목한 견해가 소설의 서사와 게임의 서사 사이의 공통점을 발견하는 데 주력했다면, 디지털문학으로 컴퓨터게임을 파악하는 견해들은 차이에 주목하여 게임만의 독창적인 서사구조를 제시하려는 데 중점을 두고 있다는 차이가 있을 뿐이다.

그동안 컴퓨터게임에 대한 연구는 주로 컴퓨터 공학이나 사회과학 연구자들에 의해서 주도되어 왔다. 이들의 연구가 적지 않은 성과를 이룬 것은 사실이지만, 주로 게임 프로그래밍이나 사회적 현상에 대한 부분을 중점적으로 다루어왔을 뿐, 컴퓨터게임 자체가 가진 특성과 서사구성원리라고 할 수 있는 창작방법론 등의 문제는 다루어지지 못했다는 한계를 가진다.

이상과 같은 선행 연구들을 바탕으로 컴퓨터게임의 서사 양태를 구분하면 다음과 같은 세 가지로 제시될 수 있다.[56]

첫 번째는 상징적·추상적 서사이다. 이는 캐릭터가 단순한 물체로 표시되고, 주체와 객체의 상호 작용도 형식적으로만 이루어지며, 내포된 이야기도 매우 짧거나 추상적인 형식을 가진다. 문학의 경우에는 서사문학의 선조라고 할 수 있는 격언이나 수수께끼 같은 형태가 여기

---

55) Janet H. Murray, 한용환·변지연 역, 『사이버 서사의 미래 : 인터랙티브 스토리텔링 (*Hamlet on the Holodeck : The Future of Narrative in Cyberspace*)』, 인그라픽스, 2001, p.57.

에 해당되며, 최초의 컴퓨터게임인 〈퐁(Pong)〉이나 〈벽돌깨기〉를 비롯하여, 슈팅게임과 액션게임 등이 여기에 포함된다.

두 번째는 유기적 진행의 서사이다. 이는 캐릭터가 구체적으로 표현되고, 이야기도 일정한 규모를 갖추고 유기적으로 구성되어 있다. 그렇기 때문에 사건들 사이의 인과성이 강조되고, 갈등 전개방법으로의 플롯이 강조되기도 한다. 문학의 경우 소설이나 희곡의 서사구조에 해당되며, 어드벤처게임이나 롤플레잉게임 등이 이 범주에 포함된다.

마지막으로 세 번째는 과정적 서사이다. 이는 유기적 진행의 서사가 복합되어 제시되는 형태인데, 게이머가 스스로 사건을 만들어낼 수 있기 때문에 사건의 완결보다는 그 지속성에 중점을 둔 것이다. 문학의 경우는 대하장편소설의 서사구조에 해당되며, 전략시뮬레이션게임이나 연애육성시뮬레이션게임 등이 이 범주에 포함된다.

1) 능동적 참여가 이루어지는 공간

앞서 제시된 서사 양태 구분에서 파악되었던 것처럼, 컴퓨터게임에는 다양한 이야기요소들이 내포되어 있다. 그러나 컴퓨터게임의 서사 진행은 이런 요소들의 단순한 결합으로 이루어지지 않는다. 오히려 컴퓨터게임의 서사 진행과정이 가진 구체적인 면모는 서사 이외의 부분,

---

56) 이하 컴퓨터게임의 서사 양태 구분은 최유찬의 견해를 정리한 것이다(최유찬, 앞의 책, pp.24~25.). 이외에도 아카오 고우이치는 이야기의 존재 양태에 따른 구분을 시도했다. 그는 어드벤처게임과 같이 작가가 준비한 스토리라인에 게이머가 속박되는 스토리 타율형과 롤플레잉게임과 같이 게이머가 스스로 이야기를 만들어 나갈 수 있게 재량권이 허용된 스토리 자율형, 액션게임이나 퍼즐게임처럼 게이머의 순간적인 반응동작이나 지적조작에 의존하는 스토리 부재형 등의 세 가지를 제시했다(이카오 고우이치·하라바야시 히사가즈, AK편집부 역, 『게임대학』, 에이케이, 1996, pp.214~215.). 그러나 그가 스토리 부재형 게임으로 분류한 액션게임의 경우에도 표면적으로 드러나지는 않지만, 게임 전반을 이끌어가는 서사가 존재한다는 점에서 이러한 분류는 문제를 가진다. 그러므로 이 연구에서는 이러한 종류의 게임을 '상징적·추상적 서사'로 규정한 최유찬의 견해를 따른다.

흔히 '게임성(gameplay)'이라는 용어로 설명되는 게이머의 체험을 통해 결정되는 경우가 많다.

'게임성'은 다소 막연하고 포괄적인 개념으로 사용되는데, 이를 구체적으로 정의하자면 "게임의 즐거움이면서, 동시에 게임이 하나의 게임으로서 자신만의 어떤 것을 얼마나 분명하고 일관되게 가지고 있는가의 문제를 포함하는 보다 엄격한 개념"[57]이라고 정의된다. 이 정의에서 주요한 개념으로 제시된 것은 '재미'·'독창성'·'일관성' 등의 세 가지 요소이다. 이중에서 독창성과 일관성은 게임의 서사 구조에 대한 분석 부분에서 언급될 것이기 때문에, 이 부분에서는 '재미'와 관련된 내용을 살펴보도록 하겠다.

컴퓨터게임의 '재미'는 일반적으로 '몰입(Flow)'을 통해서 이루어진다고 설명된다. 착센트미하이(Mihaly Csiszentmihalyi)는 몰입을 "현재의 경험에 능동적으로 참여함으로써 스스로 즐거움을 느끼는 상태"[58]라고 설명했는데, 이는 일상생활에서도 흔히 찾아볼 수 있지만, 특히 놀이행위에서 자주 발견된다. 카이와(Roger Cailois)는 놀이를 인간만이 가지는 고도의 정신활동으로 파악하면서, 몰입을 놀이의 일반적인 특성으로 제시했다. 그에 따르면 놀이는 근본적인 '무상성(無償性, gratuité)'을 가지는데, 이로 인해서 놀이 행위는 여타의 생산적인 활동과 분리되며, 사람들이 '가벼운 마음으로 놀이에 몰두'할 수 있게 된다고 설명했다. 그는 놀이에 있어서 몰입의 역할을 다음과 같이 파악하고 있다.

---

57) 박상우, 『게임, 세계를 혁명하는 힘』, 씨엔씨미디어, 2000, p.120.
58) Mihaly Cskszentmihalyi, 이희재 역, 『몰입의 즐거움(*Finding Flow*)』, 해냄, 1999, pp.44~48.

어떤 의미에서는 놀이만큼 주의력과 지능, 신경의 지구력을 요구하는 것
도 없다. 잘 알려져 있는 바와 같이, 놀이는 인간을, 말하자면 열광의 상태로
몰고 가는데, 이 열광상태가 그를 클라이맥스를 거쳐 용기나 인내력으로 기
적과도 같이 극한에 도달하여 대성공을 거둔 뒤 무기력한 허탈 상태에 놓이
게 한다.[59]

몰입은 컴퓨터게임의 다른 어떤 구성 요소보다도 중요한 개념이라고
설명된다. 앞에서 설명했던 〈퐁〉이나 〈벽돌깨기〉와 같은 초창기 컴퓨
터게임에는 이외의 요소들은 아예 내재되어 있지 않았고, 1980년에 발
매되었던 〈팩맨(*Pac-Man*)〉에는 시간의 한계·적대자·아이템과 같은
요소들이 도입되었지만 특별한 스토리는 찾아볼 수 없다. 이는 초창기
컴퓨터게임에만 한정되는 것이 아니다. 이런 종류의 컴퓨터게임은 최
근까지 계속 개발되고 발매되었는데, 〈테트리스(*Tetris*)〉나
〈DDR(*Dance Dance Revolution*)〉과 같은 게임들이 대표적이다.[60] 이 게
임들에서 시간이나 스토리의 개념은 찾아볼 수 없고, 오직 게임이 진
행되는 특정한 공간이 제시될 뿐이며, 그 공간에서 이루어지는 몰입이
있을 뿐이다.

이처럼 컴퓨터게임에서 '몰입'을 통해 형성되는 '재미'는 중요한 개
념으로 다루어지고 있다. 이는 컴퓨터게임이 산업적인 측면이 강하다
는 사실을 반영하는 부분이다. 물론 앞서 다루었던 소설을 비롯하여
영상매체와 디지털문학도 산업적인 속성이 없었던 것은 아니며, 그렇

---

59) Roger Cailois, 이상률 역, 『놀이와 인간(*Les Jeux et Les Hommes*)』, 문예출판사, 1999,
p.20.
60) 〈테트리스〉와 〈DDR〉의 몰입요소에 대해서는 게임평론가 박상우의 견해를 참고할 수 있다.
아쉬운 점이 있다면 그는 게이머의 관점에서 몰입요소를 분석했기 때문에, 게임의 구성과 같
은 창작방법적인 측면은 고려하지 않았다는 점이다. : 박상우, 앞의 책, pp.174~175.(〈테트
리스〉의 몰입요소); pp.306~311.(〈DDR〉의 몰입요소)

기 때문에 이런 장르들을 넓은 범위에서 '문화기술(CT : Culture Technology)' 산업이라는 범주로 포괄할 수 있다. 그러나 이러한 장르들이 아무래도 산업보다는 '문화'적인 측면을 강조하거나, 산업과 함께 문화적인 측면을 동등하게 취급하는데 비해, 컴퓨터게임은 문화보다도 '산업'적인 측면에 더욱 많은 비중을 둔다. 기존의 서사이론으로는 컴퓨터게임을 설명하기 힘들었던 원인도 바로 여기에서 찾을 수 있다.

이와 같은 측면에서 게임을 독자적인 학문의 대상으로 취급하고자 하는 '게임학(Ludology)'이라는 분야의 필요성이 논의되고 있다. 이러한 관점을 피력하는 연구자들의 견해에 따르면, 기존의 서사학은 아리스토텔레스 이후 재기된 '재현(representation)'에 초점을 맞추었기 때문에 정작 게임의 중요한 요소인 '시뮬레이션(simulation)'의 성격을 간과했다고 설명된다. 또한 이들은 시뮬레이션에서 중요한 것은 "플롯(plot)이 아니라 놀이의 규칙(rule)이며, 이 규칙에 따른 행동(behavior)의 법칙"이라고 설명했다.[61]

컴퓨터게임 구성요소로서의 시뮬레이션은 '재미있는 상황'을 의미하며, 이런 상황이 만들어지기 위해서는 다른 어떤 요소보다도 '공간'이 먼저 제시되어야만 한다. 여기서의 공간은 단순한 배경에 그치는 것이 아니라, '몰입'이 이루어진다는 점에서 특징적이다. 이를 통해서 게이머의 능동적인 참여가 이루어진다. 이런 측면에서 컴퓨터게임은 '공간의 서사'를 가진다고 할 수 있다. 일부 연구자가 제시했던 '갈등의 공간 구조(spatial structure of conflict)'[62]도 이런 측면에서 제기된 용어이다.

---

61) Gonzalo Frasca, "Simulation versus Narrative : Introduction to Ludology", Mark J.P. Wolf & Bernard Perron ed., The Video Game Theory Reader, Routledge, 2003, pp.224~225. : 한혜원, 「게임 스토리텔링의 미학 연구」, 『국어국문학 학문 후속세대를 위하여』, 국어국문학회 제48회 전국 국어국문학 학술대회자료집, 2005, p.518. 재인용.

이처럼 몰입이 이루어지는 공간의 특징은 다음과 같은 두 가지 측면에서 설명된다. 첫째, 게이머의 꿈이 이루어지는 공간이라는 적극적인 측면이다. "꿈이 실현되는 동안 게임의 왕국은 완전히 자기 완결적이며, 현실 세계의 어떤 것과도 커뮤니케이션할 필요가 없다. 그래서 게임의 왕국은 몰입의 적극적인 의미를 완성한다"는 설명이 이에 해당한다. 둘째, 어려운 현실에서 회피하려는 게이머의 희망이 구현되는 공간이라는 소극적인 측면이다. 컴퓨터게임은 "반드시 무엇을 원하지 않더라도 게임 속 세계에 뛰어들면 자신을 둘러싼 모든 불쾌한 현실로부터 자유로워질 수 있다"는 완전한 도피처가 된다.[63]

2) 몰입을 활용한 서사 공간 구성

컴퓨터게임의 서사 구성은 몰입을 유발시키는 방법에 따라 다음과 같은 세 가지로 정리된다. 이러한 방법들은 그대로 컴퓨터게임의 서사 구성방법으로 활용되는데, 이에 대한 분석을 통해서 컴퓨터게임의 창작방법론이 파악될 수 있을 것으로 기대된다.

---

62) 류철균, 「한국 온라인게임 스토리의 사례 연구」, 『국어국문학 학문 후속세대를 위하여』, 앞의 책, p.510. : 류철균은 온라인게임에 국한하여 '갈등의 공간 구조'라는 용어를 제기했다. 그러나 이 용어는 보다 포괄적으로 사용될 수 있다. 다만, 앞서 살펴본 초창기 게임이나 〈테트리스〉와 〈DDR〉과 같은 게임 등에서는 갈등의 요소를 찾아볼 수 없으며, 〈심시티〉와 같은 건설시뮬레이션 게임에서도 갈등이 가시적으로 나타나지 않는다는 점에서 이 용어는 한계를 가진다. 이외의 슈팅게임·격투게임·어드벤처게임·RPG·시뮬레이션게임 등등은 대부분 갈등을 기반으로 구성되어 있다.

63) 박민규, 앞의 책, pp.89~90. : 박민규는 특히 회피의 공간이라는 측면에 다음과 같은 부연 설명을 달고 있다. "(컴퓨터게임은) 단순한 회피보다 뛰어난 장점이 있다. 잠을 자거나 아무것도 없는 벽을 바라보는 무의미한 행위가 아니라, 비록 현실이 아닐지라도 자신이 원하는 걸 실현하는 즐거움을 맛볼 수 있기 때문이다. 그러므로 현실 세계를 벗어나려는 회피는 게임을 통해 생산적인 것으로 변화한다. 그리고 게이머는 회피가 수반하는 죄의식으로부터 자유로워진다."(p.90.)

❶ 과제 제시를 통한 성취욕의 자극

컴퓨터게임에서 몰입을 유발하는 가장 보편적인 방법은 게이머의 도전의식과 성취욕을 자극할만한 과제를 제시하는 것이다. 이는 주로 어드벤처게임이나 슈팅게임, 액션게임 등에서 활용되는데, 이러한 컴퓨터게임을 즐기는 게이머들은 게임 속의 캐릭터와 자신을 동일화하는 과정에서 몰입을 경험하게 된다.

이 방법을 활용한 구성의 개요를 살펴보면 다음과 같다. 전체적인 구성은 최종 목표와 단계별 과제로 이루어져있다. 각 단계들은 최종목표에 도달하기 위한 과정이지만, 그 자체만으로도 완결성을 가지는 경우가 많다. 매 단계별로 과제가 제시되는데, 게이머가 이를 수행하기 위해서는 끊임없이 주위를 탐색하고 연속적으로 돌출되는 문제를 처리해야 한다.

한 단계의 마지막 부분에는 가장 어려운 과제가 제시되고, 이를 해결하면 잠시 동안의 휴식이 주어진다. 이런 긴장과 이완의 완급조절을 통해서 단계별 완결성이 형성되는데, 각 단계의 구분은 주로 공간(stage)의 변화를 통해서 표현된다.

게임이 진행될수록 제시되는 과제는 점점 어려워지고, 모든 단계의 과제를 완수하고 최종목표에 도달한 게이머에게는 화려한 결말이 제공된다. 그러므로 이런 구조는 시작과 끝은 고정되어 있으며, 그 중간 과정에는 다양한 선택가능성이 내포되어 게이머의 능동적 참여를 통해 서사가 진행되는 형태로 구성된다고 할 수 있다.[64] 이런 점에서 이

---

64) 최유찬은 이러한 서사구조를 '컴퓨터게임에서는 이야기의 처음과 끝은 주어지지만 중간 부분은 게이머가 상호작용을 통해 채워 넣어야 할 부분으로, 공백으로 되어있다'고 설명하고 있지만(최유찬, 앞의 책, p.30. 참고), 이는 명백한 오류이다. 우선 '공백'이라는 용어가 불분명하며, 이를 제작자의 의도가 개입되지 않은 부분이라고 설명할 경우에도 여전히 문제가 남는다. 게임의 중간부분은 결코 공백이 아니다. 공백처럼 위장되어 게이머들이 스스로 이야기를 만들고 있다는 착각을 일으키지만, 그 속에는 명백한 제작자의 의도가 포함되어 있다.

것도 결국 포괄적인 의미에서의 선형구조를 가진다고 하겠다.

이와 같은 서사구조를 가진 컴퓨터게임에서 강조되는 요소는 목적성이다. 목적성은 게이머가 컴퓨터게임의 서사를 진행하도록 이끄는 원동력이자, 몰입을 발생시키는 원인이 된다. 그러므로 목적은 분명하면서도 간단한 것이 좋고, 그 과정은 복잡할수록, 제시되는 과제는 난이도가 높을수록 좋다.

닌텐토(Nintendo)에서 제작한 〈슈퍼마리오(*Super Mario*)〉 시리즈는 간단명료한 목적을 가지고 있다. 야만인 쿠파 왕(King Koopa)에게 납치되어 마법의 성에 갇힌 토드스툴 공주(Princess Toadstool)를 구출하는 것이다. 그러나 마법의 성을 찾아가는 마리오(Mario)와 루기(Luigi) 형제의 여정은 길고도 험난하다. 그들은 광활한 공간을 횡단하면서 괴물을 만나고 황량한 환경과 맞서 싸운다. 마침내 그들은 쿠파 왕과 그 부하들을 만나 생사를 건 싸움을 하고, 그 과정에서 슈퍼마리오 형제는 공주를 구해 그녀를 고향으로 데려올 뿐만 아니라, 이같이 낯선 신세계와 진기한 자원들에 대해 지배력을 행사하게 된다.

이처럼 단순한 줄거리를 가진 〈슈퍼마리오〉 시리즈가 많은 게이머들의 호감을 얻을 수 있었던 이유는 맹목에 가까운 목적성에 있다. 이 목적성은 '영웅적인 발견의 은유(metaphors of discovery)'[65]라고도 설명된다.

이러한 목적성과 함께 몰입을 유도하는 또 다른 요소는 부단하게 이루어져야 하는 자기향상이다. 이는 게임의 진행과정에 따라서 점차 난이도가 높아지는 과제를 수행하기 위해서 필수적으로 이루어져야 하

---

65) Mary Fuller & Herry Jenkins, 「닌텐도와 신세계 여행 담론(*Nintendo and New World Travel Writing : A Dialogue*)」, 이재현 편, 앞의 책, p.91. 참고.

는 활동인데, 이를 통해서 게이머의 능동적인 참여가 가능해진다.

❷ 완전해지고자 하는 욕망의 자극

부족한 부분을 보충시키고, 미성숙한 것을 숙성시키며, 개발되지 않는 부분을 발전시켜 완전하게 만들고 싶은 것은 인간의 근원적인 욕망이다. 컴퓨터게임은 그러한 욕망을 자극해서 몰입을 유도하기도 한다. 이는 주로 건설이나 연애·육성 등의 시뮬레이션게임에서 활용되는 방법인데, 이러한 컴퓨터게임을 즐기는 게이머들은 자신과 창조주를 동일화시키면서 몰입을 경험하게 된다. 연구자에 따라서는 이러한 몰입 경험을 "신의 역할을 수행하고자 하는 게이머의 욕구를 충족시켜주는 유아론적 권력 경험(power trips)"[66]으로 평가하기도 한다.

게임의 전체적인 구성은 게이머들에게 제공된 미완성의 대상을 조정하여 완성에 가까운 형태로 만들어내는 것이다. 제공되는 대상은 인물이 되기도 하지만, 동·식물이나 사물인 경우도 있고, 이러한 방법을 활용한 대표적인 작품인 맥시스(Maxis)의 〈심시티(*SimCity*)〉 시리즈와 같은 경우는 도시가 건설될 공간 자체가 되기도 한다. 이것이 앞서 살펴본 과제에 대한 성취욕을 자극하는 몰입의 방법과 변별되는 부분이다. 앞선 방법에서도 게이머에게 캐릭터가 부여되지만 그것은 게이머의 자아가 반영된 사물로 인식되는데 비해, 이 방법에서 제공되는 대상은 게이머와는 연관성이 없는 일종의 '소프트웨어 장난감(software toys)'[67]이라고 할 수 있는 피조물 역할을 담당한다는 점에서 구분된다.

제공되는 대상을 선정하는 과정에서 게이머는 몇 가지 선택을 할 수 있지만, 그 선택의 폭은 제한되어 있다. 게이머는 제작자가 준비한 몇

---

66) Ted Friedman, 앞의 글, p.80.

가지 항목에 대한 결정을 내릴 수 있을 뿐이다. 이는 앞선 방법에서 이루어지는 캐릭터 선택과 별반 차이가 없다.

대상의 선정 작업이 그랬던 것처럼, 게임의 서사 진행도 역시 제한된 선택의 범위에서 단순한 과정의 반복을 통해서 이루어진다. 게이머는 제작자가 제시해놓은 조건에 부합되도록 대상을 조정하는데, 조정방법이 조건에 어긋나지 않는 한 게임의 진행에 특별한 노력을 기울이지 않아도 결과를 도출해낼 수 있다.

그렇다고 해서 이런 종류의 컴퓨터게임이 고정된 결과를 가지는 것은 아니다. 오히려 대상을 조정하는 시기와 순서에 따라 전혀 다른 결과가 도출되기 때문에, 앞선 방법을 적용하는 게임들에 비해 훨씬 다양한 결과가 만들어질 수 있다. 그러므로 이 방법을 활용하는 게임의 서사 진행과정에서는 완결성을 찾을 수 없다. 이는 시작이 고정되어 있지만, 중간과 끝이 유동성을 가진 서사 형태라고 하겠다.

예정된 결말이 없으니, 게이머는 무한정 게임을 계속하는 것이 가능하다. 게이머가 게임에 흥미를 잃고, 더 이상의 진행을 포기할 때가, 이런 종류의 게임에서 결말이 만들어지는 순간이다. 더구나 결과물에 대한 판단은 옳고 그름이 아니라, 좋고 나쁨을 기준으로 삼기 때문에, 어떠한 결과물을 만들 것인지 여부도 게이머의 선택에 따라 결정된다. 그러므로 이러한 방법을 활용하는 게임은 뚜렷한 목적성을 가지지 않으며, 그 결말까지도 게이머의 능동적인 참여에 의해 결정되는 방식으

---

67) 이 용어는 게임 제작사인 맥시스의 카탈로그에서 제안되었는데, 일부 게임 연구자들이 이를 받아들여 게임의 특성을 설명하는 용어로 사용하고 있다. 맥시스의 카탈로그의 문구는 다음과 같다. 〈심시티(SimCity)〉는 당신을 시장과 도시 계획가로 만들어주며, 당신이 생각하는 꿈의 도시를 설계하고 건설할 수 있게 해준다. (……) 당신의 선택과 설계 기술에 따라 시뮬레이션된 시민들(Sims)은 가정집, 병원, 교회, 가게, 공장 등에 들어가거나 그것들을 건설하기도 하고, 보다 나은 삶을 찾아 그 밖의 다른 곳으로 이동하기도 한다." (*Maxis Software Toys Catalog*, 1992, p.4.) : Ted Friedman, 앞의 글, p.69. 재인용.

로 이루어진다. 앞서 예로 들었던 〈심시티〉시리즈의 경우는 완전한 도
시를 건설한다는 목적을 가지지만, 게이머의 취향에 따라서 도시를 황
폐화시키는 과정을 즐기는 경우도 있다.[68]

　이러한 서사구조를 가진 컴퓨터게임에서 강조되는 요소는 '조건'이
다. 조건은 게임의 시작에 앞서 미리 주어지는 예비사항과도 같은 것
으로, 이는 일반적인 놀이에서 제시되는 규칙과 유사하다. 모든 놀이
는 '규칙의 체계'라고 할 수 있는데, 이것이야말로 놀이와 놀이가 아닌
것을 구분하는 변별점이 된다. 규칙은 자의적인 약속인 동시에 강제적
이며 결정적이다. 그것은 "어떠한 구실로도 깨져서는 안 되며, 만일 그
약속이 깨지면, 놀이는 즉석에서 끝나며 위반이라는 사실 자체에 의해
파괴"[69]되어 버린다. 물론 놀이의 규칙과 컴퓨터게임의 조건이 완전히
일치하는 것은 아니다. 컴퓨터게임의 조건은 결과에 영향을 줄 뿐이
지, 게임 그 자체를 파괴하지는 않는다. 또한 규칙이 놀이 참여자의 일
방적인 복종인데 비해서, 조건은 게이머와 게임시스템 사이의 상호교
환 작용이다. 게이머가 조건을 준수하면 게임시스템은 그에 따른 보상
으로 게임을 진행시키기도 하지만, 때로는 게이머가 게임시스템을 변
형시키는 경우도 있다. 게임에서의 어려운 고비를 넘기기 위해서 다른

---

68) 다른 컴퓨터게임도 마찬가지지만, 특히 〈심시티〉의 경우는 게이머들 간의 활발한 교류가 이
　　루어지고 있다. 이는 개발사인 맥시스의 마케팅 방법이기도 한데, 심시티 공식 홈페이지에
　　접속하면 각종 관련 자료를 다운받을 수 있으며, 2002년부터 실시된 '시티 익스체인지(City
　　Exchange)' 서비스를 통해서 자신이 건설한 도시를 업로드하여 다른 사용자들의 평가를 받
　　는 일도 가능하다. 이러한 자발적인 참여와 평가는 자체적으로 발생한 동호회 홈페이지를 통
　　해서도 많이 이루어지고 있는데, 잘 만들어진 도시를 자랑하는 경우가 대부분이지만, 기형적
　　으로 성장한 도시이거나, 폐허가 된 도시의 스크린샷을 자랑하는 경우도 종종 발견된다. 대
　　표적인 심시티 동호회로는 다음과 같은 두 가지가 있다. : 하이심시티(http://
　　cafe.daum.net/HiSIMCITY), 심시티 인사이드(http://donit2.woored.com).
69) Roger Cailois, 앞의 책, p.13.

사람이 만들어 놓은 세이브 파일을 이용하거나, 치트키(cheat key)를 사용하는 것, 혹은 에디트프로그램(edit program)을 사용하여 본래의 게임에는 포함되지 않은 새로운 대상이나 조건을 만들어내는 행위 등이 이에 해당한다.

이러한 조건은, 앞서 살펴본 방법에서 게이머에게 주어지는 과제와 변별된다. 과제가 게이머에 의해 타파되어야 하는 것이라면, 조건은 게이머에 의해 지켜져야 할 대상이다. 또한 조건은 다음에 살펴볼 몰입 유도방법에서 제시되는 제한과도 변별된다. 이 두 가지는 게이머의 행동에 일정한 한계를 제시한다는 점에서는 공통되지만, 조건이 컴퓨터게임의 진행에만 영향을 준다면, 제한은 게이머의 참여 자체를 규정한다.

이러한 특성을 가지고 있기 때문에, 이 방법을 활용하는 게임에서 게이머의 참여는 국한된다. 그는 할 일과 하지 않을 일을 결정하는 것이 전부이다. 앞선 방법을 활용한 서사에 비해서 게이머의 역할은 강조되었지만, 능동적인 참여는 이루어지지 못했다. 열린 결말을 가진 유동적인 서사구조가 오히려 게이머의 능동적인 참여를 가로막게 된 것이다.

❸ 공동체 정서의 자극

인간은 무리지어 생활하려는 본능이 있다. 또한 같은 무리끼리는 유사한 정서를 공유하며 결속력을 다지고, 다른 무리에게는 적대적 태도를 보이는 경향이 있다. 컴퓨터게임은 이러한 인간의 본능을 자극하여 몰입을 유도하는 방법으로 활용하기도 한다.

게이머들은 자신과 같은 게임을 하는 사람에게 호감을 느끼는데, 이러한 호감을 바탕으로 자연스럽게 공동체가 형성되어 동호회 활동으로 이어지기까지 한다. 이런 활동은 사회적·현상적 의미를 가지며, 또한 몇몇의 수준 높은 동호회가 컴퓨터게임의 시범사용자 집단으로 활용되는 등 컴퓨터게임 산업의 발달에 적지 않은 영향을 주기도 한다. 그렇지만 이와 같은 활동이 그대로 컴퓨터게임의 창작과정에 영향을 주었던 것은 아니다.

공동체 정서를 게임의 구조적 원리로 적용시킨 예는 〈심즈(The Sims)〉와 같은 인생시뮬레이션게임에서 찾을 수 있다. 이 게임소프트웨어는 앞서 살펴보았던 몰입 유도방법, 즉 완전을 지향하는 인간의 욕망을 자극하여 게임의 서사를 진행시키는 〈심시티〉의 세부 요소를 확장시켜 개발된 것이다. 〈심시티〉가 도시 전체를 계획하고 발전시키는 것을 목적으로 삼는다면, 〈심즈〉는 그 도시에 살고 있는 사람 중의 한 명을 선택하여 보다 완전하고도 조화로운 생활을 영유하는 시민으로 육성하는 것을 목적으로 한다. 이를 위해 게이머는 집을 꾸미고, 직장에 나가 일을 하고, 이웃과의 관계를 호전시키기 위한 여러 활동을 해야 한다. 일상생활과 다를 것이 없는 인간관계가 컴퓨터게임을 통해 구현되는 것이다.

그러나 이 게임은 일상생활과 결정적인 차이를 가진다. 그것은 몇 번이고 새로 시작할 수 있다는 점이다. 게이머는 일상생활과 유사한 내용을 경험하지만, 그것은 생활 자체가 아니다. 그것은 삶에 대한 시뮬라크르(simulacre), 그것도 놀이적 측면이 강조된 시뮬라크르에 불과하다. 게이머에게는 자신의 선택을 포기하거나 유보시키고 새로 시작할 수 있는 기회가 무한정 제공된다. 그러므로 컴퓨터게임 속의 생활을 경험하는 게이머의 태도는 보다 관조적이면서도, 유희 지향적이다. 게이머는 자신이 일상에서 경험하지 못했던 행동을 게임 캐릭터에게 대신하도록 명령하면서 만족을 얻는다. 〈심즈〉의 시리즈가 거듭될수록 게임이 가진 놀이지향성은 더욱 강조되었다. 대학 캠퍼스에서의 생활을 다루고 있는 〈심즈2〉는 '파티'를 주요한 활동영역으로 설정하고 있다는 사실이 이를 증명한다.

〈심즈2〉의 수석 개발자인 팀 르트노(Tim LeTourneau)는 "모든 사용자는 실제 자신의 모습을 게임 속에서 발견할 수 있어, 정서적으로 더욱 긴밀한 유대감을 가지게 될 것"[70]이라고 설명하지만, 게이머들이 추구하는 것은 일탈의 경험일 경우가 많다. 물론 그러한 일탈에 몰입하기 위해서는 보다 실감나는 시뮬라크르가 이루어져야 한다. 현실의 삶에 대한 정교한 모사(模寫)가 이루어질수록, 현실의 삶과는 멀어져 버린다는 모순 된 논리가, 이러한 종류의 컴퓨터게임을 창작하는 원리가 된다.

이처럼 인생시뮬레이션 게임은 현실 생활을 재현하여 공동체 정서를 자극하고, 이를 통해 게이머들의 몰입을 유도하는 방법을 활용하고 있다. 그렇지만 이 방법은 개인의 감정 형성과정만을 다루었다는 점에서, 본격적인 의미에서의 공동체정서라고 파악하기는 힘들다. 오히려 그것은 공동체정서처럼 위장된 개인적인 정서, 혹은 공동체정서의 시뮬라크르라고 할 수 있을 뿐이다. 이런 종류의 게임을 즐기는 게이머들은 공동체정서를 경험하는 것과 같은 착각을 느끼지만, 그것은 결국 철저하게 만들어진 감정, 제작자에 의해 유도된 감정에 불과한 것이다.

본격적인 의미에서 공동체 정서를 자극하는 방법이 컴퓨터게임의 서사구조에 활용되기 시작한 것은 인터넷 환경이 도입된 이후이다. 인터

---

70) Tim LeTourneau, 「〈심즈2〉의 탄생—개발자의 일기1」, 〈심즈2〉 공식홈페이지 (http://sims2.ea.co.kr) 참고.

넷을 기반으로 하는 네트워크가 구축되면서 '멀티플레이가 가능하도록 고안된 멀티미디어형 게임'[71]의 개발이 가능해졌는데, 이러한 유형의 컴퓨터게임들은 온라인게임(Online Game)이라는 용어로 총칭된다. 이 용어는 기존의 용어들과는 다른 측면에서 컴퓨터게임의 종류를 구분한다. 즉, 어드벤처게임·시뮬레이션게임·RPG게임과 같은 용어들이 서사적 특징을 기준으로 컴퓨터게임의 종류를 구분했다면, 온라인게임이라는 용어는 매체적 특성에 따른 분류이다. 그러므로 온라인게임에는 여러 장르의 컴퓨터게임이 포함될 수 있다.[72]

온라인게임이 여타의 컴퓨터게임과 변별되는 가장 뚜렷한 특징은 게이머들 간의 상호작용이 가능해졌다는 사실이다. 이는 그대로 온라인게임만의 매력이 된다. 컴퓨터의 작용은 예측이 가능하지만 인간의 행동은 예측할 수 없기 때문에, 인간 대 인간의 대결에서 다양한 돌발 상황이 발생할 수 있고 게이머는 바로 이런 점을 즐기는 것이다.[73] 본격적인 의미에서의 온라인게임이라고는 할 수 없지만, 1991년 발표되었던 캡콤(Capcom)의 〈스트리트파이터 Ⅱ (*Street Fighter Ⅱ*)〉가 인기를 얻었던 이유도, 컴퓨터와 사람의 대결이라는 격투게임의 전통적인 방법에서 탈피하여, 사람과 사람 사이의 직접적인 대결을 유도했기 때문이었다.

이처럼 일 대 일로 진행되는 대결형식의 게임은 인터넷이 활성화되기 이전에도 있었다. 그러나 인터넷 환경을 바탕으로 하는 최근의 온

---

71) 이재현, 「인터넷과 온라인게임」, 이재현 편, 앞의 책, p.19.
72) 일반적으로 온라인게임과 RPG게임을 동일한 종류로 파악하는 경우가 많은데, 이는 명백한 오류이다. 우리나라 온라인게임의 대부분이 RPG게임이긴 하지만, 그것만이 전부는 아니다. 온라인 어드벤쳐게임이나 온라인 액션게임도 충분히 개발가능하다. 사실 온라인게임의 시작은 시뮬레이션게임에서 비롯되었다. 전략시뮬레이션게임의 대표작인 〈스타크래프트〉의 배틀넷(battlenet) 시스템이 그것이다.
73) 이재현, 앞의 글, p.20.

264

라인게임은, 여러 게이머들의 상호작용(Multi-Play)이 실시간으로 이루어지며, 멀티미디어 구현 환경이 발전함에 따라 그래픽과 사운드가 강조되는 추세이다. 이는 기존의 RPG게임이 가지고 있던 구조적 한계를 극복할 수 있는 계기가 되었는데, 이런 종류의 게임을 '다중접속 온라인 롤플레잉게임(MMORPG : Massively Multi-player Online Role Playing Game)'이라고 별도로 구분하고 있다. 즉, 이전의 컴퓨터 게임 환경에서는 각각의 역할을 담당했던 게이머들이 순차적으로 게임을 진행할 수밖에 없었지만, 인터넷 네트워크 환경이 도입되면서 역할 수행을 동시다발적으로 진행할 수 있게 되었으며, 그래픽과 사운드 기술의 발전에 따라 캐릭터의 표현도 보다 화려하고 박진감 넘치게 구현되기 시작했다. 이러한 환경 변화는 RPG게임을 온라인게임의 주요 장르로 부각시킨 요인이 되었다. 엔시소프트(NCsoft)에서 1998년에 발표한 게임 〈리니지(*Lineage*)〉가 그러한 상황변화를 대표하는 예이다.

인터넷 환경의 도입은 컴퓨터게임의 몰입 유도방법에도 변화를 가져왔다. 그 동안의 컴퓨터게임이 과제를 수행하려는 승부욕이나 완벽한 피조물을 만들고 싶은 열망을 주된 자극요인으로 활용했다면, 대부분의 온라인게임에서 이루어지는 몰입은 게이머 자신의 능력을 향상시키는 과정을 통해 이루어진다.

게이머가 특정한 캐릭터를 선택하는 것은 앞서 살펴본 게임들과 다를 바 없다. 그러나 이런 종류의 컴퓨터게임에서 캐릭터와 게이머 사이의 관계는 보다 친밀하게 형성된다. 이러한 게임 캐릭터는 단순한 자아의 반영이나 동일시 대상을 넘어서, 컴퓨터게임의 공간에서 구현되는 게이머의 퍼소나(persona)로 받아들여진다. 이는 컴퓨터게임의 캐릭터가 일종의 아바타(avatar)[74]로 발전한 경우라고 하겠다.

앞서 언급한 〈리니지〉를 비롯하여, 블리자드(Blizzard)에서 제작한

〈디아블로(*Diable*)〉 시리즈나 〈월드 오브 워크래프트(*World of Warcraft*)〉 등 대부분의 온라인게임들은 아바타적인 캐릭터를 채택하고 있다. 이러한 게임들에서 강조되는 것은 목적성이 아니라 끊임없는 자기 향상이다. 게임 전체를 아우르는 목적성은 찾아볼 수 없으며, 서사 구성도 거의 완벽한 열린 구조로 이루어진다. 물론 이러한 게임들에도 서사는 분명히 존재하지만, 그것이 게임 제작자들에 의해 준비된 것이 아니라는 점이 이전의 방식들과 차별되는 부분이다.[75] 제작자들에 의해 만들어지는 부분은 오직 아바타의 활동무대인 공간뿐이다.

게임을 시작하기에 앞서 게이머들은 자신의 아바타를 선정한다. 선정과정에서 제공되는 선택의 폭은 다양하게 보이지만, 게이머가 선택할 수 있는 부분은 아바타의 외형이나 아이템 등의 세부적인 요소들에 한정된다. 아바타의 능력을 구성하는 근간은 몇 가지 범주들의 조합을 통해 구성되는데, 각각의 능력범주는 이항대립적인 성질을 가진다. 예를 들어 빨리 움직일 수 있는 아바타를 선택하면 파괴력이 적고, 파괴력이 높은 아바타를 선택하면 속도가 느려지는 등의 방식이다. 이러한 구성방법은 아바타들의 능력에 균형을 부여하기 위한 장

---

74) '아바타'는 분신 또는 화신이란 의미를 가진 용어로, 가상사회(Virtual Community)에서 사람의 역할을 대신하는 애니메이션 캐릭터를 뜻한다. 가상공간에서 존재하는 '또 다른 나'인 셈이다. 몇 년 전까지만 해도 아바타는 상상의 수준에 머물러 있었다. 그러나 가상현실 기술과 자바 스크립트 언어, 3D 애니메이션이 발전하고 여기에 네트워크 기술이 발전하면서 구현되었다. 초기에는 주로 커뮤니티와 채팅에 활용되었지만, 현재에는 인터넷 콘텐츠 전반에서 활발하게 사용되고 있다. 일부 연구자들은 아바타를 '사이버공간의 육체적 신분'으로 정의하고, 아바타의 사용이 가상 사회의 모든 활동을 담당하는 시대가 오리라고 전망하고 있다. : 라도삼, 「가상공간의 전경과 삶의 단편들 : 리니지」, 이재현 편, 앞의 책, p.313. 참고.
75) 목적성을 강조하는 몰입방법에서 처음과 끝은 제작자에 의해 준비되는 닫힌 구조이며, 중간단계는 게이머들의 능동적인 참여에 의해 서사가 진행되는 열린 구조를 가진다. 완전성을 강조하는 몰입방법에서는 처음만 닫힌 구조를 가지고, 중간과 끝이 열린 구조로 되어 있다. 그에 비해 공동체 정서와 부단한 자기 향상을 강조하는 온라인게임에서는 처음·중간·끝의 모든 단계가 열린 구조를 가지며, 그렇기 때문이 서사의 진행은 오직 게이머들의 참여에 의해서만 이루어지게 된다.

치로, 이를 통해 게임이 월등한 능력을 가진 특정 아바타에 의해서 일방적으로 주도되는 것이 방지된다. 또한 이는 게이머들이 끊임없이 자기 향상을 도모하게 되는 원인이 된다. 자신에게 부족한 능력을 향상시키기 위해서, 게이머는 지속적으로 자신의 아바타를 수련시키고, 몬스터를 사냥하며, 아이템을 수집·획득해서 약점을 보완시켜 나가야 한다. 특히 RPG게임의 경우는 게임의 서사 자체가 전투를 기본으로 하고 있기 때문에, 이러한 자기 향상 활동은 게임을 즐기는 다양한 방법 중의 하나일 뿐만 아니라, 생존 자체의 문제가 되어 그 중요성이 더욱 강조된다.

이러한 몰입 방법을 활용하는 게임에도 시작은 엄연히 존재한다. 그러나 앞선 방식의 게임들에서처럼 항상 시작이 반복되는 것이 아니라, 매번 다른 출발지점과 조건이 주어진다. 이는 게임 공간의 크기 차이에서 기인하는 것이다. 앞선 게임들에서 아무리 스펙터클한 공간이 제시된다고 해도, 그것은 어디까지나 끝을 가진 한정된 공간에 불과하다. 그러나 온라인게임의 공간은 기존의 게임들과는 비교되지 않을 정도로 거대하며, 인터넷 환경을 통해서 지속적으로 업그레이드된다. 그러므로 온라인게임의 공간은 무한에 가까운 확장가능성을 가진다고 할 수 있다.

이처럼 거대한 공간을 전체적으로 총괄하고, 서사를 부여하는 일은 불가능에 가깝다. 또한 게임 참가자 전체가 참여할 수 있는 공통된 목표를 제시하는 일도 역시 불가능하다. 다만 특정한 장소에 따라 국지적인 과제가 제시될 수 있을 뿐이다. 〈리니지〉를 예로 들자면, 게임에서 제시되는 과제는 특정 장소에 거주하는 몬스터를 제거하는 일이나, 특정 장소를 차지하려는 목적으로 벌어지는 세력싸움 등이 된다. 몬스터의 제거는 제작자에 의해 제시되는 과제이지만, 세력싸움의 경우는 제작자의 통제가 아닌 게이머들의 자발적인 활동으로 만들어진다. 이러한 과제에 참여하기 위해서는 일정 수준 이상의 능력치를 갖추고 있어야 하는데, 이것이 게이머들이 끊임없이 자신의 능력을 향상시켜야 하는 또 다른 목적이 되기도 한다.

그러나 온라인게임의 특성상 혼자만의 힘으로 능력을 향상시키는 것은 한계가 있다. 온라인게임 서비스에 오랫동안 참여했던 게이머들은 높은 능력치를 가지게 되는데, 그럴수록 보다 강력한 몬스터와 아이템이 요구된다. 이러한 요구를 충족시키기 위해서 만들어지는 몬스터는 한 명의 게이머가 가진 능력을 뛰어넘는 경우가 많다. 이를 해결하기 위해서 게이머들은 동아리(party)를 결성하여 단체 활동을 전개할 수밖에 없다. 동아리 결성은 RPG게임의 전통적인 게임 진행방법으로, 각각 다른 능력을 가진 군주·마법사·검사·궁사 등이 조합을 이루어 과제를 수행하는 행동이다. 이것이 RPG게임이 온라인게임에 적합한 이유이다.

동아리의 결성이 단기적인 목표를 달성하기 위해 이루어지는데 비해서, 보다 장기적이면서도 결속력이 강한 집단이 결성되기도 한다. '길드(guild)'[76]라고 불리는 집단이 그것인데, 이는 게이머들에 의한 자발적인 조직이지만 강력한 조직력과 결속력을 가진다. 대부분의 길드는 게임 진행에서의 명예를 지킬 것을 표방하며, 구성원이 어려움에 처했

---

76) 미국의 경우는 '길드'라는 용어보다, '클랜(clan)'이라는 명칭이 많이 사용되고 있다. 클랜은 길드와 유사한 조직이지만, 길드에 비해 많은 구성원을 가지며, 그렇기 때문에 구성원간의 결속력이 상대적으로 약하다는 점에서 차이가 있다(이재현, 앞의 글, p.47). 한편 우리나라에서 제작된 〈리니지〉는 이러한 조직을 '혈맹(血盟)'이라는 명칭으로 부른다. '리니지(Lineage)'라는 게임의 명칭 자체가 혈통을 의미하고 있기 때문에 이런 명칭을 사용되었는데, 그 명칭처럼 '길드'에 비해 조직력과 결속력이 훨씬 강하며, 집단 내부에 권력관계가 형성되기도 한다.

을 때는 도움을 주어야 한다고 규정하면서, 자신들만의 전략을 공유하여 실력을 향상시키려고 한다. 그러므로 온라인게임의 게이머에게 있어서 길드에 가입하는 일은 자신을 방어하는 좋은 방법이자, 자기 향상 활동의 일부가 된다. 그러나 길드는 폐쇄성을 함께 가진다. 각각의 길드는 자신들만의 고유한 영역을 구획해 두고 자기 조직에 속하지 않는 이들의 접근을 제한하는데, 유명한 길드의 경우는 자체적인 테스트를 거쳐 일정 수준 이상의 게이머만을 회원으로 받아들이기도 한다. 또한 길드 간의 관계도 형성된다. 하나의 길드는 다른 길드와 동맹을 맺기도 하며, 적대적인 관계가 되기도 한다. 이 경우의 길드 구성원들은 자신의 감정보다는 길드에서 제시하는 집단논리에 입각한 행동을 수행해야 한다. 현실의 군사적 동맹관계가 그대로 재현되는 것이다. 그러므로 온라인게임에서는 길드 간의 집단적인 전투가 벌어지기도 한다.

이러한 길드 조직을 게임의 구성원리로 적극 도입한 것이 〈리니지〉이다. 이게임의 길드는 '혈맹'이라는 명칭으로 불리는데, 이는 왕자 캐릭터 중에서도 능력치가 레벨 10을 넘긴 게이머에 의해서 조직될 수 있다.[77] 바로 이것이 〈리니지〉의 독창적인 요소이며, 이 게임의 대중적 성공을 이끌어낸 주요 원인이다. 다른 게임에서의 길드는 자연발생적이지만, 〈리니지〉는 그것을 게임 시스템으로 받아들인 것이다.

〈리니지〉의 서사구조는 전투를 기본으로 이루어진다. 게이머는 전투를 통해 캐릭터의 경험치를 높이고 아이템을 획득하며, 게임 진행에 필요한 돈을 얻을 수 있다. 그러므로 게임에 참여하기 위해서 전투는

---

77) 〈리니지〉에서 제공되는 캐릭터는 왕자를 제외하고도 기사·엘프·마법사 등이 있는데, 이는 여타의 게임들과 다르지 않다. 다만 왕자는 혈맹을 결성할 수 있다는 점에서 변별된다. 혈맹을 결성한 왕자는 군주가 되며, 그 혈맹의 세력이 강성해지면 반왕이 될 수 있는데, 이는 다른 게이머로부터 세금을 걷을 수 있는 권한을 가진다.

피할 수 없는 활동이 된다. 이러한 특성을 포함하기 때문에 〈리니지〉는 '삶과 죽음을 위한 전투가 치러지는 공간'을 가진 생존 게임이라고 설명되는데,[78] 이로 인해 유발되는 지나친 폭력성이 사회적인 문제가 되기도 했다.

혈맹은 이러한 전투적 구조에서 자신을 보호하는 수단이 된다. 혈맹에 가입한 게이머의 캐릭터는 머리 위에 각 혈맹의 고유한 문장을 달게 되며, 같은 문장을 가진 혈맹의 구성원들로부터 보호를 받기 때문이다. 보호를 받는 게이머는 혈맹의 구성원, 특히 자신보다 높은 레벨에 있거나 좋은 아이템을 가진 게이머에게 복종해야 한다. 이처럼 혈맹의 내부에는 일종의 계급관계가 형성되며, 이를 토대로 한 권력구조가 발생하게 된다.

〈리니지〉에서 벌어지는 전투는 게이머들 사이에서만 일어나는 것이 아니다. 때로는 혈맹들 간의 전투가 벌어지기도 하는데, 아이템 확보나 공간 점령 등의 실리적인 이유에서 비롯되는 이러한 세력다툼은 흔히 혈맹들 간의 감정적 대립으로 이어지게 된다. 현실의 집단심리에서 보이는 맹목적인 적대감이 컴퓨터게임에서도 그대로 표출되는 것이다.

3) 화면구성을 통한 시간과 공간의 병치

컴퓨터게임의 서사 구성방법이 가진 또 다른 특징은 축약을 통해서 전체 공간에 대한 조망이 이루어진다는 사실이다. 이는 컴퓨터게임의

---

78) 라도삼, 「가상공간의 전경과 삶의 단편들 : 리니지」, 앞의 글, p.340. 참고. : 〈리니지〉에서 벌어지는 전투 활동 중에 가장 폭력적인 것은 이른바 'PK'(People Killing)라고 불리는 다른 게이머의 캐릭터를 살해하는 행동이다. 이는 아이템을 강탈하기 위해서 개인적으로 일어나기도 하지만, 개인적인 원한이나 재미를 위한 집단폭행의 형태로 이루어지기도 한다.

화면구성(lay-out) 방법에서 확인되는데, 종류에 따라 다소간의 차이를 보이지만 컴퓨터게임의 화면은 게임이 진행되는 화면과 게임의 전체적인 상황을 파악할 수 있는 정보를 동시에 제공할 수 있도록 구성된다. 슈팅게임에서는 사용하는 무기의 종류나 남은 탄환의 개수가 표시되고, 격투게임에서는 캐릭터들의 체력이 그래프로 표시된다. 특히 이런 특징은 전략 시뮬레이션게임의 화면구성에서 극명하게 드러나는데, 이 경우에는 화면의 하단이나 측면에 보조 화면이 배열되어, 도구 및 유닛의 사용여부와 사용가능성이 표시되며, 게임의 전체 공간에 대한 지도(mini map)가 함께 제공된다.

이는 컴퓨터게임의 화면이 영상매체와는 다르게 '상호 작용의 통로'[79] 역할을 담당한다는 사실을 증명한다. 즉 영상매체의 화면은 대부분 단일하게 구성되어 서사 진행에 따른 정보만을 제공하는데 비해서, 컴퓨터게임은 주화면을 통해 진행 정보를 제공하고 보조화면을 통해서는 앞으로 일어날 상황에 대한 정보를 동시에 제공한다. 이러한 장치를 통해 게이머는 자신의 행동방향을 결정하고 상황 변화에 능동적으로 대처하게 되는 것이다.

1985년 발표된 〈테트리스〉에는 컴퓨터게임의 화면이 가지는 특징이 잘 표현되어 있다. 주화면에서 떨어지는 물체는 게임이 진행되는 현재의 정보를 제공하고, 보조화면에 제시되는 물체의 모습을 통해 미래에 대한 정보를 제공한다. 이처럼 〈테트리스〉의 화면은 단일한 공간 위에 현재와 미래를 동시에 재현하는 '공간에 의한 시간의 병치구조'를 가지는데, 이러한 공간구조는 게이머의 능동적인 참여를 유도하는 데 적합하다.

---

79) 최유찬, 앞의 책, p.37.

또한 컴퓨터게임의 화면은 하이퍼텍스트소설로 대표되는 디지털문학과도 변별된다. 컴퓨터게임과 디지털문학은 똑같이 컴퓨터 모니터를 통해 표현된다는 점에서 공통점을 가진다. 컴퓨터게임이 게임을 진행하는 과정에서 공간성을 만든다면, 디지털문학은 텍스트와 텍스트 사이를 이동하는 과정에서 공간성을 만든다는 점도 역시 공통되는 부분이다. 이런 측면에서 컴퓨터게임과 디지털문학은 공간성을 공통된 자질로 가진다.

그러나 공간의 표현방법에 있어서는 차이를 보인다. 디지털문학에서의 공간 표현이 순차적으로 이루어진다면, 컴퓨터게임에서의 공간 표현은 동시적으로 일어나기 때문이다. 이러한 컴퓨터게임의 특성도 역시 화면구성 방법을 통해서 파악할 수 있다.

전략 시뮬레이션게임의 대표적인 작품인 〈스타크래프트(StarCraft)〉의 화면구성은 이러한 특징을 잘 표현하고 있다. 블리자드에서 1998년에 제작한 이 게임은, 우리나라 게임문화의 대중화를 선도했다는 평가를 받고 있다. 이 게임의 화면구성은 전략 시뮬레이션게임의 전형적인 모습을 보이고 있는데, 주화면과 보조화면을 통해서 현재와 미래를 동시에 제시하고 있다는 점은 다른 종류의 게임들과 공통된다. 그러나 앞서 살펴본 〈테트리스〉에 비해서 보조화면의 기능이 훨씬 세분화되어 있다. 특히 게임 진행에 필요한 각종 도구가 여기 밀집되어 있기 때문에, 유닛의 제작과 운용을 보조화면의 조작만을 통해 수행할 수 있게 되었다. 이는 주화면을 통해 진행되는 게임의 서사를 방해하지 않으면서도, 게임에 대한 참여를 유도하는 방법이다. 이와 같은 보조화면의 기능을 통해 게이머의 참여가 더욱 강조된다.

그러나 〈스타크래프트〉의 화면구성에서 무엇보다 주목되는 부분은 지도의 제공이다. 지도는 게임의 공간을 축약해서 제시하는 기능을 담

당한다. 이러한 지도를 통해서 게이머는 게임의 전체 구조를 파악하게
되며, 이를 통해서 게임 서사 진행의 주도권은 제작자에게서 게이머에
게로 전이된다. 위에서 설명한 〈테트리스〉의 구조를 시간의 병치라고
한다면, 〈스타크래프트〉가 가지는 구조는 공간의 병치라고 설명할 수
있다. 즉, 축약된 형태로 지도를 통해서는 게임 공간의 전체인 조망이
이루어지며, 주화면을 통해서는 전체 공간의 일부가 구체적으로 제시
된다. 전체와 일부가 같은 화면을 통해 동시에 표현되는 것인데, 이러
한 병치구조는 게이머가 서사의 진행을 다양한 각도에서 판단할 수 있
는 여지를 제공한다. 전략 시뮬레이션게임의 화면구성이 대부분 이런
형식을 따르는 이유도 여기에 있다.

4
스토리텔링으로서의 소설과 공간 창작방법의 교류

지금까지 살펴보았던 영상예술, 디지털문학, 컴퓨터게임은 모두 일정한 이야기를 내포하고 있다는 공통점을 가진다. 또한 그 장르들이 구현되었던 역사적 과정을 살펴보면, 이들은 모두 소설에서 이야기를 공급받았다는 사실도 파악되었다. 이런 측면에서 이 장르들의 창작방법론은 소설의 영역 확장이라는 측면에서 설명된다.

이에 대한 설명은 다음과 같은 세 가지 방향에서 이유를 제시할 수 있다.

첫째, 전통적인 활자 인쇄방식에 기반을 두었던 문학의 표현매체가 변화하고 있다는 점이다. 기존의 종이를 대신할만한 매체의 변환이 활발하게 이루어지고 있으며, 이에 따라 문학작품에도 멀티미디어적 속성이 부여되고 있다. 이미 시중에 유통되고 있는 오디오북(Audio Book)[80]이나 전자책(E-Book)[81] 등이 대표적인 예이다. 이러한 매체의 변화는 단순히 문학작품의 외형에 국한되는 문제가 아니다. 작품의 창작 및 수용과정에 있어서도 변화가 이루어지고 있다.

둘째, 장르의 급속한 해체와 확산이 진행되고 있다는 사실이다. 이로 인해 기존의 문화예술과 대중문화 사이의 혼합이 이루어지고 있다. 그러한 경향의 예로 '영상시'나 '영상소설' 등에서 확인되는 문학예술과 영상예술 사이의 구분이 확연하지 않게 된 현상, '넷시네마(net cinema)' 등의 영상예술과 인터넷환경의 결합, '인터넷소설'과 '하이퍼텍스트소설' 등에서 확인되는 문학예술과 디지털환경의 결합 등을 들 수 있다.

셋째, 우리가 문학작품에서 발견하는 문학성과 예술성을 여타의 매체를 활용한 장르에서도 찾아볼 수 있게 되었다. 이전의 영상예술은 독자적인 미학을 확립하지 못한 채 산업적인 측면만이 강조되었을 뿐이지만, 최근에는 다양한 영상미학의 발달에 힘입어 자체적인 미학이론을 도출하고 있다는 사실이 예가 될 것이다. 더구나 이러한 이론들은 그 영역 자체에만 머무는 것이 아니라, 소설의 이론에도 적지 않은 영향을 주고 있는 실정이다. 또한 아직 본격적으로 진행되지는 않았지만 디지털환경이나 컴퓨터게임의 요소도 독자적인 미학을 차츰 확보

---

80) '오디오북'은 종이에 인쇄되던 방식에서 벗어난 최초의 책 형태이다. 미국의 에이플러스 출판사에서 시판되었던 이 방식은 "책은 길고 인생은 짧다"라는 모토 아래, 독서할 시간이 없는 바쁜 현대인을 위해 책의 내용을 녹음한 것이다. 오디오북은 단순히 소설을 드라마적으로 제시하는 것뿐 아니라, 작품 이해에 도움이 될만한 참고 자료를 함께 제공하는 경우가 많다. 우리나라에서도 몇몇 시도가 있었지만, 미국에 비해 활성화 되어 있지 않다.

81) 최초의 '전자책(electronic book)'은 1998년 미국에서 판매되기 시작한 〈로켓 이북(Rocket eBook)〉과 〈소프트북(SoftBook)〉이다. 이것은 출판사로부터 자료를 검색한 후 원하는 책을 다운로드 받을 수 있는 형식으로 제작되었는데, 현재에도 기본적인 사용방법은 유지되고 있다. 아직 대중화되지는 않았지만, PDA를 비롯한 각종 휴대용 단말기기의 발달과 함께 지속적인 성장을 거듭하고 있다. 우리나라의 경우에도 인터넷 서점과 대형 출판사를 중심으로 전자책에 대한 연구개발이 시도되고 있다. 그러나 현재의 전자책은 기존의 종이책을 그대로 전산화시켰을 뿐이며, 인쇄매체와 변별될만한 멀티미디어적인 속성이 포함된 것은 드물다는 점에서 아직 만족할 만한 수준은 아니다. 앞으로 이에 대한 연구 및 개발활동이 보다 진행되어야 할 것이다.

하고 있으며, 이를 소설문학에서 흡수하려는 현상도 발견되고 있다. 바로 이러한 측면이 가장 주목되는 부분이다.

그러나 상이한 매체들을 기반으로 하는 장르들의 결합은 단순한 작업이 아니다. 공통적으로 스토리를 가지고 있으며, 일상생활의 경험에서 시각적 요소와 청각적 요소가 밀접하여 연결되어 있고, 몇몇 유사한 부분이 있다는 사실만으로는, 장르의 결합이 정당화될 수 없다. 장르의 결합에는 미학적 근거가 있어야만 하며, 결합을 통해서 한 가지 매체만으로는 표현되지 않는 의미나 가치를 효과적으로 표현할 수 있어야 한다. 이런 측면에서 아른하임(Rudolf Arnheim)의 다음과 같은 견해가 주목된다.

우리는 예술의 혼성작업은 매체들의 결합에 의해서 산출된 완성된 구조물, 즉 예술품이 병행의 형식으로 통합되었을 때에만 가능하다는 것을 발견했었다. 물론 그러한 '이중궤도(二重軌道)'는 구성 요소들이 같은 것을 단순하게 전달하는 데 그치지 않을 때에만 그 의미를 갖게 될 것이다. 즉 그들은 같은 주제를 서로 다르게 다룬다는 점에서 서로를 완성시켜야만 한다. 각 매체는 주제를 각자 고유한 방법으로 다루어야 하며, 그 결과로 나타난 차이점은 매체 간에 존재하는 차이점과 일치되어야 한다.[82]

창작방법론의 교류도 이처럼 분명한 목적의식을 기반으로 이루어져야 할 것이다. 특히 창작방법론은 각 장르의 미학을 구축하는 핵심적인 부분이기 때문에, 장르 전체를 아우르는 보다 엄정하고도 광범위한 고찰이 이루어져야 한다. 부끄러운 고백이지만, 이 연구는 아직, 여러

---

82) Rudolf Arnheim, 「새로운 라오콘」, 『예술로서의 영화』, 앞의 책, p.224.

276

장르들 간의 창작방법론 교류를 본격적으로 다룰만한 수준에 이르지 못했다. 이를 남은 과제로 돌리고, 여기에서는 그 가능성만을 검토하고자 한다.

1) 소설과 영상예술의 창작방법론 교류

소설과 영상예술 사이에 이루어진 교류는 이미 오래 전부터 진행되어 왔다. 영화는 그 탄생 초기부터 소설에서 이야기를 빌려왔는데, 비단 영화뿐만 아니라 영상예술 전반에 걸쳐 문학은 거대한 '소재의 저장고' 역할을 담당했다. 이처럼 소설은 영상예술이 성장하는 데 있어 더없이 소중한 자양분이 되어 왔다. 초창기 영화 시나리오의 상당수는 소설에 근거하고 있다.[83] 오늘날에도 원작 소설을 영화화하는 작품은 끊임없이 발표되고 있다. 이러한 소설과 영화의 상관관계에 대해서 가스트(Wolfgang Gast)는 '문학 작품을 토대로 한 영화'의 매체 소통의 장을 다음과 같은 도표로 설명하였다.[84]

---

83) 가스트는 문학과 영화의 상호교류를 '전환(Adaption)'이라는 용어로 설명하면서, 그 이유를 예술적인 측면과 상업적인 측면에서 제시하고 있다. : Wolfgang Gast, 앞의 책, p.128. 참고. "영화의 내부에서 가치 상승에 대한 요구가 등장하고, 부르주아 관객층을 획득하려고 노력하게 되었을 때에야 비로소 예술적 가치를 추구하던 영화 생산자들에 의해 '가치 있는 문학', 즉 고전 작품에 대한 관심이 대두하였다. 고전에 대한 관심은 한편으로는 이런 원전들이 때로는 엄청난 비용이 드는 영화 제작의 위험 부담을 줄여줄 것이라는 기대 때문이었다."
84) 위의 책, p.18.

위의 도표에서 파악되는 것처럼, 문학작품은 시나리오와 텔레비전용 극본이라는 중간단계를 거쳐 영상예술작품으로 재생산된다. 이 과정에서 다음과 같은 문제점이 도출된다.

첫째, 영상예술의 작가에 대한 문제, 혹은 보다 범위를 좁혀서 시나리오의 작가에 대한 문제이다. 완성된 시나리오는 영화 생산 작업의 기초가 되지만, 대개는 촬영 과정에서 여러 차례의 수정이 이루어지기 때문에 계속해서 변화하는 텍스트가 된다. 또한 이러한 수정작업은 단일한 작가에 의해 이루어지는 것이 아니라, 여러 사람의 공동작업으로 몇 단계에 걸쳐 이루어진다. 이런 상황에서 작가의 개념은 모호해진다.

이는 문학의 전통적 가치에 익숙한 작가들에게는 낯설고도 받아들이기 힘든 상황으로 인식되는데,[85] 이것이 기존의 소설가들에게 자신들의 작품을 원작으로 하는 영상예술화 작업에 참여하는 것을 꺼리는 원인으로 작용한다. 그러므로 기존의 소설에서와 같은 '작가'의 개념을 영상예술에 적용시키기는 힘들다고 판단된다. 영상예술 장르에서 '작

278

가'라는 칭호가 가능하다면 작가주의를 표방한 일부 작품의 감독, 혹은 연출자에게 적용될 수 있을 뿐이다.

둘째, 구성과 매체의 차이로 인한 문제이다. 소설을 비롯한 문학텍스트들은 단어에서 단어로 연결되는 직선적인 구성을 갖지만, 영화텍스트는 여러 개의 표현요소를 동시에 나열하는 복잡한 구성으로 이루어져 있다. 따라서 소설 원작을 영화화하는 작업에서는 문학텍스트에 존재하지 않는 창조적 연출 작업이 필연적으로 요구된다.[86]

이와 같은 변형을 설명하는 연구자들의 관점은 다음과 같은 네 가지로 구분된다. 원작 소설을 충실하게 옮겼는지 여부를 평가의 중심에 두는 번역적 패러다임(translation paradigm), 원작의 정신을 충분히 살리면서도 영상매체의 독립된 관점이 예술적으로 잘 발휘되었는지 여부를 평가의 중심에 두는 다원적 패러다임(pluralistic paradigm), 원작보다는 영상예술의 독립된 주제에 비중을 두어 평가하는 변형주의 패러다임(transformation paradigm), 영상예술이 지니는 사회 문화적 측면을 중점으로 평가하는 시장주의 패러다임(materialist paradigm) 등이 그것이다.[87] 이와 같은 연구 관점들은 모두 나름대로의 논리와 평가기준을 가지기 때문에, 특정한 관점만이 타당하다는 평가는 내릴 수는 없을 것이다. 그렇지만 최근 추세를 살펴보면, 영상미학의 발달이 이루어지면서 영상예술 작품을 소설 작품에 버금가는 별개의 독립된 예

---

85) 김탁환, 「이야기에 관한 어리석은 이야기」, 『문학과 산업, 어떻게 만나야 하나』, 제1회 문학과 문화산업 세미나자료집, 2004, p.49. : "소설가에게 소설은 처음이자 끝, 그러니까 전부였는데, 영상매체에서 대본이나 시나리오는 결코 처음이자 끝이 아닙니다. 어떤 영화감독은 시나리오를, 장을 보러 갈 때 가져가는 메모 정도로 파악하기도 하지요. 그 메모를 염두에 두긴 하지만 물건을 집는 것은 감독의 권한이라는 겁니다. 이렇게 내가 쓴 글이 그 매체에서 절대적 지위에 놓이지 않고, 여러 단계를 거치면서 (미적인 이유가 아니라 이런저런 실용적인 이유 때문에) 달라지는 것을 받아들이는 것, 이런 방식 역시 이야기를 만들어가는 과정임을 인정하는 것이 가장 기본자세일 것입니다."
86) 유지나, 「문학텍스트에서 영화텍스트로의 이동」, ≪문학정신≫, 1992. 3.
87) 이형만, 『미국 소설과 영화의 만남』, 동인, 2005, p.23.

술작품으로 인정하고 있으며, 이에 따라 번역적 패러다임보다는 다원
적 패러다임이나 변형주의 패러다임이 통용되고 있다.

이런 경향을 염두에 둔다면 소설과 영상매체 사이의 교류는 "전환이
나 대체보다는 추가와 보완의 관계"[88]로 파악되어는 것이 타당하다고
판단된다. 영상예술의 서사가 문학적 서사를 대체할 수는 없을지라도
문학이 결여하기 쉬운 대중적 요소를 보완하고 그 영역을 확장시킬 수
있는 여지는 충분하기 때문이다. 그러므로 소설과 영상예술은 각각의
고유한 특성을 유지한 채 서로의 존재와 가치를 기꺼이 인정하면서 동
시에 서로간의 원활한 소통과 교류를 기획하고 모색해야 할 것이다.
이런 측면에서, 전통적인 문학적 개념과 타 매체 양식 간의 단절이나
차이보다는 그 연관성이나 연속성에 주목하면서 그 관계를 분석하고
비평하는 작업이 보다 활성화될 필요가 있다.

지금까지 살펴본 것과 같이 원작 소설을 영상예술 작품으로 변형하
는 작업 이외에도, 영상예술의 서사구조 창작기법은 소설에도 많은 영
향을 주는 경우도 확인할 수 있다. 몽타주 기법이 그 대표적인 예가 될
것이다.

영화에서의 몽타주 기법은 '시간 몽타주'와 '공간 몽타주'로 크게 구
분된다.[89]

시간 몽타주는 연대기적 시간의 흐름을 분쇄하여 단편적이고도 비연
속적인 파편들의 연속성을 만들어내는 방법이다. 이는 현대 소설의
'의식의 흐름' 기법과도 유사한데, 외적인 행위로부터 내적인 사고가,

---

88) 김영민, 「영상매체와 사람의 무늬(人文)」, ≪현대문학≫, 1998. 1, p.80.
89) 이하 시간 몽타주와 공간 몽타주의 개념에 대해서는 최인자의 설명을 참고하여 정리했다(최
　　인자, 앞의 글, pp.38~41.). 다만 예로 활용한 작품은 필자가 선정했다.

현재의 의식과 과거의 기억을 자유자재로 옮겨 다니면서 다차원적인 흐름을 만들어낸다. 즉, 전통적인 소설 기법처럼 과거와 현재가 단일한 흐름을 형성하는 것이 아니라, 과거와 현재, 혹은 행위와 사고가 통합되지 않는 여러 가지 차원을 형성하면서 동시적으로 진행되는 것이다. 앞서 예로 들었던 『율리시즈』와 같은 작품이 대표적이고, 우리 소설의 경우에도 이상이나 박태원 등의 소설에서 활용되었으며, 최근 작가로는 이인성이나 최수철 등의 작품에서 그 예를 찾아볼 수 있다.

이런 기법이 작품을 구성하는 주도적인 창작방법으로 사용되는 것은 아니지만, 부분적으로 활용되는 경우는 여러 작품에서 확인된다. 앞서 분석한 신경숙의 작품 중에서 한 단락을 예로 들면 아래와 같다. 아래 인용된 부분에서 점촌아주머니에 대한 이야기는 유년기의 기억이고, 중년부인에 대한 이야기는 비교적 최근의 기억이다. 즉 서로 다른 시간 층위에서 일어난 사건이 별다른 전환도 없이 동시에 제시되는데, 이는 다시 화자의 현재 상황에 연결되어 의미를 형성한다. 이처럼 시간 몽타주 기법은 비록 영상예술에서 비롯된 창작방법이지만 현대 소설 전반에서도 광범위하게 활용되고 있다고 하겠다.

다리를 움직이지 못해 방안에만 있느라고 뚱뚱해진 점촌아주머니는 그 이후로 그 아픈 다리로 서서 울면서 줄넘기를 하신다는 것이었습니다. 새끼줄 두 줄을 뚤뚤 엮어 만든 그 줄. 지금 당신이 있는 그 도시. 제가 강사로 나가던 그 스포츠 센터의 에어로빅 저녁반 시간에 어느 날 한 중년 부인이 새로 들어왔었죠. 아! 당신께 말씀드렸지요? 첫 시간 수업 도중에 폭삭 무너지며 통곡을 했던 그 중년 부인 말이에요. 남편이 집에 들어오지 않기 시작했다고 악을 썼다는 애긴 제가 차마 말씀드리지 못했었어요.[90]

공간 몽타주는 다른 장소에서 일어나고 있는 것을 평행으로 동시에 보여주거나, 여러 다른 곳에서 다른 인물들을 동시에 볼 수 있도록 하는 방법이다. 영상예술은 편집을 통해서 멀리 떨어져 있는 장소를 연결하기 쉬우며, 이를 급작스럽게 축소할 수도 있다. 인접하지 않은 둘 이상의 공간을 병치(juxtaposition)에 의해 왜곡시키는 것이다. 멀리 떨어진 공간에서 전화통화를 하는 연인의 모습을 하나의 화면에 제시한다거나, 다른 장소에서 벌어지는 일들을 동시에 보여주는 기법 등이 이에 해당한다.

공간 몽타주는 소설에서 많이 활용되는 창작방법은 아니다. 그러지만 동시적인 제시는 되지 못할지라도 서로 다른 의미를 가진 공간들을 연속적으로 배치하여 유사한 효과를 노리는 창작방법은 많이 활용되고 있다. 앞에서 살펴보았던 조세희의 「난장이가 쏘아올린 작은 공」의 다음과 같은 부분이 여기 해당한다. 아래의 인용에는 영호가 일하는 가구 공장과 영희가 일하는 빵집이라는 서로 다른 공간이 연속적으로 제시되고 있는데, 이를 통해 공장의 열악한 근무환경이 강조되고 있다.

가구공장에서도 일했다. 그 공장에 가 일하는 영호를 보았다. 뽀얀 톱밥 먼지와 소음 속에 서 있는 작은 영호를 보고 나는 그만 두라고 했다. 인쇄공장의 소음도 무서운 것이었으나 그곳에는 톱밥 먼지가 없었다. 우리는 죽어라 하고 일했다. 우리의 팔목은 공장 안에서 굵어갔다. 영희는 그때 큰길가 슈퍼마켓 한쪽에 자리 잡은 빵집에서 일했다. 우리가 고맙게 생각한 것은 환경이 깨끗하다는 것 하나뿐이었다. 영희는 하늘색 빵집 제복을 입고 일했다. 영호와 나는 유리창 밖에서 영희가 일하는 것을 보았다. 영희는 예뻤다.[91]

90) 신경숙, 「풍금이 있던 자리」, 『풍금이 있던 자리』, 문학과지성사, 1993, pp.21~22.

이외에도 백민석의 「목화밭 엽기전」에서 서울대공원이라는 놀이의 공간과 목화밭이라는 서정의 공간을 병치시켜 독특한 분위기를 만드는 기법도 공간몽타주에 해당한다고 하겠다.

2) 소설과 디지털문학의 창작방법론 교류

1990년대 중반 네트워크기술의 발전과 함께 디지털문학이 책의 문화를 대신할만한 '미래의 문학'이라는 찬사와 기대를 받으면서 소개되었다. "새로운 미디어는 창조적인 예술가들에게는 도전적이고도 획기적인 자기표현의 도구"[92]라는 견해가 이러한 낙관론의 대표적인 예였다. 이러한 견해에 따라서 디지털문학에 관한 이론이 활발하게 소개되었으며, 외국의 하이퍼텍스트소설에 대한 소개도 함께 이루어졌다.

그동안의 연구에서 주로 언급된 외국의 하이퍼텍스트소설로는, 본격적인 의미에서의 첫 번째 하이퍼텍스트소설로 인정받는 조이스(Michael Joyce)의 「오후 : 이야기(*Afternoon, a story*)」와 더글라스(J. Yellowlees Douglas)의 「나는 아무 말도 하지 않았다(*I have said nothing*)」와 같은 초창기 작품을 비롯해서, 하이퍼텍스트를 통해서 페미니즘을 표현했다는 잭슨(Shelley Jackson)의 「잡동사니 소녀(*Patchwork Girl*)」, 하이퍼텍스트에서 '멀티미디어 예술'로의 전환이라고 평가되는 아메리카(Mark Amerika)의 「그라마트론(*Gremmatron*)」 등이 있다. 이러한 작품들은 디지털문학의 주요한 부분을 이루는 하이퍼텍스트소설의 대표적인 작품이라는 점에서 가치 있는 소개라고 할 것이다. 다만 그 소개의 범위가 연구자들에 한정되어, 작품들에 대한 번

---

91) 조세희, 「난장이가 쏘아올린 작은 공」, 『난장이가 쏘아올린 작은 공』, 이성과힘, 2000, p.97.
92) 최혜실, 『모든 견고한 것들은 하이퍼텍스트 속으로 사라진다』, 생각의나무, 2000, p.196.

역작업을 통해서 대중적인 소개와 홍보를 하려는 노력이 이루어지 않았다는 점은 아쉬움을 남긴다. 디지털문학의 가치가 인터넷환경에 부합되는 보편적인 서사작품이라는 점을 감안하자면, 이런 작품들에 대한 홍보 및 보급화 작업은 필수적으로 이루어져야 할 것이다.

이러한 소개 작업과 함께 디지털문학작품을 창작하려는 시도도 진행되었다.

1995년 2월 27일부터 9월 30일까지 하이텔 문학관에서 진행된 박상우의 〈라몽 시(詩)〉 프로젝트는, 작가와 독자 사이의 활발한 의사소통을 시도하고 이를 작품 창작과정에 적극적으로 반영하는 실험을 했다. 그러나 이것은 작품의 독서과정에서 하이퍼텍스트의 특징이 지원되지 못했으며, 결국 그 실험결과도 책으로 출판되어 자체적인 한계성을 스스로 드러내고 말았다.

2001년에는 디지털문학의 근본 개념에 보다 근접한 프로젝트가 시도되기도 했다. '한국 최초의 본격 하이퍼텍스트 문학'을 표방한 「디지털 구보 2001」이 그것이다. 이는 디지털문학 연구자 최혜실이 주도하고, 인터넷사이트 북토피아(http://www.booktopia.com)와 한국문화방송(MBC)이 공동으로 기획하고 제작한 것이다. 등장인물 3명의 시각에 따라 시간대 별로 60여 개로 나누어져 있는 텍스트를 선택해서 읽을 수 있도록 구성되었으며, 텍스트 안에 링크된 단어를 클릭하면 이 단어와 관계있는 정보나 이미지, 음악 등으로 연결되는 형식을 가지고 있다는 점에서 하이퍼텍스트의 특성을 살리고 있다. 그러나 작품에서 활용된 링크의 기능이 다른 이야기를 시작하는 경로로의 역할을 수행하지 못하고, 내용에 대한 보충적인 설명을 하는 각주(脚註) 수준에 그치고 말았다는 한계를 가진다. 이는 다양한 방향에서 이야기가 전개되는 디지털문학의 특성이 분명하게 적용되지 못하고, 인쇄매체적인 특

성에서 크게 벗어나지 못한 부분이라고 하겠다.[93]

이상과 같은 시도들은 공통적으로 하이퍼텍스트의 구조적 특질을 충분히 살리지 못했다는 한계를 가진다. 그에 비해 '현 수'라는 필명으로 제작된 「로스트(Lost)」는 기존의 하이퍼텍스트소설의 개념에 가장 근접한 형식을 갖추고 있어서 주목된다.[94] 기억상실증을 소재로 하고 있는 이 작품은 독자의 선택에 따라 나누어지고 재구성되는 몇 개의 스토리를 갖추고 있으며, 텍스트의 중간중간에 제시되는 몇 개의 키워드에 따라서 전혀 다른 진행이 이루어진다는 점에서 '비선형적 이야기구조'라는 하이퍼텍스트의 특징을 충실히 재현했다. 그러나 이 작품의 가장 큰 한계는 문학성이 결여되어 있다는 사실이다. 형식적인 측면의 완성도는 높은 편이지만 내용은 습작품의 수준에서 벗어나지 못했다.

이러한 한계는 「디지털 구보 2001」의 경우도 크게 다르지 않다. 물론 문장이나 구성적인 측면은 「디지털 구보 2001」이 훨씬 정돈되어 있으나, 소설 작품으로의 흥미를 논의할 정도는 아니다. 무엇보다 이야기 자체의 즐거움과 이를 예술적인 감동으로 표현하는 방법에 대해서는 거의 고려되지 않았다. 그러므로 이 작품은 창작방법론은 부재한 채, 전달하고자하는 메시지만 가득 한 형상이 되고 말았다. 이는 이 작품들의 저자가 전문적인 수련을 거친 작가가 아니라는 사실에서 기인한다고 판단된다.

디지털문학이 아무리 하이퍼텍스트 및 디지털환경에 대한 이론을 토대로 하고 있더라도, 그것이 하나의 작품이라는 사실은 변하지 않는다. 그러므로 디지털문학작품을 창작하기 위해서는 이론적인 검토와

---

93) 유현주, 앞의 책, pp.8~9.
94) '현 수'라는 필명에서 가운데의 띄어쓰기는 작가가 유독 강조하는 부분이다. 이것이 어떤 의미를 가지는지는 설명되지 않았지만, 이 연구에서는 작가의 의도를 존중하여 띄어쓰기를 하도록 한다. : 「로스트」 홈페이지(http://myhome.naver.com/evern4ever) 작가소개 참고.

함께 창작방법론에 대한 수련이 있어야만 할 것이다.

　최근 들어 디지털문학에 대한 기대는 다분히 회의적으로 돌아선 것으로 보인다. 외국의 경우도 그러하지만, 특히 우리나라의 디지털문학에 대한 논의에서 더 이상 낙관적인 전망은 찾아보기 힘들다. 이러한 현상의 원인은 디지털문학이 가진 발생적 당위성과 개념에 대한 연구는 적극적으로 이루어졌지만, 정작 그러한 당위성과 개념을 적용할 수 있는 작품의 창작은 거의 이루어지지 못했기 때문이다. 이러한 창작의 부재는 검증되지 않은 새로운 이론을 무분별하게 도입한 것에 불과하다는 지적을 가능하게 만든다. 이론을 증명할 만한 주목할만한 창작물이 없는 상황에서, 외국의 작품과 이론만 가지고 논의를 전개하는 것은 한계가 있을 수밖에 없다.

　그러므로 디지털문학에 대한 논의는 이제 이론적인 측면과 함께, 창작의 측면에 보다 집중되어야 하며, 전문적인 수련과정을 거친 창작자들을 육성하는 방향으로 진행되어야 할 것이다. 창작을 통한 새로운 실험이 이루어지지 않는 한, 우리나라의 디지털문학에 대한 논의는 외국 이론을 답습하거나, 공허한 논쟁에 불과할 가능성이 크다.

　이와 같은 비판과 한계를 감안하더라도 하이퍼텍스트를 기본 매체로 하는 디지털문학이 새로운 시대 환경을 대표하는 주요한 표현 방식이라는 사실에는 변함이 없다. 하이퍼텍스트는 이미 문학 영역에 나타난 하나의 현상으로, 이러한 매체를 통해 문학을 네트워크 상에 구현하려는 시도는 계속될 것이다.

　디지털문학은 여러 한계를 상쇄시킬 만한 강력한 특성을 내재하고 있기 때문이다. 그것은 하이퍼텍스트의 제작과 운용에 대한 기술을 습득한 사람이라면 누구나 자신의 작품을 공개적으로 발표할 수 있다는 사실이다. 그런 점에서 디지털문학은 열린 매체로 설명된다. 이는 기성의 문인 혹은 출판사에 의해 검증을 받은 후에 이루어지는 기존 문학작품의 발표방법에 비해 월등한 파급력을 가진다.

특히, 디지털카메라와 컴퓨터 음향프로그램의 발달과 보급으로 인해, 디지털문학의 창작과정에서 멀티미디어의 특성을 부합시킬 수 있는 여건이 갖추어졌다. 이미 각종 블로그(blog) 사이트를 통해서 자신이 직접 촬영한 사진과 동영상 등을 이야기와 함께 제공하는 사람들이 늘고 있다는 사실을 감안한다면, 이러한 콘텐츠를 디지털문학으로 전환시킬 수 있는 여지는 충분하다. 또한 디지털문학은 작품 제작에 들어가는 시간과 비용, 그리고 노력이 영상예술이나 컴퓨터게임에 비해 현저하게 적다는 점도 강점으로 작용한다. 물론 이전의 인쇄매체를 통한 문학작품에 비하자면, 하이퍼텍스트를 다룰 수 있는 기술을 습득해야 한다는 부담이 있는 것은 사실이다. 그러나 영상매체나 컴퓨터게임에서 이루어지는 작업에 비해서는 현저하게 적은 노력이 요구될 뿐이다. 그런 이유로 영상예술과 컴퓨터게임의 제작은 공동작업을 통해서만 이루어질 수 있는데 비해서, 디지털문학은 작가의 개인적인 창작활동이 가능하다.

이런 점에서 디지털문학은 문화기술산업의 다른 어떤 분야보다 예술에 가까운 형태라고 할 수 있으며, 소설과 함께 문화기술산업의 핵심 기술 중 하나로 분류되는 기반기술[95]에 해당하는 스토리뱅크(story bank)로의 기능을 담당할 수 있을 것으로 기대된다. 앞으로 디지털문학 구현 프로그램의 개발, 창작자에 대한 교육 프로그램의 수립 및 활성화 등에 관련된 연구 활동이 본격적으로 이루어지면 보다 가시적인

---

95) 문화관광부·한국문화콘텐츠진흥원, 『CT(Culture Technology) 비전 및 중장기 전략 수립』 공청회 자료집, 2005, pp.21~22.

결과를 얻을 수 있을 것으로 기대된다.

3) 소설과 컴퓨터게임의 창작방법론 교류

소설과 컴퓨터게임의 창작방법론에 대한 교류는 아직 활발하게 이루어지지 않은 상태이다. 이는 컴퓨터게임의 창작방법론이 정립되지 않았기 때문인데, 이에 대한 기존의 연구들은 주로 컴퓨터게임을 기존 문화 장르들과의 변별하는 수준에 그치고 있는 실정이다. 영상예술 분야가 그러했던 것처럼, 앞으로 컴퓨터게임의 서사 미학에 대한 본격적인 연구가 이루어진다면, 소설을 비롯한 서사예술 전반과의 교류가 이루어질 수 있을 것으로 기대된다.

컴퓨터게임에서 이루어진 소설과의 교류는, 주로 RPG게임에서 판타지·무협소설의 세계관이나 캐릭터·아이템 등을 차용하는 정도에 불과하다. 판타지소설 역시 기존의 신화와 전설에서 차용했던 것들이니, 이를 컴퓨터게임과 소설만의 교류 현상이라고 파악하기는 힘들다. 그렇지만 넓은 의미에서의 스토리텔링적 측면에 대해서는 앞으로 많은 교류가 이루어질 수 있을 것으로 기대된다.

소설에서 컴퓨터게임을 다루는 경우는 소재주의적 접근방법, 즉 컴퓨터게임을 하나의 사회·문화적 현상으로 파악하고 이를 소재로 작품을 창작하는 방법에서 벗어나지 못했다. 물론 컴퓨터게임에 내재된 세계관을 토대로 이야기를 만들어내는 일종의 팬픽션(fan fiction)의 형태로 인터넷 게시판에 발표되는 작품들이 있으나, 이런 작품들에서 예술적인 가치를 발견할 수 있는 경우는 찾지 못했다.

기성 작가들의 작품에서 컴퓨터게임을 다룬 것으로는, 김영하의 「삼국지라는 이름의 천국」을 들 수 있다. 이 작품의 제목에 언급된 '삼국지'는 진수가 지은 역사책 「삼국지(三國志)」도 아니고, 나관중의 장편소설 「삼국지연의(三國志演義)」도 아니다. 이와 관련된 이야기를 토대로 일본의 게임소프트회사인 코에이(koei)가 개발한 컴퓨터게임이다.[96]

작품의 주인공은 자동차 영업사원으로, 그리 변변한 실적을 올리지 못한 채 컴퓨터게임에 빠져 있다. 그가 일상에서 재미를 느끼지 못하는 만큼, 컴퓨터게임 속의 세계는 흥미진진하게 전개된다. 이는 현실과 게임이 반복되면서 이루어지는 화자의 서술에서도 동일하게 적용된다.

충성심이 낮은 여포는 언제 그를 배신할지 모르고 하후돈의 전투력과 지력은 관우를 당하지 못한다. 그는 재떨이에서 꽁초를 찾아 피워 물었다. 어떻게 한다. 일 년에 걸친 전쟁 덕분에 백성들의 충성심은 10포인트나 하락했고 인구도 50만이나 줄어 식량 생산에 차질을 빚게 되었다. 전쟁을 겪지 않은 오나라의 군대는 강성하고 형주를 잃은 조조는 반드시 다시 공격해올 것이다. 그는 AD 220년 가을에서 게임을 멈추고 결과를 저장한 후에 컴퓨터를 껐다.

어느새 사위가 훤해지고 있었다. 방안 곳곳은 세탁물, 담뱃갑, 맥주병으로 어지러워져 있었다. 그것들을 이리저리 치워 잘 자리를 마련한 후에 눈을 붙였다. 해가 더 밝아오기 전에 잠이 들어야 한다.[97]

이 작품에는 컴퓨터게임에서 '몰입'이 가지는 두 가지 측면, 즉 꿈의 실현과 현실의 회피가 잘 표현되어 있다. 이러한 두 측면은 상호보완

---

96) 1985년에 처음 출시된 게임 〈삼국지〉는 "친숙한 동양 고전과 전략시뮬레이션의 재미를 결합"시켰다는 점이 높이 평가되는데, 특히 마우스가 지원되고 비주얼이 대대적으로 강화된 3편부터 큰 인기를 누렸으며, 현재 10편까지 제작되었다. : 박상우, 앞의 책, p.60. 참고.
97) 김영하, 「삼국지라는 이름의 천국」, 『호출』, 앞의 책, p.152.

적으로 작용하는데, 현실이 어려울수록 꿈을 실현시킬 수 있는 게임의 세계로 도피하고 싶어지는 욕망이 강해진다. 그러나 작가는 컴퓨터게임 속에서 이루어지는 주인공의 꿈을 좌절시켰고, 이를 통해 컴퓨터게임이 가진 회피적 욕망의 몰입을 구현하고 있다.

김영하의 다른 작품 「바람이 분다」에서도 컴퓨터게임이 등장한다. 그러나 이 작품에서의 게임은 현실을 회피하려는 욕망이 반영되는 사물이 아니라, 현실에서 일어나는 여자와의 친밀감 형성 단계를 표현하는 매개물로 작용한다. 작품 속에서 컴퓨터게임을 시작하는 것은 주인공이었다. 여자는 주인공의 모습을 여자가 지켜보다가, 컴퓨터게임에 참여하게 된다. 즉, 작가는 이들이 함께 같은 게임을 하는 과정을 통해서 애정이 발전하는 과정을 표현하는 것이다.

또한 「바람이 분다」에서 표현된 컴퓨터게임은 남녀의 애정문제와 연결되어 있기 때문에, 성적인 의미를 표현하기도 하는데, 작품의 시작 부분에 해당하는 아래의 인용이 대표적인 예이다.

바람이 분다. 바람이 분다. 바람이 분다. 바람은 분다. 바람이 분다. 다섯 번을 되뇌고 하늘을 본다. 컴퓨터를 켠다. 컴퓨터를 끈다. 컴퓨터를 켠다. 컴퓨터를 끈다. 시간이 흐른다. 시간은 흐른다. 시간이 흐른다. 시간은 흐른다. 한 여자를 잊지 못하고 있다. 게임을 한다. 게임이 한다. 게임을 한다. 게임과 한다. 게임을 한다. 시간이 가지 않는다. 시간은 가지 않는다. 불을 끈다. 이제 그녀의 얼굴이 보인다.[98]

지금까지 살펴본 것처럼 소설가들은 컴퓨터게임을 하나의 사회 · 문

---

98) 김영하, 「바람이 분다」, 『엘리베이터에 긴 그 남자는 어떻게 되었나』, 문학과지성사, 1999, p.75.

화적인 현상으로 파악하고, 이를 소설에 반영했다. 그러나 이런 작품
들이 컴퓨터게임에서 파생된 현상들을 면밀하게 다루지는 못했다고
판단된다. 앞으로 컴퓨터게임은 보다 왕성하게 발전할 것이고, 이에
내포된 특성과 문제점을 관찰하여 소설화하는 작품도 보다 많이 발표
되리라고 기대된다.

제5장 **결론**

결론

    이 연구는 이야기를 구성하는 기본 요소 중의 하나인 공간을 대상으로 소설과 디지털콘텐츠의 창작방법론 문제를 조망해 보았다. 지금까지의 서사예술 연구에서 공간의 문제는 활발하게 다루어지지 못했는데, 이는 소설을 비롯한 영상예술·디지털문학·컴퓨터게임 등이 신화·설화·민담 등에 기원을 두고 있는 이상 본질적으로 시간의 흐름에 따라 이야기가 구성되는 서사성(敍事性)이라는 특성에서 벗어날 수 없기 때문이다.

    그러나 서사가 비롯되고 이루어지며 마무리되는 것이 모두 작품에 내재된 특정한 공간을 통해서라는 사실을 염두에 둔다면, 공간의 역할과 의미를 간과할 수 없을 것이다.

    특히 연구의 관점을 작품창작에 관련 분야로 전환하면 공간이 가진 의미는 더욱 강조된다. 창작방법론은 작가와 창작 행위의 관계, 그리고 창작 과정에 나타나는 실제적인 문제들에 대한 논의인데, 이는 결국 작가의 창작의도를 명확하게 전달하는 방법론적인 성격을 가지고 있다. 실제 소설의 창작 과정을 거칠게 요약하자면 발상(發想), 구상(構想), 집필(執筆), 퇴고(推敲)의 네 가지 단계로 정리된다. 이러한 창작의 단계에서 작가가 먼저 인식하는 요소는 시간이 아니라 공간이다. 작가는 공간을 경험함으로써 발상을 하고, 이를 체계화하는 과정을 통해 구상을 하며, 시간적인 조건을 고려하여 집필을 시작하는 것이다. 이처럼 작가에게 있어서 공간은 최초의 창작단계에 해당하는 중요한 문제이다.

그러므로 공간에 대한 분석을 통해서 창작 과정에서 이루어졌던 작가의 의도 및 창작방법론이 밝혀질 수 있을 것이다. 또한 공간에 내재된 의미를 파악하는 일은 작품의 서사에 내재된 의미를 이해하기 위해서 필수적으로 이루어져야 하는 분석방법이다. 작품에 표현된 공간을 통해서만이 작가의 세계 인식에 대한 구체적인 면모를 추측할 수 있기 때문이다. 따라서 공간을 이해하는 것은 소설 창작방법론의 주요한 요소이며, 문학작품을 하나의 완전체로 파악하기 위해서 간과할 수 없는 중요한 요소가 된다.

이 연구의 논의과정을 정리하면 다음과 같다. 우선 소설 창작방법론으로 활용할 수 있는 공간의 이론을 정립하기 위해서 기존의 문예이론에 대한 검토가 이루어졌다. 이는 인식으로의 공간·배경으로의 공간·상징으로의 배경·구조로서의 공간이라는 네 가지 측면에서 이루어졌다.

첫째, 인식으로의 공간에 대한 검토에서는 다음과 같은 사항이 확인되었다.

먼저 인식론 차원에서 공간 문제를 다루었던 칸트(Immanuel Kant)의 견해가 확인되었는데, 그는 공간을 객관적이고 경험적인 실재가 아니라 선험적이고 관념적인 대상으로 파악했다. 이어 공간을 실재공간·직관공간·기하학적 이념공간으로 구분하는 하르트만(Nicolai Hartmann)의 견해를 살펴보았다. 이러한 견해들을 통해서 동일한 공간을 대상으로 하는 문학작품이라고 하더라도 작가의 공간인식, 혹은 상상력에 따라 상이한 의미망을 형성할 수 있다는 사실이 확인되었다. 인식과 상상력에 대해서는 콜리지(Samuel T. Coleridge)의 이론을 검토했다. 그는 공상과 상상력을 구분하고 문학작품의 창작과정에 기여하는 것은 공상이 아니라 상상력이라고 설명했는데, 이는 공간의 문제에도 그대로 적용될 수 있다.

투안(Yi-Fu Tuan)의 견해는 앞선 논의들과는 다른 관점에서 공간에 대한 인식의 근거를 제공했다. 그는 '장소'와 '공간'을 구분했는데, 장소는 익숙한 곳이며 안전을 의미하고, 공간은 낯선 곳이며 자유를 의미한다고 설명하면서, "우리는 장소에 고착되어 있으면서 공간을 열망한다"고 주장했다. 이를 소설 창작방법론에 적용시키면 다음과 같은 설명을 도출할 수 있다. 작가는 익숙한 장소를 공간으로 낯설게 만들어 독자에게 제공하며, 독자는 독서행위를 통해 낯선 공간에 내재된 의미를 파악하여 장소로 변환시키는 것이다. 즉, 소설을 창작하는 행위는 장소의 공간화 작용이라고 할 수 있다.

둘째, 배경으로의 공간에 대한 검토에서는 다음과 같은 사항이 확인되었다. 아리스토텔레스(Aristoteles)는 모방(mimesis)의 관점에서 공간 개념을 파악했기 때문에, 공간은 작품 창작에 큰 영향을 미치지 못하는 부수적인 요인일 뿐이라고 설명했다. 그는 『시학』에서 비극에서 유발되는 공포와 연민의 감정을 환기시키는 요인으로 플롯과 배경(장경)을 제시했으나, 작품을 유기적인 구조로 만들어주는 플롯이 보다 가치가 있는 것이라고 제시했다. 웰렉(René Wellek)과 워렌(Austin Warren)은 이러한 아리스토텔레스의 개념을 계승하면서도 배경을 '환경'의 개념으로 확대시켰다. 이를 통해 공간은 단순히 부수적인 요인이 아니라 등장인물의 심리와 의지를 표현할 수 있는 기능을 가진다는 논의가 진행되었다.

셋째, 상징으로의 공간에 대한 검토에서는 다음과 같은 사항이 확인되었다. 프로이트(Sigmund Freud)는 대부분의 상징을 성적(性的) 의미를 내포한 것으로 파악했는데, 그에 의해 구분된 남성상징과 여성상징은 이후 작품에서 표현된 상징을 분석하는 근거가 되었다. 또한 그는 이러한 상징개념이 작가의 무의식에도 영향을 준다고 설명했는데, 이를 통해 상징으로의 공간에 분석을 통해 작가의 창작의도를 확인할 수 있는 근거가 마련되었다. 융(Carl G. Jung)의 집단무의식과 원형(原型)의 개념도 공간에 표현된 상징을 분석할 수 있는 근거를 제공했다. 그러나 무엇보다 바슐라르(Gaston Bachelard)의 견해가 주목되었다. 그는 『공간의 시학』을 통해서 공간을 상징 자체로 설명했으며, 특히 상징이 활용되는 방법으로 제시했던 '세미화(細微畵)'와 '내밀의 무한성'은 서사예술의 창작방법론으로 그대로 활용될 수 있는 방법이었다.

넷째, 구조로서의 공간에 대한 검토에서는 다음과 같은 사항이 확인되었다. 먼저 프랭크(Joseph Frank)의 논의에 대한 검토를 통해 시간적 연속과 인과관계보다는 동시성과 병치의 원리에 의해 서사의 결합과 배열이 이루어지는 '공간 형식'의 개념이 확인되었다. 그는 이는 '영화기법'이라고도 설명했는데, 이런 점에서 이후 이루어질 소설과 영상예술과 창작방법론 비교가 이루어질 수 있는 근거가 제공되었다. 한편, 래브킨(Eric S. Rabkin)은 소설 구조의 공간화에서 플롯을 활용한 방법을 제시했다. 공간화 된 플롯은 서사의 반복과 교차를 통해 리듬을 형

298

성하는데, 이를 위해서는 병렬적인 플롯이 형성되어야 한다는 것이다. 이러한 견해들을 통해서 이후 소설의 구조에 대한 분석근거가 도출되었다.

다음 단계에서는, 앞서 확정된 공간 창작방법론을 실제 작품을 분석에 적용하는 작업이 이루어졌다. 공간의 분석은 작품에 나타난 공간을 분석하는 것이면서, 동시에 공간에 담긴 작가의 창작의도를 파악하는 것이다. 작가의 의식은 구체적인 삶의 방식에 반영되며 이는 공간과 그 공간에서 이루어지는 행동을 통해 구체화되기 때문이었다. 앞에서 도출된 네 가지 공간 창작방법론에 따라 이루어진 이 단계의 연구는, 우선 실재공간과 작품에 내포된 공간의 관계를 밝히고, 각 작품에 적용된 공간 창작방법론을 확인하며, 이런 창작방법의 계승 관계를 살펴보는 순서로 진행되었다.

첫째, 조세희의 「난장이가 쏘아올린 작은 공」에 대한 분석을 통해 공간을 활용하여 현실인식을 형상화하는 창작방법이 확인되었다. 먼저 실재공간과 창작공간에 대한 검토에서는 서울시의 빈민촌에서 체험했던 조세희의 실제 경험이 작품을 발상이 되었다는 점이 확인되었으며, 이 경험이 작품에서 구체적으로 표현된 부분을 살펴보았다. 이어 작품에 표현된 공간에 대한 분석을 통해서, 다음과 같은 창작방법론이 확인되었다. 우선 영희의 몸에서 나는 '풀냄새'와 개천 건너 주택가에서 나는 '고기 굽는 냄새'라는 후각이미지와 쇼윈도 경험으로 대표되는 시각이미지를 활용해서 공간을 구체적으로 표현하는 창작방법론이 검토되었다. 다음으로 여러 명의 화자를 다각적으로 등장시켜 공간인식을 심화시키는 창작방법론이 검토되었는데, 난장이 일가의 첫째 아들 영수를 통해서는 지식을 통해 현실상황을 극복하고자 하는 인식이 확

인되었고, 둘째 아들 영호를 통해서는 노동자들의 연계를 통한 현실
극복인식이, 막내딸 영희를 통해서는 직접 몸을 던져 현실을 극복하려
는 인식이 제시되었다.

이와 같은 공간 창작방법론을 계승한 작품으로는 백민석의 「목화밭
엽기전」이 제시되었다. 이 작품의 공간은 자본주의적 속성이 복합적으
로 내재된 과천이며, 그 중에서도 놀이의 공간이라는 특성이 강조되는
서울대공원이 부각되었다. 작품의 화자는 이러한 공간의 의미를 분명
하게 인식하고 있으며 이를 작품 창작방법론으로 활용하고 있었다.

둘째, 이문구의 「일락서산」에 대한 분석을 통해서는 공간배경을 활
용한 소설 창작방법론이 확인되었다. 먼저 이 작품의 배경이 되는 관
촌마을이 작가의 고향이라는 사실, 그리고 작가는 작품의 여러 부분에
서 유년기의 경험을 그대로 활용했다는 사실이 확인되었다. 이어 작품
에 표현된 공간의 분석을 통해서, 다음과 같은 창작방법론이 확인되었
다. 우선 유년기 화자와 성인 화자의 가변적으로 활용하여 공간의 의
미층위를 구분하는 방법이 검토되었는데, 이러한 방법은 화자가 구분
되기는 하지만 동일한 인물이고 엄격한 분화가 이루어지지 않는다는
점에서 조세희의 작품에서 활용된 '다각화된 화자'라는 창작방법론과
구분되었다. 이어 나무와 집, 그리고 골방을 활용하여 공간을 상징적
으로 제시하는 방법이 확인되었는데, 이 방법이 작품 전반에 걸쳐 이
루어지지 않는다는 점에서 이후에 분석할 김승옥의 작품과 변별되었
다. 마지막으로 농촌과 도시로 공간의 대립시켜 배경의 의미를 증폭시
키는 창작방법이 활용되었다는 사실이 확인되었다.

이러한 공간 창작방법론을 계승한 작품으로 윤대녕의 「찔레꽃 기념
관」과 「빛의 걸음걸이」가 제시되었다. 먼저 「찔레꽃 기념관」은 고향과
소설을 대립시켜 파악하는 방법이 활용되었으며, 고향을 다루는 부분

에서 고향·이발소·이발의자 앞에 걸린 그림과 시 등으로 공간의 내밀
화 방법이 활용되었다. 「빛의 걸음걸이」에서는 공간에 대한 구체적인
묘사를 통해서 오히려 환상적이고 낭만적인 분위기를 만드는 창작방
법이 검토되었다.

셋째, 김승옥의 「무진기행」에 대한 분석을 통해서는 공간상징화을
활용한 소설 창작방법론이 확인되었다. 실재공간과 창작공간의 관계
에서는 실재하지 않는 '무진'이라는 공간이 작가의 고향인 순천의 변
형이라는 사실, 그리고 이 공간의 의미는 서울과의 대비를 통해서만
표현된다는 사실이 확인되었다. 이어 작품 공간의 분석을 통해서는 다
음과 같은 방법론이 확인되었다. 우선 '안개'·'잠'·'담배연기'·'알코
올' 등 여러 원소들이 혼합되어 있는 미분화(未分化)된 상징물을 활용
하는 방법이 검토되었다. 다음으로 '다리'라는 공간 자체를 하나의 상
징물로 활용하여 등장인물들이 가지는 중간자적 속성을 부각시키는
방법이 검토되었다. 마지막으로 여성상징을 통해서 작가의 창작의도
를 표현하는 방법이 고찰되었는데, 이는 '요나콤플렉스'로 확인되었
다. 그러나 이때의 여성상징은 생명을 잉태하는 못하는 불임(不妊)의
상태이며, 그렇기 때문에 죽음과 연결되는 '오필리어콤플렉스'도 함께
제시되었다는 사실도 확인되었다.

이러한 창작방법론을 계승한 작품으로 신경숙의 「풍금이 있던 자리」
가 제시되었다. 이 작품은 화자의 의도를 직접적으로 표현하지 않고,
다양한 이미지와 상징물에 대한 세밀한 묘사를 통해서 전달하는 '세미
화' 방법이 활용되었으며, 서두 부분에서는 고향마을, 집, 까치둥지로
이어지는 공간의 내밀화 기법도 활용되었다. 또한 과거의 공간과 현재
의 공간이 병치되는 방법도 활용되었다.

넷째, 윤후명의 「둔황의 사랑」에 대한 분석을 통해서는 공간을 구조

적으로 활용하는 소설 창작방법론이 확인되었다. 우선 작가가 '둔황'이라는 낯선 공간을 접하게 된 계기를 살펴보았으며, 작품을 창작할 당시에는 둔황에 갈 수 없었으므로 이 공간이 서울을 통해 간접적으로 제시될 수밖에 없었다는 사실이 확인되었다. 이어 작품 공간에 대한 분석을 통해서 다음과 같은 방법론이 확인되었다. 먼저 이 작품은 다양한 매개물들이 나열되는 병렬적 플롯을 가지고 있으며, 이러한 매개물들은 모두 둔황과 연관되기 때문에 서사의 일관성이 유지될 수 있었으며 리듬을 형성되었다는 사실이 확인되었다. 또한 공간의 병치를 통해서 원심력의 작용을 유도하는 방법도 확인되었는데, 이는 남루한 현실에서 탈출하여 낯선 공간을 찾아가려는 욕망이라고 설명되었다.

이러한 창작방법론을 계승한 작품으로는 김영하의 「거울에 대한 명상」과 「바람이 분다」가 제시되었다. 「거울에 대한 명상」은 현실공간에서 은폐를 욕망하던 주인공들이 폐쇄적인 공간인 트렁크로 들어가는 구조를 가지며, 이로 인해 이들의 관계는 철저하게 단절로 제시된다는 사실이 확인되었다. 이러한 폐쇄적인 공간은 「바람이 분다」의 지하방에서 반복되며, 그와 대척적인 공간으로 킬리만자로가 제시되었다. 그러나 이 지하방에는 컴퓨터와 그로 연결되는 컴퓨터통신이 창(窓)의 역할을 하는 구조를 가지고 있었고, 이를 통해 세상과의 소통을 시작하려는 징후를 확인할 수 있었다. 이런 측면에서 김영하의 작품 경향은 단절의 공간에서 소통의 공간으로 전이되고 있다는 사실이 확인되었다.

다음 단계에서는, 소설의 공간 창작방법과 영상예술·디지털문학·컴퓨터게임 등의 공간 창작방법을 비교하는 작업이 이루어졌다. 우선 각 장르의 공간 창작방법론이 검토되었으며, 이를 소설의 창작방법론과 비교하는 방식으로 진행되었다.

첫째, 영상예술의 공간 창작방법은 다음과 같이 정리되었다. 영상예술에서 표현되는 공간은 고정된 것이 아니라 움직임이 있는 역동적 공간의 재현이라는 사실이 먼저 확인되었다. 다음으로 시간의 표현까지도 공간의 조직을 통해서 이루어진다는 사실을 확인할 수 있었다. 그리고 커팅과 몽타주라는 창작방법을 통해 공간을 구조화하고 의미를 창출하는 방법이 확인되었다.

둘째, 디지털문학의 공간 창작방법은 다음과 같이 정리되었다. 우선 디지털문학의 공간 구조는 인쇄매체의 그것처럼 시간순서에 의해 구성되지 않고 비선형적 공간 구조를 가진다는 사실을 알 수 있었다. 이러한 비선형적 공간 구조는 몇 개의 결절점을 가지는 가지형 이야기구조와 무수한 이야기줄기들이 서로 엉켜있는 뿌리줄기형 이야기구조로 구분되었다. 다음으로 디지털문학은 이미지·동영상·음향 등의 각종 멀티미디어를 통해 공간을 표현할 수 있다는 사실이 확인되었다.

셋째, 컴퓨터게임의 공간 창작방법은 다음과 같이 정리되었다. 우선 컴퓨터게임의 공간은 게이머의 능동적인 참여를 통해서 이루어진다는 사실이 확인되었다. 이는 컴퓨터게임과 여타의 장르들을 구분하는 가장 분명한 변별점이 되는데, 서사공간의 구성방법 구분도 이를 통해 이루어졌다. 다음으로 몰입을 활용한 서사공간의 구성에 대해 살펴보았는데, 이는 과제 제시를 통한 성취욕의 자극, 완전해지고자 하는 욕망의 자극, 공동체 정서의 자극 등으로 구분할 수 있었다. 마지막으로 화면구성을 통한 시간과 공간의 병치 방법이 확인되었는데, 시간과 공간을 하나의 화면을 통해 동시에 파악할 수 있는 이 방법을 통해 게임 전체를 조망하면서도 현재 상황에 몰입하는 구성방법이 가능해졌다.

넷째, 스토리텔링으로의 소설과 공간 창작방법론에서는 앞에서 살펴본 장르들과 소설 창작방법론의 영향관계를 정리했다. 우선, 소설과 영상매체의 관계에서는 원작을 영상화하는 작업이 가진 가치와 문제점을 살펴보았으며, 이어 몽타주를 중심으로 영상예술의 미학이 소설 창작방법론으로 활용된 경우를 살펴보았다. 소설과 디지털문학의 관계에서는 주로 우리나라 디지털문학의 문제점과 가능성이 지적되었는데, 이를 극복하기 위해서는 오히려 전통적이 소설 창작교육 및 방법론이 이루어져야 한다는 사실이 언급되었다. 마지막으로 소설과 컴퓨터게임의 영향관계는 컴퓨터게임의 미학이 아직 정립되지 않았기 때문에 활발한 교류가 이루어지지 못했다. 하지만 소설이 컴퓨터게임을 일종의 사회·문화적 경향으로 인식하고 이를 소재로 다루는 경우를 확인할 수 있었다.

이상과 같이 현대소설 창작방법론에서 공간의 서사화 문제는 다양한 측면에서 적용되고 있으며, 영상매체 및 디지털문학과 컴퓨터게임 등의 분야에서도 활용가능성을 가진다. 특히 이 연구에서 다루었던 공간이 중심이 되는 창작방법론은 산업화 시대 이후 변화하는 시대 상황에 부합된다는 측면에서 가치를 가진다.

그렇다고 해서 전통적인 소설 창작방법론에서 강조되었던 시간 중심의 서사방법이 가진 중요성이 감소되는 것은 아니다. 시간 중심의 서사를 통해서는 설명될 수 없었던 작품들에 대한 창작방법 및 분석방법을 마련했다는 측면에서 가치가 평가되어야 할 것이다.

이와 함께 공간 중심의 서사는 소설 영역의 확장 가능성을 확인했다는 측면에서도 중요한 가치를 가진다. 기존에 제기된 시간 중심의 서사가 이야기 자체의 완결성을 강조하여 소설 작품 자체의 미학만을 강조했다면, 공간 중심의 서사는 인접 예술 분야와 소통할 수 있는 스토리텔링적 가능성을 가진다. 이런 측면은 소설의 영역이 확장된 것이라고 할 수 있다. 이는 소설의 상대적 우월성을 강조하는 것이 아니라 동등한 관계에서의 교류가 진행될 수 있는 기반이 마련된 것이라고 하겠다.

앞으로 이 연구의 연구결과가 확산되기 위해서는 최근 소설을 중심으로 창작방법론에 대한 보다 면밀한 검토가 이루어져야 할 것이다. 아울러 인접 예술의 서사구조에 대한 검토도 깊이 있게 진행되어야 한다. 이를 후속 연구 과제로 남긴다.

■ 참고문헌

기초 자료

김승옥, 「무진기행」, 『무진기행』 김승옥 소설전집 1권, 문학동네, 1995.

______, 『내가 만난 하나님』, 작가, 2004.

김영하, 「거울에 대한 명상」, 『호출』, 문학동네, 1997.

______, 「바람이 분다」, 『엘리베이터에 낀 그 남자는 어떻게 되었나』, 문학과지
성사, 1999.

______, 「삼국지라는 이름의 천국」, 『호출』, 문학동네, 1997.

백민석, 『목화밭 엽기전』, 문학동네, 2000.

신경숙, 「풍금이 있던 자리」, 『풍금이 있던 자리』, 문학과지성사, 1993.

윤대녕, 「찔레꽃 기념관」, 『2003년 이효석문학상 수상작품집』, 해토, 2003.

______, 「빛의 걸음걸이」, 『제43회 현대문학상 수상소설집』, 현대문학, 1998.

윤후명, 「둔황의 사랑」, 『둔황의 사랑』, 문학과지성사, 2005.

이문구, 「일락서산」, 『관촌수필』, 문학과지성사, 1995.

______, 『지금은 꽃이 아니라도 좋아라』, 전예원, 1979.

조세희, 「난장이가 쏘아올린 작은 공」, 『난장이가 쏘아올린 작은 공』, 이성과힘,
2000.

______, 『침묵의 뿌리』, 열화당, 1986.

하이퍼텍스트소설 「디지털 구보 2001」 (http://www.booktopia.com)

하이퍼텍스트소설 「로스트」 (http://myhome.naver.com/evern4ever)

논문

고인환, 「이문구 소설에 나타난 근대성과 탈식민성 연구」, 경희대 국문과 박사
　　　학위논문, 2003.
구자황, 「이문구 소설 연구」, 성균관대 국문과 박사학위논문, 2002.
권은경, 「조세희의 "난장이가 쏘아올린 작은 공" 연구―기법과 주제의 미학적
　　　상관성을 중심으로」, 성균관대 국문과 석사학위논문, 2004.
김병욱, 「한국 현대소설의 시간과 공간 연구」, 서강대 국문과 박사학위논문,
　　　1989.
김정아, 「이문구 소설의 토포필리아 연구」, 충남대 국문과 박사학위논문, 2004.
김종욱, 「1930년대 한국 장편소설의 시간·공간구조 연구」, 서울대 국문과 박사
　　　학위논문, 1998.
김지영, 「조세희 소설의 서사기법 연구」, 서울대 국문과 석사학위논문, 2003.
김탁환, 「소설창작교육방법 연구」, ≪한국문예창작≫ 제3호, 2003. 6.
＿＿＿, 「이야기에 관한 어리석은 이야기」, 『문학과 산업, 어떻게 만나야 하나』,
　　　제1회 문학과 문화산업 세미나자료집, 2004.
류철균, 「한국 온라인게임 스토리의 사례 연구」, 『국어국문학 학문 후속세대를
　　　위하여』, 국어국문학회 제48회 전국 국어국문학 학술대회자료집, 2005.
＿＿＿, 「한국현대소설 창작론 연구」, 서울대 국문과 박사학위논문, 2001.
명형대, 「1930년대 한국 모더니즘 소설의 공간구조 연구」, 부산대 국문과 박사
　　　학위논문, 1991.
민병인, 「이문구 소설 연구」, 중앙대 문예창작과 박사학위논문, 2000.
백영옥, 「김승옥 소설의 공간과 인물연구」, 명지대 문예창작과 석사학위논문,
　　　2003.
송　욱, 「소설 창작의 논리」, ≪불어불문학연구≫ 제16호, 1981.

신명직, 「조세희의 "난장이가 쏘아올린 작은 공" 연구—환상성을 중심으로」, 연세대 국문과 석사학위논문, 1997.

신은영, 「조세희 소설의 환상성 연구」, 전북대 국문과 석사학위논문, 2003.

우한용, 「소설창작의 이론화 가능성 탐색」, ≪현대소설연구≫ 제10호, 1999. 6.

이미영, 「윤후명 소설 연구—여로형 서사구조를 중심으로」, 한국교원대 국어교육과 석사학위논문, 2003.

이윤진, 「박태원 소설의 서술 기법 연구」, 우석대 국문과 박사학위논문, 2002.

이재은, 「조세희 소설 연구」, 성균관대 국어교육전공 석사학위논문, 2002.

이정란, 「김승옥 소설의 서술구조 연구」, 이화여대 국문과 석사학위논문, 1987.

이정석, 「김승옥 소설의 시간 구조 연구」, 숭실대 국문과 석사학위논문, 1996.

이지은, 「윤후명 소설의 서정성 연구」, 한국교원대 국어교육과 석사학위논문, 2001.

장일구, 「한국 근대 소설의 공간성 연구」, 서강대 국문과 박사학위논문, 1998.

정영길, 「소설 창작 교재의 현황과 개선점」, ≪현대소설연구≫ 제10호, 1999. 6.

정영훈, 「김승옥 소설에 나타난 욕망의 발현양상 연구」, 서울대 국문과 석사학위논문, 1998.

최지현, 「조세희의 "난장이가 쏘아올린 작은 공" 연구—환상적 표현기법을 통한 현실인식을 중심으로」, 단국대 국문과 석사학위논문, 2001.

황도경, 「이상의 소설 공간 연구」, 이화여대 국문과 박사학위논문, 1933.

황순재, 「조세희 소설 연구(1)」, ≪한국문학논총≫ 18집, 1996. 7.

한혜원, 「게임 스토리텔링의 미학 연구」, 『국어국문학 학문 후속세대를 위하여』, 국어국문학회 제48회 전국 국어국문학 학술대회자료집, 2005.

Holtz, William. "Spatial Form in Modern Literature : A Reconsideration", *Critical Inquiry*, Vol.4, No.2, winter, 1977.

McClain, Jeoraldean., "Time in the visual arts : Lessing and Modern Criticism", *The Journal of Aesthetics*, fall 1985, vol.XLIV. no.1.

Rabkin, Eric S. "Spatial Form and Plot", *Critical Inquiry*, Vol.4, No.2, winter, 1977.

평론·단평·대담

권명아, 「세계로 향한 구석, 무한으로 향한 내밀」, ≪작가세계≫, 1995. 겨울.
권성우·우찬제·윤후명, 「특집대담 : 윤후명, 산업화 시대 낭만적 예술가의 초
　　　상」, ≪문학정신≫, 1990. 7.
김경수, 「존재의 확산을 향한 여정의 소설」, ≪작가세계≫, 1995. 겨울.
김만수, 「사소설의 한국적 변용과 그 의미」, ≪작가세계≫, 1995. 겨울.
＿＿＿, 「전래적 농촌에 대한 회고적 시각」, ≪작가세계≫, 1992. 겨울.
김미영, 「문명화된 몸의 기표」, ≪한민족문학연구≫ 7집, 2000. 겨울.
김병익, 「난장이, 혹은 소외집단의 언어」, ≪문학과 지성≫, 1977. 봄.
＿＿＿, 「대립적 세계관과 미학」, ≪문학과 지성≫, 1978. 가을.
김상태, 「이문구 소설의 문체」, ≪작가세계≫, 1992. 겨울.
김영민, 「영상매체와 사람의 무늬(人文)」, ≪현대문학≫, 1998. 1.
김우창, 「산업시대의 문학」, ≪문학과 지성≫, 1979. 가을.
＿＿＿, 「역사와 인간 이성」, ≪작가세계≫, 2002. 가을.
김윤식, 「문학사적 개입과 논리적 개입」, ≪문학과 사회≫, 1991. 겨울.
＿＿＿, 「환상의 낯설음―윤후명론」, 『김윤식 평론문학선』, 문학사상사, 1991.
김종철, 「산업화와 문학」, ≪창작과 비평≫, 1980. 봄.
김치수, 「산업사회에 있어서 소설의 변화」, ≪문학과 지성≫, 1979. 가을.
＿＿＿, 「새로운 감각, 새로운 감수성」, ≪동서문학≫, 2000. 여름.
김　현, 「세대교체의 진정한 의미」, ≪세대≫, 1969. 3.
방민호, 「역사를 둘러싼 모험·기타」, ≪실천문학≫, 2004. 겨울.
서경석, 「억압에 저항하려는 욕망의 끝」, ≪사회평론 길≫, 1997. 1.
성민엽, 「이차원의 전망」, 『한국문학의 현단계 Ⅱ』, 창작과비평사, 1983.
양진오, 「여행하는 영혼과 여행의 소설」, ≪작가세계≫, 1995. 겨울.

유민영, 「소설의 드라마·영상으로의 확대」, ≪소설과 사상≫, 1994. 여름.

유지나, 「문학텍스트에서 영화텍스트로의 이동」, ≪문학정신≫, 1992. 3.

이경호, 「서정의 공간과 다성의 공간」, ≪작가세계≫, 1990. 겨울.

이득재, 「문체와 공간」, ≪문학과 사회≫, 1994. 여름.

이용욱, 「e-Book "러셔", 권력만 보면 공격하고 싶어진다」, ≪동아일보≫, 2000. 10. 14.

조남현, 「이문구, 고유어의 마지막 파수꾼」, ≪새국어생활≫, 2001. 봄.

조세희·이경호, 「2·5세계의 불안한 나날」(대담), ≪작가세계≫, 2002. 가을.

최수웅, 「나무를 통해 구현되는 땅의 상상력」, ≪문예전망≫, 단국문예창작학회, 2002.

______, 「원심력의 공간에서 구심력의 공간으로」, 김수복 편, 『한국문학 공간과 문화콘텐츠』, 청동거울, 2005.

최현식, 「일상성, 여행 그리고 귀환의 의미」, ≪실천문학≫, 1995. 여름.

하상일, 「하위문화와 우리 소설의 미래」, ≪실천문학≫, 2002. 겨울.

하정일, 「개인과 가족의 기묘한 동거」, ≪실천문학≫, 2004. 겨울

황종연, 「도시화·산업화 시대의 방외인」, ≪작가세계≫, 1992. 가을.

단행본

강내희, 『공간·육체·권력』, 문학과학사, 1995.

강상대, 『우리 소설의 일탈과 지향』, 청동거울, 2000.

곽광수, 『가스통 바슐라르』, 민음사, 1995.

곽광수·김현, 『바슐라르 연구』, 민음사, 1976.

교재편찬위원회 편, 『문학과 영상예술』, 삼영사, 2001.

권명아, 『문학의 광기』, 세계사, 2002.

권영민, 『한국현대문학사』 2권, 민음사, 2002.

권택영, 『소설을 어떻게 볼 것인가』, 문예출판사, 1995.

김명석,『한국소설과 근대적 일상의 경험』, 새미, 2002.

김민주,『싸이월드의 성공요인과 향후 전략』, emars, 2005.

김성곤,『문학과 영화』, 민음사, 1997.

김용정,『칸트철학연구』, 유림사, 1978.

김용직,『문예비평용어사전』, 탐구당, 1985.

김인환,『다른 미래를 위하여』, 문학과지성사, 2003.

김인환·성민엽·정과리 편,『문학의 새로운 이해』, 문학과지성사, 1996.

김정근,『콜리지의 문학과 사상』, 한신문화사, 1996.

김종철,『시와 역사적 상상력』, 문학과지성사, 1978.

김중철,『소설과 영화』, 푸른사상, 2000.

김진기,『현대소설을 찾아서』, 보고사, 2004.

김진량,『인터넷, 게시판, 그리고 판타지소설』, 한양대출판부, 2001.

김철수,『싸이월드는 과연 다음을 넘어섰을까』, 길벗, 2004.

김치수,『문학사회학을 위하여』, 문학과지성사, 1979.

______,『한국소설의 공간』, 열화당, 1976.

김택중,『현대소설의 문학지형과 공간성 연구』, 푸른사상, 2004.

김 현,『현대소설의 담화론적 연구』, 계명문화사, 1995.

김형국,『땅과 한국인의 삶』, 나남출판, 1999.

김 훈·박래부,『문학기행』1권, 한국문원, 1997.

류현주,『하이퍼텍스트문학』, 김영사, 2000.

문학사와 비평 연구회 편,『1960년대 문학연구』, 예하, 1993.

________________,『1970년대 문학연구』, 예하, 1994.

박동규,『한국 현대소설의 비평적 분석』, 문학예술사, 1984.

박상우,『게임, 세계를 혁명하는 힘』, 씨엔씨미디어, 2000.

박종홍,『한국소설원론』, 중문출판사, 1993.

박 진·김행숙,『문학의 새로운 이해』, 청동거울, 2004.

방민호,『납합 아래의 침묵』, 소명출판, 2001.

______,『문명의 감각』, 향연, 2003.

백낙청, 『민족문학과 세계문학 Ⅱ』, 창작과비평사, 1985.

서정남, 『영화 서사학』, 생각의나무, 2004.

서정주 외 21인, 『누구에게나 고향은 그리움이다』, 월간조선사, 2004.

성민엽, 『변하는 것과 변하지 않는 것』, 문학과지성사, 2004.

송하섭, 『한국현대소설의 서정성 연구』, 단국대출판부, 1989.

신상성·유한근, 『한국문학의 공간구조』, 양문출판사, 1986.

신종한, 『한국소설의 서술양식 연구』, 한국문화사, 2004.

영화진흥공사 편, 『한국영화 70년—대표작 200선』, 집문당, 1989.

영화진흥위원회 교재편찬위원회 편, 『영화 읽기』, 커뮤니케이션북스, 2004.

오규원, 『현대시 작법』, 문학과지성사, 1990.

오세영, 『문학과 그 이해』, 국학자료원.

우정권, 『한국 현대소설의 미적 전회』, 역락, 2005.

유종호, 『문학과 현실』, 민음사, 1975.

유현주, 『하이퍼텍스트—디지털미학의 키워드』, 연세대출판부, 2003.

윤 준, 『코울리지의 시 연구』, 동인, 2001.

이광호, 『소설은 탈주를 꿈꾼다』, 민음사, 1998.

이기문 외, 『문학과 방언』, 역락출판사, 2001.

이남호, 『보르헤스 만나러 가는 길』, 민음사, 1994.

이동하, 『한국문학과 비판적 지성』, 새문사, 1996.

이부영, 『분석심리학』, 일조각, 1979.

이상섭, 『아리스토텔레스의 ≪시학≫ 연구』, 문학과지성사, 2002.

______, 『문학비평용어사전』, 민음사, 1976.

이어령, 『장미밭의 전쟁』, 문학사상사, 2003.

이영일, 『한국영화전사』(개정증보판), 소도, 2004.

이재선, 『현대한국소설사』, 민음사, 1991.

이재현 편역, 『인터넷과 온라인 게임』, 커뮤니케이션북스, 2001.

이창배, 『포스트모던 시대의 문학의 위기』, 동국대출판부, 1999.

이향만, 『미국 소설과 영화의 만남』, 동인, 2005.

정과리, 『문학, 존재의 변증법』, 문학과지성사, 1994.

정재원, 『현역중진작가연구 I』, 국학자료원, 1997.

정한숙, 『현대소설창작법』, 웅동, 2000.

진중권, 『미학 오디세이』 3권, 휴머니스트, 2004.

채지형, 『싸이월드는 왜 떴을까』」, 제우미디어, 2005.

채호석, 『문학의 위기, 위기의 문학』, 새미, 2000.

천이두, 『한국 현대 소설론』, 형성, 1983.

최순남, 『인간행동과 사회환경』, 법문사, 2002.

최유찬, 『컴퓨터 게임과 문학』, 연세대학교출판부, 2004.

최혜실, 『모든 견고한 것들은 하이퍼텍스트 속으로 사라진다』, 생각의나무,
        2000.

하기락, 『하르트만 연구』, 형설출판사, 1977.

하응백, 『문학으로 가는 길』, 문학과지성사, 1996.

______, 『낮은 목소리의 비평』, 문학과지성사, 1999.

한국소설학회 편, 『공간의 시학』, 예림기획, 2002

한형구, 『한국현대작가연구』, 민음사, 1989.

홍정선, 『해방 40년 민족지성의 회고와 전망』, 문학과지성사, 1985.

황광수, 『삶과 역사적 진실』, 창작과비평사, 1995.

황도경, 『문체로 읽는 소설』, 소명출판, 2002.

이카오 고우이치·하라바야시 히사가즈, AK편집부 역, 『게임대학』, 에이케이,
        1996.

이토 세이 외, 유은경 역, 『일본 사소설의 이해』, 소화, 1997.

Aristoteles, 천병희 역, 『시학』, 문예출판사, 1991.

Arnheim, Rudolf. *Film as Art*, 김방옥 역, 『예술로서의 영화』, 홍성사, 1983.

Arnold Hauser, *Sozialgeschichte der Kunst und Literatur*, 백낙청·염무웅
        역, 『문학과 예술의 사회사』 4권, 창비, 1999.

Bachelard, Gaston. *L'eau et les reves*, 이가림 역, 『물과 꿈』, 문예출판사,

1988.

__________. *La Poetique l'espace*, 곽광수 역,『공간의 시학』, 민음사, 1990.

__________. *La psychanalys du feu*, 민희식 역,『불의 정신분석』, 삼성출판사, 1990.

Baudrillard, Jean. *La Socite de Consommation*, 이상률 역,『소비의 사회』, 문예출판사, 1999.

__________, *Simulacres et Simulation*, 하태환 역,『시뮬라시옹』, 민음사, 2001.

Bell, Daniel., 서규환 역,『정보화 사회와 문화의 미래』, 디자인하우스, 1996.

Brett, R. L. *Fancy and Imagination*, 심명호 역,『공상과 상상력』, 서울대학 교출판부, 1979.

Borges, Jorge Luis. *Ficciones*, 황병하 역,『픽션들』, 민음사, 1994.

Cailois, Roger. *Les Jeux et Les Hommes*, 이상률 역,『놀이와 인간』, 문예출 판사, 1999.

Cskszentmihalyi, Mihaly, *Finding Flow*, 이희재 역,『몰입의 즐거움』, 해냄, 1999.

Forster, Edward M. *Aspects of the Novel*, 이성호 역,『소설의 이해』, 문예출 판사, 1993.

Frank, Joseph. "Spatial Form in Modern Literature", *The Idea of Spatial Form*, Rutgers Univ. Press, 1991.

Freedman, Ralph. *The Lyrical Novel*, 신동욱 역,『서정소설론』, 현대문학사, 1989.

Freud, Sigmund. *Der Dichter und das Phantasieren*, 정장진 역,『창조적인 작가와 몽상』, 열린책들, 1996.

__________. *Die Traumdeutung*, 김인순 역,『꿈의 해석』, 열린책들, 1997.

__________. *Vorlesungen zur Einführung in die psychoanalyse*, 임홍빈·홍 혜경 역,『정신분석 강의』, 열린책들, 1997.

Gast, Wolfgang. *Film und Literatur*, 조길예 역,『영화—영화와 문학』, 문학

과지성사, 1999.

Giroux., Herry A. *The Mouse that Roared*, 성기완 역, 『디즈니 순수함과 거짓말』, 아침이슬, 2001.

Hall, Calvin S. and Nordby, Vernon J. *A Primer of Jungian Psychology*, 최현 역, 『융심리학입문』, 범우사, 1985.

Jacobi, J. *The Psychology of Jung*, 설영환 편역, 「융 심리학 이론의 응용」, 『융 심리학 해설』, 선영사, 1986.

Jung, Carl G. *Archetyp und Unbewuβtes*, 한국융연구원 역, 『원형과 무의식』융 기본 저작집 2, 솔출판사, 2002.

Jung, Carl G. ed., *Man and His symbols*, 이윤기 역, 『인간과 상징』, 열린책들, 1996.

Kant, Immanuel. *Kritik der reinen Vernunft*, 최재희 역, 『순수이성비판』, 박영사, 1983.

Landow, George P. *Hypertext 2.0—The Convergence of Contemporary Critical Theory and Technology*, 여국현 외 역, 『하이퍼텍스트 2.0—현대 비평이론과 테크놀로지의 수렴』, 문학과학사, 2001.

Martin, Marcel. *Language Cinematographique*, 황왕수 역, 『영상언어』, 대보문화, 1993.

Murray, Janet H. *Hamlet on the Holodeck : The Future of Narrative in Cyberspace*, 한용환·변지연 역, 『사이버 서사의 미래 : 인터랙티브 스토리텔링』, 인그라픽스, 2001.

Paech, Joachim. *Literatur und Film*, 임정택 역, 『영화와 문학에 대하여』, 민음사, 1997.

Ralph, Stephenson. and Debrix, J. R. *The Cinema as Art*, 송도익 역, 『예술로서의 영화』, 열화당, 1994.

Rimmon-Kenan, Shlomith. *Narrative Fiction : Contemporary Poetics*, 최상규 역, 『소설의 시학』, 문학과지성사, 1985.

Samuels, Andrew. ed., *a Critical Dictionary of Jungian Analysis*, 민혜숙

역, 『융분석비평사전』, 동문선, 2000.

Tuan, Yi-Fu. *Space and Place*, 구동회·심승희 역, 『공간과 장소』, 대윤출판사, 1995.

Wellek, René. & Warren, Austin. *Theory of Literature*, Penguin University Books, 1973.

Wright, Elizabeth. *Psychoanalytic Criticism*, 권택영 역, 『정신분석 비평』, 문예출판사, 1989.

인터넷사이트 및 기타자료

박병규, 「보르헤스―시간의 미로와 담론의 미로」, 인터넷 사이트 〈라틴아메리카문학21〉(http://www.latin21.com)

인터넷 사이트 〈라틴 아메리카 문학21〉 (http://www.latin21.com)

인터넷 사이트 〈심시티 인사이드〉 (http://donit2.woored.com)

인터넷 사이트 〈하이심시티〉 (http://cafe.daum.net/HiSIMCITY)

LeTourneau, Tim. 「〈심즈2〉의 탄생―개발자의 일기1」, (인터넷 〈심즈2〉 공식 홈페이지 http://sims2.ea.co.kr)

White, Bebo. Web Document Engineering (웹문서 제작기술), (인터넷 문서자료 http://www5conf,inria.fr/fich_html/slides/tutorials/T14/WWW6.html)

문화관광부·한국문화콘텐츠진흥원, 『CT(Culture Technology) 비전 및 중장기 전략 수립』 공청회자료집, 2005.